U0894887

外星人基地系列科幻小说

道西基地 上

戴世轩　著

金城出版社
GOLD WALL PRESS
·北京·

图书在版编目（CIP）数据

道西基地 / 戴世轩著 . — 北京 : 金城出版社有限公司 , 2020.7
ISBN 978-7-5155-0942-6

Ⅰ . ①道…　Ⅱ . ①戴…　Ⅲ . ①幻想小说 – 中国 – 当代
Ⅳ . ① I247.5

中国版本图书馆 CIP 数据核字（2020）第 004721 号

道西基地（上下）

作　　者　戴世轩
责任编辑　杨　超　彭洪清
责任校对　欧阳云
责任印制　李仕杰
开　　本　880 毫米 ×1230 毫米　1/32
印　　张　13.5
字　　数　310 千字
版　　次　2020 年 7 月第 1 版
印　　次　2020 年 7 月第 1 次印刷
印　　刷　天津旭丰源印刷有限公司
书　　号　ISBN 978-7-5155-0942-6
定　　价　58.00 元

出版发行　**金城出版社有限公司**　北京市朝阳区利泽东二路 3 号
邮政编码：100102
发 行 部　（010）84254364
编 辑 部　（010）64210080
总 编 室　（010）64228516
网　　址　http：//www.jccb.com.cn
电子邮箱　jinchengchuban@163.com
法律顾问　北京市安理律师事务所　（电话）18911105819

目录

上 册

001 引 言

001 第一章 来自新墨西哥州的微信
029 第二章 乔治·雷德蒙
046 第三章 开启地狱之门
069 第四章 另一个世界
095 第五章 地表下的罪恶
120 第六章 被遗忘的角落
150 第七章 来自未来的先知
173 第八章 鏖战蜥蜴人

下　册

199　第九章　西单诡影
228　第十章　小镇惊魂
261　第十一章　X计划
282　第十二章　纳粹飞碟
308　第十三章　重返道西基地
322　第十四章　地狱噩梦厅
363　终章　第二次道西战争

411　**后　记**
415　**附：道西基地秘境新奇物种一览**

引 言

一片戈壁沙漠上，一个身披淡蓝色军大衣的男人伏在马上，任由胯下战马肆意驰骋。

他的左腿中枪，双手牢牢紧抓缰绳，满脸的胡须让人无法分辨年龄。

在他身后不远处，三名骑兵纵马紧追不舍，还不时地朝空中鸣枪警示，但他们却不急于一枪将他打落下马。

一名骑兵用夸张的语调大声叫道："托马斯！难道你就想用这匹老瘸马跑到墨西哥去吗？我敢说它比你的祖母也快不了多少，哈哈……"

"我们快点了结吧！"一个肩上有尉官军衔的小头目提醒道。

"这家伙组织武装杀了我们七个人，是上面指名通缉的重犯，但我们已经追出来好远了，实在不行就把他尸体带回去……"

就在几人搭枪准备瞄准之际，却见目标一溜烟蹿上了前方高坡，翻下马跌跌撞撞跑进了一处洞穴。

“他跑不了了！”小头目欢呼了起来，“我们进去把他抓出来！”

进入洞穴，他们顺着崎岖的石壁道走了很远，除了在地面上发现一些带血的脚印外一无所获，前方的视野开始变得越发昏暗。

“我们真应该就一枪结果了他！”走在最前面的人一边往前走一边回头向同伴埋怨起来，话音未落他一脚踩空尖叫着从斜坡滑了下去。

“见鬼！”小头目慌忙从地上拾起一根木棍往上裹几圈绷带，又从腰间解下扁平酒壶撒上朗姆酒，点燃。

两人来到同伴滑落的地方将火把向下探去，发现离下方地面有一段距离。

“去拿绳索，我们下去！”小头目朝部下吩咐道。

当他们沿着绳索小心翼翼地下去后，一眼就看到在地上蜷成一团的同伴。

“妈的！我的腿……我受伤了。”他哀号道，“那家伙肯定不在这里！就算是，他也已经被摔死了，我们快点离开这里……”

小头目举起火把环视四周，发现不远处岩石上搭着一件淡蓝色大衣，那正是托马斯的军服，岩石下还有两道血抓痕一直延伸进前方黑暗中。

“我想我们找到他了。”小头目上前拎起军大衣转身得意扬扬地展示给其他人。

两人一左一右搀扶起受伤同伴，跟着血痕向前走，越往前走光线越暗，他们手中的火把也仅能照见周围几米的范围。

才往前不远，一个类似橄榄球的巨大椭圆形物体横亘在他们面前，黑暗中它的沿面泛起阵阵绿色荧光。

“见鬼，这是什么玩意儿……”小头目倒吸一口冷气不由自主感叹道。

与此同时随着一阵“啪啪啪”由远至近清脆的响声，整个空间都被笼罩在刺眼的白炽光下，直到这时他们才看清四周环境。

这里像被人为修葺过，越往前路面越规整，前方呈水晶状晶莹剔透的巨幅墙面下停靠着一排类似他们先前见到的物体，有的犹如球形，更多的则像是巨型雪茄。

眼前的一切让这些闯入者感到莫名危险，就想转身往外撤退。

但就在这时，那呈银白色光泽的椭圆物体沿面上突然闪过一个细长黑影，接着一个脑门凸起、长有一副尖锥脸的类人生物低吟着从椭圆物体后走出来。

它全身乳白色，身高近两米，在它身后从又陆续走出了十几个一模一样的生物，它们看上去似乎十分生气，张嘴龇出两排利齿哈着热气从四面八方围上来，走在最前面的一个生物擎起细长胳膊伸向他们。

一名士兵甩开受伤同伴，端起步枪瞄准了挡在前面的类人生物。

小头目见状慌忙大叫“不要”，上前欲夺对方手里的枪，但为时已晚。

随着一声枪响彻底划破了洞穴中的宁静，那些生物被彻底激怒，它们晃动手臂亮出细长的尖甲争先恐后地扑上去，小头目眼前所见的最后一幕是一副张着血盆大口狰狞的倒三角面孔。

“啊——”随着一声凄厉的惨叫，郑海涛一个打挺从床上坐了起来，黑暗中他能感受到的只有自己粗重的呼吸声，这已不是他第一次做这样的梦了。

不知为何自从交往了女朋友后他隔三岔五就会梦见沙漠、穿着复古军装相互追逐的骑兵以及黑暗洞穴里那难以名状的恐怖生物。

为此他曾查阅《世界军事百科》，发现梦境里人物着装与美国南北战争期间军队的着装类似。

他也曾将梦境半开玩笑地讲给女友胡洁和死党林春生听。

“你上辈子一定是参加过内战的美国北军！”林春生哈哈一笑调侃道。

然而就在他们谁也没有把这当回事的时候，郑海涛的梦境却在现实生活中开始陆续上演……

第一章　来自新墨西哥州的微信

——上有九霄三十六重青天，下有九幽十八层地狱，天道昭彰，皆有定数。

“亲爱的，我和同事们今天抵达新墨西哥州了，这里好热呀，我们去过了佛罗里达州、得克萨斯州，还拍了很多好玩的东西，这是我们团建的最后一站，过几天我就回去了，到时候我提前通知你，你要到机场接我哟。我不在这段时间你要好好吃饭，每天都要想我，爱你。”

这是 3 月 10 日郑海涛最后一次收到女朋友胡洁的微信，自此以后女朋友便音信全无，每当想到这些，郑海涛都会陷入深深的悔恨和自责中。

胡洁公司一年一度的团建活动这次选了美国，为期两个礼拜。

所谓团建，源于英文 Team Building，到了某些人那里，无非就是花公司的钱出国四处玩一下，郑海涛对此嗤之以鼻，但看到女朋友兴致高涨的样子，他自然也不会扫对方的兴。

记得胡洁上飞机的那天，郑海涛亲自开车送她去机场，直到把她交到同事们的手里，他才放心离去，谁想一别竟成了永远。

在女朋友杳无音信的两个月里，郑海涛找过胡洁的公司，得知和她一起参加团建的两男三女五位同事也没有回来。

他尝试在国内报警，并托在美国读研的弟弟郑海瑞想办法联系美国当地媒体，但从郑海瑞反馈的结果来看，有几家新闻媒体刚接触时还饶有兴趣，在问过六名失踪中国游客的姓名和个人信息后便没有了下文。

弟弟把事态发展告知了郑海涛后，他再也坐不住了。

“我要去美国找小洁！”晚上与铁哥们林春生在三里屯酒吧喝酒时，伴着嘈杂的音乐，郑海涛仰头干了一杯扎啤后斩钉截铁地说，一旁的林春生有些不敢相信自己的耳朵。

“哥们你疯了吗，那边不是已经报案了吗？人家警察也在找，找不着你去了也没任何作用，况且我们也不知道他们到底发生了什么，还是先在国内静观其变吧？”

郑海涛不为所动，望着舞台上着三点装正攀着钢管起劲热舞的舞女，猛地一拳砸在桌上恨恨地说：“不行！找不着我也要去找，是我把小洁送上飞机的，她失踪我有责任。春生，我走后你替我照看一下公司！”

对于从小一起玩到大的郑海涛，林春生太清楚他的性格，知道再劝下去也没什么意义。

他把手里燃得露出屁股的烟蒂摁到烟灰缸里狠狠捻了一圈道：“你那小破公司还是托别人帮你看着吧，这回我陪你一起去，我英语好，你又去过美国，到那边咱哥俩也好有个照应！”

郑海涛淡淡一笑算作是默许。

回到家里他点开名为“美国失踪案家属联盟”的微信群，将自己近期要去美国寻人的消息公布了出去，很快他就得到了两个家属的回应，一个是林珊珊的丈夫王肃，另一个是张楠的姐姐张薇，二人都表示有美国十年往返签可以说走就走。

落实了计划后，郑海涛心中轻松稍许，虽然他也不确定这次美国之行是否能找回胡洁，但是“做点什么总比干坐着等待强”，郑海涛对自己说。

随后他又顺手从墙上取下了两个月前亲手贴上去的报纸，主版一行大标题再次映入他的眼帘，“六名中国游客在美国失踪，最后出现地点是新墨西哥州”。

每当看到这个标题，郑海涛都会鼻子一酸，特别是新闻报道中最后一段，是失踪六个人的信息：

郭希圣	男	45岁	张　楠	男	27岁
李燕霜	女	31岁	胡　洁	女	28岁

赵小萍　女　25 岁　　　　林珊珊　女　31 岁

“小洁，我来了！不管你在哪里，我都要带你回来！”郑海涛看着手中有些磨损的报纸，心中默念着。

6 月 3 日，郑海涛组团带着林春生、张薇、王肃一行四人经过三十几个小时的转机飞行，终于抵达了美国新墨西哥州的阿尔伯克基机场。

一行人推着行李刚出海关，郑海涛一眼就认出了海关外等待自己的弟弟郑海瑞，他比郑海涛一行提前一天到达，兄弟二人也有小两年时间没见面了。

一番热情的拥抱后，郑海瑞拉过哥哥小声地说道：“嫂子他们失踪后我也一直通过各种渠道打听，昨天早上我抵达后就去了当地警察局，警方调出了一部分他们掌握的资料给我看。嫂子失踪的地点是在北部靠近科罗拉多的安丘利塔山，位于道西地区，那里经常发生失踪案，很多失踪者都是游客。他们说从嫂子的失踪案来看，不同于谋杀或人为绑架，因为警方在案发地找到了嫂子同事的钱包，里面的现金和银行卡都不曾被动过，除此之外毫无线索，把他们找回来的概率微乎其微，而且……”

“而且什么！你快点说呀。”看着弟弟一副欲言又止的样子，郑海涛急了。

“而且，警方说嫂子他们失踪的那片地方从 1948 年就开始有人失踪，断断续续每年他们都会接到百余起失踪者家属报案，如果算上那些没有报案的，可能更多。这些失踪案基本都破不了，因为毫无头绪，但可以排除人为作案可能。昨天我在酒店里和大堂经理不经意谈到这事，他是当地人，说这里人都知道，道西镇周边经常被来自另一个世界的人光顾，他们会带走游客。”

尽管郑海瑞是在很严肃地说这件事，可郑海涛仍旧有种被愚弄的感觉：“你有没有搞错！我们大老远飞来这里你就给我讲这个？我现在没工夫听你瞎掰，叫车了没有？我们现在去当地警察局再次报案。”

说完郑海涛便招呼林春生等人把行李从推车上拿下。

众人一出机场，立刻就有几个黑人一拥而上，争先恐后地指着自己的车招呼郑海涛跟他们走。

“哥，来之前我租了一辆车，但是我们人多坐不下，再租一辆吧？”郑海瑞扒开那些冲上来拼命拉客的黑人，询问郑海涛的意见。

这时林春生经历了一路颠簸飞行后有些不耐烦了。

他靠在机场玻璃门上，张开一把折扇拼命地狂扇起来：“这里好热呀，不管什么车不管去哪里，只要赶紧离开这个鬼地方就行！”

正在林春生抱怨得起劲的时候，一个瘦高个黑人男子忽然从机场门口拐角处冲到他面前，一把拽掉了他腰间的LV

腰包。

直到黑人撒腿跑出了老远，大家都还没从这突如其来的一幕中反应过来，特别是林春生愣了半天才大叫一声：“妈的 Fuck！ You 给我 stop！”跟着便追了过去。

望着林春生跌跌撞撞的背影，郑海瑞不解地问道：“哥，他刚才讲的是什么？”

“应该是中国特色的英语吧。”

“如果这里就他一个懂英语的，那我们还不死定了！”

此刻林春生已无暇顾忌别人在他背后讲什么，正全力追捕前面抢劫自己的黑人男子，一转眼，黑人跑过停车场钻进一条小过道就不见了。

等林春生赶到时，发现当下除了气喘吁吁的自己四周空空如也，不由大声骂了一句“Fuck（他妈的）”！

让他没想到的是，小过道的另一端却突然有人叫自己。

“Hi china man! Is that yours?（中国人！这是你的吗？）”

说话间一个腰包被抛到他的脚下，林春生抬头看去，一个高大魁梧，戴着牛仔帽和黑墨镜，身着黄卡其布夹克装的白人男子不知什么时候出现在了那里，而那个刚才抢劫自己的黑人此刻则被他拖着跪在地上。

“Yes! Yes! Mine, thank you.（是！是！我的，谢谢。）”

见自己的东西失而复得，林春生一把将腰包抓起，慌乱地用蹩脚英语答谢着。

这时郑海涛等人也闻讯跑过来，郑海瑞来到白人男子面前，用英语再次向他致谢。

白人男子用余光扫视了一番郑海涛等人并随意问道：“你们这些中国人，又是来赌博的吗？这里的黑鬼都学精了，特别爱打劫你们这样的人，他们知道只有中国人喜欢带着现金来这里。”

“不，先生，我嫂子在这里失踪了，我们是专程来这里找人的。”郑海瑞边说边从携带的包里把刊有失踪的六个人报纸翻出来递给他看。

“哦，天哪，他们连外国人也不放过！”白人男子接过报纸漫不经心地瞟了一眼又还给了郑海瑞。

“先生，你刚才说的他们，是什么意思？”郑海涛用并不娴熟的英语追问道，虽然他的英语不算太好，但是仍能通过捕捉对方话里的几个敏感词大致推断出整段话的意思。

“叫我杰夫。”白人男子终于介绍起了自己，“你们外国人和来这里的游客当然不会知道，你可以管他们叫异形，也可以用更通俗的称谓代指他们，比如外星人！实际上支配这里的就是他们，他们经常绑架游客但很少动当地人，被他们掠走的人多数是回不来的。”

自称杰夫的男子说到这儿，拽起跪在地上的黑人转身就要走，郑海瑞连忙喊住了他。

“喂，等等，杰夫先生，你去哪儿？这个黑人抢劫了我的朋友，我们应该把他交给警察！”

“交给警察？得了吧，事情还没有这么严重，我现在要把这小子还给露西太太，可怜的露西要是知道她仅存的儿子要在警察局过夜的话，可又要犯心脏病了。总之，我对你家人的遭遇深表遗憾。”

杰夫说完，拉起黑人头也不回地走了。

郑海涛却心有不甘，他总有种被愚弄的感觉，有着同样感觉的还有林珊珊的老公王肃。

不懂英语的他听了郑海瑞的翻译，用中文冲着杰夫的背影大声喊道：“你说这一切都是外星人干的，他们绑走了我的老婆，你有什么证据？”

虽然听不懂身后的中国人在喊什么，但是杰夫还是停住了脚步。

郑海瑞追上去，把刚才的话用英语重复了一遍，杰夫有些不高兴了。

“如果你们有兴趣，可以到道西镇中心的钟塔楼去看一下，每次周边有人失踪，人们都会把失踪者的照片贴在塔楼的墙壁上。那里的人都知道是怎么回事，可谁也不会去找，人们所能做的就是尽量避免谈起这些事情，直到失踪者慢慢地被大家遗忘。顺便也提醒一下你们，就算你们去了警察局，也不要指望会有什么结果，警察对这种事早已见怪不怪了，何况你们又是外国人。”

“不！我是不会放弃的，为了找到她，我愿意尝试一切！”

杰夫的话并没劝住郑海涛，反而更加坚定了他的决心，听到这样的回应，杰夫沉吟了片刻，像是在思索什么，随后问道："兄弟，为了找回你所爱的人，你能付出什么样的代价？"

"我可以为了她去死！"郑海涛斩钉截铁地说，虽然最后一个单词郑海涛错把 Die 用成 Died，但杰夫仍旧明白了他的意思。

"好吧，既然这样我给你们推荐一个人，他大致知道你们失踪亲人现在可能在哪里，希望他能帮上你们！"说着杰夫从裤兜里掏出笔和一叠小贴纸，在第一张上快速写下了一串类似电话号码的数字，撕下来递给郑海瑞，"我只能帮到这里了，最后祝你们好运。"

辞别了杰夫，郑海涛一行又顺原路返回机场准备去租车。半道上，想起刚才的情景，林春生还是自我感觉良好："想不到老美这么热情好客，还称我为 China man，中国男人。"

此时郑海瑞再也无法忍受林春生的自以为是了，他毫不客气地嘲讽道："你还好意思吹嘘自己的英文？被人骂了还乐呵呵地和人家说 Thank you！ China man 是中国佬的意思！就如同黑人被人称呼黑鬼一样！"

"什么？操他妈的老美，下次老子再见到非 Fuck 死他不可！"得知真相后林春生一脸的挂不住，但他除了骂两句中英掺杂的粗话，什么也做不了。

很快，郑海涛就在机场旁的汽车租赁公司办好了手续，郑海瑞也把自己的车开了过来，一行五人分乘两辆车向位于新墨西哥州与科罗拉多边境的道西镇驶去。

一路上放眼望去，除了公路上的道路指示牌，就只剩下了峭壁岩石和荒凉的沙漠，偶尔还会和路边的稻草人擦身而过。

快到傍晚的时候，一行人虽离目的地还有些距离，但终于抵达了道西区域，经过一番长途跋涉，疲惫早已写在了每个人的脸上。

于是郑海涛建议略做休息："前面有个加油站，开了快一天了，我们去把车子加满油，大伙也顺便去弄点吃的。"

按照导航，他们很快就找到了前方的加油站。

让人感到怪异的是，这个小型加油站的入口处竟竖着一块用纸板做的奇怪标志，那是一个拥有椭圆形脑袋细长身体的小怪物，全身灰白色，纤细的胳膊上只有粗粗的三根拇指，正瞪着两扇比核桃还要大的黑眼睑注视着每一辆开进来的汽车。

标志下方写着："在这里，我们就是上帝！"

"这是什么玩意儿，想不到美国人也这么无聊。"看到这一幕，坐在郑海涛车后的张薇不由地嘟囔了一句。

郑海涛停好车，和弟弟径直朝一个戴着压低棒球帽帽檐的工作人员走去。

张薇、王肃下车去找厕所，林春生则趁机进到加油站的超市里面拿了一些啤酒和小食品。

“嗨，你好，请帮我们把两辆车的油加满！”远远地，郑海涛就和对方打起了招呼。

那个被帽檐遮住眼睛的工作人员没有吭声，起身从设备上抽出油枪指指停放的车辆，示意他们把车开过来。

在郑海涛去开车的时候，郑海瑞趁机问道：“你们为什么要设计这么一个奇怪的Logo，这是外星人吗？”

对方冷笑着，瞪了他一眼：“我们可没那么无聊，陌生人，你们永远也没机会了解道西！在这里，我们经历的看过的，是你无法想象的！”

说完他扒开郑海瑞，专心地给车子加油，不再理会对方的任何问题。

这时拐角处厕所里忽然传来一阵张薇惊恐的呼救声。

等郑海涛兄弟赶过去张薇早已跑了出来，她扶着一棵树气喘吁吁，一脸惊魂未定的样子。

看到郑海涛，她用手指着厕所拖着哭腔叫道：“刚才我在上厕所，隔壁间里有个怪物扒着隔板往下偷窥我！它脑袋是两瓣的，没鼻子，五官挤在一团，下巴底下还有两条长肉须来回动，吓死我了！”跟着她便哭了起来。

“你们等等，我进去看看！”

郑海涛说着径直向女厕所走去，却被郑海瑞叫住：“哥，等一下，我车后备箱里有根棒球棍，你拿上再去。”

郑海涛提着棒球棍，来到厕所门口，看到王肃也在那里徘徊，郑海涛给他使了个眼色，两人一前一后小心翼翼地摸了进去。

从里面的环境来看，这个厕所已经荒废多时，地上墙上到处都是污垢，最尽头的一个隔间门板由于螺丝松动，大半已脱离了门框，松松垮垮地挂在上面，给人一种摇摇欲坠的感觉。

郑海涛示意王肃堵住门口，自己高举棒球棍轻轻地向那一排隔间走去，尽管他努力让自己走得悄无声息，但脚下还是会不时地踩到垃圾发出一些不必要的响声。

正当郑海涛走到第一个隔间准备伸手拉门的时候，只听“嗷——”的一声，一个外形和张薇描述得一模一样的怪物咆哮着从他头顶兜着风扑了过来，一下将郑海涛狠狠地砸在了地上。

郑海涛只觉得自己的咽喉被一双长满黑毛的大手用力钳住，就在自己被掐得马上要失去意识的时候，只听传来一声大吼：“他妈的罗杰，你给我滚回去！”

听到呵斥，那怪物马上松了手，“啊——啊——啊”地怪叫着悻悻走开了。

一个穿着格子衬衣，两鬓斑白、满脸络腮白胡的老头走了过来，他径直来到还在喘着粗气的郑海涛面前，一面伸手将他拉起一面说道：“年轻人，刚才没有吓到你吧？那是我的儿子罗杰，他对人很友好，特别是喜欢女人！”

“是呀，我们都喜欢女人！老罗杰的孩子真是可怜，被外星人掳走那么多年，给他注射了一些药物，回来后就变成了这个样子！”

不知什么时候，那个替郑海涛加油的工人也凑了过来，站在被他称作老罗杰的老头身后补充道。

老头似乎很不喜欢有人在这个时候多嘴，他回过头，狠狠地瞪了对方一眼骂道：“该死的，赶紧回去干你的活，你要再多嘴我就让你屁股开花！”

工人讨个没趣，冲郑海涛耸了耸肩转身走开了。

老头接着说道：“别理这家伙，他就是个国际大嘴巴。我是这个加油站的老板老罗杰，很抱歉我儿子吓到了你们，他是生了一场病才变成了这个样子，医生也都对此无能为力，是疑难杂症。”

说完老罗杰一指加油站的方向，顺着他指的地方望去，郑海涛看到一个佝偻着腰，两瓣脑袋的怪物跟在戴棒球帽员工的身后一颠一颠地走了。

“那么，你们为什么要在加油站竖一个外星人模样的牌子？”郑海涛问。

“只是因为好玩，没别的意思，大家都传这里有外星人出没，所以每年都会吸引大量的游客来这里观光，我们就以此招揽生意。好了，我要去忙了！”老罗杰说完，撂下郑海涛自顾自地走了。

郑海涛揉揉被撞得还隐隐作疼的屁股，跟跟跄跄地走了出去，他还没有从刚才的惊吓中完全恢复过来，只想赶紧离开这个怪异的地方。

车加满了油，车队又重新上路了，经过半个多小时的路程，一行人终于抵达了道西镇，这时已是下午四点多。

小镇建在半山腰上，看着不大，导游图上介绍整个小镇人口也不满 900 人。

这会儿小镇上的行人很少，街道两边的商铺大多关着门，最引人注目的是街边一块高悬的广告牌，上面印着三个外星人，形象和在加油站看见的差不多，牌子上有一行英文：欢迎来到道西镇。

由于天色近晚，怕再晚就订不到旅馆，郑海涛决定兵分两路，林春生和王肃开车去寻找旅馆，自己和张薇则在弟弟的带领下再次前往道西镇警察局报案。

三人赶到警察局已是下班时间了，警局里十分冷清，除了一个坐在前台值班的黑人胖警察外，里面看不到什么人。

那个胖警察一眼认出了郑海瑞，冲着他不满地嘟囔了一句："你怎么又来了？这回跟着你的又是谁呀？"

郑海瑞见状，连忙走过去恭敬地说道："警察先生，这是我哥哥，他千里迢迢从中国赶过来，只为寻找他的爱人，旁边这位女士也是相同情况，她的弟弟也是一同失踪的。他们都很着急，你能明白那种失去亲人的痛苦吗？"

"是呀，先生请帮帮我们吧，这是他们的失踪报道，上面有他们的照片和走失时间。"这时郑海涛也凑了上来，将早已准备好的报纸递给了黑人警察。

"我昨天就和你说过了，道西镇每年都有那么多的人失踪，而且都没留下什么线索，我们能做的只有把这一类的案件列为失踪案先挂起来……”

就在双方交涉的时候，值班室里屋传来了一个低沉的声音说道：“汤米，是谁又来报案了？”

“是一群中国人，其中一个昨天来过，两个月前他们有六个人在这里失踪了。警长，你要不要出来接待一下？”那胖警察本来就不大愿意管郑海涛等人的事，现在见有人问，立刻把皮球踢了过去。

一会儿的工夫，里屋门开了，一个白人警察走了出来，郑海涛定睛一看，发现此人正是早上在机场停车场帮林春生拿回腰包的杰夫，不同的是，这会儿的杰夫穿着一身警察制服。

“噢，见鬼，想不到你们还真来了！”杰夫用手一拍脑门，露出一副无奈的表情，“既然这样你们就跟我来吧。”

说完，杰夫便将郑海涛三人带到接待室里，让他们坐下后，劈头问道：“你们为什么不和我给你们写下联系方式的人联系？你们去找他寻求一些帮助可比你们三番五次地来这里有用多了！”

“杰夫先生，我只想找回我的女朋友，如果连警察都无能为力的话，那还能有谁可以帮助我们？”这时的郑海涛已绝望到了极点，他几乎是声嘶竭力地喊道。

本来就承受着巨大压力的他面对当地警察的不断推诿，终于负面情绪大爆发了。

“冷静，冷静！朋友，听我说，你为什么这么固执，总是拒绝相信别人告诉你的任何事情，早上就和你们说过了，想必这一路上你们沿途也看到了一些东西，那绝不是当地人的图腾崇拜，事情的出现都是有原因的，他们在这个地方的时间比美国诞生的时候还要早。大概在 1947 年，美国政府和他们秘密签订协议，允许他们在这里建筑基地，甚至可以定期绑架一些人和牲畜，作为换取外星人先进科技的一种交换。我本不该和你们说这些的，因为我是公职人员，向外人谈论这样的核心机密被知道是要遭受制裁的，但早上兄弟你为找回女朋友的决心感动了我，我才给你写下了能帮你的人的联系方式，但你却一直在拒绝我的帮助！”

正在这个时候，门被推开了，一个大腹便便满面油光的中年男子端着咖啡杯走了进来。

“杰夫，出去！”他命令道，“让我来接待这些可怜的人。”

杰夫顺从地站了起来，与郑海涛擦身离开时说道：“这是我们的局长，威尔逊先生。”

说完他头也不回地离开了接待室。

威尔逊局长把咖啡杯撂到桌子上，打量了一番郑海涛等人，不紧不慢地说道：“汤米和我说过你们的事情，我劝你们还是回中国去等吧，办案是我们的职责，就算你们来这里也改变不了什么，这是我个人给你们的建议。”

但是听这话的人却并不领情，在郑海瑞把局长的话翻译出来后，张薇噌地一下站了起来，红着眼圈用中文哽咽道：

“局长先生，不知您是否经历过亲人失联？我的弟弟才27岁，清华大学毕业，他是那么的优秀，我们全家都以他为荣，弟弟失联的这段时间，我妈妈的眼睛都快要哭瞎了……”

“天哪，这个疯女人！”望着眼前情绪激动的张薇，威尔逊皱着眉头显出一脸不耐烦的样子。

“总之，你们必须尽快离开这里就对了！这儿不欢迎你们！”威尔逊下了最后通牒，然后又补充了一句：“如果让我发现你们这票人在镇上搞什么动作，我一定会让你们吃不了兜着走，我会注意你们的！”

说罢威尔逊头也不回地向外走去。

“局长先生，请等一下！”郑海瑞心有不甘地问道，“道西镇到底有没有外星人在绑架游客？”

“没有！”说完这话威尔逊就消失在了楼道拐弯处。

从警察局出来天色已暗淡下来。

“唉，又是无功而返。”

郑海瑞不由地抱怨起来。郑海涛却久久不作声，似乎在思考什么。

半晌，他才问郑海瑞：“老弟，杰夫写给我们的那个联系方式在哪里呢？”

“在我这儿，你要吗？那个杰夫让我们找的人好像叫乔治·雷德蒙。”

“回头再说吧，我们先找地方住下来，赶紧联系春生他们，不知他们旅馆找的怎么样了。”

当晚，五个人住到了道西镇一家叫作“Holiday Town”的小酒店，酒店的第一层是个酒吧，由于颠簸劳累了一天，再加上诸事不顺，所以谁也没有闲情去喝酒。

安置好了行李，郑海涛看看表才七点多钟，于是他决定出门转一圈。

路过一层小酒吧门口时，郑海涛看到林春生竟然在那里端着一瓶啤酒和两个膀大腰圆的老外有说有笑地开怀畅饮。

看到这幕，郑海涛立刻气不打一处来，他径直走过去朝着林春生后脖颈儿来了一下，骂道：“怎么现在这时候就你小子没心没肺的，早知道根本就不应该带你来，不过也好，至少这趟我算是见识到你的英文水平了！”

“不是呀！我是在帮你探听消息，这是辛格，他说大概两个月前有人捡到了一个摄像机，拿到他妈妈开的二手店里要卖给他们，被他们留了下来。检查设备时，发现里面还有很多没有删掉的录像，记录的是一群中国人，我想可能是小洁他们！”面对郑海涛的指责，林春生委屈地说道。

跟着又不忘得意地加了一句：“怎么样，我的英语水平还可以吧？”

说完，他一指身旁一个头裹三角围巾，带着黑墨镜，留有山羊胡子的魁梧壮汉对郑海涛说：“这就是辛格！”

郑海涛此刻忽然觉得眼前一亮，仿佛看到了希望的曙光，但似乎又有些不放心，他凑到辛格面前和他握了握手，小心翼翼地问道："你们拿到的那个摄像机是什么牌子的？"

"嗯，索尼的，一个黑色的摄像机。"辛格努力地回想了一下说。

听到这里，郑海涛的心一沉。

他清楚地记着胡洁走的前夜是自己和她一起收拾的行李，知道她旅游的时候喜欢摄影摄像，所以他特意将一个黑色的索尼摄像机放进了行李包中。

"那摄像机里面录的东西还在吗？"郑海涛又颤声追问了一句。

辛格点点头，仰头将手里的半瓶啤酒一饮而尽，一抹嘴说道："嗯，我们拿到东西的时候看过里面的录像，特别是最后录的一些东西，非常诡异，这样的视频是很少看到的，所以我们就一直没有删除。老实说，我们应该把这些东西交给警方，但警察似乎也管不了这类事情，所以我妈就将东西暂且保留了下来，也许有一天机子的主人或是机主的朋友能来这里寻找，也好当面还给他们。今天太晚了，如果这东西像是你们失踪朋友的，明天上午你们来镇上的老约翰二手电器铺来拿，我们会在那里等你们。"

对于辛格的好意，郑海涛自然是不能没有表示，作为报答，他去吧台买了一打啤酒，与林春生一起和那几个老美畅饮起来。

白天的路途劳顿再加上肚子里没食垫底，刚一瓶啤酒下肚，郑海涛就感到一阵恶心，胃里也是翻山倒海，酸水都快涌到了嗓子眼儿，他再也受不了了，站起来，用手捂着嘴夺路冲出去，一到门口就迫不及待地蹲到地上狂呕不止。吐干净后他感觉舒服了不少。

起身正要回去，却突然发现酒店的前方道路上停着一辆警车，坐在司机位置上的警察正注视着自己，看郑海涛也在往这边看，那警察一打方向盘把车开走了。

虽然整个过程双方没有任何交流，一丝不祥的预感却袭上郑海涛心头。

他回到座位后却没把这事和林春生讲，因为他也不能确定刚才的警车和晚上他们去过的警察局是否有关联。

由于身体不舒服，郑海涛又勉强坐了一会儿就上楼睡觉了。

临睡前，他去找了王肃和张薇，告诉他们自己找到了一些线索，明天一起去老约翰二手电器店。

第二天上午十点半，郑海涛驾车带着王肃、张薇如约抵达了镇中心街道拐角处的老约翰二手店。

辛格没在，他的妈妈，一个佝偻着背走路颤颤巍巍的老太太接待了他们。

郑海涛说明来意后，老太太点点头说道：“年轻人，我在这摄像机存储的影像里见过你，你搂着一个女孩，她应该就是机子的主人。”

说完，她转身走到角落里的货柜前，踮起脚从上面拿下一个黑色的东西，送到郑海涛他们面前，喃喃地说道：“送过来的时候镜头已经摔裂了，不过里面的录像还可以看。上帝呀，发生在他们身上的事情实在是太可怕了，虽然我听不懂那些中国人在说什么，但是我对他们的遭遇深表同情！”

郑海涛接过东西，发现这正是自己带给胡洁的摄像机，一瞬间，他的脑海里一片空白，“完了……完了，他们出事了……”同时，他也从没感觉到自己像现在这样糟糕。

见郑海涛拿着摄像机像被施了咒一样一动不动，身边的王肃连忙捅捅他劝道：“兄弟，我和你一样，我也很担心他们，还是先看看里面的内容吧！”

这倒提醒了郑海涛，他熟练地摆弄了几下摄像机就调出了3月份的录像，录像是从胡洁他们抵达美国的第一站开始录的。

从画面显示来看，应该是六个人在轮番拍摄，从3月3日到3月9日期间，记录的都是些众人吃喝玩乐的镜头，没什么意义。

直到郑海涛将进度快进到3月10日时，镜头里出现了一个熟悉的画面，那是道西镇中心，刚刚郑海涛还开车路过了那里。

视频里，胡洁和林珊珊手拉着手对着镜头一边倒退着走，一边用夸张的语气解说着：“哈啰，哈啰，电视机前的观众朋友们，现在我们位于美国南部最神秘的区域——道西镇！盛传这里是外星人经常光顾的地方，镇子上也到处都是和外星人有关的东西，听说离这里不远的安丘利塔山就是时常出现飞碟的地方，所以今天我们六人组要去一探究竟。”

跟着，赵小萍和李燕霜也跳到镜头前，几个人一阵嬉闹。

这时录像就中断了，等再出现画面时，他们已是在郊外了。

天色已蒙蒙黑，镜头里几个人正忙着升篝火和支帐篷，忽然镜头前方的远处一道亮光划破了黑暗的天际，跟着镜头旁传来一个男人急促的声音：“天哪，你们看到了吗？那是什么！没准儿真的是飞碟！”

看到这里，围在一旁的张薇不由地失声叫了出来：“这是我弟弟的声音！是阿楠！”

由于太激动，她忍不住用手捂住嘴，尽管强忍着但两行眼泪还是悄悄地淌了下来。

视频里画面仍旧在继续，镜头一转出现了一个年轻男子的特写，那正是张楠。

“胡洁、珊珊，你们几个女孩留在这里别乱跑，郭老师，我们过去看看吧？”

“你们别逞强，多危险呀，别过去了，谁知道刚才那是什么？”这是胡洁的声音，跟着摄像机被交到胡洁手中，由她继续拍摄。

画面里，张楠和一个背着红色登山包的中年男子正在逐渐走远。

“有什么情况及时打电话呀！”林珊珊冲着他们背影喊道。

镜头又中断了，许久才出现了画面，此时三个女孩偎依在篝火旁，唯独不见李燕霜，应该就是她在拍摄。

“天呀，他们去了那么久，不会出事儿吧？”张小萍焦急地一个人自言自语说道。

“呸，呸，呸！乌鸦嘴，给他们打个电话不就知道了。”镜头里，胡洁拿出手机，拨号后放到耳边却半天也没下文。

“我的手机也没信号了！”胡洁检查了一下手机后叫道。

“哎呀，我的手机也没信号了！”是林珊珊的声音。

“我的也没有了！”

“我的也是！”

正说着，远处暗黑的天际忽然升起了一轮五彩斑斓的亮点，大概有十几个，在空中交织一起来回乱窜，同时慢慢地向这边推进。

“它过来了！天呀，珊珊快跑！”胡洁叫了起来，颤抖的声音里透着恐惧。

同时，镜头画面开始来回乱晃，大概持续了半分钟，摄像便被人为终止了。

看到这儿，郑海涛开始意识到这起失踪案已不是之前自己想的那样简单了，也许真的正如杰夫所言，有一股神秘的力量介入让这起失踪案越发扑朔迷离。

郑海涛关闭了摄像机，试探着问老太太：“我能把它拿走吗？我要好好研究一下，这台机器里记载的东西对我很重要！我可以再付您一些钱作为补偿。”

谁知老太太却摆摆手很爽快地说：“别傻了，年轻人，这东西本来就是你失踪朋友的，我不要你的钱，你把它拿回去吧，希望你能早日把这些女孩子找回来。”

回到酒店后，郑海涛马上回到自己的房间，迫不及待地打开了摄像机，继续接着往下看。

这时录像的时间显示已是第二天——3 月 11 日上午，镜头里还是三个女孩，说明昨晚有惊无险，而她们所处的地方像是在一片树林里。

对着镜头林珊珊沮丧地说道：“我们这是在哪儿呀？昨晚跑了一夜，我们是不是还在山上？”

忽然，画面一转被定格在了前方，只见一片矮灌木丛中一个红色的登山背包斜挂在那里。

“那是郭老师的背包！”女孩中有人认了出来。

林珊珊跑过去想把包拿回，到了跟前伸出的手却缩了回去，跟着尖叫起来：“这上面还有血，郭老师他肯定出事了，我们快去报警吧！”

正说着，前方的灌木丛传来一阵哗啦哗啦的声音。

“不好，有人来了！快躲起来。”胡洁压低声音提醒同伴，几个女孩转身向一处凸起的土堆跑去，但即使是在躲藏的时候，摄像机也一直在拍摄。

很快，就看到前方有两个高大的白色身影走进了画面中，目测他们个头都在两米左右，全身都罩在一个类似巨大龟壳的白色防护体里，披着白色的斗篷，面部位置嵌着一面防护板似的物体，以至于根本无法看清样貌。

只见他们来到背包前，其中一人双手把它捧起来举到面前歪着头似乎是在研究什么，突然，他丢掉背包猛一转身，一下与正在偷拍的胡洁她们撞了个对脸。

“嘎——”他突然发出一阵类似动物般的尖锐叫声，朝躲藏在土堆后面的女孩们冲了过去。

“快跑呀！他们过来了！”女孩们拖着哭腔叫着四处逃散。

镜头画面也大幅度地晃动着，拍摄的都是脚下快速后退的地面，应该是摄像人正在逃跑而忘了关摄像机。

过了一会儿，摄像机似乎是调好了角度，又有画面出来了。

画面中远处两个罩着白色龟壳的巨人一人肩上扛着一个女孩正在往回走，那两个女孩是林珊珊和李燕霜，此时她们伏在巨人的肩上一动不动，似乎已经昏了过去。

眼尖的郑海涛同时发现，那两个两米高的神秘人，或者应该称其为“类人体”，他们的屁股后面都拖着一条又长又细的白尾，随着他们走路在来回摆动着，尾巴的末端长着一个类似针筒状的物体。

“这是什么鬼玩意儿！”郑海涛暗自感叹道。

这时视频里再次传来了胡洁的哭声：“完了，完了，他们抓走了珊珊和燕霜！”

画面里，胡洁蹲在地上，双手抱头把脑袋埋在双膝之间，绝望地哭着。

“胡姐，别哭了，我们跟过去看看吧，至少确定了她们的位置我们才好回去找警察求助呀。”这是正在录视频的赵小萍声音。

于是，画面便跟拍着那两个类人体的背影不断向前推进。

突然，赵小萍小声叫了起来：“哎呀，胡姐，你踩到什么了！”

跟着画面一下被切到胡洁身上，只见胡洁站在一片草丛中，她的脚下正踩着一只从草丛里伸出的人手。

经赵小萍提醒，胡洁也“哎呀”一声，吓得躲闪到一边。

半晌，她才鼓足勇气重新凑上去，用一根树杈，小心翼翼地将那只胳膊附近的草丛扒开，露出一具亚洲中年男性尸体。

他的衣服全部被撕烂，一丝不挂，尸体遭到开膛破肚，似乎有一些器官被取走了，一群苍蝇正伏在尸体的创口处贪婪地享受着他们的盛宴。

“是郭老师！呜呜——郭老师死了，胡姐，我们该怎么办？”赵小萍被眼前的画面吓得哭了起来。

“别哭了，小萍，我们现在下山去，赶紧报警！”胡洁虽然没哭，但声音也哽咽起来。

到这里视频又中断了。

郑海涛查看进度，发现整个视频快要放完了，只剩下不到一分钟的内容。

他快进了一下，很快就跳到了最后一段录像。

此时距上一段视频已是六个小时以后了，天也有些擦黑，画面里不见一个人，空旷的山野里只能听到胡洁一个人急促的粗喘声。

“现在只剩下我一个人了，刚才有飞碟路过，它们吸走了小萍！它们也在找我，海涛！你在哪里？我好怕，快来救救我呀……”视频里，胡洁哭诉的声音再次传入郑海涛的耳朵。

此时，郑海涛彻底失控了，看着画面里自己女朋友身处险境在呼唤着自己，而自己却什么也做不了。

郑海涛把摄像机放到一边，像一头发了疯的困兽，双手攥拳一边拼命擂打自己的脑袋一边号啕大哭。

正在这时，从摄像机里传出一阵轰隆隆的沉闷响声，郑海涛擦干泪水重新拿起摄像机。

看到画面，他不由地倒吸了一口冷气。

根据视频的角度，是胡洁举着摄像机在拍摄，画面里在她头顶上方 1 米高的地方，一个巨大的三角形飞行器轰鸣着缓缓压了过来，很快就将胡洁罩在了它的阴影里，接着一道蓝光径直打向镜头。

“啊——”随着胡洁的惨叫，画面忽然一下飞到了空中。

几秒钟后，一张椭圆形的灰脸凑到了镜头前，他没有鼻梁，鼻区的位置只有两个塌落的鼻孔，嘴巴是一个凹缝，他用一双没有眼皮的黑色大眼睑打量了一下镜头后，整个画面就黑掉了。

看到这里，郑海涛突然意识到自己已没有多少时间了，他开门冲到对面郑海瑞的房前，一面砸门一面叫道："老弟，赶紧联系杰夫给我们介绍的那个叫雷德蒙的人！"

第二章　乔治·雷德蒙

——几百年前，欧洲殖民者们来到非洲大陆和部族酋长签订协议，用损坏的步枪和机械物品换取当地黑人作为奴隶，为了得到先进武器，非洲贵族们成了殖民者的代理人。不到一百年的时间，整个非洲大陆就沦陷成了欧洲人的殖民地。今天，历史将会重演。

当郑海瑞拨通了雷德蒙电话那一刹间，他们兄弟怎么也不会想到，一切都将从这里改变。

在越过两段等待忙音后电话终于通了，话筒里传来一个标准的美式口音。

“是谁？说话！”声音虽听着苍老却很有力度。

一旁的郑海涛抢过手机鼓足勇气问道：“您是乔治·雷德蒙先生吗？我的女朋友被UFO绑架了，我想知道是否能得到您的帮助……”

“你打错了！我要挂了。”不等郑海涛说完，电话那头的声音就变得有些不耐烦了。

情急之下郑海涛急中生智大叫一声：“等等！是杰夫先生给我们的联系方式。”

此话一出，对方先是一阵沉默，接着又自言自语起来：“杰夫？又是那小子，总是给我添麻烦……”

突然，他又像是想起什么似的问了一句：“你的电话有没有被人窃听？”

“没有！先生，我们是昨天才来到的这里。”

“嗯，那好吧，晚上七点我会在道西镇的猴子餐吧（Monkey Bar），如果你们想找我喝一杯的话。我穿一件米黄色夹克，一切见面后谈吧，我现在要挂了。”

说完，不等郑海涛做出反应，电话那头便响起了忙音。

“怎么样？他怎么说？”郑海瑞凑上前问道。

“他好神秘。”郑海涛耸耸肩，打开百度地图，开始查找道西镇猴子餐吧的位置。

晚上七点十分左右，郑氏兄弟才驱车抵达了猴子餐吧。

之所以延误了一会儿是因为半路上郑海涛透过后视镜，发现总有一辆黑车不紧不慢地跟在他们身后。

很快郑海瑞也发现了这个情况：“哥，我们被跟踪了！这辆车都跟着我们开出好几公里了！”

郑海涛表现得还算冷静，他一手把着方向盘，一手抄起电话打给了林春生。

“春生呀，我们遇到麻烦了，有辆车在跟踪我们，我们在 ×× 位置，你开海瑞的车快点过来！不管用什么办法帮我们摆脱它！”

“你让他过来干吗，还嫌他不够坏事？”郑海瑞不解地问。

“我现在能用的也只有他了。”郑海涛边说边驾车继续和后面的黑车兜起了圈子。

过了大约二十分钟，郑海瑞的红车出现在了郑海涛后视镜范围里。

林春生开车绕到跟踪郑海涛的黑车屁股后头，加大马力狠狠地撞了上去，随着“哐”的一声巨响那辆黑车被拱出了公路。

郑海涛趁机一踩油门，远远地把追踪者甩在身后扬长而去，而郑海瑞此刻却怎么也高兴不起来。

“完了！完了！这可是我租的车，这么撞法不知要赔多少钱，我要杀了你那个死胖子朋友！”他双手揪着头发痛苦地叫道。

虽然成功摆脱了跟踪者，但郑海涛他们最后还是迟到了，因此一进餐吧他们便左顾右盼到处寻找，生怕雷德蒙因为等得不耐烦一走了之。

这是一家典型的乡村风格餐吧，枣红色木质的地板配着简易的桌椅，墙上钉着一个梅花鹿头作为装饰。

角落里高悬的电视里正播放着季度职业棒球赛，虽然已经到了饭点，但餐吧里的人却并不多，稀稀拉拉地只坐了三四桌。

因此郑海涛他们很容易就在悬挂电视下方的角落里找到了坐在那里的雷德蒙，正如电话里所说，他穿着一件米黄色夹克，梳着过时的分头，头发已花白。

他的眼睛酷似哈里森·福特，眼神却要比后者更加犀利，比起这些让郑海涛更感兴趣的是这个人左手没有了小拇指和无名指。

郑氏兄弟对视了一眼，赶紧走上前去。

“对不起，雷德蒙先生，我们迟到了，因为我们被……”郑海瑞刚要向对方解释之前发生的事情，却立刻被哥哥狠狠地拧了一下大腿，他忙识趣地闭住了嘴。

“雷德蒙先生，您好，抱歉久等了。我叫郑海涛，这是我弟弟，我们从中国来。”郑海涛一面把雷德蒙桌子对面的椅子往外拉一面将手伸向了雷德蒙。

而雷德蒙似乎并不准备与他握手，只是点点头，面无表情地问道：“坐下吧，你的女朋友失踪多久了？”

“快两个月了，之前我们的寻找没有任何收获，直到昨天我发现了她失踪时遗失的摄像机，看到了里面拍摄的一些东西，我才给您打的电话！”

说着，郑海涛从随身携带的包里拿出摄像机递给了雷德蒙，在雷德蒙捧着摄像机专注看视频的过程里，郑氏兄弟静静地坐在那里大气都不敢喘一下。

大约过了十几分钟，雷德蒙快进地看完了录像。

“好吧。”他将摄像机放到桌上说道，“从你朋友录制的视频里，我发现了不止一种外星访客。事实上在道西这个地方，已知存在的就有 37 种外星人，他们躲在我们不易察觉的地方，通过在人类中选定的代理人替他们获取一切，除非是在他们绑架人类的时候，否则你根本就没机会能见到这些天外来客。”

“这怎么可能？他们既然真的存在，那他们到底藏在哪里？”对于雷德蒙的话，郑海瑞似乎不是很相信。

面对质疑雷德蒙并没表现出任何不悦，他抬起左脚轻轻跺了跺地面说道：“他们就在我们脚下，在地下距我们一千五百米处的地方，外星人在那里建造了一个庞大的基地，一共有十八层，最深处的地方甚至到了三千米以下，他们的飞行物可以不被雷达侦测就自由进入地面。这个地方被人类称作道西基地。美国政府对此事也有参与，在 1947 年杜鲁门总统与来自拉蒂斯坦星系的拉蒂斯坦人（简称灰人）签订了人类与外星人互不干涉的‘道西计划’协议，允许他们自由迁移，并在道西拓展基地，同时默许了外星人可以定期绑架人类的行为。

“作为回报，美国不光可以得到灰人馈赠的一些‘先进技术’，科学家们还被允许入驻道西基地，和灰人合作一起开发基因技术，就是大家熟知的克隆。所以外星人需要大量人类做活体实验，这仅仅是灰人和小绿人的需求。灰人我想你们已经见过了，就是绑架你女朋友最后在视频里露脸的外星人。

“我推测，你的女朋友应该已经被他们带入了道西基地，如果是被用作研究的话，她会被关在第七层，那里是灰人的实验室。还有一种外星人，也会劫掠人类，我通常称其为异型，在他们眼中我们就是食物，刚才视频里扛走两个女孩的怪物就是这种异形。他们由于对自然环境里某些细菌过敏，没有免疫能力，因此他们外出时都会穿戴类似人类的防护服。事实上他们的长相比你们在视频里见到的还要恐怖，美国政府称其为蜥蜴人，如果你们有机会亲眼得见，下半辈子一定会生活在噩梦里。

“这些蜥蜴人喜欢外出打猎，他们的目标是人类，但他们不会向野兽那样把猎物吃成骨架，他们特别中意人类的某些部位和器官，比如肾脏，这是他们首选的食物，因为人类分泌的肾上腺素对他们而言是一种可以上瘾的兴奋剂，就好比我们为什么喜欢吸食可卡因一样。因此落到蜥蜴人手里的人类，根本就没有生还的可能。”

听完雷德蒙的长篇大论，郑海涛心情更加沉重了，他抱着最后一丝希望小心翼翼地问道：“雷德蒙先生，你说我女朋友应该被送进了道西基地，那她还有生还的可能吗？”

“这个真的很难说，”雷德蒙耸耸肩，“谁知道那些灰人会把她做什么用途，他们喜欢提取人类基因混合外星基因，用人类母体创造各类新物种，在道西基地就连美国政府派驻的人员也无法插手他们的事务！”

雷德蒙的这番话忽然一下提醒了郑海涛，让他回想起了在加油站袭击自己的那个怪物。

他忙将这段经历讲给雷德蒙听。

谁知雷德蒙对此并不惊讶，他淡淡地说：“那是开加油站老罗杰的孩子，我知道他。按照当初外星人与美国政府的协议，灰人是不能绑架当地镇民，因为那样太过于明显，会让美国政府很难做。即使这样，很多当地人仍旧知道了我们政府与他们合作的事情。在 1979 年的道西之战之后，这件事在当地已没什么秘密可言了，很多人都反对‘道西计划’，特别是老罗杰，他年轻的时候曾经被派驻到道西基地第一层担任保安，那时应该在里面见过了一些东西，道西战争爆发后他逃了出来，并经常在公开场合揭露政府与外星人的阴谋。作为惩罚，三年前灰人带走了他的儿子，那年他儿子才 19 岁，直到老罗杰被迫向政府屈服承诺缄口，他的儿子才被放了回来。但就如你所看到的，灰人在他体内注入了某种基因把他变成了怪物，以此警告老罗杰和其他镇民。”

尽管雷德蒙说的事情很瘆人却并没有吓住郑海涛，此时的他已经是豁出去了：“不管要去哪里，我一定要把我的女朋友找回来，就算到地狱走一圈我也在所不辞！”

听了郑海涛的话，雷德蒙哈哈一笑不屑地说：“孩子，相信我，道西基地可比你我认知的地狱恐怖多了，那里不仅可以让你变疯，还会颠覆你对以往一切的认知。当初外星人向下延伸营建了十八层，每层都有不同的用途，实际上作为曾经的合作伙伴——人类也只被允许在第一到三层活动，但 1979 年一支人类部队突袭了道西基地，他们下到了更深，我曾和参加那次行动的幸存者聊过，他和我说他永远也忘不了那天在里面所见到的一切，回来后他每晚都会做噩梦，就在我们聊完不久，他不堪天天承受这样的折磨开枪自杀了。”

“杰夫说你能帮我们……”见和对方聊了半天都没能聊到主题上，郑海瑞有些忍不住抢过了话茬。

“事实上我无能为力。孩子，就像我之前和你们说过的，美国政府和生活在道西地下的他们是有协议的。其实最早和灰人缔结合作条约的是纳粹德国，希特勒的雅利安人实验也要依靠灰人帮助。二战后期美国政府说服灰人和他们合作，以比希特勒更加优惠的条件换取了盟军在进攻纳粹时灰人的中立，包括允许外星人拥有像道西基地这样的殖民地，所以在这里任何对道西基地的敌对行为都会先遭到来自美国政府的阻止。好了，孩子，我和你们说得够多了。至少现在你已经知道女朋友身在何处，相比之下很多失踪者的家属一辈子都不知道自己的亲人去了哪里。现在我要走了！”

说完这话，雷德蒙起身便向外走去。

“雷德蒙先生……”郑海瑞还想叫住他，却被郑海涛阻止住了。

“算了，就由他去吧，这个冷血老疯子！”

“就是！瞧他那副自以为是的样子！”郑海瑞也紧跟着

补充了一句。

兄弟二人失落地走出了餐吧，却惊讶地发现林春生不知什么时候坐到了郑海涛的车里，远远看去他耷拉着头，靠在座位上一动不动。

“见鬼！春生是什么时候钻到我们车里的？”郑海涛此刻也没多想，掏出车钥匙朝车子走去，突然他听到了身后弟弟惊恐的叫声。

“哥！快跑，是他们……”

郑海涛回头看去，发现郑海瑞已被两个身穿风衣戴墨镜的白人男子从后面勒住脖子控制了起来，其中一人掏出注射器，似乎正要给他注射药物。

“混蛋！你们放开他！”郑海涛用中文大吼一声，刚要扑过去，后脑勺却重重地挨了一下子，只觉眼前一黑阵阵晕眩令他无法立足瘫倒了地上。

恍惚中郑海涛感到自己正被人拖动的身体突然停了下来，同时耳边隐约传来一阵夹杂着惨叫的打斗声，跟着便什么也不知道了。

等郑海涛清醒过来，发现自己正躺在一个陌生的房间里，四周是由木板搭建的墙，正对他的墙中间嵌着一个堆放木柴的壁炉。一只巨型纽波利顿犬慵懒地趴在地上，伸着舌头一脸漠然地注视着自己。

这时，房间门被推开了，郑海瑞走了进来。

“哥，你没事吧！雷德蒙救了我们，我们现在在他家里。林春生也一起带过来了，不过他被注射了镇静剂，看上去好像比你还糟糕。”

“那些袭击我们的是什么人？”此刻郑海涛虽然清醒，但脑袋仍一阵阵的发蒙，他摸着脑后隐隐作疼的部位迫切地想要知道答案。

“让我来回答吧！看来你们的处境远比我想象的危险。”不知什么时候，雷德蒙也走了进来，他来到壁炉旁蹲下，一边生火一边说。

“刚才袭击你们的不是政府的人，开始我也以为他们是CIA特工，后来我打昏了一个，看到他后脖颈儿的文身，才知道绑架你们的是‘圣乔治亚屠龙兄弟见证会’（简称屠龙会）的人。这个组织，针对外星人成立，建立于卡特政府时期，它的成员全部来自美国军方，一度被划入美国政府的特殊部门，宗旨是为了地球和平，不惜一切代价维持现在的局面。即地上的世界属于人类，地下世界由外星人支配，不管什么情况都不能打破这个平衡。为了这个目的，他们甚至可以去刺杀总统。后来这个组织从美国政府脱离出去，那大概是1979年道西之战以后的事情，但即便现在，他们有时还会和军方合作。我想这次他们注意上你们，应该是和给我打电话有关，我的电话常年被监听。不过不同于CIA特工，遇到他们，你们倒不会有生命危险，不然你的朋友也不可能现在还坐在这里，他们似乎是准备带你们回去用一些特殊仪器洗掉你们的记忆。我当时也没搞清楚，以为你们遇上的是政府的人。如果是那样我就不应该出手，也许被洗掉这段记忆对你们还会有好处，有的时候，知道发生的事情却又无能为力去改变还不如一开始就不知道的好。”

“谁说我无能为力？我说过了，为了她，无论如何我都不会放弃！”

“关键问题就在这里！我想他们大概也猜到你们已经知道道西基地的事情了，因为在这些人眼中，任何一个细微的疏忽都可能会导致灾难性的后果。虽然我并不认为你们有能力进入那里，但是一旦道西基地遭到来自地面的入侵，不管是什么行为，都会导致灰人向地球人的全面反击！可是现在我们还没做好准备，人类的科技远远落后于他们。”说到这儿，雷德蒙不由感叹起来。

“既然这样，那为什么外星人还不到地表征服我们？还有，您老是提起的道西战争是怎么回事？”郑海瑞问。

“他们不是不想，是也没做好准备。虽然外星人的科技远在我们之上，但是置身于地球的环境他们很脆弱。他们对地球空气里的一些细菌、花粉或是微生物没有免疫力。比如灰人，如果把他们暴露在自然界过不了半个小时他们就会死掉，唯一对此有些承受力的是蜥蜴人，但他们到地面上活动时也要穿防护装备，所以他们目前只能待在地底下。这就是为什么外星人和人类之间的平衡到现在还没有被打破！

“至于 1979 年人类和外星人的那场战争，是因为当时从在道西基地与外星人合作的人类工作人员那里传来一种说法，说灰人正在扩大人体实验，利用人类基因图谱去修补他们自身基因的一些缺陷。如果灰人实验一旦成功，就意味着他们不会再惧怕地表细菌和微生物对他们的伤害，所以卡特政府决定先下手，派出了几支最精锐的突击队在基地里人类的接应下攻了进去，整个行动的最终目的就是摧毁灰人实验室。最后虽然突袭成功，但我们也付出了巨大代价，攻入基地的突击队几乎全军覆没。作为报复，灰人把一种致命病毒散播到了人类当中，以此警告我们不要轻举妄动，他们有能力消灭我们。这种病毒就是现在医学上还束手无策的艾滋病毒！”

雷德蒙说着，抬手看了看表，“现在很晚了，你们留下来吃饭吧，喜欢豆子焗土豆吗？”

比起雷德蒙的焗土豆，郑海涛显然对他本人的经历更感兴趣。

“你怎么对外星人的事情掌握得这么详细，又是怎么知道道西基地的？你是谁？”

“无可奉告，你们到底喜不喜欢豆子焗土豆？”显然，雷德蒙根本不想回答郑海涛的问题。

郑海涛此时满腹心事，哪有心情吃饭，便一口回绝了：“不用了，谢谢你的搭救和招待，我和我弟弟得走了，无论如何，我都要去道西基地把她找回来！”

说完，兄弟二人便起身告辞。

雷德蒙在他们背后大声喊道："别做傻事！听我的话，孩子，回中国去吧，趁现在一切还不晚，没有人可以进入那里！"

郑海涛没有理会雷德蒙，和弟弟一前一后把昏睡得像死猪一样的林春生抬到车后座上，然后一起驱车离开了。

一路上，看着正在驾驶的哥哥那副神情凝重的样子，郑海瑞不由得越发为他担心。

他试探性地劝阻道："哥，也许雷德蒙说得对，我们真的是无能为力，我们甚至都不知道道西基地在哪儿，怎么去找？"

郑海涛没有吭声，似乎是在专注开车。

但在一个路口等灯的时候，他对郑海瑞说道："老弟，你该回学校继续读书了，你研究生快要考试了吧，春节的时候想办法回国一趟替我看看妈……"

"哥！你这是干什么？搞得跟交代后事一样，你不回国吗？"

看着一脸疑惑的弟弟，郑海涛点了点头："是的，我是不会放弃小洁的，你还记得雷德蒙说过的加油站那个老罗杰吧？我去找他！他年轻的时候曾在道西基地工作过，应该知道怎么进入道西基地！"

作为从小一起长大的亲兄弟，郑海瑞深知哥哥的脾气再劝下去也不可能更改决定，便舍命陪君子了："不行！那太危险了！”他叫道，“如果你一定要去至少我必须得跟着，我还能随时帮你。”

听了弟弟的话，郑海涛开口刚想说什么，就听后座传来一声尖叫：“别打我！别打我！下回我再也不敢了。”

跟着林春生像发魔障一样“呼”地一下从后座上弹了起来。

“我发生了什么事？我只记得他们下车后把我揍了一顿。”林春生捂着红肿的脸问道。

但是没有人回答他，前排的兄弟二人此时正各怀心事，彼此想着下一步打算。

目送郑海涛他们离开后，雷德蒙的心情也久久不能平静，特别是临出门前，郑海涛的那句“你是谁”，霎时让雷德蒙许多刻意封存的记忆再次浮现出来。

他的耳边仿佛又回荡起几十年前从道西基地里传来的撕心裂肺的惨叫声，雷德蒙下意识地用手捂住太阳穴，努力让自己平静了一会儿。

他踢了一下趴在地上的狗，那只纽波利顿犬很顺从地站起来夹着尾巴一溜小跑离开了房间。

雷德蒙关好门，坐到床边，思绪慢慢地将他拉回到三十六年前的那个晚上。

在一条漆黑望不见尽头的深长隧道里，二十岁出头的雷德蒙全副武装端着冲锋枪，跌跌撞撞地跟着一群头戴红色贝雷帽的大兵向前跑着，地面上积水被他们蹚的“哗哗”作响，除此之外，整个空旷的隧道里只能听见士兵们“呼哧，呼哧”粗重的喘息声。

忽然，雷德蒙脚下一滑，重重地摔倒在地上，跑在前面的一名士兵见状连忙折回来把他拉起。

正在这个时候，众人身后的隧道拐角处响起了一阵“嗒嗒嗒”密集却又细腻的脚步声，声音逐渐由远至近向雷德蒙他们靠近。

“完了！他们追上来了，我们死定了！”在雷德蒙身边，一个士兵绝望地大叫起来。

“住嘴！大家保持队形，准备迎击他们！”队伍里，一个肩上扛着少校军衔的光头中年人挺身而出，指挥这群用十个指头都能数得过来的年轻士兵做好迎战准备。

雷德蒙排在右翼最后方，他看到队伍正对的隧道拐角处的壁上慢慢印上几个细长的黑影，还没等看清对方的模样，就听“砰”的一声闷响，雷德蒙身边一名持枪戒备的士兵转眼被炸得犹如人间蒸发一般，只剩几片破衣絮从空中飘落下来，在他刚站立的地面上，留有一摊热气腾腾还在冒着气泡的肉酱。

“开火！”光头少校大声下令。

“嗒嗒嗒……”

“嗒嗒嗒……”

一时间，此起彼伏的枪声划破了隧道的沉寂，几十个灰人出现在了士兵们的视野里，面对人类射来的枪林弹雨，他们竟毫不怯弱，摆动着纤细的身体在地面和墙壁间快速地来回跳跃，子弹竟很少打中他们。

在这间隙，一道道白光也从这群飞檐走壁的灰人手中弹射出来，先后有四五名士兵被这些白光击中打成了肉酱，包括那个指挥战斗的光头少校。

雷德蒙他们组好的队形就此被打散，幸存的士兵四下逃散，有些人在逃跑中还不时地回头开两枪，有些却为减轻负重加快逃跑速度连枪都不知扔到哪儿去了。

幸存者们争先恐后地向隧道入口奔去，身后灰人与他们的距离越来越近，雷德蒙跑在最前面。

当马上就要到隧道的尽头时，他隐约听到身后一名同伴大声疾呼："快坐升降梯上去，他们对外部环境没有免疫，我们出去就安全了！"

话音刚落，那名士兵便紧接着发出一阵惨叫声，雷德蒙回头看去，对方已不知什么时候落到了灰人手里。

几个灰人合力拖着那士兵双脚，将不断挣扎尖叫的他重新拉回了黑暗之中。

看到这一幕，雷德蒙不敢耽搁加快了逃跑速度，最终抵达隧道尽头升降梯口的只有包括雷德蒙在内的三名士兵。

当他们正要踏上升降梯的时候，一道白光朝雷德蒙射来，旁边的一名同伴见状大叫一声"危险"，一把将他推开，自己却被白光击中，霎时被分解成了肉泥。

在战友的掩护下雷德蒙侥幸捡了一命，但左手也被那道白光擦去了两根手指，他只觉一阵钻心的疼，在手指断截处升起了一缕蓝色火焰。

另一名同伴赶紧将雷德蒙拽上升降梯按下绿色上升按钮，手忙脚乱地帮他扑灭那团怪异的火焰。

随着一声轰隆隆的巨响，升降梯载着仅存的两个人缓缓地升向地面。

他们脚下，灰人低沉的咆哮声与被俘同伴的哀号声交织在一起，在下方的深渊里久久飘荡着。

每次想到这些，雷德蒙的太阳穴都会一阵刺疼，这已成了他心中永远不能抹去的伤痛。

“我是谁？”他喃喃地问自己，同时从夹克内兜里掏出一张照片，上面是自己和小布什总统的握手合影照，照片的右下角，印着道西基地的英文缩写。

就在这时他的手机响了，雷德蒙按下接听键，耳边传来一个低沉沙哑的声音：“灰人准备撕毁协议，平衡即将被打破。”

第三章　开启地狱之门

——毁灭是一场新的重生，人类只是地球上的过客，终将成为过去。

从雷德蒙那里回来后，郑海涛一直处于恍惚之中，他从没有试过这样的感受，突然间被告知大量不可思议完全超出以往认知范围的事情，而且这些自己前所未闻的事情竟然还是真的，特别是听到自己女朋友被绑架进外星基地的事情后，郑海涛就一直觉得自己正在做一场还没醒过来的梦。

回到酒店，他犹豫再三还是召集所有人进他房间开会。

“现在事情已经清楚了，事情真相可能你们不会相信，就连我本人也感觉很扯，但从目前来看这都是真的，我们的亲人……在安丘利塔山遭遇了飞碟，被外星人带到了外星基地，这个基地就位于道西镇——我们的脚下。”

听完郑海涛公布的消息，不知是觉得太不可思议还是不满意这样的答案，全场没有人吭声。

王肃低着头，用衣角不停擦拭手中的眼镜；张薇一进来就抽抽搭搭地哭，这会儿依旧如此；林春生虽然到场，但全部心思都放在自己那张快被打成猪头的脸上，也不知从哪里找到一枚剥了皮的鸡蛋贴在淤肿的脸上滚来滚去。

就这样沉默了两分钟，郑海瑞出来打圆场："是真的！今天我和我哥去见了杰夫推荐给我们的那个人，他告诉了我们一切。他所说的和我嫂子失踪前录制的视频内容不谋而合，现在召集大家来就是商量我们下一步的行动，我和我哥决定去道西基地救我嫂子！"

"我也去！"王肃放下眼镜，像是下了很大决心说道。

"摄像机里的视频我也看了，扛走珊珊的那个家伙有一条尖细的尾巴看着绝非人类，虽然不知道能不能把珊珊救回来，但我还是要去试试。"

"那好！今晚大家都早点休息，明天我还要去找个人，可能只有他知道道西基地的具体位置和进入方法，等我搞定了再通知你们！"

当晚郑海涛又是一夜未眠，躺在床上辗转，一闭眼眼前都是胡洁最后一刻那张因极度恐惧而扭曲变形的脸。

天快蒙蒙亮的时候郑海涛终于睡着了，他做了一个梦，在梦中他看到一处阴冷昏暗的地方立着一个锥字形的容器，里面盛满了绿色液体，胡洁身上连着两根管子全身赤裸置身其中。郑海涛走近想再看得清楚点，忽然胡洁睁开了双眼，用一双不知为何变成绿色的眼珠死死地瞪着自己。

郑海涛瞬间被吓醒，从床上弹坐起来，空荡荡的房间里伴随着他急促的喘息声，冷汗不知何时已浸透了全身。

第二天清晨，郑海涛打着哈欠到酒店楼下取车准备前往加油站，这时背后响起了一阵警笛声，他的心一紧不由得想起了前几天监视自己的警车，他回身望去却发现从警车里下来的是杰夫。

“Hi，Dude！”杰夫以美国人特有的方式热情地和郑海涛打起了招呼，“最近这两天过得怎么样？”

“啊！还不错……”因为不知杰夫要和自己说什么，郑海涛只好和他打起了哈哈。

“呵呵，没事儿就好，昨天晚些时候，我们接到报案，说在镇外公路上有一辆红车把别人的车撞翻了，现在肇事者和被害人都不见了，你知道这事吗？”杰夫边说边眯起眼睛看着郑海涛，似乎要从对方的脸上寻找他想要的答案。

“啊！我……我……”看到杰夫这般问自己，郑海涛也感觉到杰夫似乎是知道了什么，所以他不敢撒谎更不敢承认，不得不装聋作哑。

见郑海涛无意和自己说什么，杰夫也没强求，便转移了话题：“对了，你们和我给你介绍的那个人联系上了吗？”

“哦，你说的是雷德蒙先生！”

郑海涛很快就反应了过来，但他对此还有一丝不解：“雷德蒙先生倒是和我说了一些前所未闻的事情，但如果这些都是真的，为什么美国政府就这样听之任之？为什么你和雷德蒙先生对此事了解得这么详细？”

杰夫苦笑一声，他戴上墨镜望着前方几个正在欢快奔跑、嬉闹的小孩说道：“政府里的人都蠢得如同猪一般，灰人们用纳米芯片、克隆技术就获取了政府高层的信任。他们只看重眼前利益从不为自己的后代考虑，为了能从灰人那里得到用于研制隐形战机的金属，不惜签订了允许他们拓建道西基地的协议，更不惜出卖自己的同胞。其实谁都很明白，他们和人类之间只是相互利用的关系，一旦时机成熟，他们就会上来取代我们。我所知道的这些也是我父亲告诉我的，他和雷德蒙是战友，他们年轻的时候一起服役，还一同参加了道西之战。那场战争爆发于 1979 年，与以往战争不同的是那次的敌人全部是外星人而且不止一种，他们打得很血腥也很残酷，我父亲服役的那支队伍只有他和雷德蒙生还，雷德蒙还在那场战争里失去了两根手指。”

“那您父亲有没有提过他们是怎样进入道西基地或那里有没有其他入口的事情？”郑海涛小心翼翼地问道。

“哈哈，别傻了，你不会真想进入道西基地寻找你的女朋友吧？如果我是你就不会这样做，当年我们的父辈全副武装、武器精良，仍逃脱不了被全歼的命运，现在就凭你们几个中国人？不要再白费生命了，况且你的女朋友已经失踪了这么长时间，人类作为试验品被送入道西基地，我想没有人能挺过两个月！”

对于杰夫的好意相劝，郑海涛没有吭声，转身去拉自己的车门，他准备结束这场谈话。

但杰夫又叫住了他：“你等一下，如果你真的对这方面很有兴趣，我这里有一份复印我父亲当年深入道西基地后记录的笔记，里面罗列了几种主宰道西基地最常见的外星生物，路上没事的时候你可以翻看一下。”

杰夫回到警车，从里面拿出了一卷用薄薄 A4 纸卷成的圆筒，将它扔到了郑海涛怀里。

“祝你好运，去做你想做的事情吧！”说完，杰夫启动警车呼啸着警笛一路飞驰而去。

望着远去的警车，郑海涛发现自己越发猜不透这个才认识没两天的老美警察。

他总是能在最需要帮助的时候出现，给你指引前方的路，按着他提示的线索走下去，就会发现迷雾茫茫的前方忽然豁然开朗。

眼下郑海涛就是这种感觉，在开往道西镇郊外加油站的路上，他趁停车等红灯的时候大略翻了一下这薄薄的一小摞 A4 纸。

除了最后一页上面记载的全是不同的外星生物，其他每一页都有用碳素笔画的素描作为配图，其中一页是一张人工绘制的地形图，画得虽粗糙但是图上每个位置都标注得很详细，乍一看像是某个施工单位的平面设计图，纸张的下方用英文写着一行小字：道西基地第七层——实验室。

这些内容马上就深深吸引了郑海涛，他把车停到路边又一页页仔细地翻阅起来，在这些笔记里出现的大量怪异生物都是他从未见过的，看得他有种在阅读《山海经》的感觉。

杰夫的父亲对大多生物基本都是一笔带过，就着重介绍了三种外星人：蜥蜴人（全称原蜥冠类蜥蜴人）、灰人和道西类人。

按照杰夫父亲笔记中的记载，蜥蜴人半人半兽状，直立身高超过两米，眼珠呈红色，眼睑像蛇类一样可以从左至右合拢，全身披有厚厚的鳞片，两只手是只有三根弯指的爪形手，身后拖一条尖细的长尾。

杰夫父亲推测他们的祖先应该是地球上灭绝的恐龙，并且这类蜥蜴人就是由细爪龙（原蜥冠龙）进化而来。

这类蜥蜴人以肉食为主，性情狂躁好战，把人类当作食物和获取某些身体需求元素的来源。他们主要生活在道西基地的第五层，和灰人合作密切，一般都是以作为灰人雇佣军的角色出现。

灰人来自银河系以外的拉蒂斯坦星系，这个种族没有男女之分，在特定环境下性别还可以来回转换。他们每一个都是雌雄同体，光凭自己就可以体内受孕繁衍后代。

他们于400年前就发现地球，直到20世纪才频频在地球上空进行侦查，1947年新墨西哥州的罗斯维尔飞碟坠毁事件中发现的就是灰人尸体。

他们是高智商的阴谋者，来到地球后专挑实力强大的国家，用一些先进科技作为交换，引诱这些国家高层人物成为他们的代理。

在杰夫父亲看来灰人是邪恶的，他们不仅试图灭亡地球人类，还奴役着道西基地中其他十余种外星人。

只是灰人因自身缺陷导致对地球自然环境还不能适应，所以他们不得不身居地下，在暗中以人类为实验体从事着一个又一个残酷的基因实验。

至于杰夫父亲笔下的类人是外貌最接近人类的一个外星族群，但谁也不知道这个种族来自哪个星系，只好把他们称作道西类人。

他们有着人类的身躯和四肢，只是手掌脚掌都带蹼，平日里喜欢披着类似袈裟一样的服饰，皮肤呈灰白色，是一类新的有色人种。

他们额头高高凸起，不论男女都没有头发、眉毛，全身也无毛发，身高和蜥蜴人一样都接近两米，据在道西基地工作过的人类证实他们可以讲英语。

看完上述内容，郑海涛通过胡洁的摄像机至少可以确认抓走林珊珊、李燕霜的是蜥蜴人，而赵小萍、胡洁则是被灰人吸进了飞碟。

此刻对于郑海涛而言，最烦心的是外星人把女友绑架进基地已成事实，但怎样进入道西基地，他却一点头绪都没有。

他也不敢确定加油站里曾在道西基地工作过的老罗杰会不会帮自己，带着深深的顾虑，郑海涛驾车再次驶入了他们来时歇脚的地方。

刚进到加油站的院子，郑海涛便感受到一种与上次截然不同的氛围，四周没有一个人，一切静悄悄的。

加油站的地面上沉积的树叶有三四十厘米厚，看样子已经很久没人打扫了。不远处的树下，一个用轮胎做成的秋千，静静地挂着显得十分怪异。

郑海涛跳下车，径直走向超市，但大门从里面紧锁，怎么也拉不开。

他又在加油站小院里来回踱了两圈，连着喊了几声“Hello”，也得不到任何回应。

正当他准备离开，却听到从超市里传来“哗啦”一声，像是玻璃啤酒瓶被打碎的声音。

郑海涛急忙冲上前，一边拍打超市大门一边叫道：“罗杰先生，是你吗？我知道你在里面。”

“天杀的！是谁？！”隔着大门从里面传来一个极其不友好的声音。

郑海涛一下就听出这正是老罗杰的声音，于是他鼓起勇气说出了此行的目的：“罗杰先生，我想和你谈谈，有人告诉我，你之前曾在外星人生活的道西基地里当过保安，对那里比较熟悉，我女朋友可能被关在那里，所以我需要你的帮助。”

此话一出，屋子里马上沉寂下来，仿佛就不曾有人在里面，但郑海涛并不甘心，他就这样站在门口不停地敲门。

不知过了多久，老罗杰突然从里面一把推开了门，好像被冒犯了一样怒气冲冲地冲郑海涛咆哮道："见鬼！你到底要干什么！我是在那里待过又怎样？没有人可以和我再提这些事情！"

只见他衣衫不整满嘴酒气，一只手还拎着半瓶啤酒，如果是平时，郑海涛肯定会躲这样的人远远的，但此刻为了女朋友他反而迎了上去："罗杰先生，请帮帮我们吧，我们的亲人都在里头，如果你能带我们进入道西基地，我们愿意付给你一些酬劳，一万美元怎么样？"

见对方企图用钱来打动自己，老罗杰并没动心，冲郑海涛挥舞着拳头咆哮道："对我而言，那里就是地狱！你见过谁愿意为了一万美元再次下地狱？赶紧滚吧！"

但这时郑海涛仍希望做最后的尝试，他搬出了老罗杰的儿子。

"罗杰先生，难道你忘了那些外星杂种是怎样对待你的儿子了吗？在那个基地里，还有大量的人类即将面临和你儿子同样的遭遇或者会比他更糟，难道你就一点也没有同情心愿意为这些被绑架的可怜人做点什么吗？"

"住口！"郑海涛的话刚说到一半，就被老罗杰粗鲁地打断了。

"你不知道，我儿子的厄运就是因为我向外界透露了那个基地里的一些见闻，所以他们才会用伤害我儿子的方式警告我，我为了自己的良心已经付出了沉重的代价，那就是我无辜的孩子！”

说到这儿，老罗杰忽然蹲到地上掩面痛哭起来。

在这种情形下，郑海涛把自己准备说的话全忘了，他想安慰对方两句，却又不知该从何说起，为了不再刺激到这位可怜的父亲，他决定先离开这里。

就在郑海涛往回走的时候，从超市里传来了老罗杰苍老的声音：“道西基地现在按正规途径已经进不去了，从2005年开始，控制那里的异形就不允许人类再以各种借口派驻科学家或是军方人员进入了。孩子，进屋聊吧！”

郑海涛随老罗杰进到超市内柜台后面一个小偏房里，放眼望去屋内遍地啤酒瓶，看样子在自己来之前他就没少喝。

老罗杰走在前面，用脚把挡路的酒瓶划拉到一边，搬把凳子让郑海涛坐下，便开始介绍自己了。

“我是1974年被上级调到道西基地的，之前我在军队负责监听工作，调动的时候上级和我说是到一个试验机构研究所，负责日常的文件收发处理和保卫工作，并让我签署了一份保密协议，为期四十年，如果中途泄露会遭到军事法庭审判，最糟会被判处死刑。”

“那你签了吗？”郑海涛好奇地问。

“当然签了，那时还年轻，想法也简单，毕竟那份薪水很诱人。到那里上班的第一天我就得到了一张蓝色的磁卡，可以刷开道西基地的大门自由出入，但必须说的是，道西基地的大门在 1979 年也就是我工作五年之后，被进攻基地的人类特种部队炸毁了，残存的入口被永久封存，这也切断了之后的人类与基地的联系。

“那场战争也对基地里的外星人造成了很大打击，一至三层的基地一度被人类攻陷，所有在这三层生活的外星人都离开了，作为对人类背信弃义的回应，听说灰人扣押了在基地里工作的所有人类，我也是在那个时候逃离的那里。

“本来灰人与美国政府合作就此终止，但自从克林顿上台后，据说又与灰人重新建立了合作关系，一些外星人开始重返曾被攻陷的道西基地第二层，也有少许人类被允许代表美国定期进入道西基地分享那里的科技。但外星人不再把一些职位比如保安、实验室管理员交给人类去担任，并且之后进入道西基地工作的人类都是乘飞碟抵达的，所以现在连军方都不知道道西基地的入口在哪里。”

听到这些话，郑海涛心中一紧，不由急得叫了出来：“那岂不是再也无法进入道西基地了！”

老罗杰瞟了他一眼，慢悠悠地说：“那也未必，道西基地第一层上面是一个天然大洞穴，它四通八达连接很多入口，但都很隐蔽一般人无法找到。我在里面工作期间，遇到一个会说英语的外星同事，我们关系不错处成了朋友，他们和我们长相十分接近，只是身高都会比我们高一些，全身无毛发，皮肤比我们白种人还要白，我从没见过和我们如此相像的外星人……”

“你说的应该是道西类人吧？”郑海涛忍不住打断道，经老罗杰这么一说，他想起了杰夫父亲手稿上的描述。

“这我就不知道了，他从不会向我们谈起他们族群的过去和历史，但是他告诉我，我们是朋友，他不愿看到我死。鉴于人类和灰人关系开始变得紧张，他给我指出了一条从道西基地通往外部的暗道，以便在灰人抓捕基地里人类的时候我可以逃走。”

“那你现在还记得这条暗道吗？”

“记得，但这么多年来我一直想把它彻底忘掉，因为这也是一条通往地狱的入口，孩子，你根本不知道我在道西基地工作这五年里都经历过什么！开始的时候我目睹一批批女人孩童被运到那里，就在我们值班室不远处，是一个大仓库，里面靠墙安放着很多高架笼，都是单独隔开，就好像给流浪动物实施安乐死的动物救助站一样，唯一不同的是在那里笼子里关的却是人类。他们进来的时候都像被注射过镇静剂，不会说话，眼神呆滞，在这里搁两天就会被人类工作人员运走。上级和我讲笼子里关的都是一些精神失常的可怜人，送到那里治疗精神病，直到后来我才发现，我们的政府正在配合外星人残害自己的同胞。那个时候我目睹发生的一切，却无能为力，这些年来我一直为此内疚，后来当我的儿子也遭遇同样的不幸后，我就一直在想这是不是上帝对我当初袖手旁观的惩罚。年轻人，如果这次你真的决心进入基地去救你的亲人，我会帮你，但光靠我们俩是不行的！”

“那你的意思是？”

见老罗杰忽然转变了态度，郑海涛先是倍感惊喜，却又担心对方随时变卦，听到老罗杰话锋一转，他不由马上紧张起来。

“离这里两公里有一个 Old Billy 酒吧，它表面上虽然是酒吧，但实际上是一个老兵协会俱乐部，里面的会员都是退役老兵，从出击格林纳达、第一次海湾战争到索马里行动，他们每个人都参加过战争，退役回来后大家没事儿就会在那里聚会喝啤酒看球赛。我们现在过去，应该可以和他们碰上面，要进入道西基地，你还需要几个有作战经验的帮手，如果你有足够的钱可以雇佣他们的话。毕竟我们即将面对的是科技武器远在我们之上的智能外星生物！”

听老罗杰这样一说，郑海涛也觉得言之有理，正当二人准备出发之际，超市门口又传来一阵汽车发动机的声音。

郑海涛心底一沉，不知这回找上门的是跟踪过自己的警察，还是曾试图绑架他们的屠龙会的人。

一旁的老罗杰也警觉了起来，他转身从柜子里取出枪支压低声音问郑海涛：“你到这里的这几天有没有惹上什么人？”

“有，自从我接触道西基地这个话题后，警察和教派都找上门了。”

“愚蠢的孩子！看来你真是麻烦制造者！”老罗杰边抱怨边将一杆来复枪传到郑海涛手中。

“我不会开枪！在中国是禁枪的！”面对老罗杰递来的

东西，郑海涛连连摆手。

老罗杰则用诧异的目光看着他，那眼神分明是在说：“你连枪都不会开还想进道西基地？”

就在二人僵持的时候，门口响起了郑海瑞的声音：“哥，是我，你怎么不等我一人就过来了？不是说好一起去的吗？”听到这熟悉的声音，郑海涛才松了一口气。

“没事儿，是自己人！我弟弟。”郑海涛向老罗杰打了声招呼，拉开门走了出去。

半个小时后，老罗杰驾驶着货车载着郑氏兄弟开到了Old Billy 酒吧门口。

“哥，真的要相信他吗？我们真的要去雇那些人吗？”望着眼前的酒吧，坐在后面的郑海瑞凑上来压低声音在郑海涛耳边问道。

郑海涛也有些不安，他没有想到事情会闹到这么大，但都走到这一步了，自己答应了老罗杰再反悔就不好了，所以他只得硬着头皮一步步往下走。

老罗杰似乎没有兴趣去探听郑氏兄弟在私语什么，他停好车拉开车门跳下去对郑海涛说：“我先进去了，你们跟进来就好，到了里面一切由我来说，你只要说出你愿意雇佣这些人的价钱就好了。”

说着老罗杰踉跄着步伐向酒吧走去，望着他跌跌撞撞的背影，郑海涛感觉此人酒应该还没醒，他开始暗自佩服自己是如何有胆量坐在一个酒鬼司机身边，还陪着他一路开了半个小时的车。

见老罗杰已进入酒吧，郑海涛攥了攥裤兜里的 Visa 卡，一咬牙带着郑海瑞也跟了进去。

这是一家典型的乡村酒吧，没有过多的装潢，室内空间很大，横七竖八地放置着三张台球案子，一些人正在那里打撞球，正对门口的角落建起一排高脚长桌，里面墙上嵌着一条长木板，上面码满了各式酒瓶就算是吧台。

这会儿四五个中年白人正并排坐在吧桌旁，一人握着一瓶啤酒兴高采烈地大声说话，不知在聊什么。

郑海涛用余光扫视了一下他们，发现在场的有一个算一个，无论是着装还是仪表，都没有什么词比“邋遢”二字更能贴切地形容这些人。

郑海瑞也是怎么也不能把眼前这些样貌猥琐的中年大叔与雇佣兵三个字联系在一起。

与此同时，自郑海涛一行迈进酒吧的那一刻，屋子里的人也注意到了他们。

这些酒吧的常客停止了手里的事，全部目光都集中在了刚闯入的不速之客身上，好像这两个中国人走错了地方，屋里静得出奇，郑海涛甚至能听到自己的呼吸声。

老罗杰轻轻咳嗽了一下，主动打破了这种尴尬：“人渣们！现在这里有一个能挣钱的活儿你们谁愿意做？”

话音未落，人群哄的一声爆笑起来，这突然炸开的狂笑声划破了室内的沉寂也吓了郑海涛一跳，他很是纳闷，这些人的笑点为何如此之低，但很快他就知道了答案。

“嗨！罗杰，你带着两只日本猴子进来要和我们谈什么生意？”台球案子旁，一个胳膊上刺满文身、剃着鹦鹉冠发型、满脸络腮胡的胖子笑得最为猖狂，以至于笑到岔气的他不得不一手扶着台球案子一手攥成拳，笑一声就往案子上砸一下。

郑海涛有些愤怒了，他感到遭受了前所未有的羞辱，他强忍住内心的愤怒上前一步说道：“先生们，第一，我们不是日本猴子，我们是中国人！第二，我们是来这里寻找帮手的，但我目前只见到一群无聊的人！”

郑海涛说完，所有人都停止狂笑，屋内再次安静下来。

老罗杰回头狠狠瞪了郑海涛一眼，像是在叫他闭嘴，跟着他来到吧台聚集的人群前，回身一指郑海涛就势展开了话题。

“大家都知道道西基地吧？几年前里面那些狗娘养的绑架了我儿子把他变成了一个怪物，这个仇我一直想报，现在那些异型又把这两个中国人的亲人绑进了道西基地，你们都是上过战场身经百战的好手，所以他们想雇佣你们一起去道西基地走一趟，你们谁愿意挣这个钱？”

说着老罗杰给郑海涛使个眼色，郑海涛忙不迭补充道：“如果有人愿意同往，一个人我们出 5000 美元！”

这个价码却并未引来附和声，人们面面相觑，就是不表态。

半晌其中一个人才小声嘟囔了一句:“天呀，那可是道西基地呀！据说里面还有吃人的怪物。”

郑海涛见没人响应知道是嫌钱给少了，于是又大声宣布:“去一个人给 7000 美元!”

还是没人响应，但人群中已经有人开始交头接耳地议论起来了。

“8000！有没有人愿意跟我们走!”此刻郑海瑞也参与了进来，但他刚喊完屁股上就挨了哥哥一脚。

“臭小子！你可真大方，你给呀?”郑海涛压低声音不满地责备弟弟。

这时人群中一个粗犷的声音接过了话茬:“如果给 1 万美元我就去!”

一个身材魁梧，脑后扎着小辫，左脸颊上有一道伤疤，看起来像葡萄牙后裔的中年人拨开人群走了出来。

老罗杰趁机凑到郑海涛耳边向他介绍:“他是卡洛斯，参加过两次海湾战争，是个优秀的狙击手，在第二次海湾战争费卢杰巷战时他一人射杀了 46 名敌人，他要价虽高但绝对是物有所值。”

“好吧！那就要他了!”郑海涛咬咬牙把心一横说，跟着仿佛是受到了鼓舞，人群里又有人毛遂自荐了。

“你们绝对需要我，那个基地里，有一种蜥蜴怪物，身高两米多，喜欢吃人，所以你们需要一个身强力壮的人保护你们！无论贴身战还是远程狙击我都擅长！我不会让你们为付我 1 万美元感到后悔的！”

郑海涛顺着声音望过去，发现说话的正是刚才那个笑声最为猖狂留着鹦鹉冠发型的胖子。

“这是尼古拉斯，45 岁，俄罗斯人后裔，绰号北极熊，1993 年参加过索马里巷战，他一个人可以掀翻一辆汽车。”

因为之前的事本来郑海涛对这家伙并没好感，但听完老罗杰的介绍他又有些动心了。

“好吧！”他说道，“他们俩我都要了！”说话的时候郑海涛又下意识地摸了摸兜里的卡，他感到自己真的是花钱如流水。

“OK！祝我们合作愉快，这次进去把他们打个屁滚尿流！”

得知自己被雇佣，尼古拉斯十分高兴，他高举手里的啤酒瓶，肆无忌惮地大叫起来，现场的气氛一下被活跃了，白人们把郑氏兄弟拉到他们中间，仿佛是在欢迎十几年没见的兄弟，一打打的啤酒被搬到桌面上。

望着很快就融入氛围和洋鬼子们勾肩搭背的弟弟，郑海涛却无心享受这狂欢的盛宴，他怎么也高兴不起来，花了两万美元十几万人民币，就为雇这两个自称从美国军队里退役出来的大叔，这单买卖到底值不值，他开始有些纠结了。

但是，按中国古话说现在是“箭在弦上，不得不发”，同时他隐约感觉到，一场大戏马上就要开演了。

正当郑海涛用酒吧的POS机给雇佣兵付款的时候，窗外响起了一阵从高音喇叭里传出的喊话声。

“现在是警察执法，请屋里的人立刻停止一切活动，我们怀疑这家酒吧藏有大量没有注册的非法枪支，请你们高举双手排好队一个个走出来，以免造成不必要的伤亡！”

这时的Old Billy吧门口已被三辆警车团团围住，道西镇警察局局长威尔逊拎着高音喇叭亲自坐镇。

在他身边，六七名头戴宽沿牛仔帽的警察以警车为掩护呈射击姿势，端着枪透过酒吧窗户瞄准着屋里的每一个人。

这是郑海涛第一次如此真实地感受美国警察执法，以往这样的桥段只有在好莱坞大片里才会出现。

此时他异常的紧张，相比之下周围的当地人却似乎并没受到什么影响，他们还就外头警察的喊话内容三三两两地私语起来，酒吧的主人甚至凑到推开的窗户前，冲外面高声抗议。

“得了吧！威尔逊，你知道这里没有你所说的那些东西，我们只是在庆祝。”

但是威尔逊却没有为之所动，他又下了最后通牒：“Party结束了！先生们，如果你们不走出来，所有的人都将会被逮捕！”

话说到这个份上，大家也知道警察这回是来真格的了，于是他们极不情愿地挪动起来，按威尔逊的要求高举双手一个跟着一个向外走。

望着窗外严阵以待的警察，老罗杰不禁嘟囔起来："这回连局长本人都亲自出马了，看来他们绝不是奔着搜枪来的。"

说着，他也加入向外挪动的队伍里并朝郑海涛兄弟使了个眼色，示意跟在他后面，郑海涛兄弟是最后走出来的。

随后三名警察一拥而上，冲进酒吧去搜寻他们想要找的东西。

出去后郑海涛和弟弟并没像其他人那样被要求高举双手趴在墙上，而是被带到了威尔逊面前。

威尔逊靠在警车上眯着眼睛扫视了一番郑海涛，冷笑着说道："中国人，记不记得几天前在警察局我和你说过的话？你们要是在我的地盘搞事，我会让你们吃不了兜着走，我现在怀疑你们涉嫌非法枪支交易，等搜到武器，我至少可以先扣留你俩 24 小时！"

面对咄咄逼人的威尔逊，郑海涛干脆保持沉默，直到三个警察空着手从屋里跑出来，郑海涛才彻底松了一口气。

威尔逊虽然不甘心，可也拿眼前这俩中国人一点办法也没有，只得临走时再次对郑海涛进行一番威胁。

"中国人！别以为你们出现在这个地方我就不知道你们想干什么，你们最好老实一点马上滚回你们的国家去，我会一直注意你们直到把你们扔进监狱为止。"

目送一行警车离去，郑海涛的心情又沉重了，到目前为止，他们已遭到了至少两拨人的干涉，除了以威尔逊为主导的警察，还有那伙自称圣乔治亚屠龙兄弟见证会的神秘组织。

一旁的老罗杰似乎也能洞察到郑海涛的情绪，他把手搭在郑海涛肩上拍了拍说道："别多想了，我们还有很多事情要准备，接下来我们要开始进入基地前的训练，进入道西基地不会玩枪可不行！"

接下来的两天时间，正如老罗杰所说，是进入地狱之前的魔鬼特训。

郑海涛兄弟、王肃、林春生被带到海边，在那里卡洛斯和尼古拉斯像变魔术似的在沙滩上展开了一排长长短短的枪械，M-16、M4A1、M4 卡宾，还有一些是郑海涛叫不上来名字的，训练开始前卡洛斯神情严峻地向郑海涛一行人训话。

"既然你们雇用了我们，我们就有义务不光要带你们进去还要把你们都平安带出来，我们要去的那个地方潜伏着嗜血的蜥蜴人，拥有比我们武器更加先进的灰人，还有那些我们未知的恐怖生物，所以在我们保护你们的同时，你们自己也要学会对自己负责。在那样的环境下选对一把好枪就是交到一个最可靠的朋友，因为它可以救你们的命！我建议你们可以尝试一下 M-16，它的杀伤力很大，同时也要注意它的后坐力。我会教你们如何使用它。"

说着卡洛斯弯腰从地上抄起一把带瞄准镜的歪把长枪抛

给了郑海瑞。

郑海瑞很兴奋，把枪捧在怀里来回摩挲着，这是他第一次学开枪，而且还要在最短的时间内学会。

在卡洛斯和尼古拉斯精心的帮教下，郑海涛他们很快就学会了摆弄各种枪械，特别是弟弟，郑海涛发现在瞄准射击方面他要比自己有天赋。

在郑海涛他们接受特训的这两天时间里，老罗杰也没闲着，他不知从哪儿运来了一套简易通讯联络设备，还有一批潜水服氧气罐，看到这些东西郑海瑞有些不解。

老罗杰似乎知道这些中国人要问什么，他解释道："那个通往道西基地的暗道在安丘利塔山北部的一处湖泊下面，那里有很多天然洞穴，真正的入口我标记过，到时候你们跟着我就行。进去后还不能马上到达道西基地，我们要通过一段很长的隧道，如果我的预计没错，完成这段路后我们应该首先进入飞碟停泊区域，到了那儿我们再想办法杀进去。"

郑海涛点点头，但在对老罗杰的计划表示赞同之余他还有些担忧。

他拿出杰夫送的那张道西基地第七层实验室地形图问老罗杰："进去后我们怎么样才能到达基地的第七层？"

"没有别的办法，只有一层一层地通过，不过那里有外星人建的升降梯，就好像我们的电梯，我年轻的时候曾经坐过那玩意儿。但他们有设置，只要是人类搭乘，升降梯就过不了第三层，不过凡事都是有办法的，等我们到了那里再说吧！”

见老罗杰如此豁达乐观，郑海涛信心倍增，现在离自己救回心爱的人又近了一步，相比之前心情也好了许多。

但他不知道的是，自己在冲动之下做出的这番举动已经把外部和地下两个世界再次连接到了一起……

第四章　另一个世界

——一棵树要长得更高，接受更多的光明，那么它的根就必须更深入黑暗。（尼采）

到了约定出发的那天，郑海涛兄弟一行五人一早就抵达了安丘利塔山脚下约定的湖泊处，老罗杰、尼古拉斯、卡洛斯早已等候在那儿，他们还携带了大量的设备。

清晨的宁静让人感觉周边的一切景物似乎都在沉睡，偶尔一两声鸟类清脆的啼叫似乎是在沉寂中宣示：我还活着。

郑海涛走向卡洛斯，两人礼节性地互对一下拳头。

“你们准备好了吗？”卡洛斯问。

“没有比这更好的了！我们出发吧。”

趁众人开始更换潜水服的这个空当，老罗杰将一个塞得满满的类似高尔夫球袋似的包裹丢进了湖里。

“那是什么？”郑海瑞问。

"我们的武器，都经过防水处理了，我们在道西基地能否活下来就指着它们了。"

老罗杰说完麻利地套好潜水服，又一指放在地上的通讯电台，说道："我们进去后不能与外界失去联系，需要有人守在这里，以便在进入道西基地后可以联系上地面。"

林春生见状马上跳到老罗杰面前，用磕磕巴巴的英语连比带画地自荐起来："Me，I can stay！"

"好吧！"老罗杰耸了耸肩，开始教林春生如何摆弄通讯电台。

在另一边，张薇找到郑海涛小心翼翼地说道："那个，你们可不可以也带上我？我弟弟应该也在里面，我要去找他。"

听了张薇的请求，郑海涛和弟弟面面相觑，不知如何是好。

最后还是王肃出来打了个圆场："要不就带上她吧，我们这么多男的呢，也不需要她干什么，跟着我们别走丢就可以了。"

"好吧，那你可要跟紧我们。"郑海涛无奈地同意了。

他们断然想不到，这时的判断与决定有多幼稚、天真。

正在这个时候他的手机响了，周围的人都停下了手中的活，目光全部集中到郑海涛的身上。

眼下正是关键时刻，这使得郑海涛也极为敏感，手机的每一遍响铃都扯着他心脏剧烈跳动，伸手想要关掉手机，但一旁的弟弟给他使了个眼神，示意还是先接了再说。

电话接通的那一刻，话筒那端传来了一个熟悉的声音："你们是不是在安丘利塔山那里，都有谁和你们在一起？"

"是雷德蒙！"郑海涛把手机从耳边挪开，压低声音对郑海瑞他们说。

此时电话那头的乔治·雷德蒙仍在说话："你们先不要擅自闯入那里，等着我过来！在我来之前绝对不要轻举妄动，我不会害你们的！"

听了雷德蒙的话郑海涛有些不知所措，他干脆打开免提让所有人都能听到。

"怎么办？"郑海涛举着手机望向老罗杰。

"不要再纠结了，现在走到这一步后悔已没有意义了！"老罗杰冷冷地说。

"也好！"郑海涛一咬牙关掉了手机。

"我们出发吧！"他叫道，"小洁，我们来了！"

扑通，扑通，背着氧气罐的蛙人们先后跳入湖中，在湖面上留下一个又一个涟漪，很快就消失得不见了踪影。

岸上只留下林春生一人，他似乎很满意目前的状态，哼着小曲先给自己开了一罐可乐，在沙滩上撑起遮阳伞，又在底下铺开一张床单。

正当他好不容易才打理好一切准备躺下享受的时候，远处的山道上尘土飞扬，有什么东西正在快速移动。

“What’s the fuck！”林春生嘟囔着站起身来，一只手挡在眉毛上向远处眺望，过了许久他才看清楚，好几辆黑色汽车排成一条长龙飞卷着漫天尘土向这边飞驰而来。

而此刻郑海涛等人却不知晓外界发生的变故，他们仍旧在继续下潜。

在老罗杰的带领下，100 米、150 米……众人越来越接近目标了，郑海涛甚至隐隐可以看到四处沉淀在湖底的垃圾。

在他们正前方，延伸在湖底的峭壁上罗列着一个个大小不一的黑洞。

老罗杰回过头，冲大家做了个手势示意跟紧。

郑海涛这会儿不由地有些担心，这么多的洞穴，从外部看都大同小异，在氧气消耗完之前如果还不能辨认出进入基地暗道入口的话，这一趟就要无功而返了。

就在郑海涛胡思乱想的时候，张薇忽然游过来一把拽住他的胳膊，从用劲的力度可以感到她有些紧张，同时用手指着右侧让他看，顺着张薇指向的方位望去，郑海涛也倒吸了一口冷气。

只见一个呈银白色的巨大三角形状飞行器正贴在湖底缓缓匍匐向前行驶，和郑海涛先前在摄像机里见到吸走女朋友的那个 UFO 一模一样，在它行进的过程中不断地扩散出一阵阵声波，刺激得几百米距离之外的郑海涛等人头晕恶心。

好在这架 UFO 并不是朝着这个方向开来，这便为众人赢得了时间。

在老罗杰的带领下，大伙纷纷游进洞穴躲避，这架UFO并没发现他们，它最终在众人的目送下缓缓地驶出。

确认UFO离去后，老罗杰从洞里钻出，一个猛子径直扎向湖底，抵达后扶住峭壁勉强站好，双手在凹凸不平的岩面上来回摩挲着，众人悬在半空中看着他这样一直持续了几分钟。

终于，老罗杰的手在一处闪烁着绿色磷光的岩面上停住了。

他开始轻轻地敲击那块地方，听到回响后他冲大家点了点头，伸手指指上方的一处洞穴，示意众人从这里进入。

游进洞穴后郑海涛发现里面并不是像他想的那样，这是一条呈65度斜坡状崎岖隧道，越往上游水就越清澈，慢慢地他都可以看到头顶上方的水面了。

这时他背的氧气罐发出了氧气即将耗尽的信号，急忙加快上升速度，几秒钟后一头扎出水面。

在贪婪地吞噬了一大口新鲜空气后，郑海涛环顾四周，发现自己正置身在一个宽阔的天然大洞穴之内，头顶上的穹庐壁上布满了蓝绿混合的光藓，偶尔一两只类似蝠类生物扑棱着翅膀从上空飞过，洞穴内弥漫着潮湿的空气，夹杂散发出一股咸腥味。

这时众人也先后浮上来，看到眼前的场景除了老罗杰之外大家都惊呆了。

郑海瑞忍不住感叹道："天哪，这里是什么地方？感觉像是另一个世界！"

老罗杰淡淡一笑："这里只是另一个世界的入口，我们要走的路还很长呢。"

大家爬上岸，老罗杰将一路拖来的防水包裹打开，和尼古拉斯、卡洛斯围在一起开始组装枪械。

趁这工夫，郑海瑞在好奇心的驱使下一面仰头环视头顶上的穹庐，一面向前方走去。

此刻郑海涛他们都围在老罗杰身旁帮着检查设备，竟谁也没留意到独自远去的郑海瑞。

郑海瑞就这样一路被周边景物吸引前行，等他回过神来的时候才发现同伴们已不知被自己甩在哪里了。

周围的光线开始变暗，郑海瑞有些心慌了，他转身正要返回，脚下却忽然踢到了什么东西，低头看去，竟是一个长着尖锐脑壳的生物头骨，它两排利齿向外龇出，一双黑漆漆的眼洞凝望着郑海瑞，似乎在诉说着自己的故事。

"妈呀！"郑海瑞大叫一声，一脚将这怪异的头骨踢开，迈腿就跑，但没跑两步就被绊倒了。

趴在地上，郑海瑞才真正看清地面上竟到处散落着各种未知生物的头颅和骨架，而绊倒自己的却是一根一米多长的大肋骨。

一时间，恐惧征服了郑海瑞的理智，他爬起来想赶紧离开这里，却发现眼镜不知摔到哪里去了。

“哥！哥……你们在哪儿？”郑海瑞拖着哭腔跪在地上边喊边四下摸索着。

这时，他身边忽然响起了一阵“噗噜噗噜”的怪异叫声，吓得他马上屏住了呼吸，好在他摸到了眼镜，小心翼翼地把眼镜戴上定睛一看，只见在他正前方立着一个一尺来长的生物。

这个生物驼着背全身呈枣红色，四方形的小脑袋上一对类似金鱼的大眼泡长在头顶两侧，腆着一个大肚腩与上面的小脑袋极不相配，纤细的四肢每个都只有三个指头，指头间隙都连着蹼。

郑海瑞彻底被眼前这个怪异生物的长相惊呆了，那小怪物也在注视着他，嘴中持续发出“噗噜噗噜”的怪声，伴随着这个节奏，又有两个长相一模一样的小怪物从黑暗中走了出来。

其中一个双手拖着一根削尖的骨头，它们组成半圆把郑海瑞围在当中，一起发出“噗噜噗噜”的怪声，随着这瘆人的声音，越来越多这样的怪物从四面八方钻了出来，将郑海瑞一直逼到岩壁角落里。

就在这个时候，只听“砰”的一声枪响，怪物们立刻四下逃散，郑海涛端着枪带着老罗杰、卡洛斯赶了过来。

但很快这些叫不上名的怪异生物们又重新聚到了一起，郑海涛准备再次端起枪却被老罗杰一把按了下去。

“你这个笨蛋！”他骂道，“这里不知是不是灰人的监控范围，你弄出这么大动静会让我们暴露的！”

说着老罗杰从卡洛斯手里拿过一个人工火把往岩壁上一蹭，火焰呼的一声蹿起，包住了整个火把。

老罗杰高举着火把走在最前面，一路将火把抡向脚下那些试图阻挡他去路的小怪物，虽然这些生活在阴冷洞穴里的生物不曾见识过老罗杰手里的东西，但火焰的炙热高温还是迫使它们纷纷后退。

很快老罗杰就来到郑海瑞面前，拉着他慢慢退回到大家身边，而这些一尺来高的小怪物仗着“人”多势众，似乎并不想放弃眼前的目标，它们也随着老罗杰缓缓移动。

终于，一个块头大一些的怪物似乎等得有些不耐烦了，它怪叫一声，腾空跃起扑向老罗杰。

老罗杰早有防备，抡起火把迎面把它打在地上，同时一股火焰蹿到它身上燃烧起来，那怪物被高温炙烤得发出一阵凄厉啼叫声，挣扎着又向前跑了两步才一头扎倒在了地上，随后整个身体都被火焰吞噬了。

它的同伴们见状立刻一哄而散，钻进黑暗中消失得无影无踪。

“天哪，这是什么玩意！也是某种外星人吗？”郑海瑞擦着脑门上的汗，心有余悸地问道。

对于刚才的一幕老罗杰却没像其他人那样表现出一副不可思议的样子。

他上前踢了一脚焦黑的小怪物尸体淡淡地说："它们不能算外星人，因为没有智慧。这些家伙是随飞碟偷渡过来的外星球某种劣等生物，但看样子它们很适应在这样的环境里生活，我在道西基地上班的时候见过这种生物标本，灰人会刻意在尸体处理场放一些这玩意儿。它们成群行动，喜欢吃腐肉和骨头，能在很短的时间内把一具尸体吃光，所以基地里的人都叫它们'道西清道夫'。不过你们不必太担心，只要你还没丧失抵抗力，它们是不敢轻举妄动的。我们还是继续走吧！"

有了刚才的经历，虽然有惊无险，但还是让每个人都越发的小心。

老罗杰一手高举火把一手拿着枪走在最前面。

郑海瑞扶着张薇紧随其后，剩下的郑海涛四人端着枪在队伍后压阵。

一路上大伙谁也不说话，周围静得出奇，空旷的洞穴内只能听到各自的脚步声。

就这样前行了一段距离，郑海涛有点忍不住了，几步凑到老罗杰跟前与他并肩前进趁机问道："依你看这是一个什么地方？我们还要这样走多久？"

老罗杰并没直接回答，他踢了踢脚下随处可见的残缺骨头说："当初那个指给我这条暗道的外星朋友也没告诉我这是个什么地方，不过看你的脚下你不觉得这里更像是一个乱葬岗吗？”

“不会吧……您可别吓我。”郑海瑞这时也加入了进来。

“我的判断不会有错的！”老罗杰斩钉截铁地说，“当初灰人建造道西基地时，二层是给蜥蜴人居住的，他们对肉类有着极大需求，包括人肉，所以他们总是源源不断地带进大批捕获的活物或者尸体。但蜥蜴人只吃新鲜的尸体，有些尸体一旦腐烂或是觉得不新鲜就会被蜥蜴人遗弃，为了不让尸体腐烂后传播疾病，我听说灰人专门给他们建造了很多有逆向传输装置的通道口，可以借助传输带把腐烂的尸体直接输送到基地上方某个天然洞穴内，刚才看到那些道西清道夫，就更加验证了我的判断。”

“你是说我们现在是在外星人的尸体处理厂？”郑海涛不由地倒吸了一口冷气。

就在这个时候，郑海清腰间别着的通讯器响了，接通后那头响起了林春生磕磕巴巴的声音，奇怪的是英文水平很有限的他这回说的英语竟不再有语法错误了，尽管说的依旧结巴但却完全像是出自另一人之口。

“Please... give me your... guys position... are you arriving?(请告诉我你们的位置，你们到达了吗？)”

“妈的，这小子又在放洋屁，不知他在搞什么鬼！”郑海瑞不屑地说。

自从见面他对林春生就一直没有好感，因此也不放过任何一个可以挖苦他的机会。

郑海涛对此也有些奇怪，他转而问弟弟。

“春生英语从小就不好，就算说英语也是一半英语加一半中国话，这回他竟能用英语把一段话顺下来，你不觉得奇怪吗？”

“对呀！”郑海瑞摸摸后脑勺也是一副很不解的样子。

“他……他不会出事儿了吧？”一旁的王肃凑过来问道。

郑海涛想了想，神情凝重地用英语对在场的人说道：“我们现在在湖底洞穴里，和外界只靠一部通讯器联系，外界现在真实情况是怎样我们也不清楚，所以还是不要暴露位置的好。”

这时，联络器里再次响起了林春生那极不自然的声音，不过这回变成了中英混杂：“Your guys must... 咦？老大，这单词是啥意思？”刚说到这儿那头的通话就被人为掐断了。

“我就说这小子有毛病！他是不是在耍咱们呀。”被林春生无厘头的这样一搞，郑海瑞气得大骂起来。

老罗杰闻讯也走了过来，他直接关掉了郑海涛手中的联络器，说道：“我们可能已经暴露了，关掉这玩意儿，就算现在外部想要找到我们一时半会儿也没办法。”

而此刻在湖边沙滩上，四五个戴墨镜的黑衣人正围着林春生拳打脚踢，林春生捂着头蜷缩成一团不停地发出杀猪似的叫声。

不远处，一个扎着马尾辫一身紧身黑夹克黑皮裤的妙龄金发美女正注视着这一切。

此女自始至终给人一种冷若冰霜的感觉，但一双深邃的媚眼却又让多少与之对视过的男人深陷其中无法自拔，在这群黑衣人面前，她又俨然像是一个高高在上的领导者。

直到她认为差不多的时候才一摆手叫道“Stop（停）”！

那几个围殴的人马上住了手，跟着一个戴着墨镜五大三粗的大光头走过去一把将林春生从地上拽起，大骂道：“你这个混蛋！借口说英语不好，我们给了你词让你照着念，你竟然还敢用中文通风报信！”

说着挥拳又要打，吓得林春生闭着眼睛“Wait...Wait...（等一下……等一下……）”的一阵乱叫，那金发美女马上制止了大光头的行为。

“把他拉过来！”她吩咐道，“这个人也许有什么重要的事情要和我说呢。”

但当鼻青脸肿的林春生被带到她面前时，张口的第一句话却是“You are beautifully（你真漂亮）”。

气得那美女一个耳光扇在他脸上，再次吩咐道：“给我继续打！直到他供出同伙的位置为止！”

在林春生鬼哭狼嚎地被拖走后，大光头凑过来甚是担忧地对金发美女说：“尤娜，这次我们可能完不成组织交代的任务了，我们到得太晚，如果在下水前截获他们就好了！”

“不行！一定要找到他们！此事关乎人类共同的命运，这些人一旦通过暗道进入道西基地，根据协议，就是人类违约在先，到那时与灰人的战争就会全面爆发！”

此时的尤娜已经有些失去了理智，她望着被太阳照射成五彩斑斓的湖面，咬牙切齿地又下达了一道命令：“准备潜水服，一旦追踪到这些人的信号马上下水，找到他们格杀勿论！无论如何也不能让这些人溜进道西基地。”

“是！”手下人齐声附和，马上开始行动起来。

沙滩上每辆黑车的后备箱都被打开，一批潜水服被取出来分发到个人手里，不远处一台湖底雷达探测搜索器支了起来，技术人员戴着耳机坐到机器面前开始搜寻。

尤娜依旧很焦虑，她俯身把脸凑到雷达搜索器屏幕前，紧盯着上面一圈圈扩散着光晕的坐标，似乎想要从中探究出什么。

这时大光头拿着一个手机走过来轻声提醒道：“Boss 要和你说话。”

尤娜极不情愿地接过手机，手机那端一个低沉沙哑的声音响了起来：“他们一共八个人，活要见人死要见尸，记住一定要在他们进入道西基地前摆平他们，一旦进了基地你们就没有机会了，那个基地里……现在已没有人类工作人员！”

“可是……一定要这样吗？就像您说的，人类已经对那个地方失去控制了，我们也不知道灰人们现在已把那里变成了什么样子，我们为什么不跟着杀进去打他们一个措手不及，毕竟他们和人类签署的那个协议灰人也没好好遵守呀！”

“住口！”听了尤娜的建议，手机那头咆哮了起来。

“屠龙会永远也轮不到你做主，你想要违背长老们的意思吗？给你的任务你就去做，如果这次失手，就回来接受处罚吧！”说完手机就被挂断了。

尤娜扔掉手机，深深地吸了一口气，环视了一番所有人，厉声命令道：“不等了！全体立即换装下水，一个洞口一个洞口的给我搜，直到把他们找出来为止！”

话音未落，只听湖面忽然响起一阵哗啦啦的巨响，一股股水柱从湖面冲天而起，湖水急剧地向后退，湖中心慢慢地形成了一个越来越大的旋涡，在沙滩上众人惊恐的惊呼声中，一架三角形状的飞碟从漩涡中钻了出来。

“糟糕！快走！”大光头大叫一声拽起已经看愣神的尤娜向公路跑去。

那架飞碟离开水面悬浮在距岸上不远的半空中，发出一阵阵低音贝的轰鸣声，伴随着噪响它银白色的外壳慢慢地裂开了一道道透着蓝色荧光的裂缝。

岸上的人仰着脖子都看呆了，他们一方面知道面对那架飞碟自己手中的武器毫无胜算，一方面又不知空中这异物是敌是友，只得抱着侥幸心理和它僵持着。

就在那架飞碟周身布满了透着蓝光的裂缝之后，无数道蓝色激光突然从那些裂缝中飞驰射出，岸上的黑衣人一个接一个被击中，顷刻间化为肉泥血水。

仅仅用了不到十秒钟，沙滩上集聚的那些屠龙会的成员就全数被消灭了。

眼前的一切让已经逃上公路的尤娜和大光头看得瞠目结舌，二人趴在车下大气也不敢喘，生怕被湖面上的飞碟发现，旁边一辆车的后面同样躲着屠龙会的三个成员和被控制的林春生。

那架飞碟消灭了沙滩上所有人之后并没在原地多做停留，腾空而起瞬间消失在了茫茫天际间。

直到飞碟离去后又过了一些时间，大光头才哆哆嗦嗦地从黑车底下爬了出来。

他环视四周，一切又恢复了以往，湖面依旧平静，似乎什么也没有发生过，除了沙滩上那一摊摊热气腾腾冒着气泡的肉泥，让人很难相信就在几分钟前这里发生了什么。

“快！把电话拿来，给我转 Boss！”尤娜向手下人叫道。

电话接通后，她马上汇报：“我们刚有许多弟兄被灰人的飞碟消灭了，道西基地已经开启了防御入侵模式，我们现在该怎么办？”

然而电话那头却一片沉寂，虽然电话已接通，但却得不到任何回应。

“见鬼！”尤娜挂断电话一挥手叫道，“大家都跟我走！”

这时，被打得已有点神志不清的林春生用微弱的语气讲起了中文：“喂，美女，和你商量点事，放了我吧？”

尤娜听了，走上前照着林春生脸颊又是一拳，林春生头一低彻底昏了过去。

而在湖底洞穴内的郑海涛等人却并不知道沙滩上刚刚发生的这一幕，他们高举火把在老罗杰带领下向洞穴内逐渐深入，越往里走光线越昏暗，通道似乎也变得越发狭窄，空荡的洞穴上空不时回荡起一两声未知生物瘆人的啼叫，让众人不寒而栗。

渐渐地前方又变得亮堂起来，似乎又是一个别有洞天的世界。

就在这个时候，走在最后的王肃像是被什么东西绊了一下，整个人重重地摔在了地上。

郑海涛见状赶紧来到王肃跟前，正要将他扶起，手中的火把一下映出了依缩在角落里的一具残骸。

这是一具类似人类的骨架，保存得还算完整，只是头骨和骨架都要比正常人类足足大出两三倍，尽管死者是蜷缩的姿势，但目测其身高仍快要接近 3 米，唯一与人类有些区别的是这具尸骸的头骨前额高高向外凸起，一时间郑海涛也不知道眼前看到的究竟属于何物了。

老罗杰来到跟前用火把仔细照了一遍尸体，十分肯定地说道："这应该是我那外星朋友一族的，你们看尸骨底下还压着一些还没烂掉的袈裟碎片，也就是他们族人平时才喜欢披着这样的服饰！"

"你是说这是道西类人的尸体，可是他怎么会死在这里？"听老罗杰这么一说，郑海涛也来了兴趣。

他找出了杰夫送给他的笔记，翻到介绍道西类人的那一页，凑到尸骨前仔细地比对起来。

这一对照，他发现眼前的尸骸从外形上来看十分符合道西类人的特征。

对于郑海涛对尸体的称呼，老罗杰似乎并不认可。

他蹲下身用手中的枪管一边小心翼翼地扒拉着那具快要散落的骨骼，一边头也不抬地说："道西类人？从没听过这个名字，那只是你们这么叫他们而已，事实上当初美国政府对基地里所有类别的外星人进行统计的时候都不知道他们是属于什么种群，最奇怪的是，他们竟是所有外星人里声道和人类最相像的，而且还会说英语！"

说到这儿，老罗杰突然停了下来，他轻轻地用枪管从散落的骨头里挑出了一张拴着细绳链的蓝色磁卡。

"what's that？"张薇凑过来用英语问道。

老罗杰张开一个塑料小袋，用餐巾纸裹着把蓝色磁卡放入袋内，举着它对众人说："这种卡是基地里外星人自己配备的，他们靠这卡可以进入基地里自己的领域，人类工作人员是拿不到它的，我以前见过这卡，但我手里的这张具体是开启基地哪层入口的我现在也不知道，但是有总比没有强。"

说罢，老罗杰将磁卡小心翼翼地收好，带领众人向前方洞口继续走去。

不知从什么时候开始，总是有一两只看着和比目鱼十分相像的生物跟随着队伍在大家头顶上飞来飞去。

郑海涛可以清晰地听到那些生物在飞行时发出扑棱棱的

声音，但当他随着声音将火把照过去时，看到的却只是凹凸不平的岩石峭壁。

其他人也感受到了异样，特别是张薇、王肃他们，由于害怕都紧紧贴在了老罗杰身后，仿佛把他当作了救命稻草。

老罗杰对眼前的情形似乎也不确定，但他还是尽力安慰两个被惊吓得瑟瑟发抖的中国人。

“没有关系，大家跟紧了，到前方有光亮的洞口就好了，没有事的……”

他的话音还未落，就听到张薇慌乱的惊叫声：“哎呀，有东西落到我肩上了，你们快把它赶走！”

郑海涛见状连忙将火把探过去，果然看到一只全身灰褐色呈扁平状的扇形生物抱住了张薇的肩膀。

一旁的王肃连忙上前帮忙，双手揪住那生物的两侧用力往下扯，但他越用力，那生物就抱着张薇肩膀越紧，同时它从腹部伸出两根长长的触手勒住了张薇的脖子，疼得张薇终于发出了惨叫声。

老罗杰冲上来伸手制止了王肃的行为：“笨蛋！不要用手去触碰那些你不知道的地外生物，它们身上可能都携带着致命的病菌，先不要刺激它，不然她可能会没命！”

王肃虽然听不懂老罗杰在对他吼什么，但也知道刚才自己所做的一切似乎都毫无用处便放弃了。

老罗杰把火把举到张薇肩膀处，仔细地观察了一下这个奇怪生物。

“把野战刀递给我！”他吩咐道。

卡洛斯赶紧解下腰间那把看着像是兰博专用的长匕首递过来，跟着问道：“这有用吗？”

老罗杰没有理会，他接过刀先用刀柄在那生物扁平的躯壳上敲了两下，那生物跟着一阵抽搐，抱着张薇的身体有些松动了。

而张薇这时似乎快坚持不住了，豆大的汗珠顺着她的额头拖着一道道汗痕滚下来，她的嘴唇开始变得青紫，呼吸也越来越急促。

“她这是缺氧的表现，赶紧把这东西从她身上取走，不然她要窒息了！”见此情景，郑海瑞忍不住惊呼起来。

“闭嘴！”老罗杰气急败坏地叫道，“如果不找对方法，她一样会没命！”

跟着，他转身对郑海涛说道：“郑，我需要你帮忙，这东西贴得这么紧不用刀是不行了，一会儿我要用刀把这东西从她身上剔走，到时候你帮我按住她！”

郑海涛并不觉得这是个好办法，他忧心忡忡地问老罗杰：“这样硬来可以吗？我怕会伤到张小姐。”

“那你有更好的办法吗？”老罗杰反驳道，“老实说，我都不知道眼前这东西是什么鬼玩意，我以前在道西基地待了那么久都没见过这种生物。”

这时，郑海瑞也凑过来献计：“要不我们用火试试吧？

也许这东西怕火呢！”

老罗杰点点头道：“也好，现在没时间纠结了，她快要没命了。”

就这样，大家把张薇平躺着放好，郑氏兄弟一人抓住张薇一只胳膊，老罗杰跪在张薇头顶上方，用火把轻轻地在那快裹成椭圆形的生物背上燎了几下。

让众人始料不及的是，那生物突然嘶叫一声腾空而起，全身也随即舒展开来。

直到这时郑海涛才看清那生物的真面目，原来在那扇扁平状身躯的下面还藏着一个长满皱纹的椭圆形小脑袋，它的面部镶嵌着一双绿色眼仁小眼睛，鼻子是一根长长的肉管垂在半空中，脑袋两侧竖着一对尖耳。

更令人惊奇的是，这生物的小脑袋竟可以在躯体中来回自如伸缩，一旦小脑袋缩到躯体里，底部的肉身马上就会合好，让人看不到一丝痕迹。

郑海瑞被眼前所看到的东西深深震撼了，不由举起手机对准了正在空中扑腾的奇异生物。

一旁的郑海涛见状慌忙制止道：“不要……”

但他话音未落，“咔嚓”一声，郑海瑞已按下了拍照键。

尽管动静不大，但这细微的响声还是惊吓到了眼前这未知生物，只见它“吱吱”叫了两声，突然疯狂地在空中抽搐起来，全身也慢慢地膨胀了起来，直到在空中胀成了一个球，见此情形围观的众人都有些怕了，纷纷后退。

郑海涛正想伸手把地上的张薇拖走，此举马上被那悬浮在空中胀成球的生物发现了，它探出头扬起长长的肉鼻，对准张薇“噗嚓”一发力，一股绿色的黏液啐在了她的左眼上。

张薇随即惨叫起来，她脸上沾了黏液的地方马上被腐蚀得凹陷下去，一会儿就露出了白森森的眶骨，半拉被烧剩的眼球从黑森森的眼眶中掉了出来。

被黏液腐蚀之处还产生许多伴着刺鼻气味的气泡，随着气泡增多不断地分解着张薇的面部。

很快，张薇的脸就被未知黏液烧塌了，犹如半拉被掏空的西瓜让每个见了的人都不敢再看第二眼。

卡洛斯抄起麦林枪，箭步抢到前面一枪轰爆了怪物的小脑袋，对方晃了晃身体，犹如一只泄了气的皮球从空中飘落到了地上。

老罗杰再次发飙了，一把夺过卡洛斯的麦林枪，气急败坏地一通臭骂：“你们这群白痴！刚和你们说过不要弄出太大动静，这样搞的话我们还没进入基地就会被他们发现的！”

卡洛斯对此却毫不介意，耸耸肩，仍旧是一副若无其事的样子。

看着一位同伴就这样失去了生命，郑海涛一时有些接受不了，他跪在地上用一条毛巾盖住了张薇那烧得只剩一个大窟窿的脸部。

由于烧得实在是太惨，郑海涛全程都别过脸不敢细看。

做完了这一切，他起身冲到弟弟面前一把薅住对方脖领子咆哮起来："你他妈贱呀！好端端的捣鼓什么手机？还害死了一条人命！"

郑海瑞此刻同样不甘示弱，他不知哪儿来的勇气一拳打在郑海涛脸上，大声反驳。

"害死她的人是你不是我！当初要不是你怂恿我们跟着你进入这什么道西基地，张薇也不会死！"

郑海涛被打了个趔趄，往后倒退两步攥起拳头又准备上前，眼看两人就要打起来。

一旁的王肃连忙跑上前一手抓一个和起了稀泥："哎呀，这是干什么吗？有什么话不能好好说吗，你们毕竟是亲兄弟在外人面前打成这样，不怕被洋鬼子看了笑话？"

郑海涛捂着脸恶狠狠地瞪着弟弟许久，半晌才大声宣布："你说是我带大家进来送死的？好，那你们都回去吧！本来这事儿跟你们也没关系，我这就通知春生，大家可以回去了。"

说这话时郑海涛特意用的英文，以便大多数人可以听懂，跟着他从腰间拿出了联络器开始呼叫外界的林春生。

在刚才郑氏兄弟打成一团的时候老罗杰一直冷眼旁观，这会儿却走上来按住郑海涛的胳膊说："孩子，你不会是认真的吧？你不能把所有事情都太过儿戏了。"

此时的郑海涛心烦意乱，弟弟在众人面前对自己的顶撞再加上呼叫器那头总是忙音，让他产生了一种想揪着头发离开地球的感觉。

老罗杰也看出有些不对劲，他拿过郑海涛的联络器停在自己耳边等待了一会儿问道："郑，你那个朋友，他靠谱吗？"

郑海涛几乎是毫不犹豫地为林春生做了背书："林春生，虽然又懒又胆小，还爱吹牛，但关键时刻背叛朋友的事情他还是做不出来的。"

老罗杰听了紧锁眉头，叹口气说道："那他一定是出事了，这也意味着我们的后路可能被断了，现在就算我们打道回府可能会比我们继续前进更危险。"

老罗杰的这一席话让众人面面相觑，郑海瑞也低下了头不再吭声。

老罗杰继续说道："道西基地外部有一个自动防御系统，外星人的人工智能一旦在基地方圆一公里内察觉到有生命特征生物入侵，马上就会开启防御模式。我想现在回去的路可能已经被设下埋伏了，就算我们要原路返回，也要到基地第一层的监控室关掉那个程序。放心吧，这个程序是当初人类科学家帮助设定的，我知道怎么关闭它。"

经老罗杰这么一说，尼古拉斯马上叫道："那我们还等什么？我早就手痒痒了，让我们早点进去，我要杀光那些异形！"

但郑海涛此刻却没有洋人们这番激情，张薇的死深深刺痛了他，同时也让他产生了一种莫名的负罪感。

“我弟弟说的没错，此次要不是我主导，大家现在也不会陷在危险之中，还是让我一个人去吧，还没进入道西基地就已经失去一个人了，我不想再有伤亡。”

“哥——刚才是我不好，你别说了，开弓没有回头箭。现在都到这份上了，就让我们一起把剩下的路走完吧！”

眼见哥哥如此消沉，郑海瑞也意识到自己刚才的话给他增添了很大负担。

他走上前一把抱住了郑海涛，郑海涛也用拳头在弟弟背上轻轻磕了两下做出了善意的回应。

正当众人要继续前行的时候，郑海涛发现一些“道西清道夫”已不知什么时候凑了过来，由于还有人在，它们只敢躲在不远处的岩壁乱石下面蛰伏着，等待机会伺机而动。

“不能让张薇尸体落到这些家伙手里！”

郑海涛说着，拿起火把快步走到张薇尸体旁，低头在心中默念道：“张小姐，对不起了，是我们无能没保护好你，我不想你的身体再被那些家伙二次摧残，所以请原谅我吧……”

郑海涛把想说的都说了，手一松，火把落到张薇尸体上，一会儿工夫整具尸体就燃起了熊熊烈火，在火光映射下，是郑海涛一行人逐渐远去的背影。

当一行人终于抵达有亮光的新洞穴入口时，他们惊奇地发现四周岩壁似乎已经被人为改造过了，所有的岩石表面都被溶化成一种涂层，越往里走里面的岩壁越呈玻璃化，郑海涛认为那更像是一种难以名状的晶体。

看到这一幕卡洛斯也不由感叹起来：“见鬼！这绝不是人类的杰作，他们是怎么做到的？”

老罗杰仍旧一副见怪不怪的样子，伸手摸了摸岩壁涂层说：“这是灰人的科技，这也意味着我们离道西基地更近了，从现在起我们跑步前进，中途无论出什么事都不许停下，前方应该有监控，我们要一口气通过那里。”

老罗杰刚说完，前方突然传来一阵轰隆隆的巨响，与此同时众人头顶上方不远处的穹庐顶慢慢地裂开了一道缝，那缝隙越裂越大很快就变成了一个正方形，许多残缺不全的尸体散发着恶臭从天而降，透过正方口一股脑地被倾倒在了郑海涛等人面前，这里面有残肢断臂的人类，更多的则是郑海涛他们从未见过的外星人尸体。

“快躲起来！”老罗杰焦急地催促道。

说话间许多难以名状的洞穴生物从四面八方冲出来，直奔堆成小山的尸体扑去。

郑海涛躲在角落里用余光偷瞟了一眼，看到了正举着骨刀奔跑着的“道西清道夫”，杀死张薇在空中盘旋的比目鱼状生物，全身长满毛发体形像猩猩却长着类似龟脸的异形，还有人面蛇身像蚯蚓一样在地上一蜷一曲收缩前进的生物，以及其他更多郑海涛都难以描绘的外星生命体。

这些奇形怪状的生物冲到尸堆旁为争夺尸体大打出手，也有的冲过去随便拖起一具尸体便跑，躲进角落里慢慢享用。

望着前方乱哄哄的场面，老罗杰压低声音对大家说道："正好，我们现在趁机赶紧离开这里！"

眼下，那些洞穴生物正围在尸堆前忙着挖掘它们的宝藏，根本无暇顾及其他，郑海涛、老罗杰等人就这样悄悄地从它们身边溜走了。

半道上，郑海涛突然像是想起什么似的问老罗杰："这里是外星人的尸体处理厂吧，我们上面是道西基地第几层？"

"现在还没进到基地呢，我们上面是湖泊，之前和你说过了，灰人设计出一种逆向输送技术，可以把东西通过传送管道从低处倾泻到高处，这些尸体是从道西基地第二层传送上来的！"

郑海瑞听了也觉得十分有趣还自作聪明地说道："这项技术真是太有用了，如果可以把它学过来用于山地农业灌溉那将会造福多少人类呀！"

可惜眼下大家没有心情接他的话茬，都跟在老罗杰身后一路小跑着。

他们前方，就是神秘叵测的道西基地，在那里仿佛有种无形的力量正在向众人招手，推动着他们迈向黑暗的深渊……

第五章　地表下的罪恶

——你不想看到或是看不到的东西，它们也依旧存在，当你与它们产生交集时，一切都已经太晚了。

一片开阔的场地，路面全部由类似玻璃状的晶体铺成，在它上方顶部透亮的天花板四角都安放着大口径探头，数架形状各异的UFO排着整齐的队形停泊在过道上中。

它们中除了人们认知的圆形飞碟外，还有三角状和长雪茄状的夹杂其中。

在这些巨大飞行器之间不时晃动着几个细长的白色身影。

“那就是灰人。”

此刻，躲在几十米距离之外的老罗杰举着侦查望远镜，远远地一面观察一面对郑海涛等人说道。

他身边怀揣远程狙击步枪的尼古拉斯已经有些不耐烦了，压低声音抱怨着：“还要在这里浪费多少时间？我们直接杀过去吧，他们又没有多少人。”

老罗杰丝毫未做理会，仍旧举着望远镜凝望着前方。

郑海涛深知老罗杰的心思，他是在等待机会。

在这个过程中，郑海涛竟然看到四名穿着白大褂的人类跟在两个灰人身后登上了一艘长雪茄状的飞碟，待舱门关闭后，上方角落里的所有探头都对准了它，随着场地上空“呜”地一阵长鸣，四个探头同时射出蓝色激光，那架飞碟就在四道蓝光的照射下原地消失得无影无踪。

“他们这是去哪里了？”望着这一切郑海瑞如同在看魔术表演一样，不禁感叹起来。

老罗杰也被眼前的景象震惊了，喃喃地自言自语：“原来灰人真的有这项技术，利用磁场把输送物分解成分子后，输送到另一个时空再将分子重新排列组合后还原。”

听到这话，郑海涛忽然记起了什么竟脱口而出道：“你这么一说这好像 20 世纪美国人搞的费城实验的做法呀！”

“笨蛋！”老罗杰狠狠地瞪了郑海涛一眼，“美国政府当年就一直想从灰人那里换取这项技术，但灰人把这视为核心技术没有与我们分享。最后美国政府还是利用一些手段从道西基地里窃取了一部分这方面的内容，在一切都还没成熟的情况下他们就在宾夕法尼亚州开展了实验，结果失败了，至今我们都没能掌握这项技术。”

就在几人低声交谈的时候，又有几架飞船通过蓝色激光的输送消失了，过道上只剩一架三角形的飞碟孤零零地停泊在那。

就在飞碟左前方的角落里，貌似有一个升降装置，旁边还立着一个奇怪的栓子。

“一会儿我们从那里下去，这可能是唯一的入口了。”老罗杰指着升降装置的方向对众人说道。

但郑海涛却注意到在前方过道的尽头还藏着一个小洞口。

“我想先去那里看看，也许那才是入口。”

说完，他不等老罗杰发表意见便猫起腰快步向那洞口跑去。

“哥，等等我……”郑海瑞轻唤一声紧随其后。

在郑氏兄弟的带动下，其他几人也跟了过去，最后只剩下老罗杰一人待在原地。

“见鬼！”见身边不剩一人，老罗杰狠狠地跺了一下脚，也只好随他们而去。

在跑过停泊在过道中央那架飞碟时，郑海瑞的老毛病又犯了，他停下脚步掏出手机对着飞碟连拍了好几张。

突然他小声惊呼起来：“你们看，那架飞碟身上好像还刻着文字呢。”

前头的王肃赶紧折回来拽着他去追赶队伍，同时埋怨着：“都什么时候了，你还有闲心注意这些东西，赶快躲起来，一会儿要是那些外星人回来可就糟了。”

好在这样的事情并未发生，大家都顺利地抵达了洞口。

进到里面众人才发现，这个地方是一个小厅，左侧嵌着一扇白色的门板，右侧也有一扇一模一样的。

当郑海涛走到左侧门板前时，唰的一声门板就自动升了起来。

“我们留两个人把风，其他人进去看看。”老罗杰说着指了一下卡洛斯和尼古拉斯示意他们留下，带着郑海涛他们进去了。

这是一间不足 8 平方米的房间，地面依旧是玻璃状的晶体，里面空荡荡，几乎没有任何摆设，正对入口的墙上安了上下两排隔板，每层都摆放着一些古怪的小物件和石头。

环视四周，郑海涛马上吓得打了一个趔趄接连倒退两步，没站稳竟一屁股坐到了地上。

只见两侧的墙壁上嵌满了人类完整的干尸，每具都是头发枯黄面如骷髅，有的从墙壁里探出半拉身子呈挣扎状，有的整个侧身嵌在墙上犹如卢浮宫壁上的浮雕，此情此景让到访者无不感觉自己正置身于地狱之中。

郑海瑞和王肃的表现还不及郑海涛，王肃瞥见这一幕马上蹲在地上哇哇地呕吐起来，郑海瑞则尖叫一声掉头就往外冲，与老罗杰撞了个满怀，俩人都坐到了地上。

“你干什么！请冷静下来，再这样用不了多久我们就会被发现的。”

老罗杰爬起来一把将郑海瑞从地上拎起，把他抵到墙角气急败坏地呵斥道。

“这……这……他……尸体……”

此刻，慌乱之下的郑海瑞已说不出一句完整的话了，他用手指着嵌着干尸的墙壁，语无伦次了半天也没说明白。

老罗杰朝墙上望了一眼，叹了口气说：“这里应该是灰人摆放收藏品的地方，有的外星人就是喜欢用人类的尸体作为墙上的装饰品，特别是完整的尸体，在他们看来，我们就是低等生物，和他们掠来的牛或其他家畜并没什么区别。”

听了这话，郑海涛仍旧愤愤不平，他重新环视起嵌满尸体的两侧墙壁喃喃道：“真不相信这能是掌握着比地球先进技术的高等智慧生物干出的事情！他们简直不是人……”

“没错，你觉得他们不是人，在他们眼里我们亦是如此，我们不是也常拿梅花鹿的脑袋做成挂在墙上的装饰而丝毫没有负罪感吗？”

老罗杰走到郑海涛身边，拍了拍他肩膀，指着这些墙里的干尸说道：“比起你们惊讶人类尸体为什么会在墙里，我更感兴趣的是这些受害者的身份，因为外星人绑架的人类一般是被直接送到道西基地第一层的大厅，然后经过筛选再一层一层地往基地下面送，而不是做成干尸放到这里。别忘了我们现在可还没进入道西基地呢。”

但郑海涛这会儿却没有心思跟着老罗杰琢磨这个问题，他低着头向隔板墙走去，一路上他都不敢抬头以避免看到两侧墙壁上的干尸。

来到隔板前，郑海涛随手从第一层抓起一块类似陨石的小石块，拿在手里却根本掂不出分量。

正当郑海涛觉得奇怪的时候，突然感到手中的东西挣扎起来，他不由地手一松，那石块竟自己浮到了空中。

所有人都看呆了，包括老罗杰，惊愕之余郑海瑞不忘轻轻地拉拉老罗杰袖子问："这个，你做何解释呀？"

"不知道！"老罗杰摇了摇头说道。

郑海涛对这块浮石发生了浓厚的兴趣，伸出手指轻轻地触碰了一下，那石块就像是得到某种命令，突然以惊人的速度四处飞驰起来，所到之处触及的东西无不被打翻在地，包括一具突出墙壁的干尸脑袋，看似破坏力还不小。

老罗杰见状忙招呼大家快退出来，随着最后一个人撤出，一道门板从天降落了下来，将那块四处乱撞的石头挡在了屋子里。

"好险呀！搞出这么大动静，我们差点被发现。"

在小厅过道里，老罗杰深深松了口气，他伸手想去撩一下头发，却发现汗水已浸透了额头。

郑海涛好像还意犹未尽，他又跑到右侧的门前，随着白色的门板弹起又一个房间暴露在了众人面前。

跟着就听他惊呼起来："天哪，你们快来看，这里有好多衣物！"

大伙闻讯鱼贯而入，果然看到房间地面到处都是白色大褂和各式裤子、皮带、袜子。

郑海瑞眼尖，发现许多白色大褂上还别着类似ID卡片似的东西，上前弯腰从一件白大褂上拆下一个查看，果然那是一个印着黑人头像的ID卡，上面用英文标着他的名字：道格拉斯·麦克。

与此同时，另一头的王肃也叫了起来：“我这里也找到一张，是个白人女性，好像叫珍妮佛·惠特尼。”

类似这样的ID卡还有很多，很快郑海涛他们就从白大褂上扒拉下来了十几张。

在他们搜集卡片的时候，老罗杰望着地上的众多衣物一直紧锁眉头。

大约过了几分钟，他恍然大悟似的向众人宣布：“我知道了！原来刚才左边房间里墙上的尸体都是这些衣物的主人，我初步判定他们应该是美国政府根据协议向道西基地派驻的科学家，他们参与和灰人共同开展的基因实验和其他领域的技术分享，这些人里很多都是直接从军队里下来的。”

说着老罗杰从郑海涛手里接过一摞ID卡开始一张张地甄别起来，还不时地从里面挑出一张放到另一只手里，并解释说：“这个人我认识。”

很快，老罗杰的另一只手里就有四张卡了。

听了老罗杰的解释，郑海涛仍旧有很多不解：“这些科学家既然是人类根据和外星人签署的协议合法派驻进来的，为什么外星人还要把他们杀了铸成装饰品？”

“这应该是道西之战以后的事情！”老罗杰头也不抬地说。

他搬弄着手里的卡片，“我认识的这几个人里，有的在我还没调到基地上班的时候就已经在这里做研究了。1979年以前，美国政府与以灰人为代表的外星人相处得还不错，所以那时道西基地第一层到处都是人类科学家，有的甚至还被灰人邀请到第七层的基因实验室去观摩。自从1979年我们的特种部队攻入基地发起了道西之战以后，这些美国派驻的科学家多数就再也联系不上了，事后双方和解时灰人对此给出的解释是这些科学家在道西之战中都被特种部队当作目标给打死了。这么多年了，包括政府方面都不再对找寻这些失踪的科学家报什么希望，想不到今天我们在这里找到了他们下落。”

正说着，一旁端着枪巡视的卡洛斯也有了新的发现：“你们来看，这堆衣服里还有一本书。”

说着，卡洛斯用脚轻轻一勾，一本硬皮书就从衣服堆里露了出来。

老罗杰走上前把它拾起，翻了两页纠正说：“这不是书，是一本日记，作者是汉斯·汉考克，应该也是这里的研究人员。”

听他这么一说，郑海涛也凑了上来，火急火燎地催促道：“快看看上面写了什么，也许我们还能从中寻获到一些线索呢！”

“日记最后记载的是2008年2月7日，我们先看看最后一天日记的主人记录了什么吧。”

说着，老罗杰清清嗓子望了围过来的众人一眼就开始读了起来。

2008 年 2 月 7 日　天气不明

今天是最后通牒，一大早主管道格拉斯·麦克就把我们七个人叫到 T-2 区域开会，他整个人看上去很糟糕，实际上我们每个人都是如此。

国家抛弃了我们，在这样一个与世隔绝的地方我们被扣留了 13 年，有些同事被限制在这里的时间还要更久，也许这几天就能让我们摆脱这样噩梦般的生活。

早些时候有同事就从小绿人那里得到消息，灰人针对我们这最后一批曾经的盟友制定了最后解决方案。果然，道格拉斯一上来就说灰人通知他让我们这些人现在必须做出选择，要不归化他们，要不就会被处决掉。消息宣布后大家好像都很平静，似乎都有心理准备。

我也想过这个问题，可我不想像托马斯·杰瑞那样，太恐怖了，我不能接受，我会选择迎接死亡，也许这将会是我在这个世上的最后一天，所以我打算把这本日记交给道格拉斯·麦克。他平时和灰人关系很好，它们应该不会处决他，我希望道格拉斯能带着我的日记逃出去，这样外面的人就会知道这里发生了什么事。

听完这段日记郑海瑞不由地插嘴道："可是从这遍地衣物来看，被处决的好像不止七个人呀。"

老罗杰也觉得很蹊跷，马上翻出那摞ID卡一张张地重新翻起来试图从中寻找汉斯·汉考克，但翻了几遍也没有找到这个人，倒是日记中提到的最有希望活下来的道格拉斯·麦克，一摞卡片中他的ID首当其冲。

"这个人不在这里！也许他已经死了但ID遗失了，所以我们没办法知道他的现状。"老罗杰边说边把日记又往前翻了几页。

"奇怪了！"他喃喃地自言自语说道，"2008年的日记只能找到1日和5日的，再往前的日记是从1995年开始的，到1997年好像就断了。"

郑海涛眼尖，他一眼就看出了问题。

"没有断！你们没看到吗，这中间的夹页层有被撕掉的痕迹，而且应该是被撕掉了有一小摞纸的厚度。"

"见鬼！这是谁干的？为什么要这样做。"

眼看从这本日记中寻找答案的希望就这样破灭了，郑海瑞不由地嘟囔了起来。

"不知道，也许是不想让后世人读到被撕掉的内容吧。"老罗杰说完又开始朗读起5日的日记：

2008年2月5日　天气不明

今天大家又一次聚到一起向灰人请愿，允许我们离开这里，他们才是这里真正的主宰者。

我们这次有一百多人参加了抗议活动，但事先灰人限制了我们用于启动基地升降梯磁卡的权限，我们坐升降梯只到了第三层就全部被拦了下来，还有几十人未能坐上升降梯。

参加这次拦截的有罗德星人，他们不仅面相狰狞性情也很狂躁，还有灰人族群的近亲塔拉吉亚星系的达达人。当然，少不了让我们见到总会做噩梦的蜥蜴人，他们是灰人的禁卫军，作为回报灰人用人类的肉来供应他们。

但是这次我们不想退缩了，如果在这样一个毫无希望地狱般的地方还要生活十几年，那么我们宁愿现在就死。

但最后抗议活动还是以失败告终了，当蜥蜴人在大家面前咬断了组织者杰弗逊·布鲁斯的喉咙时，所有的人都不再吭声了，我那时也怯懦了！见鬼，平日不自由毋宁死的信念这会儿到哪里去了！

看完2008年的日记，再往前翻，1995和1996年的日记则大多是关于在道西基地的日常生活和与一些外星人打交道的记录。

多数记载没什么意义，但日记中有些部分却提到了一些让包括老罗杰都前所未闻过的事情，如灰人针对人类开展的读心术实验，以及通过高等分子组合让一种介质脱离躯体以另一种不可触及的形式继续存在这个世界，让被实验体从此不用再吃喝，但可以思考以及拥有记忆和情绪，看起来很像人们常说的灵魂出窍。

整本日记翻完，郑海涛也没能从中找到可以对这次行程有帮助的信息，不免有些失望。

但这本日记也印证了一个事实：道西基地里所有的人类科学家都已经被处决掉了。

老罗杰打开随身背包，将用防水油纸包好的夹着 ID 卡的日记本小心翼翼地放了进去。

正在这个时候，王肃忽然向前一步对着郑海涛兄弟一副欲言又止的样子。

看王肃表现的这般奇怪，郑海涛不由地问道：“怎么啦？兄弟。”

王肃迟疑了半天，张了两次口才鼓足勇气说道：“那个……那个……我可不可以不去了？”

乍一听这话，郑海涛开始还以为自己听错了，直到王肃又重复了一遍，他才发现对方不是开玩笑。

“为什么，你不是要去救林珊珊吗？怎么，你不管你老婆了？”

“管，当然管！可是，这一路走到这里我才发现我们之前的筹划是不是太冲动了。”

王肃涨红了脸，为了掩饰自己内心的慌张，再次把眼镜摘下裹在衣角里来回摩擦，看得出此刻他还有些激动。

“有视频为证，我也承认珊珊可能被抓进了道西基地，可是绑走她的是蜥蜴人呀，他们专门吃人，就算我老婆没被吃掉，就算我们真的进到了那里，可凭我们几个能把他们带出来吗？我们进去也只是再赔上几条性命而已，趁着这会儿我们还在基地外头，现在回去还来得及，大家说呢？”

说完，王肃赶快环视四周，似乎是想要得到大伙的支持，但可惜老罗杰、尼古拉斯等人都不懂中文，王肃刚才的话也只有郑氏兄弟才听得懂。

“他说什么？”看着王肃这番脸红脖子粗的表演，老罗杰好奇地转向郑海瑞问道。

郑海瑞把王肃原话翻译给了老罗杰等人后，老罗杰耸了耸肩说：“那大主意你们自己定吧，正如你朋友说的那样，现在撤还是来得及的。”

“那……那你走吗？”郑海瑞试探性地问道。

“我不能走！道西基地已经开启了防御模式，现在外界方圆几里任何一点小动静都会触发基地的激光武器，那样的话整个道西镇就完了，我必须要进去关闭它。还有，如果有可能我要不惜一切代价摧毁灰人的基因实验室，这次进来我也没有想过要活着出去。”

“我也不会走，小洁这次来美国我本可以阻止，况且我不能留她一个人在这里受难。”

在老罗杰说完后郑海涛也跟着表了态，为了让王肃能听懂他故意用中文说道。

“拉倒吧！少扯淡了。”王肃不屑地打断了他，“你俩结婚了没？你俩的感情再深能有我们夫妻深？你女朋友没了还可以再找，老婆没了我就成鳏夫了！我和珊珊还有孩子呢，我比你更想把老婆找回来，你没了女朋友只是没了爱情，我没了老婆可就没家啦！谁亲人不见了都会抓狂，我也是，但我比你要冷静一些，我知道现在回去我女儿还会有爸爸，如果我也死在了里面我女儿可就真成孤儿了！你现在是被鬼迷心窍了，拿大家的命去搏，这是一种不负责任的表现！”

话到这份上，郑海涛也被惹怒了，他指着王肃吼道：“你不要为自己的冷血找借口！你这懦夫！”

“我懦夫？”王肃听后冷笑一声，重新戴上眼镜，不紧不慢地往下说道，“我知道你和我的情况不一样，我记得你说过你和你女朋友从认识交往到现在也才不过半年时间，我承认你们感情很好，但兄弟你现在的状态一看就知道还没过热恋期呢！你做出这种决定你以为是爱情，其实这只不过是你体内荷尔蒙分泌过多造成的假象，我希望你冷静一些。”

看郑海涛没反应，王肃又接着说：“兄弟，你这不叫爱情，真正的爱情不是不顾一切地为对方上刀山下火海，你这就是冲动！我以已婚男人的身份告诉你，爱情是柴米油盐把日子过好，两个人可以平平淡淡地腻在一起一辈子不分开，你明白了吧？”

一旁的郑海瑞忍不住了，跳起来指着王肃鼻子斥道：“你胆子不行油嘴滑舌倒很在行，但请你不要把自己的观念强加给别人，我哥是什么人我很清楚，我也很敬佩他这次的决定，我很羡慕我嫂子能有我哥这样的爱人！”

就在郑海瑞准备脸红脖子粗的和王肃干一仗时，郑海涛阻止了他：“好吧，王肃，我们还是各自保留自己的观点吧，眼下不是争执这个的时候。你不是要走吗？可以的，一会儿我让老罗杰拿一套潜水装置给你，再派个人把你送到我们登陆的地方，你看好吗？”

听郑海涛这么一说，王肃不吱声了。

就在这个时候，屋外的过道里传来了一阵嚓嚓的脚步声。

“不好！这回怎么没留人在外面站岗呢？快出去看看！”

老罗杰大叫一声，抄起枪就带着卡洛斯和尼古拉斯冲了出去，郑氏兄弟也紧随其后。

一出门他们就与一个近两米高的类人生物撞了个对脸，它全身裹着一套闪耀各色光芒的紧身防护服，细长的脖子上挂着一个尖脑壳的长脑袋，鼻孔塌陷、小尖下巴，深陷的眼眶中两只眼睛眯成了一条缝，看不到眼珠，干枯的长腿下长着类似鸭子的带蹼脚掌，与下肢相比它的双臂显得格外强壮，一块块肌肉凹凸不齐地附在上面。

此刻，这个类人生物恶狠狠地盯着老罗杰他们，站在最前面的老罗杰也目不错珠地回视着它，双方僵持了大概有几秒钟。

类人生物忽然用嘶哑的喉音发出一阵低沉的长啸，抡起手臂朝老罗杰打去。

几乎是与此同时，卡洛斯和尼古拉斯手中的枪也响了，那生物被打得接连倒退，一会儿就被射成了筛子，紫铜色的液体从枪眼中喷出，溅得到处都是，它身子一软依着墙壁滑到了地上。

“这是一个达达人，还不快走！他们可能已经回来了。”

老罗杰冲已经看傻的郑海涛等人叫了一声，就带头向洞外跑去，众人也紧随其后，就连王肃也顾不上提回家的事了。

“你们等等我！”他大叫一声，迈过外星人的尸体追赶大部队去了。

众人跑回停泊飞碟的地方却未发现任何外星人的身影，老罗杰不由松了口气，指着前方角落的升降台装置：“从这儿走！”

当众人到达升降装置前时，面对下方黑洞洞的深渊却发现谁也无法操控这个设备。

这时，郑海瑞注意到了旁边那个奇怪的栓子，“这上面有个长条形凹槽！”他叫道。

老罗杰见状从包里翻出了之前从道西类人尸骸下拾到的蓝磁卡递过来，说：“刷这个试一下”。

郑海瑞小心翼翼地用卡片在长条凹槽里轻轻划过，就听下方黑暗的深渊中隐隐传来一阵隆隆的响声，声音犹如雷声一般越来越大。

大概过了一分钟，四方形的升降台面终于升了上来。

老罗杰一个箭步踏了上去招呼大家快点上来。

郑海涛忽然想起了王肃的请求，他叫住老罗杰："老罗杰先生，我的朋友他不想和我们下去了，能不能分个人出来送他到我们登陆的地方？"

"对不起，这不可能！"老罗杰耸了耸肩说，"你朋友想要回去没有人阻拦，但是他必须自己走，现在我们人数已经很少了必须集中力量，不可能为了你朋友再分出去一个人。"

当郑海瑞把这话照原本翻译给王肃听后，他叹了口气说道："算了，我们都被发现了，现在回去估计也来不及了，我还是跟你们走吧。"

就这样，众人全部踏上升降台面，老罗杰熟练地按下了升降台上控制界面的红色按钮，平台载着众人伴着隆隆轰鸣声快速地向深渊下方回落。

"你以前开过这玩意儿吗？"在下降的过程中，郑海涛好奇地问老罗杰。

"你说什么？！"由于巨大的噪音干扰，老罗杰没有听清郑海涛的问话。

正当郑海涛准备再重复一遍的时候，一个黑影忽然从他头顶上空一掠而过，他甚至可以感觉到黑影飞过时带动起他头发的风声。

跟着王肃也指着空着大叫起来："妈呀！有东西跟着我们。"

顺着王肃指的方向，郑海涛果然看到三只类人状却长着蝙蝠翅膀的怪物随着快速下落的平台俯冲而来。

“见鬼！这又是什么鬼东西！”卡洛斯大叫一声举起冲锋枪朝着在空中来回飞窜的怪物一阵猛射。

但是这些生物异常灵活，似乎子弹都无法近身它们。

老罗杰见状一把压下卡洛斯的枪：“好了！别浪费弹药了，它们追一会儿就不会追了，我们马上就要降落了。”

果然正如老罗杰所料，那三只怪物扑棱着翅膀跟着升降台快要追到地面的时候，忽然调转方向一提速重新扑向高空。

望着它们远去的身影，郑海涛感叹道：“这里真是一个怪异的世界呀，这里所有的生物我都没见过，我都怀疑我们这会儿是否还在地球上？”

“刚才那个物种叫古里安，古人们把它们称作恶魔，它们是最早一批被外星人带到地球的生物。

“大约在公元200年罗马帝国时期，它们四处觅食攻击人畜，在后来数千年间它们消失得无影无踪，想不到却隐藏在这道西基地里。”

“你怎么知道得这么清楚？”郑海涛问。

老罗杰呵呵一笑，说道：“当我儿子被带走后，有一个叫屠龙会的组织找过我，他们知道我曾经在道西基地工作过，因此想从我这里获取一些这里面的情报，为此他们也告诉我了一些事情。那个组织有个部门就是专门研究道西基地里各种生物的。”

“怎么又是屠龙会！”郑海瑞听到后小声嘟囔了一句。

“这么多年来他们一直致力维护外星人和人类之间的平衡，他们的另一个任务就是守卫道西基地，阻止人类进入这里，为此他们甚至可以杀了你。”

说话间随着“砰”的一声巨响，众人脚下一震，升降台降到了地面。

郑海涛环视四周，发现升降台两边依旧是一个接连一个的洞穴，四通八达不知通向何方，而在他们前方是一条望不到头的宽敞隧道，壁上安满了管道和电线，上方顶部每隔100 米就装有一盏探照灯。

“这应该就是通往 T 区域的入口了。”老罗杰指着前方隧道胸有成竹地说。

因为怕郑海涛他们听不明白，他又更加详细地解释道：“道西基地第一层以前是人类活动的区域，以字母 T 开头，共设有 3 个区域，T-1 是人类员工宿舍休闲区，T-2 是会议办公区，T-3 是转运仓库区，再加上警备控制室区域和外星人设置的联络处，第一层一共由五个区域组成，我常年在这层工作，只要我们到了 T 区域，我就能带你们继续往下走。”

“这些洞穴是什么？”卡洛斯用枪指着两侧那些大大小小连在一起的洞口问。

老罗杰摇了摇头：“不知道，说实话几十年前这些洞口是不存在的，灰人可没有挖洞的习惯，看这些洞口也不像是人为挖掘的。”

正说着他忽然注意到两侧洞口处有几处坎坷的地面似乎在抖动，老罗杰以为是自己看花了眼，他不由重新揉了一下眼睛。

就在这工夫，左侧洞口一处地面猛地炸起一堆土来，随即一条类似蚯蚓的巨大蠕虫从坑里扭着躯体直立起来。

它没有面孔，头顶上咧着一张血盆大口透出锋利的牙齿，身体上宽下细，躯体两侧伸出一对利爪。

老罗杰不由地往后倒退两步，那蠕虫趁机一跃跳出坑来，以腹部匍匐地面跳跃着向众人逼来。

“大家都躲开！”卡洛斯大叫一声，挡到老罗杰前面，朝着它就是一梭子弹。

“吱——吱——吱”怪虫惨叫着倒在地上，连着喷出好几口绿色的液体，痛苦地扭动着身躯。

但是一切并没有因此结束，越来越多的地面炸起泥土，一只只张着血盆大口的蠕虫从坑里钻出，很快就把郑海涛等人包围起来。

“快跑！大家往隧道那里去！”老罗杰拔出手枪大声召唤众人。

就在这时一只蠕虫忽然一跃而起将老罗杰扑倒，一口啃在了他的肩膀上。

“啊——”老罗杰发出了撕心裂肺的惨叫声。

一旁的尼古拉斯见状从腰后拔出大砍刀，一刀劈下去，那怪虫马上身首分离。

郑海涛兄弟抢上前去一人架起老罗杰的一条胳膊，搀起他向隧道跑去。

卡洛斯端着枪跟在他们身边，一面跑一面环射那些试图靠近的巨大蠕虫。

众人身后，这些蠕虫们怪叫着依旧紧追不舍，直到跟进隧道又追出一段距离，它们才悻悻地返回出土的地方。

一路上老罗杰不停地痛苦呻吟着："额！见鬼，好疼，咬我的家伙嘴里可能携带致命病菌，我会死的……"

搀扶他奔跑的郑海瑞见状马上安慰道："罗杰先生，尽量别说话，你要保留气力，不会有事的，等到了基地里我们找地方给你包扎。"

"不行……不行，我……有些喘不上气了，停下来……让我休息会儿。"

老罗杰声音显得越发虚弱。

郑海涛止住了脚步看看四下，隧道里除了他们几个空无一物，蠕虫们也没有追来，他不由放松下来。

"好吧，我们原地休息一下，医疗包谁拿着呢？先给罗杰先生处理伤口吧。"

说着，郑海涛从卡洛斯手中接过医疗包，跪在靠墙半坐的老罗杰身边，开始用药水帮他洗涮伤口。

卡洛斯、尼古拉斯持枪在周围踱步戒备。

王肃一脸沮丧地蹲在地上双手抱着脑袋绝望地说道："这下好了，马上又要死一个了。照这样下去，我们过不了基地第一层就会全部死光。"

"闭嘴！"郑海瑞用中文大声呵斥道，"现在说什么都没意义了，我们必须抱团取暖才有机会生存下来，你要不就自己回去，要跟着我们就别再说这些没用的！"

大概是被郑海瑞的气势镇住了，王肃瞪了他一眼就不再吭声了。

郑海涛替老罗杰包扎好伤口，起身对众人说道："罗杰先生受伤了，我们走慢些，一会儿我们兄弟扶着他走，尼古拉斯先生，我需要你端着枪走在最前面，如果再遇到什么东西马上开火别让它们接近，卡洛斯你断后吧，剩下的东西都让王肃拿着。"

就这样，在郑海涛的指挥下，一行人打点行囊重新踏上征程，在空旷昏暗的隧道中蹒跚前行。

大约走出了一公里，走在队伍前头的尼古拉斯隐约看到前方不远处有一个人影在晃动，他的动作很慢，一直在摇摇晃晃地往前挪步。

"是谁！？待在原地别动，不然我开枪了！"尼古拉斯大叫一声同时拉开了枪栓。

"等等！"郑海涛制止了他，同时猫着身子，贴着沿壁踮着脚跑到前方观察了一会儿，回来对尼古拉斯说道："前面那个好像是个人。卡洛斯，你跟我过去看看。”

在众人说话间，前方的人影好像什么事都没发生一样，继续一摇一晃地向前挪动着。

郑海涛和卡洛斯端着枪小心翼翼地靠近人影，发现那是一个穿白大褂的中年白人，他佝偻着背慢慢移动着，似乎并不受郑海涛等人的影响。

郑海涛壮着胆子挡到那人面前，一眼看见他胸前别着的ID牌，上面写着：汉斯·汉考克。

郑海涛倒吸了一口冷气，“天哪！他就是那本日记的主人！”

但此时眼前的汉考克却显得十分怪异，他面无血色目光呆滞，步态不稳仿佛是一个被操控的牵线玩偶。

“汉考克先生，这里就只有你一个幸存者吗？你是怎么活下来的？”郑海涛不放过任何机会，接连向汉考克发问。

但汉考克却毫不理会，摇摇晃晃地只顾往前走，同时喉咙深处像倒仓一样发出一阵阵低沉沙哑的怪音。

郑海涛仍不死心，一把拽住汉考克试图让他恢复理智：“汉考克先生，振作点，我们是来救你的，跟我们走吧，我们把你带出去。”

终于汉考克停止了前进，他转动起僵硬的脖子，偏过头面无表情地看了郑海涛一眼，结结巴巴地说道：“我出……出不……去了。”

声音细弱而又机械，感觉像是由很远的地方传过来。

“为什么，你不是一直想离开这里吗？”郑海涛一怔，接着试探性地问道，“难道你还有什么顾虑吗？”

而就在这个时候，意想不到的事情发生了，汉考克一翻白眼，跟着脑袋一扭呈120度角软塌塌地仰到了身后，同时一只尖冠状湿漉漉的乳白色灰人头颅撑破衣服从汉考克胸腔中探了出来，它艰难地扭动着脖子环视四周用和汉考克一模一样的声音说道：“因为……我……我……已经……归化了。”

说话间，它头颅下方不远的位置又有一双纯白色小手跟着探了出来。

郑海涛吓得大叫一声，下意识地举起手枪对准汉考克胸前那颗丑陋的脑袋。

对方却并不躲闪，而是瞪着那双只有黑色眼珠的大眼睛直勾勾地看着他。

也就是在这时郑海涛突然发现，举枪的双手不再听自己使唤了，那正要扣动扳机的手这时却操纵着枪口慢慢调转方向指回了自己。

见此情形，身后的老罗杰顾不上伤痛，冲郑海涛喊道：“不要和它对视，小心被它的读心术操纵！”

一旁的卡洛斯见势不对，端起冲锋枪一梭子弹全部打在了汉考克胸前，那灰人头颅被打得脑浆迸裂惨叫一声后就有气无力地耷拉了下去，跟着汉考克的身体也一头栽倒在了地上。

直到这时郑海涛才感到双手慢慢又恢复了知觉，试着活动了一下手腕，想起刚才自己差点被自己打死，冷汗不由浸湿了他的后背。

这时，郑海瑞搀着老罗杰也赶了过来，望着躺在地上的人类与外星人合体，老罗杰喃喃自语起来："原来这就是日记里提到的归化，灰人想用这种办法重返地面，看来事态远比我想的还要严重，我们一定要阻止他们！"

"前方就快要进入道西基地了，你有什么打算？"郑海涛问。

"用我们特有的方式和他们说 Hi！"老罗杰冷笑一声回头看了一眼正在检查枪械弹药的卡洛斯和尼古拉斯，三人对视，脸上同时露出了会意的微笑。

第六章　被遗忘的角落

——那黑暗幽深的地方，响着不绝于耳的雷鸣般哭声，我定神往下望去，除了感到深不可测，完全无法看见任何景象。（但丁《神曲·地狱》）

“道西基地，一座本来不应该存在的地方，却因为人类的贪婪和无知得以筑建，邪恶在这里滋生，无辜的妇孺在这里受难，他们却继续用良知和同伴的鲜血在这里与魔鬼交易……”

抵达了隧道尽头，望着洞口外宏伟的大立柱和眼前宽阔的空间，郑海涛不由得有些感慨，他走出隧道环顾四周，整座基地死气沉沉，似乎已经被遗忘了很久。

他们周遭还不如隧道里亮堂，昏暗的氛围笼罩着每一个人，空气中还散发着死亡的气息。

区别于基地外的飞碟区域，这里的地面全部由大理石铺成，两排巨大的罗马立柱直直地立着，由隧道口两侧向远方延展，许多柱身都遗留着弹痕，其中靠近隧道的柱子上挂着一个布满弹孔的路标，箭头指向前方，上面用英文写着：T-zone。

透过昏暗的光线，郑海涛隐约看到在他们左侧拐角里有一座张开门的屋子，他决定让大伙先到里面休息一会儿。

老罗杰的情况越来越不好了，自从被怪虫咬伤后，就开始发烧，整个人时好时坏，高热令他双眼布满血丝眼眶也红肿起来，最严重时他双腿打战，必须要让人搀扶才能前行，因此本来几分钟就可以跑出来的隧道他们却足足用了20分钟才走出来。

正当郑海涛吩咐郑海瑞、卡洛斯先带着老罗杰先去开着门的屋里时，却被伏在卡洛斯背上的老罗杰叫住了。

“郑！……我们必须先去电力室重启照明系统，不然这种环境下我无法辨路，30年了，这个地方和我离开的时候变化实在太大了。”

“没问题，罗杰先生，不过你现在需要休息，重启供电系统就交给我吧，你告诉我怎么走就行。”

老罗杰疲惫地点了下头，有气无力地说道：“你沿着柱子一直往前，走下台阶，在你的右手边有一个墙身是玻璃的屋子，进去后从那些仪器界面上找一个蓝色的手柄，把它往上推照明系统就会自动激活了。”

一旁的郑海瑞担心哥哥安危，马上自告奋勇地站出来说道：“好的，我和他一起去。”

正当兄弟二人转身准备离开时，尼古拉斯从背后叫住了他们："嗨，等等，你们还要带上这个！"说着，一支 M4 卡宾被抛到了郑海涛的怀里。

郑海涛看着众人将老罗杰搀进屋里才和弟弟离开。

一路上，由于周边光线实在太昏暗，郑海瑞不得不扭亮一支人工火把才得以看清前方的道路，因此抱怨起来："这哪里像是外星人的基地，简直就是一座死气沉沉的坟墓，连个人影也见不到！"

说话间，他脚底突然踩到了什么东西，手中的火把探出了横在前方的一具尸骸。

对于郑氏兄弟而言，在通往道西基地的山洞里各种尸骨他们都已经见够了，所以郑海涛并没怎么留意脚下的这具，倒是弟弟郑海瑞眼尖，他指着地上的尸骸叫起来："哥，你看，这个骷髅头上还顶着美国头盔呢！"

经弟弟这么一说，郑海涛也好奇地俯下身，果然，一顶侧身贴着 US 字母蜡标的 M1 式钢盔紧紧地箍在骷髅的头上。

作为一名军事爱好者，他一眼就认出了这是美军 30 多年前的装备，谁也无法想象这名已经化为尸骸的美军陆战队士兵当年在这里到底经历了些什么。

郑海瑞举着火把四下照去，发现这样的尸骸到处都是，几乎每具尸体上都附着着美式装备，尸骸呈现出各式姿势，有蜷缩状或是脸偏过双手做阻挡状，比比皆是。

兄弟二人小心翼翼地绕过地上横七竖八散落的尸骸，很快就来到老罗杰口中的台阶处。

郑海涛却在这时隐约看到一个孩童般的身影在那里一晃跑下了台阶，他马上提高警惕，并喊道："喂！不要鬼鬼祟祟的，有本事出来！"

见对方没反应，他又用中文重复了一遍。

见此情形郑海瑞也紧张了起来，拎着卡洛斯扔给他们的M4卡宾枪压低声音说道："哥，我们下去吧，我掩护你！"

此刻郑海涛一门心思都放在刚刚一闪而过的小黑影身上，他从郑海瑞手中接过火把走下台阶，发现有一个两边连着台阶的凹地，中间果然有一个墙身由玻璃构成的控制室，但四周的玻璃全部都被打碎。

他在这里找了一圈试图寻找刚才跑下来的黑影，但在这小小的地方没有任何发现，这时郑海瑞也走了下来。

"哥，算了，别找了，也许是刚才看花眼了呢？这里本来就暗，还是赶快办正事要紧吧。"

听弟弟这么一说，郑海涛也就不再坚持了。

他们走入控制室，一股霉臭味迎面扑鼻而来，墙上贴着一幅被撕掉一半的三点式美女海报，地面堆满了垃圾、破烂的迷彩服、各种汽水瓶罐，他还在地上捡到了一张纸质发黄的英文报纸，再一细看原来是1978年版的。

仪器设备控制台就设在L形的角落里，机器上所有的按键都呈关闭状态，上面覆盖着厚厚的灰尘和蜘蛛网。

在控制台旁边的沙皮靠椅上，坐着一具长着后脑骨高翘、锥字下巴的骷髅尸体，从外形上一看就不属于人类，它的后背插着一把刺刀，死时还保持着一只手搭在控制台界面上的姿势。

郑海涛要推动的那个蓝色手柄，正好就被压在它那长有六个手指骨的巴掌下面。

郑海涛举起枪托对着座椅上的尸骸戳了一下，那骨架马上稀里哗啦散落一地。

就在他准备拉起蓝色手柄时，突然发现屋外不远处好像正闪烁着一双双绿油油的小眼睛，它们围着屋子在黑暗中来回打转，窥视着里面人的一举一动。

郑海涛压低声音小声说道："海瑞，你也看到了吗？外面好像不对劲儿。"

郑海瑞向外瞟了一眼，语气也变得不自然起来："哥，我不大确定，甭管他了，赶紧恢复电力吧！"

随着蓝色手柄被推到上方，仪器盘上五颜六色的按键重新闪烁起来，嵌在控制台界面的电脑屏幕上快速地打出一连串的代码，不一会儿的工夫外面天花板顶棚上的照明设施便伴随着巨大的咣咣响声层叠着由近至远被逐一点亮，整个基地又恢复了光明。

直到这时郑海涛才发现这个地方原来比他预想的还要辽阔，放眼望去前方根本看不到尽头。

郑海涛回头再朝窗外之前感觉有异样地方望去，却发现那里什么也没有。

“幻觉，刚才一定是幻觉！”他对自己说。

正在这时，他们的头顶上空忽然传来一阵由音频合成的噪音波，声音时高时低，刺激着二人不由同时捂住了耳朵，但刺耳的噪音仍旧透过指缝像针扎一样一下下刺激着他们的耳膜。

“我快受不了了！”郑海瑞双手捂着耳朵蹲在地上大叫起来，好在那刺耳的噪音没有持续多久就停止了。

他们还没缓过神来，上空又传来一阵英语广播，一连重复了两遍，声音在空荡的基地里久久回荡：“请注意！请注意！基地电力已重新开启，请确认各区域电力供应情况，请相关人员立即返回 T-zone，部分地区可能遭到外来入侵，重复一遍……”

突如其来的广播声让郑海涛有些慌神了，他一把拉起弟弟夺门而出顺着原路一口气跑回了出发的地方。

此时，老罗杰神情焦虑，一见郑海涛便迫不及待地说道：“道西基地第一层已重新开启了，刚才那阵让人很不舒服的噪音波其实是灰人的官方语言，他们是靠声波交流。因为这层之前驻扎的大部分是人类，所以英语也被纳入本层广播使用语言之一。我们现在必须赶紧动身，要赶在那些异形找到我们之前离开这层，现在这里已不再安全了！”

众人简单地打点了一下行囊，刚出屋子就看到一个类似于棒球状的机器球体在他们头顶绕来绕去。

“Shit！”卡洛斯骂了一句，抄起枪瞄准目标，那球体却突然转了个弯提速飞走了。

卡洛斯还想再追，老罗杰却制止了他：“别管它了，我们赶紧离开这儿，先去 T-zone！”

老罗杰一手搭在郑海瑞肩膀上，由他扶着走在前面带路，众人尾随其后鱼贯而行。

当他们路过郑海涛先前发现人类残骸的地方时，老罗杰感叹道：“他们都是美军特种部队的，道西之战中奉命去解救被灰人绑架的人质，但那次行动并不成功，死伤惨重，很多弟兄最后都没出来，他们应该是撤退途中迷路在这里遭到了伏击。”

“是灰人干的吗？”郑海瑞问道。

“看着不像，灰人交战时使用激光武器，被激光束打中的目标会变成一摊肉酱，骨架哪里还会存在。”

此刻，尽管老罗杰已经十分虚弱了，但他仍旧喘着粗气把自己知道的一切告诉众人。

“那他们是被谁杀死的？”郑海涛也产生了兴趣。

“不知道，也许这会永远是个谜，但是，如果我们不能尽快到达通往第二层升降梯那里，用不了多久我们也会像地上那些人一样了。”

一路上，老罗杰带着众人七拐八拐来到了一处宽敞的空地，在四个角落里垒满了集装箱一样的东西，空地中央立着一个巨大的人形机器人躯壳，里面的空间完全可以钻进一个人。

到了这里，老罗杰似乎轻松了一些。

他环视四周自言自语地说道：“过了这块空地我们就快到 T-3 的转运仓库区域了。”

而这时郑海涛突然注意到他们脚下的地面喷绘着一个个巨大的怪异图案，样子很像传说中 UFO 留下的麦田怪圈。

在郑海涛把他的推测说出来后，老罗杰点了点：“是的，这里过去是人类专门帮外星人分拣和运送大件货品的转运站，再往里走就是仓库了。地上的这些符号是星际十六种外星族群通用的一种文字语言，据说叫那蒂斯亚象形文，人类至今也无法破解这种文字……”

正在老罗杰说话时，众人四周响起了一波凄惨的哀号声，声音像是由各种惨叫声汇集在一起，又犹如万众恶鬼哭嚎，此起彼伏不绝于耳。

几乎是与此同时，一条条白色的影子贴着墙角从地缝里溜了出来，窜到空中围着众人头顶交织飞舞盘旋着不愿离去，它们像是一团白色的雾气让人无法触碰，但每一条白色身影都印有一张人类面庞，如同幽灵一般哀号着在空中飘荡。

“鬼呀！”王肃吓得大叫一声，跳起来就跑。

就连卡洛斯、尼古拉斯也没见过这场面，他们反应虽不像王肃这般夸张，却也弓腰往后退，做好了时刻逃跑准备。

老罗杰见状也不管王肃是否听得懂英语牟足力气朝着他背影喊道：“冷静下来！小子，你要是看过汉考克的日记就知道，它们不是鬼魂，只不过是外星人用人类做的一个实验产物而已！”

但这时王肃早已吓破了胆哪里还听得进这些，只顾玩命地逃跑，却仍旧甩不掉跟在他头顶上飞舞的两只白影。

郑海涛虽没跑，但内心同样充满了恐惧，不知为什么，那些白色身影钻出后，众人头顶上的灯全都暗了下来，四周再次陷入黑暗之中。

那些白色身影在众人头顶穿梭时还不断地在每一个耳边低语着，郑海涛听到一个长着老妇面容的身影盘旋在他面前拖着哭腔不停地哭诉着：“它们杀了我！它们杀了我……”

此情此景，众人仿佛已置身于十八层地狱之中，老罗杰和卡洛斯点起火把试图驱散它们，但这些白色身影似乎并不怕火，依旧在众人间穿梭自如。

“怎么办？它们会不会很危险？”郑海涛和老罗杰背靠背，趁着用火把驱逐那些白影的间隙，郑海涛忧虑地问道。

老罗杰此刻已不像之前那么自信了，迟疑了一下说：“不知道，感觉这些东西没有危险，我们走一步看一步吧，不要理会它们，我们继续赶路，可能跟一会儿就散了。”

而正当大伙准备启程的时候，郑海涛却发现王肃不见了。

“见鬼，我们弄丢了一个人！王肃，你在哪儿？”黑暗中，郑海涛绝望地大喊起来。

“我刚才看他往那里跑了。”郑海瑞指着身后说。

郑海涛擎起火把向郑海瑞指的方向追去，一路边跑边呼喊王肃的名字，当他跑过一个拐角处时听到一声颤抖的声音：“我在这里……”

郑海涛顺着声音跑过去，果然看到王肃正抱着头瑟瑟发抖地缩在角落里。

一个白色的身影悬在空中不停地朝他叨叨着，搞得王肃都快哭了：“老兄，你别纠缠我了，我听不懂英语的……”

郑海涛走上前去拉王肃，却立刻被那白影当成了新的倾诉对象：“它们把我们变成了这副样子，又把我们流放到这里，还有很多人被送到了这里，这里是地狱，你们出不去的。”

郑海涛未做理会，架起已腿软得走不动路的王肃就往回走，好几个白色身影跟在他们身后一路低语着，郑海涛都视而不见。

在白色人影们一路尾随下，众人穿过了货物分拣空地。

按照老罗杰的计划他们应该再通过一个叉车隧道才能到达仓库区域，可当他们抵达专供叉车通行的隧道入口处时，却被前方一扇大铁闸门拦了下来。

铁闸门旁边的电闸已被切断了，断头的电线吱吱地在那里冒着火花，郑海涛走上去朝着铁门试着踹了两脚。

一旁的老罗杰见状喘着粗气阻止道："没用的，门的开关系统已经被破坏了，这铁门的厚度你怎么能踹开？"

"那怎么办？都走到这里了，难不成我们就只能放弃了？"见大伙都无计可施，郑海瑞沮丧地嘟囔起来。

老罗杰沉思片刻说："郑，还记得路过空地时看到的那个大型机器人吗？它其实是个空壳，是外星人替人类设计的，人可以进去实体操纵利用它的四肢来搬运重物，它的冲撞能力和抗击打力也很强悍。我以前开过这玩意儿，但现在受了伤不能亲自示范了。你们扶我过去，我教你怎么操纵它，利用它撞开铁门。"

听了这话，不等郑海涛表态，尼古拉斯就抢先说道："罗杰，这小子身体太单薄，不适合操控这么个大玩意儿，你教我开吧。"

见尼古拉斯自告奋勇，郑海涛也没和他争，于是尼古拉斯像扛麻袋一样将老罗杰放到肩上，转身消失在了身后的黑暗里。

就在这时，靠着铁闸门休息的郑海瑞忽然惊慌地从地上跳了起来："哥，我好像听到这铁门后面有很多哀号声和哭声。"

郑海涛对此有些不屑，他指着在空中盘旋的白色身影说："别多想了，你听到的那些哭声是它们发出来的，你可能是神经绷得太紧了，放松下来就好了。"

"放松下来？说得轻巧，在这种阴森的地方被各种怪物包围着我感觉就是在地狱里，还怎么放松？”听郑海涛这么一说，王肃立刻不满地发泄了起来。

正说着，众人身后传来了一阵由远至近的噔噔声，声音越来越响，带动的回音在基地上空久久回荡。

一个巨型机器人双手捧着老罗杰从黑暗中钻了出来。

郑海瑞仰头看着一脸羡慕：“这玩意儿好拉风呀，就和《阿凡达》里美军老头开的机器人一样，我也想试试。”

说话间尼古拉斯驾驶着机器人已来到了铁门前，他举起双臂回身冲老罗杰问道：“是这个样子吗，我要怎么用力？”

“你的神经元已经和机器躯壳合成一体了，就像平时一样，当是你自己用拳头在砸门！”

听了老罗杰的回答，尼古拉斯调整了自己呼吸，屏住气，双臂合在一起抡圆了朝着铁闸门砸过去。

只听咣当一声巨响，铁门中央凹下去了一块，中间的门缝也变大了些。

尼古拉斯再接再厉像刚才那样又是几下子，终于将铁闸门中间的细门缝扩成了一道口子，他再借用机器人的双手用力往两边一掰，随着一声刺耳的响声，这道厚厚的铁门被打开了。

隧道里的灯光十分昏暗，只能勉强探清地面，空气中充满了恶臭，门刚一开一股腐尸味便扑鼻而来，熏得站在最前面的郑海涛一个趔趄，跟着腐尸味一起传来的还有遍地的人类哭叫和哀号声。

当众人小心翼翼地挪进隧道中，全都被眼前的一幕震撼了，遍地是各种稀奇古怪的畸形类人体，其中只有少数一些还能依稀辨别有人类特征，其他的面目全非。

有的是人身狗头，有的虽是人类面孔却长有八只胳膊如蜘蛛身体的怪形，还有的三个人头长在一颗大肉球上，它们叠压在一起，哀号声中互相噬食对方，伴随着血腥飞溅，死去的躯体马上就被其他畸形翻滚到最下面。

趁着大门打开，那些白色身影也就势飞了进去。

一时间，地上，是遍地恶鬼尸骸相互枕藉；空中，白影穿梭群魔乱舞，犹如阿修罗地狱重现。

望着眼前的骇人场景，郑海涛努力调整好自己状态，回头对吓得都不敢上前的众人说道："我们现在没有别的选择，只能穿过去，大家通过时一个拉着一个，要是害怕就闭起眼睛……"

然而没等他话说完，王肃突然端起枪指着郑海涛歇斯底里的大吼起来："我不去！不要逼我，说什么我也不会跟你进去，都是你这混蛋，带我们进到这鬼地方 "

正在王肃歇斯底里喊叫的时候，卡洛斯从后面绕到他身边，趁他猝不及防之际一拳将他打昏在地。

卡洛斯捡起地上的武器说道："好了，以后谁也不要再让这个疯子拿枪了。"

就这样，尼古拉斯操控着机器外壳走在前面开路，将地上挡住去路的畸形类人体蹬到一边，郑氏兄弟搀扶着老罗杰紧随而行，卡洛斯背着被打昏的王肃断后。

一路上，郑海涛都能听到路两边的类人体拖着哭腔用各种语言呼喊求救。

一个由两个人类上半身对拼在一起的畸形，尽管他下半身的同伴已经死了，但求生的欲望还是促使他拖着下面死去的同伴，努力从怪物堆里爬向路中央，用英文大声向郑海涛乞求着："求求你们，带我一起走吧，我叫詹姆斯，我是美国人……"

这会儿郑海涛也是自身都难保，所以他只能一路上尽量地不往两边看。

老罗杰也被这惨不忍睹的场面深深感染了，咬着牙说道："这都是灰人干的好事，这些人都是人体试验的失败品，他们把被绑架的人类祸害成这样，再抛到这里来等死。"

"可是，道西基地第一层以前不是外星人的门户吗，怎么现在变成了这样子？"郑海涛不解地问。

对于郑海涛的疑问，老罗杰给出了种种猜测："不知道，但我想大概是由于 1979 年人类在进攻中这一层时，损毁得太厉害了，外星人放弃了这里。或者灰人将第一层的人类全都处决后把这里作为一个缓冲地带，本来当初修建道西基地时这里也是给人类居住的，他们住不惯这里。"

就在郑海涛边走边与老罗杰交换看法的时候，他隐约听到左侧路边的怪形堆里传来了一个奄奄一息用中文发出的呼救声："你们是中国人吗？请帮帮我，给我补一枪吧……"

同时，郑海瑞也听到了这个声音。"哥，里面好像有中国人，我们进去看看！"

郑海涛先是迟疑了一下，最终同意了弟弟的请求，他将老罗杰交给尼古拉斯，提着枪和郑海瑞朝着声音方向走去。

他们用枪托小心翼翼地扒开伏在脚下的各种畸形，顺着声音终于在一个角落里找到了一片形状不规则的肉饼状物体，它被咬得伤痕累累，上面印着一张东方人的脸庞，眼珠子还在眼眶里打转，而它的身体却像是融化在地上的一摊水，以至于根本分不清哪儿是胳膊哪儿是腿。

郑海涛定睛一看，不由惊呼起来："你是不是张楠？你不是胡洁的同事吗？"

那饼状物用唯一能活动的眼珠转向郑海涛看了一眼，虚弱地说道："我……是张楠，是被两只长得像恐龙一样的怪物……给抓进来的，同行的老郭当时就……就被咬死了，他们给我注射了药物让我不能动……把我关在笼子里。"

郑海涛没有心思听这些，迫不及待地问道："那你被抓进这里后见过胡洁吗？"

"见过……那里有一排排的铁笼，关满了人……我被关进去不久，胡洁和赵小萍也都被送进来了，她们就关在……斜对着我的……第三层笼子里。"

"天哪，她们果然在这里！"郑海瑞惊呼起来，"那我们赶紧去救她们！"

“没用啦……”张楠费力地长喘一口气说，“被关在笼子里的人……人最后很多都……被那些细高个的白色外星人提走做……做人体实验，我被他们运进器皿里，给我注射……各种药物……融化我的身体……”

看到眼前张楠这副模样，郑海涛心里很难受，他尽量地安慰道：“你们失踪后我们从没放弃过你们，我们这次就是来救你们的。”

可是郑海涛这话似乎并没打动张楠，他只是一直地喃喃自语：“我，我想我妈了，也……想我姐。”

郑海瑞嘴快，脱口而出道：“你姐姐这次也来了。”

话音未落，他的屁股上就挨了哥哥一脚。

张楠一听马上追问道：“真……真的吗？我想……想死之前，最后见见……她。”

郑海涛眼眶湿润了，其实对于说不说出真相他已经在心里考虑了许久，最后还是一咬牙吐出了实情：“你姐姐，她在和我们来找你的路上已经比你先走一步了，到那边你也许会见到她。”

听到这里，张楠长吁了一口气向郑海涛请求道：“那我……就没有遗憾了，你，你可不可以用……你手中的枪送我一程？”

听了这话，郑海涛非常犹豫，为难地说：“不行！我下不了手！”

郑海瑞见状，一把从郑海涛手里夺过了枪：“哥，这是他唯一的心愿，让我来吧。”

随着砰砰两声枪响，张楠合上了眼睛，他彻底解脱了。

郑海瑞收起枪本想马上返回，却见哥哥突然像疯了一样甩开自己跑到一堆叠压的畸形前，一边疯狂地扒着一边大声呼喊女朋友的名字。

尼古拉斯见状冲着郑海瑞大叫起来：“小子，你还愣着做什么，快把他弄回来！”

在他身边的卡洛斯则摇了摇头叹息道：“完了，又疯了一个。”

最后还是卡洛斯冲进去，和郑海瑞一起连拉带拽地把几近失控的郑海涛拖了出来。

为了劝慰他，郑海瑞一路上都在不停地和他重复一句话：“哥，别这样，嫂子她不在这里面，我刚看了。”

老罗杰问清事情大概后也加入了劝说行列：“郑，你弟弟说得对，有些人被抓进来可能要在笼子里关上好几个月，你那个朋友只是运气不好，不要灰心，我们还有机会。”

“可是，他们都被关在哪里呢？”郑海涛终于控制好情绪追问道。

“换作以前的话，被绑架的人类一般都会先被关押在第一层的仓库里，再由外星人过去挑人。仓库地点就是我们马上要去的地方，那里墙四周都安置着三层高的铁笼。我那时经常路过，也常看到基地人类工作人员帮着灰人从里面运人出去。”

说着，老罗杰忽然一阵剧烈的呛咳，随即一口血喷了出来。

在这种情况下队伍只能停止前进，此时他们已走出了叉车隧道，来到仓库区域边上一处用英文标着“警卫室”的小屋子前，那些在空中盘旋的白色人影也消失得无影无踪。

“妈的，我就说那咬我的虫子有毒。”老罗杰用手背拂去嘴唇上的鲜血扶着郑海瑞喘着粗气说道。

郑海涛也不敢让老罗杰再走下去，看到前方正好有警卫室可供休息，马上命令郑海瑞把老罗杰搀进去。

警卫室里很宽敞，有办公桌、转椅，角落里还有一个上下铺的床，就像个员工宿舍。

郑海瑞把老罗杰扶到下铺躺下，他一挨枕头很快就昏睡了过去。

相比之下，郑海涛就没这么宽心了，他站在屋门口望着不远处地面上指向前方的红漆箭头，心中是说不出的滋味。

这时王肃也清醒过来，捂着头冲郑海涛抱怨道：“我刚才好像做了一个噩梦，梦见你要让我走过一个遍地都是恶鬼的隧道，到现在我的头还是晕乎乎的。”

郑海涛没有理他，掏出手机看了一眼时间，显示竟然已经是第二天凌晨 3 点了。

“天哪，我们进入基地差不多都过了 20 个小时了，可我们竟然一点感觉也没有。”郑海涛心中暗自感叹。

他冲其他人一挥手说：“现在外面时间已经是第二天凌

晨了，我们现在也该休息一下，大家吃点东西，轮流警戒，争取都小睡一会儿，6 个小时以后我们再赶路。”

就这样，大伙在简单地吃了一些压缩饼干后都各自找地方睡觉去了。

郑海瑞、尼古拉斯陪着老罗杰睡屋里，其他人在外面。

因为基地里有些阴冷，所以卡洛斯从屋里翻出一把木椅拆了，做柴火，在外面点了一簇篝火，大家就这样套着睡袋靠在火堆不远处睡下了。

郑海涛因为一点睡意也没有便自告奋勇站第一班岗。

基地里好似另一个世界，在这里没有日月交替，也没有时间的概念，特别是当大家都睡下的时候，一切仿佛都在沉寂中定格，只有燃烧的篝火舔舐着柴火发出的噼啪声才能让他感受到时间还在流淌。

就在郑海涛坐在篝火旁胡思乱想的时候，一个小黑影突然从他视野里跑过，看着很像是他们之前在控制室追踪过的目标。

这一回，郑海涛决定无论如何也要一睹它的真容，他抄起枪猫着腰追了上去。

那小黑影似乎知道身后有人在追它，于是连蹿带跳三两下跑进了角落里一台发动机设备的后面。

郑海涛举起枪用中文大叫一声：“是谁？不要装神弄鬼的，快出来！我数三下，不然我就开火了。”说着他故意将枪栓拉得哗哗作响。

大概是郑海涛的恫吓起了作用，没过多会儿，机器设备后面就传来了回应声，而且还是用中文，“不要紧张，我没有恶意。”

听到对方能讲中文，郑海涛也大吃一惊，但惊愕的同时他依旧保持着警戒。

他冷笑一声继续叫道：“少废话，从我们进来后你就一直在跟踪，别以为我不知道，要想我不开枪你就慢慢地走出来，让我能看到你。”

那头听到郑海涛的喊话，似乎迟疑了一下才回应道：“好吧，如果你坚持的话我马上就可以走出来。不过先生，我希望你看到我后不要表现出那种让我感觉很不舒服的表情，一般刚见到我的人都只会是那一种表情。”

“少废话，快点出来，走到我能看到你的地方。”郑海涛不耐烦地下了最后通牒。

随即，一个矮小的身影从机器设备后面转了出来，走出阴暗角落的它露出了真面目，原来是一只浑身金黄的猿猴。

它有着和人类一样的体格，一米二孩童般的身高，身上的毛很稀疏，用一条麻袋做围裙系在下半身，唯一能区别它和人类特征的是屁股后面那条毛茸茸甩来甩去的长尾巴。

看到这一幕，郑海涛惊得下巴差点没掉在地上。

一只能像人一样直立走路而且可以讲话的猴子，足以让任何看到的人都会觉得自己是在做梦。

此刻郑海涛就是这种感觉，为了验证眼前的这些不是幻觉，他用力照着自己脸上扇了一巴掌，马上疼得嗷地叫了一声。

这时，那猿猴又开口说话了："先生，你是在自残吗？"

虽然刚才那一巴掌实实在在的疼在脸上，但郑海涛仍旧不能接受这一切。

他快步走到猿猴面前，一边喃喃地自言自语"你不是真的，你不是真的……"，一边伸手试图去触摸它。

猿猴皱了皱眉头露出一副厌恶的表情，举手毫不客气地打掉了郑海涛伸过来的胳膊大声抗议道："我不是你的宠物，别以为你一伸手我就会把脑袋伸过来配合。还有，你刚才表现出来的神情正是那种让我感到很不舒服的表情，你必须向我道歉！"

而郑海涛这时仍没有从刚才的状态中缓过神来，依旧是一副语无伦次的样子："天哪，逆天了，这年头猴子都会说话了，你说你不是宠物，那你是什么？"

"高级智能猿类人！"猿猴颇具自豪地回答说。

这时卡洛斯和王肃也闻讯赶了过来，看到眼前的情形都和郑海涛一样愣在了那里。

那猿猴干脆跳上发动设备坐在上面与他们几个侃侃而谈起来："你们不要把我和你们所认知的猴子看作等同，我出生在道西基地的实验室里，是融合了猿类、人类和灰人基因的产物。我的智商高达300，你们人类没有人能超过这个数值。我会讲地球上三十多种通用语言，汉语、英语、日语、西班牙语……外加五十多种银河系星际外星语。”

“那你会不会讲蜥蜴人和灰人的语言？”王肃插话问道。

“会！只是看我想不想说了。”一谈到这个话题，猿猴立刻来了精神，“一般而言，他们的语言要区别地球上任何一种语言，他们是用音节沟通，有12个不同的重音符和19个轻音，不同的音符排列在一起组成的音节表示不同的含义……”

而正当那猿猴用中文侃侃而谈时，卡洛斯因为一句也听不懂当场打断了它：“你在说什么鬼话！我一句也听不明白。”

猿猴见状马上换成英语冲卡洛斯说：“我刚才讲的是汉语，你当然听不懂，不过我就不会有这种问题，之前基地里有很多人类科学家，他们有讲英语的，也有讲西班牙语、俄语、汉语，我跟他们接触不久就能完全掌握他们的语言，可惜他们现在全死了。”

而郑海涛最想知道的却不是这些，他毫不客气地问道：“那你先说说，你为什么要跟踪我们？”

“因为你们是从外面进来的。”猿猴说到这露出一脸悲伤，“我从出生就在这里，已经很久了，听人类科学家说外面的世界很精彩，所以我想请你们带我一起离开这里，你们一定知道离开的路！”

郑海涛点点头说：“没错，我们肯定会离开这里。但还不是现在，我们要去这个基地第七层救人，如果你能帮我们，完成任务后就带你一起走。”

猿猴一听立刻夸张地惊呼起来：“天哪，你们要去第七层？如果我是你就不会这样想，你知道这里待过的人类都管那里叫什么吗？——地狱噩梦厅！”

郑海涛显然不想再跟猿猴废话下去了，他不耐烦地下达了最后通牒：“你就说帮不帮忙吧？你这小猴子可能也帮不上什么忙，没有你我们一样可以去！”

说着，他冲卡洛斯、王肃使个眼色，三个人装出了要离开的样子。

猿猴立刻着急了，跳下来拦住了郑海涛去路。

“等等，你们知道通往第七层的途中会遇到什么吗？你们知道怎么和这基地里各式外星人沟通吗？你们什么都不知道！所以你们需要我。”

见激将法起了作用，郑海涛心中一阵窃喜，但他表面仍旧装出一副不情愿的样子对猿猴说道：“那带上你也行，但这一路上你得听我们的，你就是我们的翻译和向导。”

“一言为定。”

猿猴调皮地冲郑海涛眨眨眼，三两下就蹿到了他的肩膀上，它的体重立刻压得郑海涛蹲到了地上。

“你好沉呀，快下来，猴性不改！”他叫了起来。

猿猴则像做了错事的孩子一样抚着后脑勺笑道：“嘿嘿，不好意思，有的时候总是控制不住。”

就这样，他们带着猿猴回到篝火旁。郑海涛随手掏出一条巧克力棒递给了它。

“这是什么？”猿猴把巧克力抓在手里翻来覆去捣鼓着问道，它显然从没见过这东西。

“巧克力，吃吧！放心，毒不死你的。”看着猿猴这副滑稽相，郑海涛乐了。

猿猴撕开包装试着舔了一口，立刻两眼放光一口就咬下了半截，狼吞虎咽地嚼了起来，看着它的吃相大家都笑了。

趁这个时候，郑海涛问道：“小猴子，你有名字吗？”

“名字？那是干什么用的？”猿猴抬起头一脸的懵然。

郑海涛蹲在它身边耐心地解释道：“就是每个人的代号，就好比我，我的代号就叫郑海涛，只要一说郑海涛，大家就知道那是我了。”

“哈哈，有意思，那我应该叫什么呢？”

郑海涛想了想，忽然灵机一动，对猿猴说：“那就叫你悟空吧！以前在中国有只叫孙悟空的猴子，它的故事还被编成了一本书，所以这个名字在中国可有名了！”

一旁的王肃听了忍不住冷笑一声说道：“你应该说那个叫悟空的猴子本来就是个故事。”

但是猿猴并没受王肃的影响仍旧兴致勃勃地追问道：“真的吗？那这个叫悟空的猴子是在哪里出生的？”

“中国的海南岛……”

“等我出去后一定要到中国去看看！那我就叫这个名字

了。”猿猴一本正经地拍板决定了。

就在郑海涛与悟空有一搭无一搭逗闷子的时候，他心中也在思索着一个问题，为什么灰人要造出这样一个拥有高智商的猿猴，这里面是否另有蹊跷。

几个小时后屋里的人都醒了，当郑海涛把悟空正式介绍给他们时，又引起了一阵不小的躁动，但比起这些，大家最关心的还是下一步的行动。

“我们要先穿过仓库到监控基地的警备控制室去，必须先关闭基地自动开启的防御系统，不然一有风吹草动这方圆几十公里就全完了。”

老罗杰说完，环视了一下众人问道：“大家有不同意见吗？”

没想到悟空却在这时抢过了话茬：“我认为你说的那个自动防御系统已经失效了，很明显灰人已经放弃了这里，否则这么重要的一个系统他们也不会就放在这里听之任之。还有，你们刚才开启了第一层的供电系统，从那时起灰人可能就已经追踪到你们了，当你们一切行动都被对方了如指掌时根本就没有取胜的可能！只有出其不意才能实现你们的目的。”

老罗杰怎么也不会想到反驳自己的竟然是一只猴子，而且是当着那么多人的面，他不由地涨红了脸冲悟空咆哮道：“够了！就算外星人利用基因重组让猴子说话了，但猴子仍旧是猴子！我用不着让一只从实验室里跑出来的猴子对我说教！”

悟空一听立刻火冒三丈，大叫一声：“你敢侮辱高级智能猿类人！”

跟着一跃而起，蹿上老罗杰的身体，两只脚盘住他脖子左右开弓就是一通乱抽。

老罗杰身体虚弱根本毫无还手之力只是一个劲地咳嗽。

郑海涛等人慌忙冲上去将他俩拉开，为了平息悟空的怒火，郑海涛从后面抱住它连连解释说老罗杰身体不好，不要和他一般见识，悟空才悻悻作罢。

就在老罗杰带领下前往警备控制室的路上，悟空依旧愤愤地私下对郑海涛说道：“这自负的家伙会把你们都害死的。”

郑海涛也不知该说什么，勉强对悟空挤出一丝微笑算作回应。

说话间，众人已步入仓库区域，果然正如老罗杰所说，偌大的仓库四壁一排排铁笼高高垒起，足有三层之高，里面被隔成若干单元。

许多笼门大敞，里面遗留着人类的衣服碎片、鞋子或其他物品，也有的笼子里横着一堆白骨，看样子里面的人已经死去多年。

地面一片狼藉，仿佛之前曾经历过狼狈的溃退，一辆叉车翻倒在地上，与遍地被砸烂的枪械、人类衣物混在一起。

“看样子灰人已经放弃这里很久了，从道西之战以后这里可能就再也没有被启用过。”老罗杰仰着头环视着这一切说。

“那灰人把这些年绑架的人类都关押在哪里？”郑海涛问道。

不等老罗杰回应，一旁的悟空马上抢过了话茬：“我以前在基地第二层的巴图库人地盘，也就是你们说的蜥蜴人那里看到过有一处很大的关押室，很多人类被源源不断地送进去，那里还有巴图库人看押。”

“果然不在这里！”望着空空如也的铁笼，郑海涛自言自语地说。

就在这个时候，远方忽然传来了一阵类似猛兽的嚎叫声，悟空见状立刻惊慌失措起来，一把拉住郑海涛的衣角焦急地催促道：“快！我们快离开这里，巨龙兽要来了！”

“巨龙兽是什么玩意儿？”看悟空一提起这个名字就如此惊慌，郑海瑞也对其产生了浓厚的兴趣。

“它也是灰人流放到这里的实验品，这里早就成为灰人的垃圾站了，他们把不合格的实验活体或实验产物统统扔到这里让它们自生自灭。为了不让这些试验品在这儿建立新的生态系统，灰人放了一头怪兽到这里，专门杀死它见到的一切活物，我都被它追杀过好几回了，我们快跑吧，再不走就真来不及了。”

“没关系，我们有枪！”卡洛斯拍着胸脯说道。

尼古拉斯也操控着裹在他体外的机器人外壳，哈哈大笑补充道：“是呀，还有我这身装备呢，什么怪兽来这儿，我这重金属胳膊一扭也让它没命。”

正说着，那震耳欲聋的巨吼声再次在上空回荡，这一回振得众人耳膜直打战。

与此同时，仓库靠进出口的那面墙突然像被什么东西砸塌了一样，断石、碎砖纷纷掉落下来，逼得众人连连后退。

接着一段褐色的巨型躯体从仓库出口处一晃，很快又不见了踪影，尽管这一切发生得如此之快还是被郑海涛捕捉到了，他大叫一声：“快跑！”

话音还未落，仓库出口旁的墙就轰然倒塌，一条悬浮在空中足有 1 米宽 20 多米长的巨型大泥鳅从废墟中钻出，向众人游来，在场的所有人都没见过这架势，纷纷四下逃散。

在逃跑途中郑海涛回头看了一眼，发现那体型与泥鳅相似的怪物长着蜥蜴脑袋，全身布满鳞片，拖着一条内有分节尾肌又大又扁的尾巴，只此一眼它那狰狞的形象就深深地印在了脑海里，让他终身难以磨灭。

眼下，这巨型褐色怪物扭动着凹长的躯体正从空中不紧不慢地驱赶着它的猎物。

不同于其他人，面对迎面冲来的巨型怪兽，尼古拉斯不但没有逃跑反而迎了上去。

他本想借助这身重金属机器人外壳与之一战，但对方显然没把他放到眼里，只轻轻一甩大扁尾巴就把尼古拉斯连人带装备掴到了角落里。

很快，巨型怪兽追上了溃逃中的郑海涛等人。

为了躲避它，郑海涛兄弟和卡洛斯只能拽着老罗杰挤进了仓库铁笼与墙角的缝隙间，悟空这时已不知跑到哪里去了。

郑海涛本想招呼跑在最后的王肃也钻进来，不想此时王肃已被吓得精神恍惚，只知道哇哇乱叫不管不顾地向前跑。

那巨型怪兽毫不费力就追了上去叼住王肃的后脖领子，一仰头把他抛到了空中。

“救我呀……”在从空中向地面回落时王肃发出了凄惨的哀号声。

但话音还没落，下面的怪兽就张着血盆大口直立起身子在半空中拦腰叼住了他，直到这时求生的欲望仍旧促使着他在怪兽利齿中拼命挣扎。

怪兽仰起脖子，做了两个吞咽动作很快就把王肃吞入了腹中。

这一幕让郑海涛等人不寒而栗。

而那怪兽生吞了王肃却还不满足，它又将目光瞄向了缩在铁笼后的其他四个人身上。

它滑动着身体晃晃悠悠地朝放置铁笼的位置游来，见藏身之地已暴露，卡洛斯干脆豁出去了，他端起冲锋枪躲在铁笼与墙身的夹缝里对着迎面来的巨型怪兽一通扫射，没想到一梭子弹射出去也只是打下来了怪兽身上几块鳞片。

但是怪兽却被激怒了，它再次咆哮起来，将嘴凑到夹缝前试图把里面的人勾出来，当它发现这一切都是徒劳之后，便立起身子开始用脑袋撞击靠墙码放的铁笼。

在它猛烈的撞击下，整齐排列的铁笼被震得七零八落，挡在众人前面的铁笼也被连排推倒，逼着失去掩护的郑海涛等人不得不架着老罗杰另觅他处。

然而他们刚一出来就被怪兽发现了，它吐着分叉的舌头咆哮着拦住了郑海涛等人的去路。

就在这时，忽然远处传来了一阵悠扬的笛声，曲调中充满了无限的哀思和忧愁。

那怪物不知为何听到笛声竟停止了攻击，犹如被施了定身术，随着缥缈的音乐声慢慢逼近，那巨型怪兽终于仰天长啸一声摆动着尾巴悻悻地游回了前方的黑暗里。

“我们得救了！”望着怪兽离去的背影，郑海瑞长吁一口气一屁股瘫到了地上。

但随后他又马上跳了起来，因为在他们前方不远处，一个全身皮肤煞白，身高接近 3 米，上半身斜披着麻布袈裟的巨人正微笑地注视着他们。

第七章　来自未来的先知

——我从不想未来，它来得太快了。（爱因斯坦）

郑海涛第一眼望向前方那高大白色人影时，马上认出了那是一个道西类人。

当他把这巨人指引给老罗杰后，老罗杰竟激动地叫了起来：“卡文迪许！我的朋友，真高兴又见到你了，30年了，你一点儿也没变呀！”

郑海瑞见状忙朝他小声问道：“怎么，你认识这外星人？”

“是呀，我们是老朋友了，以前在基地的时候他就是我最好的朋友！”

听到老罗杰的呼喊，那被称作卡文迪许的白色巨人也微微一笑，把手中类似长笛的乐器藏入宽袍，款款地向众人走来。

由于之前郑海涛就从杰夫送的卷轴中了解到，道西类人可以讲英语，此刻他便鼓足勇气迎上前对卡文迪许说：“谢谢你，朋友，感谢你在危难的时候救了我们。”

听了郑海涛的致谢，对方停下脚步略俯下身，露出祥和的笑容说：“年轻的朋友，这个地方有什么值得让你时刻与死亡为伍？”

郑海涛没有吭声，他似乎并不想回答这个问题，便很快转移了话题，就刚刚发生的神奇一幕，请教卡文迪许：“那么凶残的巨兽被你的一根笛子就给赶走了，你是怎么做到的？”

“朋友，你所看到的只是表象，那怪兽的凶残只源于焦躁的内心得不到平静，当初造物主在这里创造它时为了今后克制它，刻意在它体内留下了一段不稳定的基因。我手中长箫吹出的音符就是密码，恰恰可以重组那段基因，让它变得平静。”

说话间，卡文迪许注意到了不远处的老罗杰，便马上撇下郑海涛快步走到他面前，一把握住老罗杰挡在肩上的手，指着裹在肩上的白色纱布，问：“我的朋友，伤口是怎么造成的？”

老罗杰抑制住想呛咳的冲动，喘着粗气费力地说道：“妈的，在从暗路进入基地的时候，被一种长着一对尖爪的长虫给咬了，从那以后我就越来越虚弱。”

卡文迪许听了没有说话，就开始动手一层层地解开老罗杰的纱布。

“你干什么？”一旁的郑海瑞见状刚要阻止，却被卡洛斯拉住了。

这时悟空也不知从什么地方钻出来，蹦跶着回到大家身边好奇地探过头去看卡文迪许要做什么。

等所有纱布完全解开后，众人大吃一惊，伤口非但没有愈合的迹象反而大面积的溃烂了，紫色的腐肉和黄脓交织在一起布满整个创面，上面有的腐肉处似乎还在微微翘动着。

卡文迪许轻轻一拍老罗杰肩膀往下的地方，瞬间好几条类似蚯蚓一样的白色小长虫从腐肉下探出头来，接着很快又缩了回去。

“怎么会这样？”望着老罗杰的伤口，郑海涛倒吸了一口冷气。

众人也是头一回见到这种情况，谁也无法说出这是为什么，都把目光集中在了卡文迪许身上。

卡文迪许放下老罗杰的胳膊环视了众人一圈，说道：“咬罗杰的那个叫拉蒂斯坦沙虫，它不是地球上的生物，是拉蒂斯坦人从其他星球上发现的生物，所以以拉蒂斯坦人命名。以前它们一直被关在一层人类与外星人合作的实验室里。但在30多年前，你们的军队首次进入道西基地，一层曾被短暂的攻陷，实验室里许多没被打死的生物都逃了出来，它们很多都是可以作为生化武器的怪物，特别是拉蒂斯坦沙虫攻击性极强，也繁殖得很快，它们的利齿上有毒，唾液里携带着大量虫卵，靠咬伤大型生物来繁殖后代。”

听了卡文迪许的介绍众人面面相觑，老罗杰更是不安地扭动着脖子叹息道：“那我这次不是死定了？见鬼，想不到我会是这种死法。”

卡文迪许依旧是一副淡定的样子，他轻轻地拍了拍老罗杰的肩膀，安慰道：“没事的，我会救你，你们现在跟我去实验室找血清，就在以前灰人在这层设置的特殊区域那儿，当时人类撤走得很匆忙，星际联军收复后通过评估马上放弃了这里，实验室除了交战的时候有过破坏，应该保存得还算完好。”

卡文迪许说完便站起身自顾朝前方走去。

众人还在犹豫间，老罗杰费力地拽了拽郑海涛的衣角说：“没事的，他是我的朋友，你们可以信任他，现在也只有他才能救我了。”

在这种情形下，郑海涛也没有别的选择，只好招呼大家收拾东西去追赶远去的卡文迪许。

但对于这个突然出现的道西类人，他的内心仍旧充满了太多的疑惑，他可以用一支乐器驱走庞然巨兽，又对道西基地里每一种实验室生物都了如指掌，这一切都让这个道西类人在郑海涛眼里显得更加神秘。

而最让他好奇的是关于这一族群的起源，竟在杰夫父亲绘制的卷轴里找不到任何记载。

于是在好奇心的驱动下，郑海涛三两步追上卡文迪许与他并肩前行，并趁机问道："喂，朋友，我想说你的名字和地球人的名字很像，在美国或欧洲一些国家，也会有很多人叫卡文迪许。"

卡文迪许微微一笑，只顾走路没做任何回答。

郑海涛又继续说道："其实你的外貌和我们也很像，只不过体型比我们高大魁梧，缺少一些毛发而已。"

"那你知道这是为什么吗？"卡文迪许终于开口了，"你知道为什么我们在这里从不向你们或者任何人谈论我们的过去吗？"

郑海涛摇摇头听卡文迪许继续说："因为我们一直都在过去徘徊，只为了躲避我们那个时代的未来。"

这一席话听得郑海涛越发懵然，他正要张口发问，就被卡文迪许看穿心机似的马上就道出了他想知道的事情。

"我们的过去也就是你们的未来，其实我们就是你们，只不过我们不属于这个时代，我们乘坐时光机从100年以后的世界而来。"

听到这话，郑海涛感觉自己犹如在听天方夜谭一般，但面前的这个道西类人比起基地中的其他外星人确实有太多不寻常的地方，他们会讲英语，外貌接近人类，这一切都让他不敢轻易妄下结论。

为了验证卡文迪许的话，郑海涛又问："以前老罗杰说过你不会透露太多关于你们的事情，为什么现在又说出来了？"

“因为我们又要走了。”卡文迪许淡淡地说，“100年以后的地球经历了一场残酷的核战争，全世界都被波及了，全球幸存的人类不到一万人。且幸存者都发生了基因突变，头发、眉毛因为遭受辐射掉光了，繁衍的后代体型也比正常人高大了许多，几代繁衍下来，外貌就都成了我这个样子。在那个时候地球上到处都变成了切尔诺贝利，文明无法延续了，幸存的人类只好迁移到非洲，那里是地球上最落后的一片土地，也是核污染相对较轻的地方，但那里物资匮乏，核战争之后道西基地里的蜥蜴人突然重返地面，他们似乎不惧怕战争遗留的辐射，很快就占领了美洲和亚洲。在那个时代，人类又有了新的竞争者，可他们却悲哀地发现自己已经没有能力去抗击敌人了，好在2095年时光机被发明了，这个机器成为我们逃离死亡的船票。我们幸存的族人们分乘时光机前往过去任何年代，在一个时代隐姓埋名，一旦被人怀疑便会再次踏上旅程，在过去的时代生活期间我们是绝不会和当时人谈论这些事情的，但是现在我就要走了。”

“那你为什么要选择来这个时代？”

当被问到这个问题，卡文迪许脸上不经意间增添了几分忧伤，他顿了顿说：“因为我们那个时代给人类最后一击的就是道西基地，这么多年来大家谁也不知道有这个地方，直到核爆后蜥蜴人突然出现在已经荒废的新墨西哥州，他们凭借数量和强大的体能杀戮为数不多的幸存人类，很快就占领了全球六分之五的陆地，我们快要被他们赶到地下去了。所以我和一些族人旅行到 1947 年去见证道西基地是如何出现的，为了连续观察这段历史，我又去了 1979 年目睹了道西之战，我本想余生就在道西基地里度过，但现在黑暗即将来临，我必须要离开了。”

正当卡文迪许哀怨地阐述这一切时，老罗杰不知什么时候已被人扶到了他面前，他用略带埋怨的口吻对卡文迪许指责道：“我都听到了，我的朋友，你们为什么不反抗？你们有时光机，这就是你们的优势，可以回到过去改变你口中的这段历史，你们可以，但蜥蜴人却不行！”

“不可以！正是因为过去的一个个历史事件环环相扣，交织在一起才拼凑出现在这个有你有我的世界。如果擅自改变了历史发展中关键环节的一件小事，蝴蝶效应会把它所带来的影响无限放大，足以影响到历史进程中的一些人和事。轻则你可能会消失，那意味着你在这个世界上从来没出现过，代替你的是一些原来世界里从来没有存在过的人，严重的话你想改变事件结局之前的这段历史会改写，但对你想改变的最终结果却不会有任何影响，它仍旧会来临，只不过换个方式而已。所以我的朋友，作为时光旅行者，我们只能去看，不能插手我们旅行时代遇见的任何事物。”

听了卡文迪许对时光旅行的这番解释，郑海涛和老罗杰一时无语了。

悟空这时却蹦跶过来抢了话茬：“那你现在正要去找血

清救这个老头的行为是否是在插手历史，因为他本来没有遇到你是会死的，但你拿血清救了他。”

“不会的。”卡文迪许伸手摸了摸悟空的脑袋道，“我说过，历史结果是注定的，罗杰也是一样，他要是注定会死在道西基地也并不会因为我的血清就改变了命运，他还是会死只是换了另一种方式而已。”

听到这里，老罗杰终于忍不住了，他不顾全身伤痛愤怒地指责卡文迪许：“所以你30多年前就知道灰人会杀光基地里的所有工作人员对不对？你也知道我们这次的最终命运对不对？但你所做的就是为你的袖手旁观编了一套长篇大论的说辞而已。”

卡文迪许张了张嘴似乎想要反驳但却忍住了，半晌他才幽幽地说道：“我们只是一群为躲避未来不得不在过去东奔西跑在夹缝里求生存的人，你又能指望我们做什么呢？寄人篱下的日子也不好受，当初灰人是看上了我们拥有穿梭过去的技术才允许我们留在这里，但因为族人不肯交出这项技术我们双方的关系也恶化了，或许这次离开这里后我会回到中世纪以前，在那里与世无争地过完余生。”

话说到这个份上，老罗杰也不好意思再就此过多指责了。

正好他们也来到了实验室门口，卡文迪许掏出一张蓝色磁卡对着门口闪烁红灯的凹槽一刷，自动门就升上去了。

进去后众人发现就像卡文迪许所说，实验室并没遭受太大的破坏，部分试剂器皿被捅到了地上，角落里躺着两具就剩骷髅的美军特种兵，其他一切一如既往。

卡文迪许让大家扶着老罗杰平躺在地上，自己走进实验室的小暗间，等出来时他的手里拿着一管紫色的试剂。

“我的朋友。”他说道，“等我把血清注射进去你可能会很痛苦，但我这是在救你。”

老罗杰苦笑一声无奈地回应道：“虽然就像你所说我可能不会活着走出道西基地，但我也不愿是被虫子爆肚皮这么个死法，来吧，快些替我注射吧。”

卡文迪许点点头，从器械柜里拿出专用注射器，冲郑海涛等人吩咐道：“你们按住他。”

郑海瑞、卡洛斯、尼古拉斯一人按上半身，两人按腿，用这种方式将老罗杰控制住。

待卡文迪许将血清注入其胳膊后，他突然瞪圆了凸起的眼珠嗷的一声狂叫，一下坐了起来，把压着他的郑海瑞重重摔在了地上。

此刻的老罗杰看起来十分可怕，额头和太阳穴两侧爆满了青筋，披头散发，瞪着一双充满血丝的眼睛，大口大口地喘着粗气。

“快抓牢他！”卡文迪许大叫起来。

郑海涛连忙上前和弟弟一起用力控制住了他。

与此同时，随着老罗杰的惨叫他全身开始剧烈颤抖起来，跟着肩膀的伤口崩裂，一条条细长的蠕虫幼虫随着腐肉和紫色的淤血纷纷掉下来，在地上挣扎几下后就蔫了。

“有效了。”看着眼前这一幕，卡文迪许激动地说。

而老罗杰则像刚经历过一场大型手术，很快就虚弱地昏了过去。

卡文迪许蹲下替他检查了一番伤口，这才起身满意地说道：“好了，血清起作用了，等他醒过来就会康复，我也该和你们告辞了。”

“你要回到中世纪吗？”郑海瑞说这话时有点明知故问，卡文迪许没有回答他。

他拿出一只类似遥控器的装置，一按上面的按钮，一只椭圆形的球状飞行器突然凭空出现在了众人面前，所有人都看愣了。

郑海涛走上前试着摸了那球状物一下问：“你怎么利用它做时光旅行？”

“用它在空间撕开一个裂口进入虫洞，再通过虫洞回到过去。”

卡文迪许说着开启了球状飞行器的防护罩，又不知按了个什么按钮，飞行器瞬间启动了，只见一道激光打到前方，随即前方出现一个黑洞入口，随着激光增强慢慢地越扩越大。

“这就是虫洞吧？”郑海瑞惊呼起来。

就在这个时候，实验室的门突然被开启了，从门外传来了用英语的质问声："什么人在这里！"

郑海涛循声看去，竟是两男一女穿白大褂的白人站在那里。

郑海涛见此情景，以为又遇到了幸存者，没多想就边走边冲他们说："我朋友受伤了，借这里休息一下。你们是谁？"

屋内的卡文迪许见状马上冲他大喊起来："不要过去，基地里所有不肯归化的人类 3 年前就全部被处决了，这些人已不再是人类了！"

听到这话郑海涛刚想转身却已经来不及了，他的肩膀被其中一个白人死死地攥住，疼得他豆大的汗珠都淌下来。

"你们是怎么进来的？"抓住郑海涛的白人厉声盘问道。

郑海涛没有理会只是拼命挣扎，这时他的余光看到那个白人大褂上别着的 ID 牌上面写着"托马斯·杰瑞"。

"他们是归化人（特指外星灰人与人类的合体）！"一旁的悟空也大叫起来。

卡洛斯和尼古拉斯抄起枪同时瞄准了前方三个人，却因为郑海涛夹杂其中，不敢开枪生怕误伤了自己人。

而此刻郑海涛挣扎得越激烈对方就抓得越紧。

"不说就杀了他，再把其他人干掉。"那女归化人发话了，托马斯·杰瑞听后马上用双手箍住郑海涛脖子一把将他临空提起。

"住手！"卡文迪许大喊一声，从怀里掏出一枚水晶球状物体并冲向郑海涛。

在接近的一刹那，他将手中的东西掷了过去，只见一道白光闪起所有人都被刺得睁不开眼睛，趁此机会郑海涛用力挣脱了对方。

待刺眼的光芒逐渐消去，却见卡文迪许跪在地上痛苦地呻吟着，三个归化人围在他身边手持利刃正一刀刀地朝他身上乱捅。

“住手！你们这帮混蛋！”卡洛斯大吼一声，端起枪朝着归化人一阵扫射。

那女归化人身体当即被打成了筛子，倒在地上不停地抽搐着。

另一归化人也中了两枪，他站起身摇晃了几下突然脑袋往后一仰整个上半身都被撑开，一个灰人强壮的躯体钻了出来，它咆哮着迈动着下半身仍是人类的双脚向卡洛斯冲去，但没跑两步就被卡洛斯一枪正中面门，哀号一声无力地栽倒在地上。

仅存的托马斯·杰瑞见状，马上跳起来就跑，边跑边回头扬着从郑海涛身上撕下来的衣袖碎片喊道：“你们跑不掉的！我不会放过你们！”

说完，便消失在前方深邃的通道里。

望着在视野里消失的归化人，郑海涛转身正想去查看一下卡文迪许的伤势，却见躺在地上的卡文迪许将一枚滴滴作响的圆球抛向了不远处正在运行的时光机，并吃力地喊了一声：“小心，你们快点躲开。”

趁着球状物轱辘进时光机底部的时候，离得最近的郑海瑞连忙抱起悟空快速滚到一边。

随着轰的一声巨响，时光机被炸得四分五裂，碎片到处迸溅，在空中张开的黑洞也慢慢地合上了。

刚刚躲过一劫的郑海瑞迅速从地上爬起来，冲到卡文迪许面前大吼道："为什么要那么做？刚才我们差点被炸死！"

郑海涛见状，连忙上前推开了弟弟。

此时卡文迪许已是奄奄一息了，但手中还攥着一枚球状炸弹，他望着自己全身潺潺涌出的鲜血，用最后一丝气力对郑海涛说道："时光机……不能……落到这个时代人的手里，刚才……真的很抱歉。"

说完，他的头一歪慢慢闭上了眼睛，紧握炸弹的手也微微地打开了。

众人围着卡文迪许的遗体默哀着，没有人说话但悲伤之情都写在了每个人脸上。

"他是我们所有人的救命恩人。"郑海涛说。

郑海瑞接过哥哥的话茬补充道："也许要不是因为他救了罗杰先生改变了即将发生的历史他也不会死。"

只有卡洛斯什么也没说，他默默地从行囊里找出一块白色方巾，先用两枚四分之一美元硬币遮住卡文迪许双眼，再将方巾盖在了他的脸上。

"一路走好我的朋友，"他低声悼念，"愿摆渡人早日将你的灵魂带到宁静的彼岸。”

“我们就这么把他撂这儿吗？”郑海瑞问。

“我们别无选择。”郑海涛说道，“王肃死的时候连尸首都没落下，相比之下这也算是个体面的葬礼了。等罗杰先生醒后先不要告诉他卡文迪许的事情。尼古拉斯，你操控着这副机械外壳是否可以抱着罗杰先生走一段？”

“没问题，可我们现在去哪儿？”尼古拉斯的这句话也正好提醒了郑海涛。

他刚要开口却被悟空抢先说道：“当然是赶紧去通往基地第二层的升降梯口，这里已经越来越不安全了，没看到刚才归化人已经找上门了吗？”

郑海涛点点头，“好！事不宜迟，那我们赶快出发吧。”

他话音未落，悟空就蹦蹦跳跳地向前跑去，每跑一段它就停下来原地等着大伙跟上。在它的带领下，众人贴着狭窄的过道鱼贯而行。

穿过一处过道两旁都是实验室的区域，在路过一个敞着门的门口时，郑海涛被里面陈列的东西吸引住了，那是三个连成一排的大型实验室器皿，每个里面都安置着一具猿猴标本。

这些猿猴体型都比悟空魁梧，样貌也更接近人，但一个个生得凶神恶煞，有一只背上还长出了一排鳍。

眼前的这一切让郑海涛不由地产生了怀疑：“灰人为什么要用猿猴做实验品？难道这又是它们的一个阴谋，悟空本身是不是也是这个阴谋的一部分？”

为了验证自己的想法，郑海涛赶上了悟空与它并排走起，并假装不经意间与它闲聊起来：“悟空，你是在实验室出生的还是被从外界带进来的？”

“我不知道，从我记事的时候好像就待在实验器皿里。”悟空想了一下说，“我记得还有几个我的同类和我关在一起，但它们后来都被陆续带走了，之后由人类和灰人教我学习和说话。”

说到这儿，悟空忽然转移了话题，似乎很不喜欢谈论自己的身世。

“外面是一个什么样的世界？那一定比这里精彩吧？你们在外面都做些什么？”

“是的，外面的世界很精彩，但也很复杂。”

悟空的一连串问题瞬间将郑海涛的思绪拉回到了过去。他开始回忆自己这二三十年里到底做了些什么。

“外面的世界大家都很忙碌，为了不同的目的都在编织一个个谎言去欺骗他人，有些谎言是善意的，有些可能要糟糕些。”

对于郑海涛的回答，悟空显然没听懂。

“你们为什么都喜欢骗人？”它问道。

“因为外面的世界多半是用谎言构建的，大家生活在那里只能遵循它的模式。”

“和我说说孙悟空吧，它是一个什么样的猴子？”

“它勇敢、果断、富有正义感也很调皮，就像你一样。它不把任何权贵放在眼里，凡事只随自己心性，但它很忠心，为了自己主人可以不顾一切。”

在与悟空畅谈中，郑海涛渐渐地开始把它当成朋友了，虽然它是一只猴，但正因为如此，自己面对它才会肆无忌惮地无所不谈，更用不着掩饰。

“那你说的那个孙悟空也是一个谎言吗？”

“是的。”郑海涛耸耸肩说，“虽然它是一个谎言，但大家都喜欢传颂它。”

“原来人类喜欢谎言。”悟空若有所思地感触道。

正在这时，老罗杰在尼古拉斯的机械手臂怀中逐渐苏醒过来，当他看到前面的路突然大叫起来：“停下，这是要去哪里？卡文迪许呢？”

郑海端走到他身边回答道：“卡文迪许有事先走了。我们马上就要到通往基地第二层的升降电梯了。”

谁知老罗杰竟咆哮起来：“怎么可以这样！我们必须要马上去关闭道西基地自动开启的防御模式。”

“老顽固！”悟空气得跳着脚大骂，“第一层都荒废成这样了，你觉得还会有自动防御模式存在吗？”

“我觉得也是，事实明摆着外星人已经放弃这里了，我们还是按原计划行事吧。”

在分析了双方论点依据后，郑海涛竟第一次站到了悟空这一边。

而老罗杰则气得扛起一把狙击步枪掉头，一人朝相反的方向走去，临末了转身愤愤地撂下一句话：“你们的主意都那么大，当初还叫我给你们做向导干吗，那我自己去！”

看着他逐渐远去的背影，郑氏兄弟不由地面面相觑。

“哥，我们还是跟着去看看吧，他受了伤，让他一个人去很危险。”

“也好！”郑海涛无奈地点了点头，带着大伙朝老罗杰的方向追赶过去。

好在警备控制室就在他们所在区域的旁边，众人顺着地面上不断闪着荧光的外星符号指示，很快就抵达了一处两层建筑旁，可不知为什么，这里的电力没有恢复。

在它大敞的门口两侧各安放着三个机器人，它们相对而立，外形犹如《星球大战》里的 R2 型号，但每个身上都落满了灰尘，有的还挂着蜘蛛网，看样子它们在这里已经很久了。

“就是这里了！”老罗杰指着那幢建筑兴奋地叫道，“多令人怀念呀，当时我就在这里上班，一层是我工作的地方。”

相比之下，郑海涛的注意力却集中到了那些机器人身上。

“罗杰先生，这些机器人原来就有吗？”他问道。

而这时的老罗杰已经一脚踏进了门里，他回过头不耐烦地说：“原来没有机器人，不知是谁后来放到这儿的，别去管这些无聊的事情了，大家快跟上。”

众人进到里面，这是一个大型的监控室，屋子中央一排电脑呈半圆排列，正对的墙上挂着一面由若干个小屏幕组成的巨屏，下面有个控制台，但由于没有电力全都黑着屏。

老罗杰则在一旁不时地介绍起来：“我们以前就在这里监控基地第一层，那些屏幕所对应的摄像头可以照到基地里的任何角落。”

“那还有办法让它们重新工作起来吗？”郑海瑞问。

跟着悟空则跳上控制台，这里摸摸那里碰碰，玩得不亦乐乎。

“让它们重新工作干吗？”老罗杰嘟囔了一句，便带着郑海涛等人直奔二楼，只留下郑海瑞和悟空在下面。

而悟空在鼓捣了一会儿这些设备后逐渐摸出了一些门道，它指着控制台下方一个方形的凹口说道：“以前我在这里总是会见到这类控制装置，它的这个口应该是装应急电池的地方，放入电池后设备至少可以运行半个小时。”

郑海瑞一听马上一拍大腿，“那还等什么？我们赶紧去找电池吧。”

与此同时，当老罗杰与众人来到二楼的警备室，发现里面所有的设备均已被破坏，角落里的设备边上坐着两具灰人干尸，被射杀时仍旧保持着工作姿势。

“这里可不像是能运行基地防御模式的地方呀。”看着这一切，郑海涛忍不住调侃了一句。

老罗杰回过头狠狠地瞪了他一眼，却仍不忘为自己辩解："无论如何我们都不能低估道西基地的自动防御程序，所以必须要来这里查看一下，现在这种情况不是挺好的吗。"

正说着，一楼忽然传来了一阵滴滴的尖锐响声，接着又是呜的一声巨响，引得老罗杰等人争相跑到楼梯口向下望。

原来是郑海瑞和悟空将找到的长条应急电池推进了控制台的凹口里，瞬间，控制台上的一排红色按钮就亮了起来，伴随着刺耳的启动声屋里所有的设备又都恢复了工作，墙上的一块块屏幕也先后显出了画面。

"见鬼，你们在干什么！"老罗杰挥舞着拳头边喊边冲下楼梯。

郑海瑞则得意扬扬地说道："这不是挺好的吗？一层所有的一切都在我们的掌控中。"

正说着，郑海瑞的目光慢慢地集中到了屏幕上，脸上得意的表情也很快消失了。

"你们快来看……"他用颤抖的语调呼唤着众人，"情况有些不妙呀！"

听他这么一说，大伙也围了上来。只见监控大屏的很多画面上出现了各种叫不上名的外星人身影，他们几乎都是成群结队地在一个飞行球体的指引下快速向同一个方向移动。

看到这里，老罗杰不禁叫了起来："不好！他们是冲着我们来的，大家快离开这里，到通往下一层的升降电梯那儿！”

“我们还是顺原路返回吧，这样还安全些。”卡洛斯说。

老罗杰苦笑一声，指着一块到处都是外星人身影的小屏幕说道：“如果没有这些玩意儿，我肯定会把这作为第一选择。”

那块小屏幕监控的地方正是当初他们进入基地的隧道出口。

此时留给众人的时间已经不多了，但每个人心中都有一个信念，就是快点在外星人截获他们之前乘坐升降梯离开这里。

可就在众人跑出屋子的那一刹那，门口相对而立的两排机器人突然启动了，它们在地上滑动着并转动球形脑袋四下张望，似乎是在搜索目标。

突然，一个机器人身上伸出了一支枪管，对着先跑出来的老罗杰和郑海涛就是一通扫射。

“危险！”老罗杰喊完就势将郑海涛扑倒，那些子弹几乎是贴着他们头皮从脑袋顶上呼啸而过。

很快，其他的机器人也一边向他们开火一边朝门口聚集过来，尽管尼古拉斯和卡洛斯开启最大的火力还击，但似乎并不能有效地击退它们。

这时尼古拉斯大叫一声：“掩护我！”跟着便猫腰朝停在不远处的机械人外壳跑去。

卡洛斯和老罗杰马上端起枪拼命向那六个来回乱转的机器人射击，以便吸引火力为尼古拉斯争取时间。

可是对方的火力似乎还要更猛烈，很快就打得他们抬不起头来，卡洛斯的肩膀也中了一枪。

“可恶！我们出不去了，再拖一会儿那些异形就来了。”郑海瑞缩在屋子里绝望地叫道，很快屋外响起的一阵沉重脚步声又燃起了他的希望，

“尼古拉斯！加油，干掉它们！”屋子里的人们一起欢呼起来。

此刻尼古拉斯又重新披上了机械战甲，他挥舞着那双有力的机械手臂狠狠地朝一个向他冲来的机器人砸去，随着哐当一声闷响，机器人的脑袋当场被砸烂了，犹如一堆废铁瘫在了那里。

其他五个机器人见状，都由四面八方向尼古拉斯围了过去。

趁此机会，老罗杰、郑海涛等人都从屋子里跑了出来。

“尼古拉斯，不要恋战，我们没有多少时间了！”郑海涛一面跑一面回头朝正在鏖战的尼古拉斯叫道。

但这时已不是尼古拉斯可以做主了，载重着一身沉重装备的他被五个机器人团团围住，一场机器人与机器人的对决开始了，相比之下那些小个机器人都灵活自如，它们快速地移动着同时将一梭梭子弹打到尼古拉斯的外壳上当当作响。

虽然这身装备是钢铁外壳，可却不是无孔不入，很快，尼古拉斯腹部便中弹了，鲜血如泉涌一样从他下腹淌了下来。

“可恶！”尼古拉斯痛苦地叫了一声，一条腿跪在了地上，那些机器人马上一拥而上，它们的机械钳在这时都换成了尖刀利刃，冲上来朝着尼古拉斯身上没有被钢铁包住的地方乱捅。

尽管尼古拉斯身中十几刀，但他还是在惨叫声中用尽最后一丝气力又将一个机器人脑袋扽了下来，才从容地倒了下去。

这一幕被跑在最后的郑海涛回头看到了，“见鬼！我们又损失了尼古拉斯。”他叫道。

但大家都忙着逃命没有人去注意这些，那四个机器人杀死了尼古拉斯却并没打算罢手，又向着郑海涛他们追去。

在老罗杰的带领下，四人带着悟空一路狂奔很快就跑到了通向基地下方的升降电梯那里。

郑海涛掏出卡文迪许的蓝色磁卡往墙上刷卡器上一刷，升降电梯包厢的铁门便打开了，所有人都争先往上挤仿佛晚了就上不去了一样。

而在他们身后，那四个机器人越逼越近，它们射出的子弹都打在了电梯铁门上。

卡洛斯见状急忙端起枪还击，郑海涛也手忙脚乱地在电梯内寻找关门按钮，但很多按钮下面标注的都是外星文，他一个也看不懂。

这时悟空蹿上郑海涛的肩膀伸手按下其中一个按钮，电梯门随即缓缓合拢将那些机器人彻底挡在了外面。

直到这时郑海涛才彻底松了一口气，跟着身子一软瘫在了地上，他已经没有精力再去计划下一步了，随着电梯轰隆隆的下降声，疲惫的他慢慢合上了眼睛。

第八章　鏖战蜥蜴人

——在美国，有人宣称见到了“蜥蜴人”他的身高达两米，全身长满绿色斑点，每只手仅有3根手指，尾巴的末端像针筒。直立行走，力气很大，能轻易掀翻汽车，跑起来比汽车还快，每小时可达65千米。(《百科全书》)

一条延绵向黑暗的隧道望不到尽头，胡洁就站在那里，却始终背对着自己，郑海涛想去摸她，可每次手刚伸过去人就不见了，一会儿又出现在距离十几米远的地方，郑海涛连试了几次都没能成功。

这时他看到女友双脚离地飘到了半空中。

“小洁不要呀！你快点回来前面危险。”

他不由地失声叫了起来，但胡洁仍旧只把背影留给他，义无反顾地向着黑暗飘走了。

“不要离开我！……”郑海涛一着急，瞬时醒了过来。

此刻电梯仍在快速下降，一旁的老罗杰和郑海瑞却不知因为什么吵了起来，“无论如何我们也不能半途而废呀！”

“现在已经不是讨论是否半途而废的问题了！我们进入基地的时候是七个人，现在刚过了第一层就只剩下四个了，我们就要死伤过半，如果再不赶紧撤出的话大家都会死在这里！”老罗杰扯着爆起青筋的脖子大声咆哮着，吐沫星子几乎溅了郑海瑞一脸。

卡洛斯则和悟空坐在地上，冷眼旁观着他们的争吵，当听到老罗杰说还剩下四个时，悟空不高兴了，它龇起牙冲老罗杰哈了一口气叫道：“怎么会还剩下四个？那我算什么呀？”

望着眼前这一幕，郑海涛觉得是时候该终止了，他站起身缓缓地说道：“罗杰先生说得对，我们这次先回去吧，趁着我们现在还有能力打出去。”

郑海瑞一听，不禁好奇地问道：“怎么，哥，不是要去救嫂子吗？你放弃了？”

郑海涛苦笑一声，上前拍了拍弟弟的肩膀说：“我们现在连自己都快救不了了，我刚才也一直在想，用七个人的命去找一个人是不是有点太自私了，或许之前王肃是对的，所以我不想让我的冲动害死大家。”

听完郑海涛这番话，老罗杰也有点不好意思，他干咳一声有些局促地说道：“我不是那个意思，既然都到这里了，人也是要找的，之前第一层就是关押人类的地方，现在那里已经荒废了，那猴子不是说所有被绑架的人类都被转押到了第二层吗？那我们就去那里碰碰运气吧，如果还找不到的话我们就先撤出来，灰人在这一层为蜥蜴人安建了一个反重力垃圾输送通道，我们借助它就可以回到来时我们经过的山洞。”

说着，老罗杰从行囊中翻出一捆刺刀，给每人都分了一把。

“给我这个干什么？”郑海瑞拿到刺刀后不解地问道。

老罗杰往枪上组装着刺刀，头也不抬地说：“道西基地第二层是蜥蜴人的地盘，它们通常群居生活，我们进去后如果碰上它们，记住不到万不得已不要开枪，枪声会吸引更多蜥蜴人过来，一定要打就速战速决，可惜那一层的地形我不熟悉，蜥蜴人从不让人类以访问者的身份踏入它们地盘。”

见老罗杰也有搞不定的时候，悟空得意了起来，它拍着胸脯向在场的每一个人保证：“没有关系，我以前去过那一层，我带你们去关押人类的地方，还有你们说的那个什么反重力垃圾通道，不过我可不想钻进去，到时候你们就跟着我走好了。”

“必要的时候你还要给我们做翻译。”郑海涛补充道。

“没有这个必要了！”老罗杰装好刺刀一拉枪栓说，“这些蜥蜴人对人类可是极度的不友好，他们把我们看作食物，你见过人类什么时候和准备宰杀的家畜沟通过？”

说话间，之前悟空按下的那个附有外星文的按钮突然开始闪耀起来，电梯内也随即响起了一段低沉沙哑的声调。

“这是蜥蜴人的语言！”悟空惊呼起来。

“广播说的是什么？”郑海涛迫不及待地问道。

“说的是电梯马上就要抵达基地第二层了，请来访者自动将ID卡放在电梯右下方角落的身份识别系统上面，不然将会被视为非法入侵遭到逮捕。”

“按它们说的做！”老罗杰说着将卡文迪许的蓝色磁卡递给了离ID识别系统最近的郑海涛。

郑海涛走到跟前，看到一块立着的屏幕，上面滚动着一行蝌蚪状似的外星文字，屏幕中央有一个闪耀着白光的长方形。

悟空也凑了过来，它指着屏幕上的长方形区域催促道：“快把ID卡贴上去。”

郑海涛刚把蓝色磁卡放上，那块屏幕就弹射出一束光线，在空中绘出了卡文迪许的立体脸谱，在原地全方位旋转了360度后就消失了。

随即屏幕上滚动出一行外星文，悟空伸着脑袋看了一下欢呼起来：“成功了！审核通过。”

与此同时，随着众人脚下哐的一声抖动，电梯的两扇铁门缓缓打开。

老罗杰连忙和卡洛斯举枪瞄向外面，但他们想象中一群蜥蜴人迎候在那里的情景并没有出现，面对他们的是一条望不到尽头的空旷长廊。

长廊两边的墙身犹如一排巨大的肋骨向外舒张，在它上面每隔一段距离都会投射出一段蝌蚪形状的外星文字在空中漂浮。

他们脚下的地面犹如一面巨大的屏幕，不停地变化着草地、火山、岩石、沙滩等各式场景。

灯光把整个基地照得亮如白昼，这反而让众人感到越发的不安。

“怎么一个人都没有？”望着空荡荡的长廊，郑海瑞压低声音小声嘀咕着。

悟空拨开人群，昂胸走到前面满不在乎地说：“没被发现还不好呀？估计这会儿蜥蜴人都已经休息了，我们正好先去关押室那里！”

说到这儿，它正要动身却被卡洛斯叫住了：“猴子，接着这个！”跟着一把AK47被扔到了悟空怀里。

“如果遇到那些蜥蜴人，你一定不要手下留情，待会儿我会教你如何使用它。”悟空点点头，直接把它挂到了身上。

就这样，在悟空带领下一行人端着枪小跑前进，他们连过两个拐角也没碰上一个蜥蜴人，见此情形郑海涛不由地放下心来，“看来它们可能真的在睡觉。”

自从进入道西基地到现在，大伙只睡过一觉，谁也说不清究竟过了多长时间。

郑海涛掏出手机想确认一下时间，一按键才发现手机已没电自动关机了。

想到这儿，他自己也忍不住打了个哈欠，但是接踵而来的突发事件却刺激得每个人都很精神。

这时，跑在前头的弟弟忽然指着前方小声叫起来：“你们看那是什么？”

大伙顺着他手指的方向望去，只见一只栩栩如生的巨大恐龙雕像立在前方长廊十字交叉口处。

它高举一双利爪，张着血盆大口仿佛时刻准备吞噬过往的每一个行人。

“谁给立的这雕像呀！好恐怖。”望着眼前这栩栩如生的庞然大物，郑海瑞感叹起来。

“这是蜥蜴人的祖先！”悟空胸有成竹地说，“他们和我们一样，也热衷于圣物崇拜，毕竟蜥蜴人的文明比人类出现得早，但后来由于气候或某种自然原因，地球变得不适合生存了，他们被来访的外星人接离地球，带到外星球继续繁衍生息，现在他们又回来了。”

“你这小猴子，哪儿听说的这些乱七八糟的东西。”听了悟空的一番介绍，卡洛斯上前摸了摸悟空脑袋嬉皮笑脸地说道。

悟空很厌恶地把头一偏朝卡洛斯哈了一口气道：“我编造这些骗你有意义吗？这都是巴图人的历史，我以前在实验室的时候有一个巴图人总来看我们，这些都是他告诉我的。蜥蜴人只是你们给他们起的绰号而已，同样他们也给你们起了一个名字叫肉猪！”

“一听就和食物有联系，可我们哪里像猪？”被悟空一番话搞了个没趣，卡洛斯禁不住嘟囔了一句。

正在这时候前方忽然闪出一队蜥蜴人，他们长相与那个雕像十分相近，每人都头顶着一个桶状物在领头的带领下姗姗前行，这让郑海涛不由联想起非洲妇女携带物品出行的样子。

“快躲起来！”老罗杰压低声音招呼所有人藏到墙角后面。

好在那些蜥蜴人并没发现郑海涛等人，他们很快就走远了。

望着蜥蜴人的背影，郑海涛突然对他们的去向产生了浓厚兴趣，“罗杰先生，你们在这里等我一小会儿，我和悟空跟着他们去看看，也许还能有些发现。”

“你这是在找事！”老罗杰不满地瞪了郑海涛一眼。

但他也知道自己阻止不了这个好奇的年轻人，于是回头朝卡洛斯说道：“你跟着郑一起去吧，记得要保护好他，我们在这里只能等你们十分钟。”

就这样，郑海涛与悟空和卡洛斯贴墙前行，很快又在一个拐弯的地方看到了那队蜥蜴人，他们正排着整齐的队形逐次进入角落里的一个房间，出来时头上空空。

看着他们心满意足离去的样子，郑海涛凑到卡洛斯耳边低语道：“我看那间屋子一定有蹊跷，我们去看一下，最好能进去。”

卡洛斯似乎有些纠结，迟疑了一下极不情愿地向郑海涛再度确认：“你确定要这样吗？那间屋子可能什么都没有。”

但郑海涛去意已决，他朝悟空使个眼色，趁着两旁没人便一起向蜥蜴人刚进入的那扇门跑去。

“见鬼！等等我。”无奈之下，卡洛斯也只好追了上去。

到了那里，让郑海涛惊喜的是那扇门竟然没上锁，他刚到跟前，门便一分为二上下裂开了。

一旁的悟空看到郑海涛有些不敢相信的样子，淡淡地说：“蜥蜴人的社会要比你们简单很多，他们从来没有偷窃的概念只会抢掠，而且自己人之间从不互相防范。”

“那其实也是人类自古所追求的，我们管这叫路不拾遗。”

说着，一行人进入屋内，却发现这里极为寒冷，墙面四周都冻着霜如同一个冰库，在它的四个角落里堆满了之前蜥蜴人头顶上的桶状物，两边的墙身各有一排长凹槽，里面码满了已被做成标本的人类头颅，这些脑袋一个挨一个码放着，都睁着眼睛注视着门口方向，让郑海涛顷刻间有些不寒而栗，一股寒气也顺着脊椎骨蹿到脑后。

正当他的目光想避开这些时，却突然从那些人头里看到了一张仿佛相识的面孔。

为了验证自己的判断，郑海涛强忍着恐惧一步步蹭到了墙身凹槽近处。

“林珊珊！”郑海涛忍不住叫了出来，跟着他又在林珊珊头颅附近发现了同样也被制成标本的李燕霜头颅。

“怎么？你认识她们？”听到郑海涛的叫声，卡洛斯端着枪也跑了过来。

“她们是和我女友一起失踪的同事，想不到却被这些变态砍下头颅摆在了这里。”郑海涛说着开始顺着长凹槽逐个查看里面码放的每一个头颅。

他的心情极为忐忑，他害怕在这里看到胡洁，但又希望能够最终确认女友的下落也好给自己一个交代。

趁着这工夫，卡洛斯也踱步巡视起角落里码放的那些桶状物。

他刚一走近就被那堆东西散发出的腥臭熏得接连后退两步，待他用毛巾捂住鼻子再次上前时，才发现那是一些两头窄中间宽的金属桶。

它的上半身是透明的里面盛满了人类躯体碎块和器官腺体，每一个桶里都有一个精致的高科技搅拌设备在运转，通过不停地搅拌来凝固里面的鲜血。

看到这些东西，连早已不在乎了血腥场面的卡洛斯都有些受不了了，他强忍着不让自己吐出来跑到了门口。

“天哪，这些变态的蜥蜴怪物！”他心有余悸地咒骂起来。

跟着他回头小声地冲正在专心致志搜索女友的郑海涛叫道：“你快点，我们没多少时间了，不能在这里停留太久！”

郑海涛这时已经大致过了一遍，并没有在里面看到胡洁人头，这才在卡洛斯的不停催促下悻悻离开了冰库。

与老罗杰、郑海瑞会合后，众人在悟空的带领下继续前进，一路上，郑海涛将在冰库的所见所闻讲给了其他人。

老罗杰皱着眉听完后，摇着头说："也许就像卡文迪许所说，在未来给人类生存最后一击的就是这些蜥蜴人。我们不能束手待毙了，回去后我要去找雷德蒙想想办法。"

"雷德蒙？他不就是一个CIA退休特工吗？找他有什么用？"郑海瑞不明就里地问道。

"雷德蒙在布什政府时期被任命负责监控管理道西基地，他在基地众多外星人里有很深的人脉，虽然灰人杀光了里面所有人类科学家，但仍有许多外星移民愿意作为线民为他服务。这些年随着道西基地的扩建，雷德蒙应该不会无动于衷的，有传闻说他已针对灰人的野心制订了一个对道西基地的最终打击方案。"

"呵，那他可藏得够深的呀。"听完老罗杰对雷德蒙的介绍，郑海涛由衷地感叹起来。

这时，悟空突然停止了前进，它指着一个拐角后面对众人说道："那后面就是巴图人替灰人看守人类的地方了，门口常年有卫兵把守，你们是进不去的。"

卡洛斯冷笑一声，从兜里掏出消声器三两下拧到枪口上，洒脱地说道："那就把他们干掉再进去！"

悟空听了连连摇头："别，一打起来就暴露了，还是让我去引开他们吧。"

说完也不等众人反应过来，它就蹿了出去径直奔向看守关押人类的仓库。

“这个笨蛋！”老罗杰低声骂道，“卡洛斯，一会儿要是情况不对，你就和我冲上去。郑，你和你弟弟要紧跟我们，说实话我并不指望你们能在战斗中给我帮上什么忙。”

而此刻悟空已大摇大摆地来到了仓库的守卫面前，那两个蜥蜴人双手握着一根外表像是手杖的武器正坐在一张像是张开的贝壳椅子上打着盹。

为了吸引他们的注意力，悟空故意吱吱地大叫起来，蜥蜴人只是抬起眼皮看了它一眼，就将目光移向了别处似乎没把它当一回事。

悟空急了，像之前对付老罗杰那样直接骑到一个蜥蜴人的脖子上，照他脑袋打几下跳下来就跑，谁知却被拥有瞬间爆发力的蜥蜴人两步追上一脚就给踏到了地上。

“混蛋，放开它！”卡洛斯大叫一声，从墙拐角后面一跃而出，朝着脚踏悟空的蜥蜴人背后就是一梭子弹打过去，那蜥蜴人“嘎”的惨叫一声，一头栽在了地上。

另一蜥蜴人慌忙将手中的手杖头对准了卡洛斯。

“危险！”悟空见状，大叫一声扑过去，整个身子撞到了对方的胳膊肘上。

那蜥蜴人手一偏，一股蓝色电流从手杖头处射了出来，全部打在了距卡洛斯不远的墙上。

趁此机会，卡洛斯端枪又是一个连射，把另一个蜥蜴人也放倒了。

虽然枪口装了消声器，但老罗杰仍担心这番动静会招来他们更多同伴。

“郑，你和你弟弟赶紧进去找人，我们在门口望风，进去后不要待太久，就五分钟，五分钟后无论有没有找到我们都必须离开这里，明白了吗？”

郑海涛点点头，提着枪和弟弟走进了蜥蜴人把守的库房。

老罗杰和卡洛斯则忙着处理倒在门口的蜥蜴人尸体，由于蜥蜴人的个头都在两米以上，两个人合力抬一具都显得十分困难。

进到库房里，郑海涛环视四周才发现原来这里的布局和第一层仓库竟一模一样，唯一不同的是这里一排排铁笼里都关满了人。

让郑氏兄弟感到蹊跷的是，笼子里的人都十分安静，就算看到有人进来他们也不喊不叫，全都缩在那里如同一具具失去灵魂的躯壳。

库房里光线不是很好，为了看得更清楚些，郑海涛刻意凑到笼子跟前，这里的人类就如同宠物市场里那些待价而沽的猫狗，不分男女三两个被关在一个笼子里，各式肤色的人都有，以妇女小孩居多，每个人的脖子上都套着一个黑色项圈，上面闪着一排红色亮点。

他们大多数似乎已经丧失了表达能力，只会瞪着一双眼睛透过铁笼间隙麻木地望着外面，对郑海涛他们的到来也没有任何反应。

但此时郑海涛一门心思只想找人也顾不上许多，他让弟弟挨个笼子从左往右看，自己则从反方向找起。

正当他上下张望寻觅的时候，忽然从旁边的笼子里传来一个女人用英语发出的微弱声音：“先生，请帮帮……我……”

郑海涛一怔，马上站住脚顺声音寻去，看到在第二排的一处铁笼里伸出来一只胳膊正在空中无力地抓挠着。

他赶紧走了过去，发现笼子里坐着一个蓬头垢面的白人女孩，大约 20 岁，衣服早已破烂身上到处是淤青。相比其他人，她的神智还算清醒一些，但不知道何故她的表达能力似乎正在逐渐减退。

看郑海涛来到跟前，她从笼子间隙递出一张快要揉烂的快递单，费力地说道：“请您……出去……后按这上面的地址……找我姑妈，告诉她……我被绑架了，那些白色的怪人……给我注射了一种药物，我……快要说不出话……来……来了。”

郑海涛见状连忙接过那张皱巴巴的快递单追问道：“你叫什么呀？”

“露丝。”女孩说。

这时，郑海瑞检查完走过来说：“哥，我一圈都找遍了，里面没有嫂子呀！”

郑海涛张了张嘴，刚要说话，门口却再次响起了枪声，接着悟空跌跌撞撞地跑了进来。

“快点走！”它一进来就大声嚷嚷起来，“我们被发现了，蜥蜴人包围了我们！”

郑海涛不敢耽误急忙和弟弟跑出门口，老罗杰和卡洛斯和闻讯而来的蜥蜴人正在交火，看架势蜥蜴人来的并不多，他们在库房正前方时隐时现，用手臂上套着的筒状激光武器向老罗杰他们开火。

“快离开这里！晚了就走不了了，再过一会儿他们还会来更多人！让猴子带你们先走，我在这里断后！”

此时，老罗杰一边依托着铁门朝蜥蜴人还击一边冲刚跑出来的郑海涛他们大叫着。

“那就拜托了，我们走！”悟空说着，挎起 AK47 冲锋枪，猫着腰朝前方跑去，郑海瑞和卡洛斯连忙紧随其后。

郑海涛也跟着跑了几步因为不放心留老罗杰一个人，他又折回来冲正在拼命反击的老罗杰叫道：“还是一起走吧！”

老罗杰回头看了他一眼正要开口说什么，一道激光却突然击中了他，瞬间老罗杰就被分解成了粒子状，除了地上一摊血水什么也没剩下。

“不——！”见此情形郑海涛发疯似的狂叫起来，端起枪就要和蜥蜴人拼命，却被闻讯跑回来的卡洛斯一把拉住。

“振作点！罗杰先生已经没了，你不想成为下一个吧？”卡洛斯说着，从地上拎起老罗杰的行囊拽到郑海涛怀里，“你先走，我掩护你！”

此时对面已有五六个蜥蜴人从不同方向朝他们包抄来，郑海涛不敢耽搁，抱起行囊一路狂奔向悟空郑海瑞他们追去，但跑到前方 Y 字形长廊路口时他却彻底的跟丢了。

身后，蜥蜴人的怪叫声正越来越近，情急之下他来不及多想，随便推开长廊里的一扇门躲了进去。

进到里面郑海涛才发现原来这是一处类似观察室的地方，无数个单独隔间全部用透明玻璃制成，上面附有电子屏检测器，不断地记录着里面生物体能的各项指标变化，以便可以随时观察里边的情况。

那些隔间里关的竟全都是猿，它们有的坐在桌前玩着简单的积木，有的则头戴奇怪头盔原地左躲右闪，似乎正在接受某种测试。

不同于悟空，这些猿已具备了很多的人类特征，长相介于猿人与人之间却又不完全像，一双凸鼓的大眼泡里透出的深邃眼神更像是外星人的混血，见有外人闯进来，它们全都亢奋起来，拍打着玻璃，喉咙里发出瘆人的尖叫声，

眼看场面就要失控，郑海涛彻底慌了，想转身跑出去，但长廊里脚步声正越来越近，就在他为此抓狂的时候，外面却突然安静了下来。

开始郑海涛还有些不敢相信，把耳朵贴到门板上想再次确认，就在这时门却自己开了，一个披着黄色甲壳长着六只爪貌似甲虫的外星人走了进来。

他只有 0.6 米左右高，长着圆锥脸，凸起的鼻部塞满了黄色绒毛，两侧各延出一条肉须，两个又圆又黑的大眼珠与鼻子紧凑在一起，构成了他的样貌。

他用两条粗壮的后腿支撑着整个身体，第一排前爪要比第二排显得粗些，犹如镰刀一样上面还附着倒刺。

看到对方长相，郑海涛不由得想起了他小时候最喜欢捉的知了猴。

那甲虫样外星人注视了他一会儿，用两只前爪从身后像变魔术一样拿出一个氧气罩似的仪器扣到了自己鼻部。

郑海涛正想趁机逃走，那甲虫样外星人竟然用英语叫住了他："你是雷德蒙的朋友吗？不要怕，追你的巴图人已经被我支走了，我是来帮助你的。"

他的声音听上去低沉又沙哑，郑海涛废了半天劲才听懂他说的是什么，但对于他说的这些，郑海涛仍旧半信半疑，

"你怎么认识雷德蒙的？你是谁？"他壮着胆子问道。

"你可以叫我们爬虫人，我们和被你们称为蜥蜴人的巴图人一样，都是从地球上的原始物种进化而来的。我们曾一度主宰地球，建立过简单的部族社会。但在 2.5 亿年前地球遭遇了第三次大灭绝，救世主乘飞碟接走了他们认为有必要延续的部分生物，我们的祖先就位列其中。我们被送到了太阳系以外的红矮星系，在那里继续繁衍。我们族人多数靠给其他星系殖民者帮佣为生，直到 200 年前我们才追随灰人重回到了地球。"

郑海涛像听故事一样听完了爬虫人的介绍，心中的疑惑却反而加深了。

“你为什么要帮我？你们不是随灰人来到这里的吗？帮助人类对你有什么好处？”

“是雷德蒙让我来找你们的，我们替他工作，他代表美国政府答应我们，只要为他们提供基地里的情报，就会帮我们摆脱灰人的奴役，以后美国政府还会划一块地方帮我们建立独立王国。”说到这里，爬虫人的语调似乎变得有些激动，他已完全沉浸在了这美好的愿景里。

“听上去很诱人，祝你们早日赢得独立。”郑海涛耸耸肩说，但不知为什么，他内心总觉得雷德蒙给爬虫人许下的承诺一万个不靠谱。

爬虫人指着旁边玻璃隔离间里那些吱哇乱叫的怪猿对郑海涛说：“你回去一定要告诉雷德蒙，灰人的计划是向地面投射一种可以快速灭绝人类的病毒，并且他们已经准备好在灭绝人类后将这些混血物种作为替代品投放到地表上，以便把外面环境改造成灰人能适应的样子……”

郑海涛一听彻底懵了，他马上止住了爬虫人往下的话。

“等等，让我冷静一下吧，我来这里是找我女朋友的，怎么一下子又冒出了外星人要灭绝人类？你还是别逗我了。”说着他转身就要往外走，却被爬虫人镰刀般的爪子一把勾住。

“相信我！这事关你们一族的未来。”爬虫人说着，用另一个爪子递上来一个拴着细链外观像怀表一样的小圆壳。

“回去后一定要把它交给雷德蒙，这是我用尽一切办法从灰人那里搞到的，里面储存着他们所有计划，雷德蒙一看就会明白的。灰人可能很快就会发现它不见了，所以你们一定要尽快离开这里。”

听了爬虫人的话，郑海涛接过东西揣进兜里后苦笑一声说：“我也想快点离开这里呀，可是怎么走？外面蜥蜴人到处在找我们。”

“在我找到你以前，遇到了两个看着毛发肤色和你一样的人，其中一个个头矮一点身上的毛多一点，我们把他们藏起来了。”

郑海涛一听立刻失声叫起来：“那是海瑞，我弟弟！他在你们那儿？”

“是的，他现在很安全。”爬虫人挥动着四只爪子说，“你也和我走吧，等把你们七个都找到就一起送出去，其他人在哪里？”

“我们就剩下三个了！哪里还有其他人。”说到这儿，郑海涛忍不住伤感起来，“我们还有一个和雷德蒙一样肤色的同伴，长得比我高大，分开时他在后面掩护我，其他人都死了。”

“明白了。”爬虫人说着转身走到外面长廊里。

很快又有两个爬虫人开着一架悬浮在空中的饼状飞行器

驶到了门口，上面装满了高高垒起的箱子，爬虫人指着飞行器对郑海涛说道："你快藏进去，我们用箱子盖住你，希望监控室值班的巴图人没有看到我们。"

"这上面装的是什么？好腥呀。"郑海涛凑上去捂着鼻子问。

"你不会想知道的，上面装的都是马上要供应给巴图人的食物，新鲜的人肉！我们负责为这层的巴图人运送东西，正好借机把你带出去。巴图人对人类气味是敏感的，你钻进去周围的味道可以覆盖你的气味，要想离开这里就只能按我们说的做了。"

听说要让自己钻到装着人肉箱子的夹缝间，郑海涛差点没晕过去，但为了快点从道西基地离开，他还是咬着牙和爬虫人一起上了飞行器。

一路上，从周边箱子里散发出的血腥味熏得郑海涛睁不开眼，胃里也只觉得翻山倒海，几近要吐出来。

可一透过箱子缝隙看到长廊里到处都是活动的蜥蜴人时，他又强忍着把已经顶到嗓子眼的东西给憋了回去。

这时，他看到前方两个蜥蜴人一起拖着什么东西向他们走来。

待双方擦身而过时，他才看清，原来蜥蜴人身后拖着的正是卡洛斯。

卡洛斯浑身是血整个人已经奄奄一息了，他的两条腿被蜥蜴人一人一条拎在手里，身后拖着一条长长的血痕。

看到爬虫人开着的飞行器，其中一个蜥蜴人上前一把抓住飞行器的操控把手，“嘎——嘎——”地怪叫着示意他们停下。

郑海涛心一沉以为自己被发现了，可不曾想那蜥蜴人却转身一口咬断了卡洛斯的脖子，鲜血瞬间从他的动脉如喷泉一样滋射出来，跟着两个蜥蜴人又挖去了他的肝脏和双肾，才将卡洛斯的尸体抛到了飞行器装载的箱子上。

卡洛斯的尸体落下时脑袋正好仰天垂到郑海涛面前，他看到卡洛斯那一双充满血丝瞪如牛铃的眼睛正死不瞑目地盯着自己，吓得他差点没喊出来，急忙用手捂住嘴。

那两个蜥蜴人抛尸后又大声训斥了一番开飞行器的爬虫人，才心满意足地带着从卡洛斯身上获取的器官离去了。

之后的一路上，郑海涛吓得没敢看卡洛斯尸体第二眼。

好不容易到了两侧墙壁都凿满了洞的爬虫人居住地，不等爬虫人把飞行器停稳，郑海涛就一头栽了下去。

爬起后连是哪里也顾不上看，疾步跑到角落里扶着墙狂吐不止，听到这么大动静，墙壁洞穴里的爬虫人们纷纷探出头来，叽叽喳喳地交头接耳。

这时郑海涛忽然被人一把拦腰抱住，跟着耳边传来了弟弟郑海瑞熟悉的声音：“哥，哥，振作点！我们还要离开这里呢！”

郑海涛瞬间瘫到了地上，嘴中仍在喃喃自语：“死了，都死了……”

这时爬虫人和悟空也围了上来。

“你同伴说的对！”爬虫人说道，“你们必须快点离开，这里越来越不安全了。”

此刻的郑海涛恢复了一些理智，但仍没能完全从刚才的惊吓中缓过神来，任由爬虫人和郑海瑞把他重新扶上了飞行器。

待所有人都上去后，为了不引起怀疑，飞行器在躲在箱子底下的悟空指引下保持着匀速朝蜥蜴人的反重力垃圾处理站飞去，负责护送他们的则是救下郑海涛的爬虫人和他另外两个同伴。

当飞行器抵达了目的地，在一处紧贴墙壁熔炉状的机器面前停下。

机器的中央有个洞口，在它上面伸出一段又粗又长的管道直通顶端，出乎众人意料的是附近竟空无一人，只有地上层叠堆积的一箱箱尸骸。

郑海瑞不由松了口气，第一个跳了下去，正当他准备把哥哥拉下来时，地上那些垒在一起的箱子突然被推倒了，五只手持激光武器的蜥蜴人同时跳了出来，将郑海涛他们围了起来。

就在这时其中一个蜥蜴人忽然仰着脖子“嘎嘎”叫了两声，其余的蜥蜴人马上收起激光武器纷纷从身后拔出了利刃。

悟空听了脸色大变，但仍不忘把它所听到的内容翻译给郑海涛兄弟听："它说要抓活的！"

"做梦吧！"郑海涛咬牙切齿地说道。

跟着他第一次端起了冲锋枪，回头冲弟弟叫道："海瑞！我们今天能不能出去就看现在了，跟他们拼了，为罗杰和卡洛斯报仇！"

"好！"郑海瑞大声应和。

在郑海涛的感召下，就连悟空也端起了AK47。

而就在这时，那些蜥蜴人却突然直奔爬虫人而去，他们像拎小鸡一样把三个爬虫人扔下飞行器，用手中利器一刀把爬虫人斩为两截。

"开火！"郑海涛大叫一声，三条火舌同时从枪口向蜥蜴人喷去，尽管郑氏兄弟并没受过什么专业射击训练，但近距离的扫射还是将两个蜥蜴人打倒在地。

趁此机会，郑海涛冲弟弟喊道："你带着悟空先走，记得把装着我们潜水服的行囊带上，我跟你后头！"

郑海瑞见状忙抱起悟空，连滚带爬地钻进了机器中央的洞口里。

郑海涛一面后退一面扫射，强大的火力让剩下的三个蜥蜴人一时还不敢接近。

这时他的胳膊肘被兜里的东西硌了一下，才猛地记起原来自己还保留着卡文迪许死时手中抓的一枚炸弹。

于是他心生一计，扔下冲锋枪快速冲向机器中央的垃圾口，在他身后，三个蜥蜴人紧追不舍。

那被砍成两半的爬虫人拖着上半身仍在地上一边挣扎一边虚弱地朝郑海涛远去的背影呼喊：“把东西交给雷德蒙……它可以拯救你们种族……”

郑海涛三两下刚爬进垃圾口就被一股强大的气流裹挟顺着管道快速向上飙升，速度快得让他无法呼吸，耳边只有嗖嗖的风声。

他勉强低头望去，隐约看到脚下一个蜥蜴人正在跟随自己，他又抬头看看前方，透着光亮的出口已经隐隐可见了。

他算准时间，就在自己快要被弹出管道的那一刻，掏出了卡文迪许的球状炸弹，在管道壁上磕了一下直接抛给了脚下的蜥蜴人。

跟着郑海涛便被弹了出来，几乎与此同时在他身后随着一声雷鸣般巨响一股火焰云腾空而起，整个管道系统全被炸毁，管道碎片夹杂着蜥蜴人的断臂残肢纷纷扬扬掉下来撒落了一地。

郑海涛也重重地摔在了地上，一旁的郑海瑞连忙上前将他扶起。

他环视四周，发现他们落地的位置正好是湖泊地下洞穴里外星人处理尸体的地方，眼下一切都是那样熟悉，包括来时的路，物是人非的是当初踌躇满志进入基地的七人现在仅剩自己和弟弟幸存。

正在这个时候，一些从四周黑暗角落里钻出的道西清道夫被迫打断了郑海涛的思绪，他用胳膊肘拱了拱身后的弟弟小声说：“我们赶紧离开这里，这些家伙很难缠。”

好在眼下那些道西清道夫的目标是刚掉落在地上的蜥蜴人残骸。

郑氏兄弟和悟空得以全身而退，他们沿着来时路的反方向一路小跑着离开了那里。

当来到登陆的洞穴湖前，郑海涛终于松了口气，郑海瑞也是一脸的兴奋，“终于要离开这里了！我们是第一批到过道西基地又活着出去的中国人。”

但郑海涛却没弟弟这么兴奋，他默默地换好潜水服，突然像是自己质问自己似的叫了起来：“有什么可高兴的？这一切值得吗？我们傻子似的进去乱撞了一回，丢下五条人命又拼命地往外逃，当初进来要做的事却一样也没做成，我他妈太傻逼了！”

“哥，可是我们试过了，做过总比没做要好！”

郑海瑞说着，拿出一个氧气瓶给悟空背上并略带歉意地对它说道：“对不起呀，当初不知道有你，所以没准备你这个尺寸的潜水装。”

悟空摆摆头满不在乎地回应：“人类真是麻烦，你们要是身上有毛就可以不用穿衣服了！”

就这样，下水后二人带着悟空顺原路一直潜出了地下湖洞穴，又重新回到了安丘利塔湖的怀抱中。

正当他们朝着璀璨的湖面不断上升时，一只体型庞大的灰褐色人身鱼尾状怪物忽然从湖底的一个洞穴中钻了出来。

它圆圆的脑袋上只有一只眼眶，转动着蓝色的眼珠，背上长着一排鳍，挥动着两只粗壮的胳膊直奔郑海涛他们而来。

郑海涛眼尖，立刻拽住弟弟拼命地往湖面上方游。

郑海瑞本来正拉着悟空，被他这么突然一拽，一下和悟空分开了。

悟空也没见过这样的怪物，瞬间慌了神慌乱下竟朝着郑氏兄弟的反方向游去。

那人鱼怪不知为何只对悟空情有独钟，跟着它追了过去，趁此机会，郑海涛带着弟弟游出了湖面。

等兄弟二人登上湖滩已是精疲力竭了。

郑海瑞一上岸瞬间就扑倒在了地上，闭起眼睛嘴里叨念着："谁也不要碰我！让我好好地先睡上一觉。"

此时的郑海涛也是又困又乏，虽然说不清在道西基地待了多久，但这段时间他基本是滴水未进，也从没合眼超过半个小时。

因为那时他的神经都处于紧绷状态所以也没觉得忍受不了，当重回陆地的这一刻，又回到了正常状态，饥饿、困乏、疲惫瞬间占据了整个身体。

在这种情形下，郑海涛只能硬撑着，拖着僵硬的步伐和沉重的身体一步步往前挪，他四处张望同时大声呼唤着林春生的名字，但映入他眼帘的却是沙滩上遍地斑斑血迹，林春生也早已不见了踪影。

“这个混蛋，又不知死哪里去了！”郑海涛恨恨地咒骂着。

这时身后的郑海瑞突然大叫起来：“哥，快跑！有埋伏。”

郑海涛回头望去，只见两个穿黑西装的男子抓住了弟弟，郑海涛见状刚要冲上去却被人从身后勒住脖子，接着脖子像是被什么东西狠狠地叮了一口，他知道自己被注射了药物，但仍凭借最后一丝气力大声呼救着，慢慢地他只觉头越来越昏，眼前的景物也变得模糊起来，随着一阵天旋地转他摇晃了两下终于倒了下去。

也不知过了多久，郑海涛耳边逐渐回响起一个熟悉的声音，但听着却很缥缈，仿佛是从很远的地方飘来：“孩子，坚持住，我这就送你回中国。”

他微微地睁开双眼，眼前仍是一片模糊，隐隐约约地感觉到有一张人脸凑了过来，却只能看到一个轮廓，凭着感觉他知道那是乔治·雷德蒙。

外星人基地系列科幻小说

道西基地 下

戴世轩 著

·北京·

第九章　西单诡影

——从北京追寻到美国，凭的是对爱情的执着，从道西基地亡命到西单，却是为了摆脱命运的束缚。

不知过了多久，郑海涛才逐渐苏醒过来，但仍感觉头蒙蒙地疼。

他环视四周，发现自己身处机舱里，整个人被一根安全带绑在座椅上，身边的乘客都是中国人，过道上两个穿国航制服的空姐正一前一后推着小车发放着饮料。

“乘务员，乘务员！”他忍不住大叫起来。

待在工作区的空姐听到呼唤马上来到郑海涛身边将一本夹着机票的护照递过来轻声说道：“先生，您醒了，感觉好点了吗？这是您的护照，是护送您上飞机的美国老先生让我们等您醒后转交给您的。”

“我的头还是很痛。”郑海涛用一只手撑着太阳穴喃喃自语着。

跟着他像是又想起了什么拽住正要离去的空姐问：“我

弟弟呢？我怎么没有看到他？”

“先生，您在说什么呀，就只有您一个人上了飞机，您是坐着轮椅被一位老先生从特殊通道推进来的。对了，老先生临走的时候还留下一封信，刚才忘给您了。”

空姐说着，马上返身回去取了信交给了他。

郑海涛接过信，顾不上头疼脑涨马上展开读了起来，整封信内容如下：

郑：

尽管我很想阻止这一切的发生，但我还是去晚了，也许你们在策划这次行动的时候还不清楚自己到底在做什么，在你们进入基地后我曾委托那里的爬虫人设法营救你们，但之后我就再也联系不上它们了。

我不知你们是怎么逃出来的，以前进入道西基地的人很少有活着出来的，就算侥幸逃出，不久后也会死于非命，因为这个秘密要永远地保守下去。

我从屠龙会的手里把你救了出来，但很遗憾你的弟弟被他们掳走了，我会再想办法。

希望你回到中国后隐姓埋名躲藏起来，以免招惹到不必要的麻烦，以后你不要再联系我，也不要再来美国，这里对你已经很危险了，屠龙会的人在找你，很有可能道西基地里的统治者也不会放过你，总之希望你能够一切顺利。

你的朋友乔治·雷德蒙

看完信，郑海涛狠狠地把它揉成一团掷到脚下，他有种分分钟都要抓狂的感觉，这次美国之行不但没找回女朋友，连亲弟弟也搭进去了。

他这番怪异举止引得周围乘客连连朝他看去。

这时，机舱内响起了空乘员的广播：

尊敬的旅客朋友们，大家好，感谢您搭乘国航 ××× 航班飞机，由芝加哥前往北京，飞机马上要抵达北京首都国际机场，地面温度 26 摄氏度，飞机正在准备降落……

与此同时，空姐们也走了上来，提醒乘客们重新系好安全带。在这种情形下，郑海涛只好暂且压制住自己的情绪，一切等降落再说。

半个小时后，郑海涛随人流走下飞机，一脚迈进连接机舱的通道，他又回到了阔别多日的北京，只是这一次没有重回故乡的兴奋和喜悦，有的只是无限的失落。

在机场等待入关的时候，郑海涛不经意看了一眼机票上的日期，一算时间才发现原来他们在道西基地里差不多待了三天。

在这三天里他看到了一个不一样的世界，彻底颠覆了郑海涛以往的认知。

那些古怪的生物：空中飘舞的白色幽灵、面目狰狞的蜥蜴人，仍旧像挥之不去的梦魇，不时地在他脑海里闪现。

但是不知什么缘故，他在道西基地的记忆却开始变得模糊，时断时续，一些细节也对不上了，就像人们常说的，他断片儿了。

在打车回家的路上，郑海涛又仔细回忆了一下之前梦幻般的经历，却总有一种如梦初醒的感觉。

“难道进入那里后发生的一切都是我的梦境？”他忍不住自言自语起来。

回到家，郑海涛脱裤子一掏兜，却翻出了一些足以坐实自己曾到过道西基地的证据：卡文迪许的蓝色磁卡，爬虫人交给他拴着链子的怀表状资料存储器，还有一份揉得皱皱巴巴留有地址的快递单号。

但此刻他根本不想看这些东西，直接走到客厅角落把它们一股脑塞到了暖气片后面，然后一头扑到床上昏睡了过去。

之后的两天郑海涛整个人一直处于昏沉沉的状态，不知是还未倒好时差还是被注射的药物还在起作用。

有时，就算他待在人头紧簇的公共场所，却还是会有种正置身于另一维度空间的错觉。

这期间郑海涛找出了手机通讯录中雷德蒙的电话，多次尝试联系对方，但每一次手机的另一端都会在无数段等待忙音后自动挂断。

雷德蒙就如同一阵水蒸气彻底在郑海涛视野里蒸发了，

他留下的唯一东西就是最后写给郑海涛的那封信。

回北京后第三天，郑海涛陷入了抑郁状态，他不敢和家里联系，生怕父母问起弟弟的情况，也不敢回自己的公司，那里曾是他和林春生喝酒瞎侃看 A 片的地方。

他更不敢去想女朋友胡洁，和她一起失踪的同事张楠、林珊珊、李燕霜的遭遇让郑海涛几乎可以断定女友已不在人世了。

在短短的时间内他失去了一切，如同失去了整个世界。

就在这个时候，郑海涛想起了在道西镇有过几面之缘的警察杰夫，这也许是现在唯一能帮自己的人了，但没有他的电话。

为此他不得不尝试翻墙，在道西镇警局的官网上郑海涛发现了警局的官方 Email，抱着试一试的态度，他按这个邮箱地址发去了一封信，信中除了希望能联系上杰夫以外还阐述了弟弟郑海瑞失踪的情况，并在末尾留下了自己在国内的手机号。

发完这封 Email 后不久，郑海涛就陷入了麻烦境地。

第二天早上八点多，他家的大门第一次被警察叩响了。

当时郑海涛还睡得迷迷瞪瞪，头一晚又失眠到凌晨四点才睡。

当听到门外的人自称是警察后，他瞬时困意全无，同时还是有些不太相信，自己又没犯什么事为什么会有警察找上门。

隔着一道门，外面的人明显已经等得不耐烦了，随着砸门力度的增强一个粗犷嗓音响了起来："郑海涛是吧？别磨叽，快开门！别影响警察办案！"

"等等，让我穿上裤子先。"

慌乱中，郑海涛一面胡乱地套上裤子一面跳着脚向门口蹦去，一不小心俩腿钻到了一个裤腿里绊得他差点摔个跟头。

门刚一打开，立刻从外面闪进来三个人，为首的一个剃了个平头，年龄在四十五六岁，穿着黄色夹克，斜挎着一个LV的男款包，后面的两个都穿着警察制服。

还没等郑海涛开口，其中一个警察就先指着平头介绍道："这是朝阳分局的王队，我是这管片儿静安庄派出所的民警，今天来找你了解一下你们先前去美国的情况。"

听到这话郑海涛心里咯噔一沉，当初王肃、张薇是和自己一起出发的，如今却只有他一人活着回来，而最麻烦的是这二人的死因就算自己如实说出，警察也会认定他是在编故事，在郑海涛看来，与其告诉警察王肃是被道西基地里的巨龙兽活吞了还不如什么都不说的好。

正在他想着该怎样应对这些警察时，那个被称作王队的把脸一沉朝他呵斥道："你他妈站这儿发什么愣！把身份证拿出来，动作快点！"

郑海涛不敢耽搁，连忙毕恭毕敬双手奉上自己的身份证，这是他第一次和警察近距离接触，却叫他内心充满了恐惧。

王队一把抓过身份证，扔给了身后穿制服的警察吩咐道：“查查这小子的底儿，看看之前有没有犯罪记录！”

望着眼前这一幕，郑海涛突然有一种很不好的感觉，“你们这是……什么意思？”他弱弱地问了一句。

那个王队皱着眉头，用手朝郑海涛肩膀搡了一下，不耐烦地说：“什么什么意思！你懂不懂规矩！哪儿那么多话，警察办案，这是我们的正常程序。”

听对方这么一说，郑海涛不敢再吭声了，静静地立在一边，看着警察随意在他房间里乱转却大气也不敢出。

这时警察通过对讲机核实完郑海涛的信息，向王队汇报道：“查过了，这人之前没有问题。”

“嗯，知道了。”王队点了点头，转手将身份证还给郑海涛。

用比先前平和一些的语气对他说道：“听说你们半个月前一起去了美国，当时你们一共四个人，都有谁呀？”

“我，林春生、王肃还有张薇。”郑海涛如实地回答。

“很好！”王队满意地点点头继续盘问：“但根据我们海关显示这次只有你一个人回来了，其他人都没回国。而且这些人里张薇的家属已报案说女儿失踪了，还说她当时是跟着你走的。”

郑海涛一听这话差点没晕过去，急忙替自己辩解：“警察同志，你可千万别听她父母胡咧咧，我们是一起结伴走的，不存在什么谁跟着谁走的事。”

王队冷笑一声，用审讯嫌疑人的目光继续从上到下打量着郑海涛，从进门的那一刻他那双鹰眼就没从郑海涛身上离开过。

“你要老实交代问题，知道我是干吗的吗？朝阳分局刑警大队的，以前就专管凶杀分尸这一类案子，不死人的地方我是不会不出现的。这次来就是先给你个机会，希望你能如实地说出其他人的下落，否则以后这列为失踪案子，你就是第一个嫌疑人！”

说到这儿，王队停了下来开始观察郑海涛的反应，见郑海涛不吭声，便以为自己的攻心术起了作用。

“那么现在你可以说了吧，其他的人在哪儿？”

看着眼前这三个警察，郑海涛知道这回要想过关无论如何也要搏一搏了。

“到了那边以后我们就在新墨西哥州分开了，张薇和王肃去了得克萨斯，之后我们就没联系，林春生现在还和我弟弟待在新墨西哥，说是没玩够要多待几天，我自己这头公司有事就先回来了。”

对于郑海涛的这番解释，王队显然是不信，他掏出手机朝郑海涛晃了晃，张口就骂：“你他妈骗鬼呀！你以为我们警察都是吃干饭的？这几个人的手机号可是一个也打不通，你要再不老实我就先给你丫拘起来再慢慢找证据。”

此时，郑海涛也不知是哪儿来的勇气，马上一句话就把王队驳得哑口无言："他们到了美国就都换了当地的号码，你肯定打不通呀。"

眼看双方谈僵了，王队身后一穿制服的警察掏出手铐请示道："头儿，这小子不说实话，要不要先给丫拷回去？"

"不必！他跑不了。"王队大手一挥说。

他瞪了郑海涛一眼，意味深长地再次重申道："小子！你知道我们的政策，抗拒从严坦白从宽，所以你想明白了越早坦白对你就越好，我这次先不抓你，但并不表示你就没事，等我们再来的时候手铐、逮捕令可就什么都有了，希望你不要让事情走到那一步。"

说完这话，王队也不管郑海涛反应如何，冲跟着他的两个警察摆摆手示意可以撤了。

但在临出门时，他又突然回过身冲郑海涛问道："我们在林春生妈妈微信上查看了林春生的朋友圈，上面最后一条内容大概是一周前发的，说是大家正在前往道西基地的路上，那是个什么地方？"

郑海涛一怔，他怎么也没有想到警察会问到这个事情，一时竟不知该如何回答，但当他眼睛不经意瞄到床头墙上贴的《聚光灯》电影海报时，便马上有了主意。

"噢，道西基地是我们去的那个州当地一家最火的Club，就像咱北京的三里屯夜店，春生特别好这口，所以到那儿不久他就拉我们一起去那里泡妞。"

王队冷笑一声什么也没说带着人转身离开，出门后一回手狠狠地把门带上了。

从对方的眼神里，郑海涛知道他们根本就没有相信自己的话。

听着楼道里警察们逐渐远去的脚步声，郑海涛又一屁股坐回床上，双手捂住太阳穴将头深埋在双膝之中，此刻他不愿再去想任何事，只恨没有一个地方可以躲起来让这个世界彻底将他遗忘。

也不知就这样过了多久，郑海涛才强迫自己摇摇晃晃地站起来，随便找了件衣服套上就出门了。

这时已经是中午了，火辣的阳光炙烤得大街上每个行人都来去匆匆。

只有郑海涛脸不洗牙不刷，蓬头垢面在街上慢悠悠地闲逛着，他沿着燕莎主干道一直走到三元桥地铁站。

他忽然好想去西单，那儿是他和女友过去经常逛街的地方。

此时地铁里的人还不算多，郑海涛在机器上买好票转身正要离去，却看到不远处柱子旁一个西方人正朝着他诡笑，那怪异的笑容让郑海涛毛骨悚然，而对方的样子又让他觉得在哪里见过，可一时又想不起来。

当郑海涛刷卡进站准备下滚梯时，看到那个白人也跟了进来。

本能让郑海涛立即警觉起来，他快步跑下滚梯，以百米冲刺的速度冲向站台尽头的厕所。

到了那里他看看边上没人，便一头扎进了女厕所，此举吓得不远处正在拖地的保洁大妈大叫起来：“哎——我说你这男的咋乱进女厕所哩！”

好在厕所里空无一人，郑海涛随便跑进一个隔间里把自己反锁了进去。

大约过了四五分钟，有人开始嘭嘭地敲门，一个老太太扯着尖锐的嗓子喊了起来：“出来！你还要不要脸！你再不出来我就叫警察了啊。”

“别，别叫警察，我走。”郑海涛见状赶紧一面回应，一面打开了门，跟着立刻围上来三个大妈戳着郑海涛后脑勺跟在身后一路臭骂。

此刻郑海涛也顾不上这些，迅速环视四周，没有瞧见那个跟踪自己的白人，但他还有些不放心，回身拽住一个正骂得起劲的大妈问道：“刚才我进去后有没有一个黄头发蓝眼睛的老外跟过来？”

被郑海涛突如其来的这一问，大妈先是一愣有些没反应过来，跟着点点头说：“对呀！是有一个外国男的到这儿了，但人家进的可是男厕所！”

听到这话让郑海涛更加验证了自己之前的判断，恰在这时往西单方向换乘的地铁开来了，他忙疾步冲上去，车门一开便闪了进去。

直到进入车厢里，他才感到一丝安全，车厢里的人不多，他随便找了个座位，正想闭目养一会儿神，兜里的手机却响了起来。

他也没看来电显示就按下了接听键，电话那端传来一段略带美式乡村口音的英语却让他一个激灵马上从座位上站了起来。

“嗨，郑，是你吗？你给局里留言说要找我，你现在在哪里？”

是杰夫！郑海涛内心一阵兴奋，终于联系上他了。

这时地铁关门提示音滴滴地响了起来，怕地铁开动后没有信号，他急忙对着话筒长话短说：“我在北京，是雷德蒙送我回来的。我和我弟弟从道西基地逃出后遭到了屠龙会的埋伏，我被注射了药物，好在雷德蒙及时赶到救下我，但我弟弟却被抓走了，希望你能在那边替我弟弟立案。”

“这个没有问题！”电话那头杰夫爽快地一口答应了下来。

“但我现在最担心的其实是你，雷德蒙太天真了，他以为把你送回中国你就安全了？屠龙会的人在到处找你，因为怕你把道西基地的秘密泄露出去，他们也很有可能到中国追杀你，在他们找到你以前，落在他们手里的你朋友和弟弟还是安全的……”

正说着，地铁驶入了隧道，信号一下中断了。

郑海涛叹了口气，把手机揣入兜里准备一会儿再给杰夫回过去。

就在这个时候，他一抬头却不经意看到前方隔过一个车厢的车门处站着一个与刚才跟踪自己长相很相像的白人，由于他始终背对着车厢，郑海涛无法看清他的面部。

正当他想起身看得更清楚些时，车到站了，那个白人随着人群下了车。

“难道是我眼花了，还是又是我的错觉？”郑海涛使劲揉了揉眼睛。

很快他就发现那并不是错觉，在白人刚刚站过的地方遗下了一小片布料，它的颜色让郑海涛看着十分眼熟，他急忙跑上前拾起来一看，不由地倒吸了一口冷气，这不就是自己当时在道西基地第一层被归化人扯掉的衣袖碎片吗。

“难道……”想到这儿，一股寒意瞬间蹿上了他的后脊梁。

当列车驶到国贸换乘站时，郑海涛赶紧下车，他一面快步走着一面紧张地环视四周，他突然觉得自己应该买把刀防身了。

在前往1号线地铁的路上，郑海涛又与杰夫联系上了，“刚才什么情况，怎么突然断了？”

“哦，我刚才在地铁里，应该是过隧道没信号了，杰夫……我可能被跟踪了。”郑海涛迟疑了一下，还是把自己的怀疑说了出来。

“你确定吗？那样更糟，跟踪你的是什么人？”

“我感觉……他可能不是人！我在道西基地的第一层，见过一些被迫与外星人合体的人类，灰人躲藏在那些人的躯体里，成为他的宿主。平时他们看着和一般人无异，只有在特殊时刻，灰人脑袋才会从宿主的胸腔钻出来，他们被称为归化人。当时我们遇到三个这样的人，当场打死了两个，这次跟踪我的好像就是逃走的那一个。”

听到这些，电话那端的杰夫先是一阵沉默，跟着突然问道：“好吧，郑，你目前处境很危险，我这就订票来找你。你现在在北京哪里？”

在郑海涛告诉了杰夫自己住处后，杰夫又特意叮嘱道：“你先不要回家，到外面找个地方先住下，然后把位置发给我，哪儿也不要去，听明白了吗？”

郑海涛“嗯”了一声，刚要继续往下说却发现电话那头又没了动静，再一看原来是手机没电了。

“可恶！”他狠狠地一跺脚，看来只有到西单再找地方充电。接下来，他变得更加警觉，生怕再次被人尾随。

尽管如此，在西单站下车的时候，郑海涛最不愿意见到的一幕，还是发生了。

在通往A出口的左侧楼梯上，他又见到了那个诡笑的白人，这次郑海涛一眼就认出了那人正是在道西基地里伤害过自己的托马斯·杰瑞。

此刻，托马斯·杰瑞正站在楼梯高处望着下方一个个攒动的脑袋，郑海涛急忙快步并入人群朝相反的出口方向挤去。

等他随着人流好不容易上了楼梯，回头一看发现托马斯·杰瑞也正朝这边赶来，吓得他撒腿便跑，出了站口也不敢停留，直接冲向正前方的西单大悦城。

这天正值周六，来大悦城的人不少，一对对牵手的年轻情侣居多，但眼下郑海涛已没有闲情逸致去关注这些，他一气冲入大悦城，吓得门口的行人纷纷避让。

这时的郑海涛整个人方寸大乱，他像没头苍蝇一样在一楼大堂转了半天，环看四周只觉得天旋地转，一时竟不知该往哪里去，就稀里糊涂登上了大厅角落里直达六层的滚梯。

在上升过程中他还不时地往下看，生怕托马斯·杰瑞追进来。

上了六层，那里都是吃饭的地方，在路过一个安全通道口时，郑海涛看到一家餐厅后厨虚掩着门，他四下看看里面空无一人，赶紧推门进去，顺手从案板上抄起一把刀掖进了裤带里，直到这时他方才找回一丝安全感。

从后厨出来，郑海涛在六楼随便找了家水吧，点了杯果汁并借用那里的充电线给手机充电。

刚一开机他就迫不及待地把离自家不远的一快捷酒店地址发给了杰夫，他准备听杰夫的话这几天就住酒店。

正在这时一个电话呼了进来，来电显示是住他对门的邻居。

刚一接通电话里就传来邻居大爷慌张的声音：“喂，涛子呀，你怎么搞的，今儿你走后不久就有一群穿黑风衣戴墨镜的老外找上门点着名地打听你，你是不是在外面惹上什么事了？”

一听这话郑海涛的心立马悬到了嗓子眼，这是屠龙会的人找上门了。

他用颤抖的声音追问道：“那你是怎么和他们说的？”

“我还能怎么说？就告诉他们你不在呗，喂，我说……”

邻居大爷还在电话里喋喋不休地说着，但郑海涛一句都听不下去了，他默默地挂断了电话，脑海里乱成了一锅粥，家是回不去了，外头也有人追赶，看来自己真的被逼上绝路了。

一想到这些，郑海涛的脑袋就涨得生疼，身体越发疲惫不堪，整个人就像被抽空一样。

尽管已经回来了好几天，他却依旧天天日夜颠倒，晚上睡不着一到中午就犯困，再加上之前的过度紧张，一挨上沙发他的眼皮就开始打架。

郑海涛努力站起来拖着沉重的步伐一步步挪到水吧角落里的长沙发，这个地方位于水吧最里面，外面的人从过道是看不到这里的，相对安全些，他准备在这里眯上一会儿。

郑海涛头一枕沙发靠垫马上就昏沉沉睡了过去，他做了个梦。

还是在西单大悦城，不过整个楼里空荡荡的一个人也没有，他坐在一家叫江户人家的寿司店里，是女友胡洁最喜去的餐厅。

突然，胡洁慌张地从门外闯入，郑海涛一见激动地一下从桌旁站了起来，用颤抖的声音呼唤着："小洁！你怎么在这里，我可算找到你了，你不知这段时间我有多……"

但就在他动情地向对方倾诉心声时，女友却声嘶竭力尖叫着打断了他："快跑！……它来了，再不跑就来不及了，它已经到了！"

几乎与此同时，两道血痕顺着胡洁的脸颊淌了下来，吓得郑海涛大叫一声，瞬时清醒过来。

他这一惊一乍让周围的顾客都回过头用看神经病一样的目光打量着自己。

郑海涛顾不上失态，从沙发上跳起来就急匆匆往外跑，他刚到门口，就看到托马斯·杰瑞正怪笑着朝这边走来。

郑海涛知道今天无论如何是躲不过去了，干脆豁出去和他拼了也许还会有一线生机。

但在这里可不是个动手的好地方，到处都是监控，自己也没做任何准备，被拍到搞不好倒成了持刀行凶。

倒是大悦城对面的西单商场老楼那块儿，他知道往里走有一条老胡同，都是独门独院，平时胡同里人迹稀少，那里的监控也是坏的，如果自己把归化人引到那儿干掉他，就算警察介入也不是一两天就能破了案。

想到这儿，郑海涛便加快步伐一溜小跑朝货梯跑去，刚好电梯门开了，他一侧身钻进去，伸头往外一看，见托马斯·杰瑞在后面紧追不舍，才放心地按电梯降了下去。

他来到一楼，随便找了家品牌店，墨镜、帽子、围巾也不管男女款一样拿了一个，为了事后方便脱身，他又找了身套头衫。

结账的时候，郑海涛一抬头看到托马斯·杰瑞正气急败坏地顺着滚梯从三层跑下来。

他连忙戴好帽子、墨镜，将围巾往脸上一裹，冲出了大悦城。

一切都按郑海涛计划的那样，他成功地将归化人引出来了，以防对方跟丢，在上了天桥后，郑海涛故意在桥上驻足了一会儿，直到让托马斯·杰瑞发现自己，他才转身往天桥对面跑去。

待郑海涛进入胡同深巷，才发现那里变得和自己印象里的不一样了，胡同两旁家家门户紧闭，路面到处都在施工，通往出口方向的胡同口还被封住了。

眼见归化人就要追过来，郑海涛来不及多想直接躲进胡同的拐角处，同时从腰间慢慢抽出了锋利的尖刀。

渐渐地，他听到一连串脚步声向这边传来，随着声音越来越近他握刀的手也越攥越紧。

就在托马斯·杰瑞从拐角一露出侧脸之际，郑海涛屏足了气一刀插进了对方喉咙，但他忘了，自己攻击的不过是一具皮囊，真正的宿主却躲在躯体里毫发无损。

托马斯·杰瑞的脑袋瞬时软绵绵地仰天耷在了背上，但双手却一把拽住郑海涛，用沙哑的嗓音叫道：“快说！你把那些爬虫交给你的东西藏到哪里去了？快点交出来，不然我先挖掉你的眼睛！”

“东西？什么东西？”郑海涛一边挣扎一边明知故问地叫着，以争取更多的时间。

“不要装傻，是用一条细链拴着的小圆壳，你把它放哪儿了？”狂怒的托马斯拽着郑海涛领口继续咆哮着。

而这时郑海涛看准时机一把从托马斯脖子上拔出尖刀，使足劲对准他的胸膛扎了进去。

随着一声惨叫，中刀后的托马斯·杰瑞松开郑海涛，捂着插在胸前的刀把向后踉跄了两步，歪歪斜斜地挣扎了好一会儿才栽倒在地上。

这时一个骑自行车的行人哼着小曲从这里路过，看到这一幕吓得从车上摔了下来。

郑海涛也慌了，上前拔出尖刀低头顺原路而逃。

逃跑途中他麻利地脱下身上的衣服随手丢进一辆垃圾车里，等他跑出胡同时已穿着在商场买的衣服了。

尽管这样，他还是觉得不安全，跑下地铁在厕所里扔掉了帽子墨镜等一切伪装，又随便坐了两站，出站后打辆车一直往南，中途又换了一辆车后才叫司机开回他家附近。

他直奔选定的快捷酒店给自己订好了房间，在前台等钥匙卡时，看到墙上的挂壁电视正在插播实时新闻：“据本台刚刚收到的消息，两个小时前在西单商场后巷的胡同里发生了一起凶杀案。据目击者称，嫌疑人三十出头，男性，因全身遮裹严实无法辨认样貌，死者身中两刀，是一个四十岁左右美国籍白人男子，其护照显示他名叫詹姆斯·霍顿，是美国 CNN 电视台的记者。凶手作案时使用的凶器目前尚未找到，警方已经……”

看到这里，郑海涛早已是惊恐万分，他搞不明白，自己杀的明明是曾在道西基地里差点掐死他的托马斯·杰瑞，怎么变成了叫詹姆斯的记者。

“难道是我杀错人了？这几天一直都处在恍惚中，不会是真把一老外错看成从道西基地跑出来的归化人了吧？”

想到这儿，他几乎都快要晕过去了，豆大的汗珠顺着太阳穴淌了下来。

但当郑海涛发现服务台的工作人员正用奇怪的目光瞅着自己时，马上强迫自己恢复了常态。

为了掩饰自己的不正常反应，他故意叫道：“快点把门卡给我，我跑肚子憋不住了，都快蹿了……”

一拿到门卡，郑海涛像做贼一样赶紧逃离了前台。

他来到房间脱衣服正要洗澡，突然回想起归化人拽住自己脖领问他讨要东西时，那副穷凶极恶的样子，想必那东西一定对他们很重要。

郑海涛也记得，当爬虫人把东西交给自己时曾说过，那东西对雷德蒙和全人类很重要。

这么重要的东西自己却把它塞进了客厅角落里的暖气片后头，再加上屠龙会的人又找上门来，不知那东西是否还在那里。

想到这儿，郑海涛突然觉得无论如何也要回家看一下，趁着现在外面天已擦黑，郑海涛便壮着胆子回趟家。

一路上，他又忍不住往美国打电话，雷德蒙的手机依旧是语音留言，而且连杰夫的电话也关机了，想必此刻他应该正在飞往北京的航班上。

等郑海涛走到自家楼下，想到屠龙会的人也许此时正埋伏在楼道里，突然就没有勇气上去了，但为了拿回东西，他还是决定冒一回险。

他推开楼道门，手伸进腰间紧紧攥住刀柄，蹑手蹑脚地摸上楼梯，一路上他尽量不让自己发出任何声音，直到来到自家所在的五楼。

望着空荡荡的楼道郑海涛才松了口气，但很快他就发现了不对劲，自家房门虚掩着，门锁遭人撬过，种种迹象都表明自己家曾被人破门而入过。

正在这时，对门的防盗门打开了，邻居大爷露出脑袋小心翼翼地四下张望了一下，见是郑海涛，才松了一口气说："哎呀！你可回来了，今儿中午你走后来的那帮外国人可凶了，他们说的外语我也听不懂，看你不在就又是撬锁又是砸门的，把我们吓坏了。对了，用我帮你报警吗？"

郑海涛有些哭笑不得，很想给大爷撂下一句：“你早干吗呢？现在才来装好心。”但想想又没必要，便不再搭理，推开自家门进去了。

回到家中，迎接他的是遍地狼藉，书柜、桌子、茶几统统被掴翻在地上，所有的东自西都被翻了出来扔得到处都是，组合沙发坐垫也被刀划了一条条长口。

望着眼前的场景，郑海涛深深地吸了一口气，家里是没法待了，可因为下午西单的事情他又不敢报警。

于是，他决定简单收拾一下带走一些有用的东西，回酒店等杰夫到了再做打算。

他来到客厅暖气旁往后一摸，还好藏着的东西都在。

“这帮傻叉，把我这儿翻了个底儿掉也没找出来，真是群弱智！”他一边嘲讽着一边快速将东西一样样地掏出来，塞进自己口袋里。

接着，他又在地上随便挑了几件衣服找个书包装进去，做完这一切，退出屋子轻轻地带上了门。

接下来的两天里，郑海涛都是在酒店房间的床上度过的，除了下楼吃饭他哪儿也不敢去，更不敢去看网上关于西单凶杀案的任何新闻，而杰夫也像是失踪了一样音讯全无。

“不行，这样待下去迟早会被抓的！”

终于，在第二天晚上郑海涛下定了决心，准备先回老家躲两天，等实在不行再考虑出国，毕竟自己的护照上除了美国还有俄罗斯的签证。

就在郑海涛在前台办理退房手续的时候，一个陌生号码呼了进来，看着桌子上震动的手机迟疑了半天，才一咬牙接了，让他惊喜的是电话那头竟然是杰夫。

“郑，我已经到北京了，正往你给我发的地方赶，我快到了，你还在那里吗？”

“是的，杰夫！你怎么才来呀，我都准备要离开北京了。”听到杰夫的声音郑海涛如同抓住了救命稻草，激动地叫了起来。

“我看你还是乖乖地等我过来，西单的事情是你做的吧？我在飞机上看到了报道，你逃跑时的背影也被拍了照片和报道登在一起，不知中国警方怎么想，反正我一看照片就知道那是你。”

“可我杀的不是人呀！那其实是一具被外星人操控的皮囊而已。”一提到杀人这字眼时，郑海涛马上压低了声音同时背起背包，一边和杰夫说着一边顺着楼梯往外走。

“可是警方不会那样想，对方尸体被发现时各种证件都是齐全的，如果你落到警方手里，面对谋杀指控你是说不清的，不过……”说到这儿，杰夫故意卖了个关子。

“不过什么？你快说呀！”此刻郑海涛有些着急了。

“不过我刚才在网上又看到了英国《每日邮报》对此事的后续报道，被你干掉的那个叫詹姆斯的‘记者’在停尸房里躺了半天后就消失了，监控视频拍到他是自己爬起来走出去的。”

听到这些，郑海涛非但没觉得轻松反而更加紧张了，“原来那个归化人没被我杀死，那他一定会回来找我的！”他在心中暗想。

而杰夫不认为郑海涛会就此无事：“你们的官方媒体肯定不会对公众报道这类灵异事件，因为这个案子先前已经报道了，为了有个交代，他们依旧会抓捕你归案，把这个案子作为凶杀案继续走下去。”

就在杰夫喋喋不休帮他分析案情的时候，郑海涛突然看到门口有个黑影一闪就不见了，一股不祥的预感霎时涌上他的心头。

“杰夫，我得先挂了。”他对着手机说道，“一会儿你到了联系我，我好像又看到他了。”

说完也不等杰夫反应就挂了手机，他转身上楼梯跑回前台，此时不知为何前台空无一人，郑海涛也无暇顾及这些，绕到前台的电脑旁，按界面的提示三两下调出了五分钟前快捷酒店门口的监控。

果然看到了一个酷似托马斯·杰瑞的身影在门口转来转去，但由于天黑再加上那人低着头又戴着一顶宽檐帽，因此郑海涛也无法确定监控拍到的是不是他。

就在这个时候，他身后的楼梯口响起了一阵噔噔噔的脚步声，郑海涛一惊，以为是归化人上来了，事到如今，也只能和他拼个鱼死网破。

想到这儿，他拔出尖刀，蹑手蹑脚地绕到楼梯拐角处埋伏起来，只等对方上来就一刀刺向他的胸膛。

当楼梯口的人出现之际，郑海涛马上举着刀扑了上去，却被来人一个大背跨摔在地上，郑海涛躺地上捂着腰疼得直吸冷气，那把刀也被甩出老远。

同时一个熟悉的声音在他耳畔响了起来："你就是用这种方式对待老朋友的吗？这就是你们国家迎接客人的方式吗？"

"杰夫！"郑海涛一听，顾不上疼激动地一个鲤鱼打挺从地上跳了起来，"不好意思呀，刚才我在监控里看到那个归化人已经追到这里了，我还以为上来的是他！"

"可是刚才我过来的时候门口什么也没有呀。"杰夫说着上前拍拍郑海涛肩膀，"你可能是太紧张了，总之我们先离开这里，带上你的护照跟我走吧。"

郑海涛一听不禁有些疑惑："杰夫先生，你不会是让我跟你回美国吧？屠龙会的人可一直在找我呢。"

杰夫耸耸肩，用美国人特有的方式回答："有什么区别？你以为在北京就安全吗？如果我没猜错的话，他们应该也到北京了，而且道西镇警察局的邮箱早已被他们黑进去了，你给我们发的邮件有你家的 IP 地址，你要不走，他们找到你只是时间的问题。还有西单那档事，中国警方应该就快要查到你，到时候落到他们手里，我保证你不出三天什么罪都会认下。"

“那倒是！”听了杰夫的分析，郑海涛不得不由衷地承认他说得很有道理。

这时杰夫却突然岔开了话题：“郑，最近针对道西基地里残害人类的外星人，抵抗组织可能要有所行动了，不排除雷德蒙也参与了这件事，你曾经进过基地，如果到时候让你提供帮助你愿意吗？”

“可以吧……”被杰夫突如其来的这一问郑海涛先是一怔，但想到女友可能也还在那个基地里，他便一口答应下来。

“那我们什么时候去美国？”

“现在就走！看看今晚有没有票，我们先去机场。”杰夫说着，走到服务台前弯腰拾起了郑海涛从餐厅后厨偷来的尖刀，在他面前晃了一下，“这就是你的武器吗？”

“好了！我能搞到这个已经很不错了，在我们国家买把菜刀都要实名制呢。”

“真是个奇怪的国家！”杰夫又一耸肩，转身下了楼。

二人刚一出门就看到不远处停着一辆打着双闪的出租车，杰夫指着它说：“那是我来时打的车，我让司机在这儿等我们，快上车吧。”

说完便走到车尾拍了两下车后盖，示意司机把后备箱打开，但车内却毫无动静。

郑海涛见状忙走过去一拉驾驶座的车门，里面的司机就一头栽了出来，只见他满脸是血，翻着白眼，死状尤为恐怖。

“是你干的吗！杰夫？”见此情形，郑海涛吓得惊慌失措地叫了起来。

“当然不是！见鬼！你不要再问这么幼稚的问题！”面对郑海涛的质疑，杰夫气急败坏地矢口否认。

正在二人说话间，一个身影从不远处的树后面转了出来，他的手上还沾着血，郑海涛一见便指着对方大叫道：“这就是那个一直追杀我的归化人！”

而杰夫则一头钻进车里，坐在驾驶位置上冲郑海涛喊道：“还愣着干什么？快上车！”

经这一提醒，郑海涛才慌忙拉开后座门爬了进去，还没等他坐稳杰夫就一踩油门，出租车像一匹失控的野马一样冲上了马路。

在车子身后，托马斯·杰瑞以百米冲刺的速度紧追不舍，那速度并不比出租车慢多少。

“天哪，他怎么这么能跑？简直就不是人。”望着在车后紧追不舍的托马斯·杰瑞，杰夫情不自禁地感叹起来。

“别傻了，他本来就不是人！”郑海涛叫道。

这时前方到了公路区域，杰夫一把方向盘将车开上了高速，但他们的运气实在不好，上了高速没开出两步，就看到前方的车辆都排成长龙堵在那里，而托马斯·杰瑞这时也追上了高速桥。

眼看离他们越来越近，杰夫当机立断拉开车门冲郑海瑞叫道：“可恶！我们赶紧下车！”

“真的吗？”听到这话郑海涛一时还有些没反应过来。

“那你有更好的办法吗！”

“太好了！我早就想这样来一次了！”郑海涛兴奋起来，拎起背包跳下车与杰夫一起玩命地朝高速桥上坡方向狂奔，他们身后，是司机们狂按喇叭和络绎不绝的咒骂声。

就这样跑了一段，郑海涛已经累得上气不接下气了，回头再看托马斯·杰瑞，依旧精神抖擞，追赶速度丝毫不减，并且马上就要追上。

望着隔离带对面高速上川流不息的车辆，郑海涛忽然心生一计，他冲杰夫使了个眼色就冲上防护栏做出要翻越的举动。

托马斯·杰瑞果然中计，冲上去一把拽住郑海涛跨在防护栏上的腿，杰夫也冲了过来，绕到托马斯身后将他拦腰一把抱住使劲往对面搁，郑海涛配合着杰夫搂住归化人双腿一起发力，三人挤在隔离带处扭成一团。

就在这时托马斯的胸膛炸开了，湿漉漉的灰人脑袋从里面钻了出来，杰夫显然被这突如其来的场景吓住了，手一松反被对方一把抱住。

“不要松手，快把他扔过去。”郑海涛歇斯底里的大喊起来，但已经来不及了，归化人搂着杰夫一起越过护栏摔到了隔离带的另一侧。

“Die！”灰人的脑袋不停甩动着发出低沉的吼声。

杰夫看准时机一脚将他踹到了高速路上，正好一辆巨型货车鸣着喇叭迎面冲过来，归化人刚要爬起就被卷到了车轮底下碾得脑浆迸裂，趁此机会郑海涛连忙将杰夫拉回，二人在众目睽睽之下逃离了高速路。

“这个怪物为什么要追杀你？”一路上，杰夫顾不得为刚才的惊魂一刻喘口气就好奇地问起来。

“不知道，也许是看我不爽，或者是因为他想抢回爬虫人托我带给雷德蒙的东西。”郑海涛说着将拴着细链的圆壳挂件从口袋里掏出来递给了杰夫。

杰夫则摆摆手道：“别给我，既然这东西这么重要，到了美国你还是亲手交给雷德蒙吧！”

就这样，一个小时后二人打车来到了北京首都国际机场T3航站楼，进到大厅后杰夫说了一句“我去柜台取票”就把郑海涛一人撂下走了。

郑海涛环视四周，看着其他乘客一个个兴高采烈地从自己身边经过，心中却是说不出的滋味，“不知道今天这一走以后还有没有机会再回来？”想到这儿他的眼眶不禁有些湿润了。

同时，郑海涛也隐约感到正是命运又把自己推回美国，再次和道西基地紧紧连接在了一起。

第十章　小镇惊魂

——仍然拥有的仿佛从眼前远遁，已经逝去的又变得栩栩如生。(《浮士德》)

雷德蒙已经超过一周没有收到道西基地里爬虫人线民的任何音讯了，在这之前爬虫人曾许诺替他搞到灰人为取代人类制定的详细计划，尽管他对此早有心理准备，但高层政府的那些人却很不以为然。

道西基地里外星人与人类的交流互动早已终止，可在俄亥俄州和51区，美国国防部的一些人还在与定期到访的各种外星人频频接触，可能正是因为这个缘故，他发现自己在奥巴马政府里正变得越来越不受欢迎了，他所领导的X部门隶属中情局分支，专门搜集外星人在地球活动情报，也遭到部分国会议员弹劾要求关闭。

在这种情形下，雷德蒙已经开始考虑是否要更换盟友了。

而另一件让他烦心的事情是流亡俄罗斯的斯诺登近来不知受谁蛊惑竟扬言要公开外星人在美国的一切活动，并宣称美国政府早已变成了灰人的傀儡。

此言一出，在网络上引起了不小的震动，为了阻止斯诺登的进一步爆料，奥巴马召见了雷德蒙，要他无论如何也要把这件事情压下去，作为回报，他管辖的X部门可以继续存在并按月领取经费。

他准备去一趟俄罗斯，但在这之前还有当地屠龙会的事情需要他马上解决，近来他们似乎搞得有些过头了，然而出乎雷德蒙意料的是，对方竟自己找上门来了。

就在送走郑海涛的第二天，他在驱车前往道西镇的公路上，被两辆黑车一前一后的拦了下来。

雷德蒙没有慌张，他把车熄火，点上一支烟泰然自若地坐在驾驶座上等着。

很快就有人敲响了他的车窗，雷德蒙摘了墨镜把玻璃摇下，一个大光头马上探进来瓮声瓮气地叫道："Hi，Boss！我们大长老要见你，无论如何今天我也要把你带回去！"

雷德蒙呵呵一笑，拍了拍对方的秃头说："那可正好，我也有事情要和米切尔谈，你带路吧。"

说完，他戴起墨镜，做了一个让大光头前面开路的手势。

米切尔·伯格身为屠龙会第八十六任大长老已有二十个年头，但很少有人知道他其实是个犹太人，二战时年仅十岁就被纳粹送入奥斯维辛集中营。

冷战时期为了替死在集中营里的家人复仇，他加入了以色列摩萨德组织，全球四处搜捕纳粹分子，也就是在这个时候，他在阿根廷缴获了一批希特勒勾结灰人研制纳粹飞碟的陈年档案。

自此他的后半生便被完全改变了，离开摩萨德后米切尔申请移民美国，在那里加入了屠龙会，并一直干到了大长老的位置上。

雷德蒙与他平时关系还不算坏，属于可以说得上话的那种，但近来因为郑家两兄弟的事情，雷德蒙是彻底地把他得罪了。

很快，两辆黑车挟着雷德蒙的座驾开到了道西镇上高耸着十字架的唯一教堂跟前。

雷德蒙停好车，不用人引路轻车熟路地向教堂走去，屠龙会总部就设在教堂的下面，雷德蒙已不是第一回拜访这里了。

看到雷德蒙进来，奉命恭候在那里的神甫急忙跑到大厅中央圣坛前，轻轻一触隐匿在下方的机关，只听一阵咣当当的响动声，整个圣坛移到了一旁，原来的位置出现了一个延伸到地下的楼梯口。

雷德蒙绅士地朝神甫打了个招呼便径直走了下去，在下方的楼梯口又有两个屠龙会成员等在那里，他们身穿亚麻布制成的长衫，披着斗篷，脸藏在状如鸟嘴的面具后面，每次看到这一幕都让雷德蒙想起中世纪黑死病肆虐时期的鸟嘴医生。

二人礼貌地冲雷德蒙点了点头便自顾向前走去，雷德蒙跟在他们身后很快就被引到了屠龙会的圣殿中央。

一处高高垒起的看台，四壁雕刻着中世纪骑士与恶魔作战的各种场景，壁画中的恶魔形态与蜥蜴人如出一辙，在看台脚下有一个被挖成六角星形状的渠壑，凹陷处都撒满金粉，从远处看显得尤为壮观。

米切尔就坐在看台上，他穿着一身带斗篷的黑袍，眼睛遮在阴影下，身后立着两个手持长柄镰刀的鸟嘴面具武士，其装束与给雷德蒙领路的人完全相同。

雷德蒙走到看台脚下，立刻有人上前阻拦示意他不要再靠近了。

这时，从看台上传来了一个苍老的声音：“雷德蒙，我的朋友，我一直很尊敬你，也知道你为守护道西基地做了很多事情，可为什么这次你要插手中国人的事情？”

雷德蒙冷笑一声，抬头看着高高在上的大长老米切尔，朗声说道：“说到中国人的事情，我倒想问问阁下，您是否授意手下绑架了两个中国人？你们这么做已经触犯法律了，希望您能赶快将他们释放，他们的妈妈还在中国等着孩子回家。”

“他们再也见不到自己的妈妈了，等我派去的人抓到逃走的那个中国人，他们仨人就会被重新送回道西基地交给灰人处置，这是当初双方的协定，我绝不会因为三个中国人去引发与外星人的战争。雷德蒙，我知道你把那个中国人偷送回去了，我劝你不要再插手了，你救不了他的，我们的人已经过去了。”

“长老阁下，在道西基地的问题上，您为什么总是这么一厢情愿呢？根据近期我从基地内部获取的情报来看，灰人一直在积极备战，为取代人类，他们制定了一系列的计划，虽然我们能从灰人那里获得一些芯片之类的高科技，但那只是小恩小惠，他们绝不是美国的盟友，当初他们能抛弃纳粹，现在也一样可以这么对待我们！”说到这儿，雷德蒙有些着急了，说话时不由地提高了嗓门。

“证据，我要证据！雷德蒙，你需要用证据来支撑你所说的内容，这样才可以说服我！”米切尔·伯格也激动地咆哮起来。

话说到这份上，雷德蒙知道再谈下去也没什么结果，便弯腰冲米切尔鞠了一躬，说道：“既然这样，那等我拿到证据后再来见你，我相信不会很久的。在这之前我要先去趟俄罗斯，先告辞了。”

说完，乔治·雷德蒙便转身大踏步向外走去，旁边有鸟嘴面具武士想要阻拦，被米切尔轻咳一声制止了。

就在乔治·雷德蒙离开美国的四天后，郑海涛与杰夫乘坐的航班抵达了新墨西哥州机场。

“接下来我们该怎么办？你有什么打算？”飞机滑行降落后望着窗外逐渐定格的景物，郑海涛推了一下身旁用牛仔帽盖住脸还在昏昏欲睡的杰夫问道。

杰夫从脸上取下帽子，揉揉眼睛不紧不慢地说："当然是要先找到雷德蒙，只有他才有可能救出你弟弟。顺便问一下，郑，你们在道西基地有没有找到灰人的实验室？就在第七层，听说灰人在那里研制了上百种针对人类的致命病毒，艾滋病毒就是从那里流出来的。"

郑海涛一听不禁哑然失笑道："你说第七层的事情我哪里会知道，事实上我们把一切想得太简单了，七个人刚到基地第二层就只剩我和我弟弟了，根本就无法继续往下走，幸亏我们及时逃，不然都得交代在那里。"

听了郑海涛这番话杰夫就不说话了，似乎是在思索着什么，过了一会儿又像记起什么似的冲郑海涛说："另外，郑，其实在你们进入道西基地后不久我就被威尔逊那个老家伙给停职了。"

"什么？！这么说你已经不是警察了？"听完杰夫这席话，郑海涛不由地大吃一惊。

"有什么区别吗？"杰夫一耸肩膀似乎对此满不在乎，"威尔逊借口有人指控我泄露道西基地的资料给外人让我停职三个月，期间我在国民自卫队找了一份工作，比局里要轻松，就是轮番去边境协助警察搜寻偷渡的老墨。后天我就又得出发了，大概去两天，等我回来再一起去找雷德蒙。"

正说着，他腰间的手机响了，杰夫接完面带歉意地对郑海涛说："刚有同事请假了，上头让我替他，看来我今天就得去边境了。”

就这样，杰夫驱车把郑海涛送到道西镇上后就自行离去了。

此时已将近晚上，郑海涛斜挎着背包一人孤零零地游荡在小镇街道上。

不同于中国，国外的小镇一到下午四点后就犹如死城一般，路面上所有的店铺都拉帘打烊了，只有一家印度阿三开的炸鸡店还亮着 Open 的标志，这里没有 24 小时便利店，甚至都没有麦当劳。

郑海涛不禁感叹，如果把自己单独撂在这里生活不出三天非疯了不可。

就在这时他隐约听到一阵喧闹声从前方一处亮着灯光的建筑里传出，放眼望去，原来那是他们第一次来时入住的“Holiday Town”旅馆。

这家店还是老样子，到了晚上镇上所有的男人都聚在旅馆楼下的小酒吧里喝酒，一切都是那样的熟悉，熟悉的面孔，熟悉的音乐，唯一不同的是现今他却一个人回到了这里，昔日同来的伙伴非死即失踪。

此刻，郑海涛不想再走了，身心疲惫的他准备这几天就住在这里等杰夫。

他的运气不错，一进去便找到了空房，刷卡付房费时他手机上收到了一条银行信息，提示这个季度的信用额度已经快到顶了。

之前在 Old Billy 吧招募雇佣兵用的就是这张卡，2 万美元一刷就出去了。

直到收到短信的那一刻他才想起这些，这张卡额度一超马上就不能用了，而这次走得急也没兑换美元，其他信用卡也没带，如果过几天还是找不到雷德蒙自己很有可能就要在异国他乡露宿街头了，一想到这些更是让他徒增烦恼。

回到房间，郑海涛已是心乱如麻，他坐在床上玩弄着手机下意识又按下了乔治·雷德蒙的呼叫键，这几天他养成了就算知道无法接通也要每天给雷德蒙拨几次电话的习惯，而这一次，随着三声嘟嘟等待声后，电话竟然接通了。

“喂，郑，是你吗？不是说了嘛，没事最好不要给我打电话。”电话那头传来了雷德蒙的声音。

此刻郑海涛就如同他乡遇故人一样抱着手机激动地叫嚷起来：“雷德蒙，事情很紧急，我又回来了，是杰夫带我回来的，但是我这次出发很匆忙没换美元……”

“等等，等等，你慢点说。”听郑海涛说得语无伦次，雷德蒙马上打断了他，“这条线老有监听，你先挂掉，我马上换个号码打给你！”

郑海涛挂了机，果然半分钟后一个未知号码呼了进来。

“你说你又回来了，是指道西基地还是哪里？”

“就是道西镇，我今天到的这里，现住在镇上的一家旅馆，杰夫有事先走了，就我一个人。”

“我写信告诉过你不要回来，这里对你很危险，你为什么就不听劝呢？”得知郑海涛又擅自回来后，雷德蒙不禁生气地质问起来。

说到这事郑海涛也是一肚子无奈：“我回北京后更糟，差点连命都没了，屠龙会的人把我家给抄了，还有一个灰人与人类托马斯·杰瑞的合体也到北京四处追杀我，我一自卫就成了杀人犯，现在北京警方估计正在通缉我，期间给你打电话也总是联系不上，最后联系上杰夫好歹才又回到这里。”

听完郑海涛这一席话，雷德蒙也是吃惊不小：“你刚说追杀你的那个人是托马斯·杰瑞？你没搞错吧，他们以前都是常驻道西基地的科学家，1979 年道西之战时被攻入基地的特种部队当作敌方误杀了。”

“我没搞错，在道西基地时我看过他身上的胸牌，就是那个名字，而且我们还找到了一本日记，是一个叫汉考克的人写的，里面记载那些科学家没有死而是被灰人秘密拘押，要求他们归化，不归化的一律处死，归化的人类躯壳就成了灰人的宿主，最后连日记作者也归化了。”

说到这儿，郑海涛想了想又补充道：“我估计他们这次派托马斯不远万里追杀我就是因为我知道了太多他们的秘密，而且他们还想要回你的外星线民托我转交你的东西。”

雷德蒙一听郑海涛提到的东西立刻激动了起来：“东西？原来爬虫人把它交给你了，那东西现在哪里？”

“还在我这里，我随身带着呢。”郑海涛说，“是一个拴着细链圆壳挂件一样的东西。”

“难怪呢……”雷德蒙在电话那头喃喃地自言自语着，“我还说他们怎么这么久都杳无音信呢，原来他们已经搞到了。”

“可是他们都死了。雷德蒙先生，我亲眼看到的，是蜥蜴人把他们都杀了。”

“好吧，郑，我现在还在俄罗斯，这边的事情已经处理完了，我订的明天晚上机票，大概后天才能到新墨西哥州。把你住处告诉我，明天我派属下送500美元给你，不过你不要再像上次进道西基地那样，一切等我回来再做打算，还有爬虫人托你带给我的东西保存好，除了我谁也别给！”

“OK！”郑海涛一口答应下来。

“你自己要小心点，除了屠龙会这个镇上也有替灰人做事的耳目，我会尽快赶回来的。”雷德蒙说完便挂了电话。

郑海涛把手机扔到一边，张开身体摆了个大字躺在床上心中轻松了不少，至少这几天食宿解决了。

这时他突然记起兜里还有一张在道西基地二层被关押女孩交给自己的快递单，“明天拿到钱租辆车按单子上地址去那里看看。”

想到这儿，一股困意渐渐袭上心头，很快他就昏沉沉地睡了过去。

当第二天清晨第一缕阳光透过窗户照在郑海涛身上时，

一阵手机响铃把他吵醒了。

此刻郑海涛睡意正酣，被这么一吵他只得坐起来揉着蒙眬的睡眼骂着娘去接电话，全然忘记昨晚雷德蒙说要派人给他送钱的事。

“是郑先生吗？再过二十分钟你到镇上的约克公园，雷德蒙先生派我送些钱给你，我戴遮阳帽围一条绿围巾，坐在入口一拐弯的长椅上，你进公园后就会看到我。”

接到这个电话郑海涛马上来了精神，他三两下穿好衣服，以最快的速度飞奔出门按手机导航一路小跑奔向约克公园，到了公园门口一看表正好刚过二十分钟。

此时早上气温还低，所以，这个时间来公园的人也不多。

郑海涛入园后没走两步，果然在拐弯处看到与电话里描述一样的男子手里攥着个白信封低头坐在那里。

然而令他奇怪的是直到自己走过去，那人也没抬头，于是郑海涛上前问道：“先生，你是刚才给我打电话，说是雷德蒙派来给我送东西的那个人吗？”

那人依旧没有回应，这不禁让郑海涛越发感觉不对劲，他上前轻轻捅了对方身体一下，那人竟直接一歪头倒在了长椅上。

直到这时郑海涛才看清，躺倒的这位脑门上被强插进去一个小型摄像头，摄像头周围的鲜血已有些凝固，看样子已经死了有一会儿了，但却依旧瞪着双眼直愣愣地看着前方，吓得郑海涛一个激灵犹如触电一般跳出老远。

等他好容易缓过神来想向四周求救，却发现眼前除了几只跳来跳去的松鼠再找不到一个活物，但不知为何此刻他却总是觉得有一双眼睛正在暗处盯着自己。

郑海涛转身就跑，没跑两步他又折了回来从死尸手里夺过了那个白信封。

跑出了公园郑海涛才算松了一口气，他第一时间拨打雷德蒙电话想要告诉他刚刚发生的一幕，但不知为何雷德蒙关机了。

他又掏出了那个白信封打开一看里面果然有 500 美元，虽然郑海涛不知道杀害联络员的到底是哪伙人，但直觉告诉他自己已经暴露了。

雷德蒙至少还需要两天才能回来，杰夫也不在身边，思来想去他决定这期间先换个地方躲一躲。

郑海涛用这笔钱加上自己信用卡的余额很快就租了一辆车，为了兑现在道西基地时向被关押女孩的承诺，他按快递单上的地址向女孩姑妈家驶去。

好在女孩姑妈家也没出新墨西哥州，郑海涛终于在下午 2 点时抵达了那里。

这是一处自带花园的双复室洋房，独门独院但从房子外观上看似乎已有许久没有打理，花园已经荒废。

园子里有棵秃枝树，树杈上挂满了各式破破烂烂的洋娃娃，看到这一幕，郑海涛都开始怀疑这里是否还住着人。

正当郑海涛对着那棵怪异树看得入神的时候，房子大门打开了，一个眼影画得跟熊猫一样烫着头发满脸皱纹的老女人走了出来。

她见郑海涛堵在自家门口，上前警告道："你找谁？赶快离开这里，不然一会儿我丈夫会带着枪出来！"

听了这番略带威胁的口吻，郑海涛没有吭声，而是把女孩交给他的那张皱巴巴的快递单递了过去。

那老女人一见此物，立刻用手捂住嘴激动地哽咽起来："天哪，这是露丝的东西，她是我侄女，China man，你是怎么得到这个的？"

"不要叫我 China man！"郑海涛被老女人惹恼了，毫不客气地大叫起来，扭头就往车上走。

老女人见状急忙跑到郑海涛跟前拦住他："好了，好了，对不起，是我错了，你不想进来喝杯咖啡吗？你大老远过来一定有我侄女的消息，她已经失踪好几周了……"

就这样，老女人一面喋喋不休地说着一面拽着郑海涛，也不管对方是否愿意就强行把他拖进了屋。

进到屋里后郑海涛第一感觉就是他又回到了 20 世纪 90 年代的中国，带天线的方块盒子电视机、录像带、录像机、电风扇，这些已有十多年没见过的老物件今天又都出现在了这家人的客厅里，这让他有了久违的亲切感。

露丝的姑妈却没察觉到郑海涛环顾客厅时的惊讶之情，她转身进了厨房东翻西找的，大概是在准备咖啡。

趁这工夫，郑海涛围着客厅绕了一圈，在一个角落里他发现了一幅裱着画框的油画，画的内容十分怪异，一个裸女躺在地上，旁边围着三个大脑袋细脖子小身体的怪人，似乎正在观摩女人的身体。

这时，露丝姑妈端着咖啡从厨房走出来，见郑海涛把那幅油画捧在手里欣赏，不由地勃然大怒，上前一把夺过画框大声斥责道："你怎么这么没礼貌，乱动我的东西，这是别人的隐私懂不懂？"

郑海涛没想到她会有这么大的反应，赶紧道歉："对不起，我只是觉得这幅画画得太好了，忍不住想欣赏一下，这是您画的吗？画中那三个是外星人吗？"

露丝姑妈没有回答他，似乎仍在生气，顺手一指桌旁示意郑海涛坐下，她自己也坐到了桌子的另一端，然后一口气问了一堆问题："我那可怜的露丝现在在哪儿？她一定还活着吧？那张快递单是不是露丝托你带过来的？"

"在我告诉您这些之前，请您先如实回答我刚才的问题，那幅画是怎么回事？"郑海涛不动声色地反问道，从第一眼见到这幅画他就隐约感觉到这里面一定有问题。

"好吧，"露丝姑妈无奈地说，"我也不知道我为什么会画它，这是我三年前画的，在那之前有一次夜间我驾车在州际公路上莫名其妙地失去了18个小时的记忆，等我被发现时已是第二天下午，没有人能告诉我这18个小时我到底去了哪里，但之后我便开始频频梦见这幅画里的情景，我忍不住就把它画了下来。”

“那么说您曾被外星人绑架过？”

“我也不知道这是不是我的幻觉，但这样的画面老是在我脑海里出现。”露丝姑妈说着用双手抱住脑袋，脸上露出了痛苦的神情。

看着对方这样痛苦，郑海涛犹豫了一下还是如实地把他所知道的讲了出来：“女士，露丝可能经历了和您一样的事情，不过不幸的是她被送进了外星人营造的道西基地，就在道西镇的地下，我去过那里，在第二层囚禁人类的铁笼里见到了她，是她把那个快递单给我的。”

听到这里，露丝的姑妈再也忍不住了，再次用手捂住嘴呜呜地哽咽起来，郑海涛见状忙起身问道：“女士，您还好吧？要不要我去厨房帮您倒杯热水？”

面对郑海涛关切的询问，露丝的姑妈却噌地一下站了起来冲他连连摆手道：“你别管我，让我自己来……”

说完，她便踉踉跄跄冲进了厨房。

郑海涛重新坐回座位，想拿起咖啡喝，却在杯中看到了一个倒映的人影，抬头一看发现露丝的姑妈已不知什么时候站在厨房门口，她目光呆滞两眼直勾勾地盯着自己，手中还提着一把菜刀。

见此情形，郑海涛慌忙起身连连后退。

“女士，您要干什么？快把刀放下。”他用颤抖的声音叫道。

但她就像着了魔一样丝毫不为所动，举着菜刀一步步逼了过来，用低沉的语调不停地重复着：“Zhen—ha—dao！Zhen—ha—dao……”听起来像是在呼唤他的名字。

在这种情况下，郑海涛也顾不上考虑，抄起椅子砸向露丝的姑妈，趁对方挥手阻挡之际，推开门夺路而逃，谁知刚到门口他的脑袋就被一支黑洞洞的枪口顶住了。

“别动，信不信我杀了你！”郑海涛转头看去，一个身穿紧身黑夹克扎着马尾辫的金发美女正用枪对着自己。

此时郑海涛也不知哪儿来的勇气一把推开枪口，冲她叫道：“你要杀我也得排队呀，我正在被追杀着呢。”

话音未落，露丝的姑妈也冲了出来，披头散发挥舞着菜刀犹如一个疯婆子。

金发美女没想到会出现这种局面，忙把枪口调向露丝的姑妈，大声呵斥道：“你站到那里别动！不要过来，否则我开枪了！”

可她就像没听到一样，嘴里不断重复着郑海涛的名字朝他们冲了过来。

“砰！”金发美女开枪了，正中露丝姑妈脑门，她晃了一下身体倒了下去。

看到这一幕，郑海涛深深地吸了一口冷气：“天哪，你杀人了！”

金发美女却未做理会，径直走到尸体旁，掏出一把小锉刀插进了露丝的姑妈的太阳穴里。

“你怎么还毁尸？”郑海涛见状叫了起来，等金发美女把锉刀拔出来的时候刀尖上却带着一个小芯片。

“这是什么？怎么会在人的脑袋里？”郑海涛指着芯片问道。

“芯片是灰人植入被绑架者的脑袋里的，这样即使受害者被放回，灰人也能够通它追踪和控制植入者的一举一动。”说到这里，金发美女忽然抬起头再次用枪对准了郑海涛，“我要杀了你！”

郑海涛吓得赶紧高举双手，问了一句连自己都觉得很没用的话：“你……你为什么要杀我呀？”

“你们进入了道西基地，破坏了人类与灰人之间的协议，我们屠龙会上百年来一直致力于维护二者之间的平衡，不能因为你们几个不负责任的行为连累到全人类，所以你们必须死！”金发美女说完，咔嚓一声将子弹推上膛。

“等等，原来你是屠龙会的人？”郑海涛惊呼起来，他怎么也不能把眼前这个美丽性感的尤物与屠龙会那些穿黑西装戴墨镜的冷血杀手们联系在一起。

“我是屠龙会行动组的组长尤娜！你逃回北京的时候我们就派人过去了，但可惜那次被你躲过了，这次你一到美国我们就注意上你了，因为你是个连枪都不会用的白痴，所以我一个人来杀你就够用了。”

眼看自己就要牡丹花下死，郑海涛却没有做鬼也风流的勇气，他急得大叫起来："等等，你真以为杀了我事情就能解决吗？我这次进入道西基地窥探到了灰人的一个大秘密，他们已经就重返地面取代人类制定了一套方案正逐步实施。你们遵循和灰人签订的同盟协议实在是太脆弱了，人家只不过拿这个当烟幕弹而已，现在他们已经研制出一种比艾滋病还厉害的病毒，人类一旦感染了就会死，灰人准备把它投放到地面通过空气传播灭亡人类，他们还培育了一大批对此病毒免疫的变异猿猴，只要人类一灭亡就派它们去打前站。所以你杀了我也没用，人家的计划会照样进行。"

说到这儿，郑海涛早已是满头大汗，不知是急得还是被枪口吓得。

尤娜显然被郑海涛这番话触动了，慢慢放低了枪口，但嘴里还是说："我怎么知道你说的是真是假，你要是为了活命撒谎骗我呢？"

见这些话产生了效果，为了让尤娜更相信自己，郑海涛趁热打铁对天起誓道："我以你们上帝的名义宣示，我刚才说的话绝无半点谎言。我离开基地时雷德蒙的爬虫人线民还塞给我一个圆壳挂件托我交给他，说里面记载了灰人为取代人类制定的全部计划。对了，用不用给我本圣经，我好把手按在上面起誓。"

尤娜冷笑一声："第一，你这个异教徒不信教就没有资格拿上帝起誓，第二，我也不是基督徒所以没有圣经！"

正说着，二人头顶上空忽然传来一阵轰隆隆的闷响。

郑海涛抬头望去，但见空中乌云密布，翻滚的乌云中一只闪着红蓝光芒的巨大银色圆盘在里面时隐时现。

“不好，是他们来了，快跑呀！”郑海涛大叫一声拽起尤娜胳膊撒腿便跑。

尤娜皱着眉头一把打掉郑海涛的手，叫道：“你往哪里跑？就算开车你跑得过飞碟吗？快点进屋，这样的房子一般都有地下室，先进去再说。”

郑海涛马上跟着她跑进屋里。

此时整个房子都在颤抖，屋里的家具物件在摇晃中东倒西歪，他们在里面乱撞了半天终于在通往二楼的楼梯角落里找到了地窖口。

郑海涛是后下去的，他关盖子时稍稍留了一道缝，攀在地窖的木梯上密切地监视着外面的情形。

很快屋子便停止了晃动，但窗外仍有呜呜躁动的杂音。

“把枪给我，要有什么不对劲我好保护你。”郑海涛压低声音说道。

“做梦！”尤娜说着攀上木梯把郑海涛挤到一边自己凑到缝隙前观察。

这时屋门被推开了，有人走了进来，木质地板被压得吱吱作响。

郑海涛见状刚想爬出去，却被尤娜一把拉住，“你疯了？现在是什么情况，对方身份没搞明白之前出去就是找死！”

听了尤娜的话再联想到之前遇到的归化人，郑海涛也觉得很有道理便老老实实地趴在了原地。

透过地窖盖缝隙，他隐约看到有几个人走了进来，他们蹚着大皮靴在屋子里乱逛了许久全程无交流，直到确认再无任何发现才悻悻地出去了。

望着他们离去的背影，郑海涛忍不住小声问道：“他们是什么人？怎么来得这么快？”

尤娜瞪了他一眼没好气地说道：“我哪里知道！你怎么那么倒霉？谁都想杀你，把我都连累了。”

郑海涛被说得涨红了脸，支吾道：“你不是也想杀我吗？就别说这些没用的了，我们先离开这里吧。”

“现在还不行，那个飞碟也许还没走，我们等到晚上再出去。你现在下去蹲到角落里，别耍花样否则我一样杀了你！”

尤娜说着再次用枪对准了郑海涛，郑海涛无奈地耸耸肩，乖乖爬下梯子蹲到了角落里。

他突然觉得有必要把尤娜的枪搞过来，否则这个女人总会用枪威逼自己去做一些不情愿的事情，况且被一个女人用枪指着头也让他觉得很没面子。

而此刻尤娜却不知郑海涛心中正在筹划的事情，她把郑海涛轰下去自己也跳下梯子，走到能监视到他的地方坐了下来。

“我问你，那个爬虫人给你的东西呢，如果你说的一切都属实，也只有那个东西可以证明你的话了。”

听尤娜这么一问，郑海涛下意识摸摸裤兜，还好东西都在，恰在这时他手机收到了一条短信息，趁尤娜不备他点开一看原来是雷德蒙。

上面说他已知道自己住在 Holiday Town 旅馆，将会在明天晚上赶到那里。

看到这条短信息，郑海涛忽然心生一计，而尤娜也注意到了他手中的手机。

“把手机关掉！你要再拿出来小心我给你踩烂了！”她大声命令道。

“好的，好的。”郑海涛当着尤娜面痛快地关掉手机揣进兜里，然后小心翼翼地说道，“你是不是想要那个我要交给雷德蒙的东西，你要的话我可以给你，但我把它落在道西镇上我住的旅馆里了。”

“你这个笨蛋。”尤娜朝他骂道，“那你带我过去取，要敢耍什么花样，我……”

“知道啦，你就会打爆我的头嘛！”这回不等尤娜说完，郑海涛便抢过了话茬，同时他开始为自己计划得逞而暗自窃喜。

“你才是个笨蛋，胸大无脑的女人！”他在心中说道。

“那就好，谅你也不敢骗我，你们中国男人除了油嘴滑舌还喜欢耍花样，之前我们在湖滩上捉了一个胖子，就是你的中国同伙，给我玩花样揍一顿就老实了。”

一听尤娜提到的胖子，郑海涛马上叫了起来：“原来林春生是被你们抓了，那我问你，那天我们上岸后，我弟弟和一只猴子是不是也被你们抓走了？”

尤娜用鼻音哼了一声，解开脑后马尾辫当着郑海涛面边拢边说道：“我们是又抓了一个和你长得有点像的年轻人，但不是我抓的，你说的猴子没见到。”

“那……我把东西交给你，你能把他俩放了吧？”望着尤娜挺直腰板梳理披肩发时那凹凸有致的身材，郑海涛忍不住咽下一口口水问道。

这一细微的动作引起了尤娜的警觉，她马上冲上去一个大背跨把郑海涛摔在地上，厉声呵斥道：“你想干吗？再这样小心我一枪打死你这个色狼！”

“我刚才只是渴了而已，你要是担心别人惦记你，就别搞这么销魂的动作！”郑海涛揉着屁股从地上爬起来嘟囔道。

“闭嘴！”尤娜冲他呵斥一声，接着说道，“下令抓你朋友和弟弟的是屠龙会大长老，包括这次去北京搜捕你都是上面的命令，我们只是奉命行事，无权和你做任何交易。”

“那他派你来杀我，你为什么还不动手？”话一出口郑海涛马上后悔了生怕反倒给她提了醒。

好在尤娜并没太当真，她轻叹了一口气幽幽地说：“杀你是为了不给灰人留下口实，以继续维持人类与外星人之间的平衡，但如果率先打破平衡的不是你们，杀了你也没意义，只要你能提供有力证据证明你所说的话，到时候我会替你向大长老求情。”

“对，对，是没意义。”郑海涛赶紧随声附和着。

可尤娜却话锋一转：“但如果你敢骗我，我一样会杀了你！”

说着又亮出枪，吓得郑海涛一个激灵，因为他正在骗她。

就这样，两个人在地窖里一直待到凌晨，这期间郑海涛多次试图上前套近乎都被尤娜呵止了。

到后来大概觉得眼前这个看上去呆头呆脑的中国人对自己构不成什么威胁，竟主动和郑海涛聊了起来：“喂，你为什么要大老远来这里闯道西基地？”

“为了找我失踪的女朋友，她跟公司同事一起来这儿旅游，结果全失踪了。我这次进去后虽然没找到她，但在那里发现了她的同事们。他们都死了，不是被当做试验品垃圾扔在死尸堆里，就是被蜥蜴人切下人头做成摆设，估计我女朋友也应该不在人世了……”

说到这儿，郑海涛忍不住叹息起来，尤娜脸上也露出了同情的表情。

她不自觉地靠到郑海涛身边，手搭在他肩上安慰道：“想开一些吧，你已经尽力了，不管你女朋友是生是死，如果她知道你所做的这一切也一定会感动的。”

“在这里已经躲了够久了，我们该走了。”她说完便押着郑海涛走出了地下室。

这时凌晨两点半，外面早已恢复平静，除了屋内地上东倒西歪的家什，很难让人联想到这里曾遭到过飞碟的烦扰。

郑海涛轻轻推开大门露出头四下望去，周围一个人也没有，自己的车还停在老地方，不远处还有一辆黑车，应该是尤娜的。

相比郑海涛的小心翼翼，尤娜则直接走到那辆黑车旁招呼道："快点上车！"

"那我的车怎么办？是租的还得还回去……"郑海涛刚想继续往下说，见尤娜又拔出了枪只得乖乖地跟她上了车。

就在尤娜发动汽车的时候，不知什么东西突然从天而降重重地砸在了车顶上，上面的车皮马上凹陷下去一大块。

"怎么回事！"郑海涛吓得惊呼一声，尤娜也有些紧张，提着枪就要下车，却被郑海涛拦住了："还是我下去看吧，我是男人。"

当他探出身看到车顶上的东西时不由倒吸了一口冷气，那正是他在道西基地二层蜥蜴人实验室里见过的变种猿。

此刻在夜色的笼罩下这怪物看起来更加狰狞，两眼放着绿光，背后一排长鳍刷刷地抖动着。

看到郑海涛，它立刻仰天长啸一声纵身准备跃起，突然，随着砰砰几声枪响，子弹钻破车皮将怪物击倒在车顶上，随后从车里传来尤娜焦急的催促声："还不快上车！"

郑海涛这才反应过来马上钻回车内，与此同时从房子四周又冲出了无数变种猿，有的还拎着棍棒，它们滋哇乱叫着扑向正在发动的汽车。

尤娜却并不慌张，“系上安全带！”她娇斥一声，不等郑海涛反应过来猛地一踩油门，汽车便如脱缰野马朝着迎面而来的怪物们横冲直撞过去，那些来不及躲闪的变种猿挨到车子就直接被撞飞。

尤娜由此杀开了一条血路飞驰而去，身后那些变种猿仍旧紧追不舍。

回头看到这一幕，惊魂未定的郑海涛指着车后叫道：“这就是我和你说过的灰人为替代人类搞出的变种猿，现在你该相信我了吧！”

“闭嘴坐好！现在没有工夫说这个！”尤娜说着一踩油门提速将车开上了州际公路。

那些变种猿也接二连三地跳上高速车道继续围捕。

而尤娜只顾摆脱它们，慌乱之下将车开上了与道西镇相反方向的车道上，等她终于把那些怪物甩掉后，郑海涛一看手机地图发现他们都快到得克萨斯了。

此时已是凌晨四点半，眼看快到清晨，尤娜干脆放慢了车速。

“不走了！”她说道，“前头有家Motel，我要睡觉，等休息好了我们再回道西。”

说完也不征求郑海涛意见就把车开进公路旁的Motel。

郑海涛也就势顺坡下驴：“好主意，我也困了，这几天好累，都没好好休息过。”

令他没有想到的是，自己刚准备下车，胳膊却被尤娜一把拽过用手铐铐在方向盘上。

“你在干什么！”郑海涛大声抗议道，“你凭什么把我铐上？”

尤娜耸了耸肩：“实在对不起，我带的钱只够开一个房间，为了不给你任何机会只能委屈你了。”

“等等！”郑海涛叫道，“我也不介意睡在地板上。”

尤娜冷笑一声，转身竖起中指冲郑海涛做了个 Fuck 手势后扬长而去。

“臭女人！还真是自恋！”对着她的背影郑海涛用中文大吼起来。

就这样，郑海涛被铐在车上听着草窠里蟋蟀的叫声度过了几个小时。

到了早上七点多，他实在忍不住头一歪迷迷瞪瞪地睡了过去。

尤娜直到中午十二点才从 Motel 里出来，她来到郑海涛身边将一只三明治扔到了他的怀里。

“你又要干什么！”突然被砸醒，郑海涛瞪着布满血丝的眼睛冲尤娜咆哮道。

“三明治，喜欢吗？”尤娜调皮地一笑说。

郑海涛没有理她，抬起和方向盘铐在一起的手叫道：“快给我打开！我要上厕所！”

当尤娜给郑海涛开手铐的时候，发现驾驶座底下有一满瓶矿泉水，她拿起来看看，十分好奇地说道："奇怪，我记得车里的水都喝完了呀。"

"这是特意为你准备的苹果汁，请笑纳！"郑海涛说完双手捂裆朝 Motel 飞奔而去。

尤娜拧开瓶盖一股臊气扑鼻而来，"你这变态！"她大叫一声将瓶子掷向郑海涛背影。

当他们回道西镇已是傍晚了，这一路上郑海涛都在盘算如何能让雷德蒙和尤娜在旅馆里碰上，雷德蒙有枪又是经验丰富的老特工，对付这样一个丫头片子自然不在话下。

想到这儿他甚至都计划好了下一步：等生俘了尤娜，可以说服雷德蒙用她去向屠龙会交换自己的弟弟和哥们林春生。

就在郑海涛悄然策划这一切时，他没有想到道西镇已经发生了重大变故。

大概在下午五点左右，小镇上空出现了一轮五彩斑斓的光晕，它时而分散时而紧聚。

随即镇上的卫星和通讯设备也在一股未知高频率声波干扰下全部陷入了瘫痪，与此同时镇上许多人开始感到耳鸣、头涨，严重的甚至出现了认知障碍。

不久他们就变得目光呆滞，像是受到某种召唤纷纷停下手头的事走上街头，摇摇晃晃地向道西镇中心广场聚集。

郑海涛他们却并不知正在发生的这些事情。

此时他们已经抵达 Holiday Town 楼下，当车停好后郑海涛看看手机已经五点半，只要再在上面和这小妞周旋一两个小时雷德蒙就该来了。

想到这儿他心中泛起一阵窃喜，不经意间竟流露到了脸上，尤娜见他不知为何傻笑不由厉声呵斥道："你又在想什么呢！赶快带我上去拿东西，别磨蹭！"

郑海涛连忙下车给尤娜开门并做了个请的手势，尤娜并不吃这一套："你在前面走！要是不老实我会让你死得很难看！"

就这样两人一前一后进了郑海涛的房间。

"你可以先坐在我床上休息一下，我去给你找东西。对了，你要不要洗个澡，我这里浴室的条件肯定比那个 Motel 的好……"郑海涛正大献殷勤，尤娜一个大嘴巴呼过来，他只得捂着脸悻悻地走开了。

"快点去把东西找出来，拿着东西跟我走！"尤娜说着走到窗口，从二楼往下眺望。

趁她背对自己之际，郑海涛抄起床头柜上的台灯，蹑手蹑脚地逼了过去。

谁知尤娜早已通过玻璃看到了这一幕，郑海涛还没走近她便猛一回头厉声道："你想干什么？我看你是找死！"

见已经暴露，郑海涛一不做二不休，大叫一声："到我的地盘了，早就想收拾你了！"

跟着扔掉台灯一把将尤娜扑倒在床上，谁知尤娜在床上一个侧身翻滚就挣脱了，一条黑丝长腿随即劈在了郑海涛的脖子上将他死死压住。

郑海涛手忙脚乱地挣扎着一会儿就憋得喘不上气，尤娜趁机将他一把薅起一手拎着脖领子一手拳打他的脑袋。

正在这时，一支枪抵在了尤娜脑后，“放了那个中国人，年轻的小姐！”

郑海涛隐隐听到，那正是乔治·雷德蒙的声音，这回终于可以轮到自己扬眉吐气了，趁着对方迟疑郑海涛一把挣脱了尤娜。

为了报复她一路上对自己的折磨，他装作很猥琐的样子从地上捡起一块台灯碎片走到尤娜跟前嬉皮笑脸地说道：“想不到你也有今日呀，看你这小脸细皮嫩肉的要不要我在这上面画个小八叉？”

“你敢！”眼见自己要被毁容，尤娜急得都快哭了。

雷德蒙也一脸诧异地盯着郑海涛问：“你不会来真的吧？”

“我是闹着玩的。”见玩笑过了火，郑海涛马上恢复了常态，“我可是正经人。”

他丢掉碎片赞叹道：“雷德蒙你来得太准时了，我刚差点被这小妞整死。”

“我也刚刚到，事实上我也有东西要给你。”雷德蒙说着递过来一份英文报纸。

郑海涛接过，一看标题就愣了："北京一男子在西单杀害一美国人逃遁，警方正在全力通缉。"新闻配图上还有自己的背影。

"完了，完了，都上国际新闻了，这回我被坐实了！"郑海涛扔掉报纸双手抱头痛苦地蹲在地上。

"振作点，这到底是怎么回事？"雷德蒙问道。

"总之你要相信我没有杀人，我是说我杀的那个其实不是人，而且他也没有死，后来还在高速路上追杀我们，杰夫可以证明，当时他和我在一起！"

"好吧，我相信你。"雷德蒙冲郑海涛点了点头转身又对尤娜说道，"年轻的小姐，我知道你是屠龙会的人，上次我在湖滩那里见过你。"

"那又怎样！"尤娜把脖子一昂做出一副无所谓的样子。

雷德蒙正要张口说话，一阵喧闹声突然从窗外传了进来，同时窗户玻璃上也映出很多晃动的火光，三人急忙挤到窗口去看。

只见下面小广场上有一列由当地居民组成的队伍，正举着手电筒、煤油灯高呼着口号缓缓地向旅馆逼近，在队伍前带队的正是道西镇警察局局长威尔逊。

郑海涛仔细听着他们呼喊的口号，好像是"Zhen—ha—dao Zhen—ha—dao"，和之前露丝姑妈要杀自己时喊的一模一样。

"他们好像在喊你的名字。"雷德蒙看着那缓缓移动的长蛇队朝郑海涛说。

“他们一共有多少人？”此刻尤娜也忘记了他们正处于敌对状态，凑到雷德蒙身边问道。

雷德蒙摇摇头：“大概有二三十人，他们手里还都有武器。”

经雷德蒙提醒，郑海涛果然看到这些人有的手持锄草叉，有的拎着猎枪，而带头的威尔逊手里拿的是一只狙击步枪。

望着这一幕，郑海涛气得大叫起来：“他们是三 K 党吗？怎么都来追杀我？”

“这跟三 K 党一点关系都没有！”雷德蒙解释说，“这些人都曾被灰人绑架过，脑袋里全被安装了芯片，这种芯片具有接收和传导信号的功能，这样灰人就可以在道西基地里远程控制他们。现在他们派这些人来追杀你！”

“那怎么办，我们赶快报警吧？”一听这些人是冲着自己来的郑海涛立刻没了主意。

雷德蒙冷笑一声指着快走到楼下的那群人道：“你没看道西镇警局有一半的警察都在这队伍里吗？还报什么警！”

“可恶！我们先离开这里再说，然后我再跟你算账！”

尤娜说着从腰间拔出枪，回头狠狠瞪了郑海涛一眼，便冲到窗边朝着下面逐渐逼近的人群放了两枪，当即有两人倒了下去。

但其他人丝毫未受影响，依旧目光呆滞，嘴中机械地重复着郑海涛名字，踏过尸体前赴后继逼近旅馆。

眼见这群人来势汹汹，旅馆工作人员和楼下酒吧客人都吓得四下逃散，旅馆经理端着枪跑出来试图阻止这些人，却被威尔逊一枪撂倒在地上。

在二楼目睹了这一切的雷德蒙转身对郑海涛二人说："对方人多，我们只有三个人死守肯定没戏，好在我对这家旅馆比较熟，我记得旅馆西边楼道尽头的窗外有伸缩消防梯，我们从那里出去。"

两人在雷德蒙带领下往西侧楼道跑去。

这时威尔逊等人也一窝蜂涌入 Holiday Town 旅馆，双方正好在楼梯口碰上。

雷德蒙和尤娜二话不说举枪便射，当即将对方冲在最前面的几个人击毙，前面的人刚滚下楼梯，后面的人马上就涌上去填补了空缺。

与此同时威尔逊也开枪了，子弹打中了雷德蒙的肩膀，雷德蒙疼得手一颤枪掉到了地上，两个被脑控的居民马上冲上去拽住他往下拖。

就在双方拉扯的档口，楼下传来砰砰数声散弹枪响，眼见聚集的人群随着枪声纷纷倒下，尸体在楼梯上铺了一片。

正当郑海涛诧异的工夫，只见杰夫端着散弹枪冲上来喊道："你们先走，这里我来应付！"

正在围攻雷德蒙的威尔逊见状转而扑向杰夫，杰夫不慌不忙举起枪口对准威尔逊，一枪轰掉了他半拉脑袋。

趁此时机，郑海涛和尤娜掩护着受伤的雷德蒙向楼道西侧尽头跑去，到了那里郑海涛推开窗户果然在下方找到了雷德蒙所说的消防梯，他们顺着梯子逃出旅馆。

“我们快点离开这里，上我的车！”尤娜跳上她的黑车朝雷德蒙和郑海涛喊道。

“那杰夫怎么办？”听着从二楼不断传来的枪声，郑海涛忧心忡忡地问。

“你先上车吧，杰夫不会有事的，这帮人的目标是你！”雷德蒙忍痛说着，一把将郑海涛拽进车里然后自己也跳了上去。

尤娜随即一踩油门驱车快速驶离了道西镇旅馆，一头扎入了茫茫夜色之中。

第十一章　X计划

——1977年美国卡特政府时期，国家安全局为消灭和处理来自外星人的威胁成立了X部门。1979年道西之战后，一项针对道西基地最后打击的X计划由此出炉。

汽车一路颠簸不知开了多久终于在一座外观宏伟的巴洛克式大教堂前停下了。

“这是洛雷托大教堂，我们现在在新墨西哥州首府圣达菲，应该已经安全了。”尤娜指着前方说。

郑海涛则冲她不满地叫了起来：“你带我们来教堂干吗！现在应该先送雷德蒙去医院。”

雷德蒙艰难地抬起受伤的胳膊试着活动了一下说：“不必了，这点小伤我自己能处理，我们先办正事吧。”

这时前座的尤娜突然注意到雷德蒙那缺了两根手指的手掌，不禁好奇地问道：“你的手是怎么弄的？”

雷德蒙举起手掌看了看，叹息一声："这是以前我参加道西战争时留下的纪念，在与灰人作战时我失去了两根手指，而我的战友们却失去了生命。"

说到这儿，雷德蒙似乎不想就此多谈，便转移了话题："郑，你要交给我的东西呢？"

"噢，对，还在我兜里！"郑海涛慌忙把那个细链的圆壳挂件掏出来递给了他。

尤娜见状气得一巴掌扇向他："你这个大骗子，东西一直就在你兜里还把我诓到旅馆，你竟敢耍我！"

坐在后座的郑海涛一缩脖躲了过去，并理直气壮地辩解道："那个时候我当然得拖住你，我要不骗你不就被你押到屠龙会去了吗？"

听郑海涛这么一说，雷德蒙马上接过了话："郑，事实上……我也正准备把你带到屠龙会那里去。"

"什么！"郑海涛倒吸了一口冷气，"雷德蒙，你要出卖我吗？"

"不是这个意思。"雷德蒙摇摇头说，"你是我目前唯一能找到进入过道西基地的幸存者，本来我也不想把你搅进来才将你送回北京，但命运又把你推了回来，而且现在我需要证据去说服屠龙会大长老。爬虫人既然把这东西托你交给我想必你也知道了一些内情，杰夫也打电话和我说你们在基地里经历了很多事情。我带你去屠龙会总部，当着他们大长老和圣徒们的面，把你在里面看到的事情统统讲出来，这样不但能救出的弟弟和朋友，也许还能改变人类的命运。”

听完雷德蒙的这番话，郑海涛不再吭声了。

雷德蒙把那东西拿在手里捣鼓两三下后，突然只见一道蓝光从小圆壳里迸射出来，打到空中犹如立体电影一样呈现出一幅 360 度视角的画面。

上面不断展示着各种生物的形象，还有很多看着像基因图谱和一行行快速飞驰的外星文字，让人眼花缭乱。

郑海涛和尤娜仰着头看了半天也没搞明白。“这上面讲的是什么？”郑海涛忍不住问。

雷德蒙关掉放映也摇摇头：“我也不知道，这些头脑简单的爬虫人，他们又忘了把情报翻译成英文再给我！”

尤娜见状不由借机嘲讽道：“你们就拿这个连自己都不知道是什么的东西去见大长老，还想当成证据？”

没等雷德蒙开口郑海涛便抢先说道：“那不一定，我们这次从道西基地出来时带出来一只猴子，它是由外星人和人类科学家在实验室创造的，智商比人类还高，会讲几十种人类语言和上百种外星语，但在我们游出洞穴后失散了，如果能找到它现在碰到的就不算什么问题了。”

“什么！你们竟然私自把道西基地里的生物给带出来了？你知道你们这不负责任的行为会带来多少麻烦吗？”雷德蒙一听火冒三丈地冲郑海涛叫了起来。

“能有什么麻烦？”郑海涛有些不服气地回应道。

雷德蒙没有再往下说，而是打开手机搜出两则新闻拿到郑海涛面前问："你好好看看，是不是它？"

郑海涛接过一看，上面写道："92岁老太太逛街遇一猩猩用英文问路当场被吓死，猩猩目前逃逸。"

另一则新闻标题则是："乔治大叔马戏团新墨西哥州精彩巡演，本次重磅推出会说人话的猩猩Mr. Funny guy，请不要错过。"

上面还配着悟空头戴山姆大叔高筒礼帽咧嘴傻笑的照片。

"够了，够了！"看到这些郑海涛把手机递回雷德蒙，捂着脑门叫道。

"是你把它带出来的，你要为此事负责！"雷德蒙仍旧不依不饶。

"那现在你们打算怎么办？"见事情越搞越复杂尤娜也忍不住插句嘴。

雷德蒙叹了一口气："你先回去，告诉米切尔长老我们过两天去拜访他，到时候我会向他展示灰人意图灭亡人类的证据！在这之前我还要和郑去处理点别的事情。"

尤娜点了点头说道："那好吧，如果你们愿意的话我可以把你们捎到市区。"

就这样，他们在圣达菲分了手，尤娜回屠龙会去向大长老复命，郑海涛则陪着雷德蒙到医院取出肩上的子弹简单包扎了一下伤口。

第二天他们便驱车前往一个叫圣安东尼奥的小镇，那里是乔治大叔马戏团巡回演出的地方。

抵达时正好中午，炙热的阳光将这座由土坯营建的小镇照耀得格外耀眼，街上没什么人，偶有一两个身穿墨西哥恰鲁传统服装，头戴宽沿尖顶帽的印欧混血人与他们擦身而过，这让郑海涛有种置身墨西哥的感觉。

远远地他们看到草坪上支着三个白色大帐篷，旁边还停有几辆马戏团专用大货车。

"就是这里了。"雷德蒙说着向郑海涛使了个眼色，"顺便问一句，那只猴子叫什么名字？"

"它叫悟空，是我按中国名著《西游记》里的神猴给它起的名字。"郑海涛边走边说。

"Woo-kung？"雷德蒙试着重复了一遍，"真是个别扭的名字。"

说话间二人来到了马戏团临时搭建的场地前，郑海涛拦住一个迎面而来的小丑问道："对不起，我们想找你们这里那只会讲人话的猩猩，它在哪儿？"

"哈哈，你们是来找发尼丐（funny guy）的。"那个小丑大笑起来，一指身后角落里的车厢说，"它就在那里，我教你们怎样可以从它身上获取更多的乐子，你们只要请发尼丐喝啤酒，它喝醉了就会洋相百出保证比马戏台上的表演还要精彩！"说完便一路笑着扬长而去。

郑海涛则说不出心里是什么滋味，突然有些后悔了，后悔把悟空带出来，在道西基地它是孤独的，但进入人类社会它却沦为别人的取乐工具。

想到这些，他有些不敢面对悟空了。

雷德蒙直接走到车厢门口敲了几下，叫道："你是 Wookung 吗？我给你带来了一个人你一定想见见。"

"离我远点！"很快车厢里就传来了回应声，"现在是我休息时间，想找乐子晚上八点再来，门票 20 美元！"

郑海涛见状急忙上前介绍自己："悟空，是我呀，是我带你出来的，你还记得吗？"

他话音还未落门就开了，悟空一脸怒气地走了出来，它手握半瓶百威啤酒，光着膀子下半身吊一条肥大的竖条纹短裤显得极不合体。

它一仰头将啤酒全部灌进肚里，一抹嘴道："不错，我记得，但别指望我会感谢你！你看我在你们这个社会活成了什么样子！"

看到悟空沦落到这番境地，郑海涛也很愧疚，他正要道歉却被雷德蒙伸手拦住了。

"这是因为你还没适应这个社会的玩法，而不应该去怪把你带到这个世界上的人！"雷德蒙接着说，"就连我们人类，同时出生，长大后有的成了富翁花天酒地，有的身无分文要睡公园长椅，这难道也要怪带他来这个世界的人吗？把你带到这个世界的人只是给了你一个机会，你没能好好利用混成这个样子只能怪自己！"

听完雷德蒙这番话悟空不再吭声了，它扔掉酒瓶迈着醉步，摇摇晃晃地向前方走去。

雷德蒙和郑海涛紧随其后，只见悟空踉踉跄跄走到一辆小卖部货车前，将一把硬币拍到取货窗前，醉醺醺地叫道："给我一瓶啤酒！"

看到这一幕，雷德蒙忽然有了主意。

他走到正坐在地上用牙开啤酒盖的悟空身边俯下身问："你想不想赚一笔大钱？"

"雷德蒙！"郑海涛大叫一声试图制止他，听了刚才那句话他立刻知道雷德蒙想要干什么。

他把雷德蒙拽到一边小声说："够了，它虽然会讲人话但也是一只猴子，没出来之前它很单纯，不要把人类社会中那些利益交换用到它身上！"

面对郑海涛的诘责，雷德蒙有自己的一番道理："我这是教它在人类社会的生存法则，在这个社会光靠单纯是不够的，我也是在帮它，而且目前想让他跟我们走，这个方法最有效。"

郑海涛听了正想反驳，不料那边悟空说话了："多少钱？"

郑海涛大吃一惊，到底是高智商的猴了，到一个新环境适应得如此之快。

雷德蒙则微微一笑对它说："我早就替你想好了，像你这样的天才不该在这样的垃圾地方靠当小丑让人取笑换小钱，你完全可以利用自己的天赋赚钱。如果你能帮我翻译一些外星语言再带我们进入一趟道西基地的话，我可以付你10万美元，这样你往后的生活……”

“做梦！”雷德蒙刚说到一半就被悟空粗暴地打断了，“30万！”

“15万！”“20万！”“18万！”“成交！”

他们的讨价还价让郑海涛瞠目结舌，他开始对悟空由同情转为佩服了。

“恭喜你，悟空。”他说道，“等你完成了这趟活，你就有足够的钱好好享受生活，到时候还可以买几只母猴陪着你。”

“不，不！”悟空把头摇得像拨浪鼓一样，“实际上，我更喜欢这个！”

说着它像变魔术一样不知从哪儿弄来了一张欧美三点式美女的写真画报。

“我也喜欢……”看着画报郑海涛由衷地感叹。

雷德蒙满意地点了点头：“好吧！那么我们成交了，收拾东西和我们走吧。”

就在他们准备离开的时候，马戏团老板追出来大叫道：“喂！发尼丐，你去哪里？晚上还有表演呢。”

“晚上你自己演吧！我不玩了。”悟空说完，爬到雷德蒙身上双手搂住他脖子回头冲马戏团老板抛了个飞吻。

把悟空带上车后郑海涛问：“我们去哪儿？”

“屠龙会，去见他们大长老。”雷德蒙说着发动了汽车。

“我们真的要去那儿吗？那帮家伙杀人如麻，他们一直在追杀我。”一想起这些，郑海涛仍心有余悸，他甚至有些想退缩了。

雷德蒙似乎也知道他在恐惧什么，拍拍郑海涛肩膀说：“放心吧，有我在他们不会乱来的，再说你不也想救你的弟弟和朋友吗？他们都在屠龙会大长老手里呢，你不去他们是不会放人的。”

一想到弟弟，郑海涛只好克制住内心的恐惧，随雷德蒙一起返回了屠龙会所在的道西镇教堂。

雷德蒙带着郑海涛轻车熟路地从暗道下到屠龙会圣殿大厅，一眼就看到大长老米切尔正带着一拨全副武装的鸟嘴面具武士等在那里，尤娜也站在大长老身后。

“雷德蒙，你终于来了，谢谢你亲自把这个中国人给我送过来。”说着他一挥手，两名鸟嘴武士马上朝郑海涛走来。

雷德蒙连忙挡到郑海涛面前说：“大长老阁下，你误会了，这是我带来的证人，他进过道西基地，可以证明灰人正试图用新物种替代人类，而且我是不会将他交给你的，这次带他来只是想让你听听道西基地里的真实情况。”

说完雷德蒙转身给郑海涛使了个眼色，面对前方杀气腾腾恨不得活剥了自己的大长老手下，郑海涛深吸一口气尽量让自己不再慌张，鼓足勇气开始陈述。

“是的，灰人已经把基地里所有拒绝归化的人类都处决了，归化后的人类身体成了灰人的躯壳，外星人藏在里面借此就可以到地面来。这次我们在道西基地第二层还发现蜥蜴人正在帮灰人培植一种变异猿猴，爬虫人告诉我灰人准备在用病毒灭亡人类后就把它们送到地表上打前站，这些猿将外界环境改造成适宜灰人居住。”

“一派胡言！以为凭你一面之词就会让我相信吗！”郑海涛话还没说完，米切尔大长老就急不可待地咆哮起来。

为了让他相信自己的话，郑海涛也是豁出去了：“是真的，尤娜也可以作证，前两天她和我一起被灰人派来的变异猿追杀！”

听了这话，米切尔·伯格回头看了一眼尤娜。

尤娜马上点头说道：“是有这么回事，但那天天很黑，我也看不清那些追杀我们的怪物到底是什么。”

“那么雷德蒙，你所谓的灰人灭亡人类病毒证据在哪里？我要看最关键的东西！”

雷德蒙就等米切尔这句话，他马上把郑海涛给他的小型资料存储器拿了出来。

“就在我手里，大长老阁下，但因为这里全部资料都是外星语，在我放映之前，我需要传一个翻译过来，请你允许。”

米切尔抬抬手示意雷德蒙继续，于是在雷德蒙的召唤下，悟空大摇大摆地从台阶上走了下来。

众人见了这只行为举止与人无异的猴子无不叹为观止，

惊奇之余纷纷对着它品头论足。

悟空也感受到了这份不友好气息，它龇着牙正要发作，雷德蒙从后面拉住了它："先办正事要紧！"

随即雷德蒙一按手中资料存储器的按钮，立体画面再次迸射出来，悟空仰头盯着画面上一行行飞驰的蝌蚪符号外星文，马上开始工作。

"资料显示他们预计在地球时间公元2019年将正式把HT-3n5病毒投放到美国、中国、俄罗斯和欧洲的各大人口密集城市，通过空气和人类之间肌肤接触传播，预计3个月之内灭亡人类。这种病毒之前在非洲试验后已经产生了令人满意的效果，3个小时之内在刚果金地区夺走了80万人性命。现在HT-3n5正在七层实验室培育间内进行大规模复制，病毒样本也寄放在那里。在计划实施后以上几种新型生物都是替代人类的最佳选择……嗯，下面的这些应该是HT-3n5病毒因子的分子式，你们看，很奇怪吧，与一般病毒不同，这个HT-3n5的分子竟然没有脱氧核糖核酸……"

"好了，悟空，谢谢你。"看到悟空开始兴致勃勃地分析起病毒化学方程式，雷德蒙马上打断了它。

接着转向米切尔说道："怎么样，大长老阁下，现在一切证据都表明灰人就要对我们下手了，你还坚持之前那所谓维持二者平衡的观点吗？"

这时尤娜也帮着说话了："大长老，灰人并没把我们当作盟友，先前我们去湖滩拦截中国人的时候，道西基地派出的飞碟把我带去的人都杀光了。”

米切尔叹息了一声没有说话，似乎内心很是纠结。

雷德蒙看在眼里上前一步继续说道：“米切尔，不要再犹豫了，灰人的野心可是远远超过了我们的政客。自从1954年和艾森豪威尔签订《道西条约》后，它们只用了50年就完成了对人类的殖民统治，现在整个美国从参议院到军队都有灰人的代理人，数量还不在少数。自从和他们开展所谓的合作以来，灰人指示刺杀肯尼迪总统，扶持里根上台，整个美利坚合众国早已沦为他们的殖民地，想必你也有所耳闻，却为何一直视而不见呢？难道就不为后世子孙考虑一下吗！”

“那你为什么不去找国会？”一番沉默后米切尔终于发问了。

雷德蒙苦笑一声：“我刚才已经说了，整个美国政府里都安插了他们的代理人。还记得1996年菲尔施耐德事件吗？如果我现在就把此事报知国会，不出两个小时他们在道西基地里就会知道得一清二楚，而我们的政府还是会无动于衷。是时候了，米切尔！我们必须对道西基地再来一次突袭，赶在他们把病毒扩散到地面之前阻止这一切！”

“我们？”米切尔用疑惑的眼神望着雷德蒙。

雷德蒙点了点头：“是的，大长老阁下，我要和你们结盟共同阻止灰人。其实早在卡特政府时期，总统就命令成立了X部门和Z部门，X部门负责制订能够遏制外星人殖民拓张的计划，Z 部门负责执行清除外星人威胁的行动，这些年来 X 部门一直由我负责，我想现在是时候出炉我们的 X 计划了。”

然而令雷德蒙没想到的是米切尔对此却是坚决反对：“不行，不行！我从来不做毫无胜算的事情，更不能拿我麾下上千名组织成员的性命去和你冒险，那是个拥有着人类无法超越的高科技外星基地，他们的安保系统和武器都比我们先进，第一次道西战争时人类几支突击队进去最后没有几人生还，雷德蒙你应该就是那少有的生还者之一吧？”

“是的。”雷德蒙大方地承认道，“我并没有让你们拿性命去冒险的意思，现在道西基地的情况和先前不同了，自从第一次战役后灰人被迫放弃了被毁坏的第一层，这可以作为我们中转的地方，这几年我通过道西基地里爬虫人线民得知，道西基地里的外星人数量有所减少，现在灰人族总共不到 100 人，龟缩在第七层，蜥蜴人多一些大约 1500 个，还有作为灰人雇佣兵或奴役对象的 8 种外星人合计有 800 多个。我们这次进入基地后只要立刻封锁他们的磁悬浮快列，阻止援兵抵达，就能在预计的时间内摧毁第七层灰人实验室。况且我们这次还有向导，这只猴子就是从第七层灰人实验室里出来的，它是灰人研制替代人类的失败品。”

“什么！我说了我不是猴子。”悟空一听气得朝着雷德蒙一通龇牙咧嘴。

雷德蒙对此毫不在意，继续说服米切尔：“你们有 1000

余人，我可以与Z部门联络征调所有的行动组，也有1000人左右，还有参加过第一次道西战争和Z组退役的老兵，大约有200人，在人数上他们不会占优势。”

“我担心的不是这个问题！”米切尔·伯格冷冷地说，“想想看吧，道西基地安置的防御系统你怎么攻破？那里还停泊着无法估算的战斗飞行器和飞碟，还有由各种外星人组成的星际联军守备基地。到时候你会面对来自地面和空中的双重打击，这不是肉搏战！雷德蒙，你光考虑人数是没有意义的。”

听了米切尔这番话，郑海涛心中咯噔一沉小声对雷德蒙道：“是呀，对方有飞碟，这对我们来说确实不占优势。”

谁知雷德蒙却满不在乎地说：“我们也有飞碟！而且是两架重量级的，据爬虫人提供给我的情报，道西基地里停泊的所有飞碟还没有可以与它们媲美的。这属于国防部级机密，鲜有人知道，但它们现在也被列入X计划，可以解密了。”

说到这儿，雷德蒙还怕众人不相信，打开自己手机相册调出一张照片高举着环转了一周。

郑海涛看到图片上的东西后不由倒吸了一口冷气，那竟是一架巨型纳粹飞碟！

米切尔也是吃惊不小，语无伦次地嘟囔道：“你，你们是怎么搞到的？”

“1945年二战结束前夕，美国军队在德国易北河劳恩堡地区俘获了一名乔装的党卫队官员，从他随身携带的提箱里搜到了一摞印有纳粹标记的飞碟草图和文件。纳粹管这东西叫别隆采圆盘，它采用无烟无焰发动机，只需水和空气就能运转，通过爆炸产生能量，他们共有12台这样的发动机环绕圆盘装置，它的飞行是靠发动机喷出气流后产生的反作用力，并在飞碟上空产生真空区，飞碟由此靠真空区提供的巨大升力可以自由起降。它的优势是在空中无须转弯就可以自由改变飞行方向，还可以悬浮在空中，上下快速直升下降，起降速度是每分钟4公里，正好适用于对道西基地的攻击。这项技术是纳粹科学家和灰人共同开发的，当时只造出了两架，每架一次至少可以运载1500人，那时德国已输掉了主战场的所有战争，纳粹飞碟的使命就是尽量接走第三帝国的人才精英，到南极去建立纳粹基地。那个被我们俘获的党卫军官交代了一切，供出了包括参与纳粹飞碟的研制者名单。此后美国用了20年时间去通缉那些人，1968年在阿根廷抓获了一个叫里威尔的前纳粹份子，经证实他就是当年与灰人一起设计纳粹飞碟还唯一在世的科学家，把他弄到美国后他交代，那两架飞碟在柏林被攻陷后就带着两千多名纳粹党卫军启程开往南极去了，他们的新领袖是马丁·鲍曼，但当我们想再获得更多情报时他却离奇死亡了。这导致日后在南极搜索纳粹基地时我们费了很多时间，直到1982年美国中情局才在南极发现了这两架纳粹飞碟，但当初被飞碟带走的那些纳粹份子们却消失得无影无踪，连尸骨都没有发现。那时我负伤退役，因在道西战争中表现不错被安排进中情局工作，所以我也被派到南极参与了飞碟的接收工作。为了逐步搞清纳粹飞碟的性能，中情局当时成立了一个临时部门，汇集了众多空气动力学家、工程师，甚至还有当年负责维护纳粹飞碟的退休人员。我现在还认识其中一个飞行器操控专家的儿子，叫华莱士·里尔，他和他父亲约翰·里尔一样都曾接触过飞碟并大致知晓飞碟飞行原理，能够操控飞碟，这次进攻道西基地，我也会邀请他参加！”

米切尔耐着性子听完雷德蒙的长篇大论后，似乎还有些顾虑，他沉思了片刻后说道：“我是犹太人，我们犹太人有句名言‘不要听信免费开处方医生的建议’，所以雷德蒙，你先去把纳粹飞碟搞过来我们再继续往下谈，据我所知如果纳粹飞碟真的被找到了，那它应该在中情局手里，做这些事你需要多久？”

雷德蒙微微一笑：“是的，如何弄到纳粹飞碟是我的事，我可以向阁下保证，我和约翰·布伦南（奥巴马时期美国CIA 中情局局长）私交非常好，你给我 5 天时间吧。”

“好！”米切尔满意地点了点头，“如果你没有胡说，真的能将纳粹飞碟带回来，我会考虑你的建议，但现在……我需要人质，把中国人留下！”

“不行！我答应过郑要带着他离开，不过我可以把它押给你。”雷德蒙说着一指悟空，悟空一脸懵逼。

“那是人质吗！”米切尔气得一跺脚，跟着像是突然想起什么，回头招呼道：“尤娜、鲁比斯，你们跟着雷德蒙先生一起去，协助他接收纳粹飞碟。”

“是！明白！”尤娜和先前半路拦截雷德蒙的大光头齐刷刷地回答。

“还有件事……”眼看会晤就要结束了，郑海涛急得赶紧插了句话，“可不可以先释放我的弟弟和朋友？”

“不可以！”米切尔一口拒绝，“在屠龙会没有改变立场之前，我随时都会把他们给道西基地送过去。”

雷德蒙见状忙扯了下郑海涛的袖子说：“郑，先跟我走吧，相信我，我一定会让他们释放你弟弟的，但不是现在。”

从屠龙会圣殿出来后，雷德蒙驱车带着郑海涛、尤娜和鲁比斯来到一家麦当劳。

趁鲁比斯去排队买食物时，雷德蒙在桌子上摊开一张世界地图说道：“好了，现在说说我的计划，大概明天布伦南就能批准我的请求，到时我们先飞阿根廷，那里有人接应，他们会开私人飞机带我们去南极。不过在这之前我们先去找华莱士·里尔，他的父亲老里尔在1979年道西战争时曾驾驶飞碟参加了对基地里被绑架者们的营救，他继承了他父亲这方面所有的技能，但我也很久没见过他了。”

“可是……我们为什么要去阿根廷坐飞机，在这里用军用机直接去南极不是更省事吗？”听了雷德蒙的安排，郑海涛不明就里地问道。

“这不是官方批准的行动无法调动军用机，一切都是偷偷进行，布伦南也是和我有言在先，如果我们这次行动中出了任何问题他都会予以否认。”

正说着雷德蒙的电话响了，他接完电话起身对郑海涛和尤娜说：“我的属下在外面找我谈点事情，你们先吃，这里的薯条不错。”说着他起身准备出去。

郑海涛向店外望去果然看到一个人正等在那里，但再一细看吓得他不禁大叫起来：“雷德蒙！快点回来，外面那个人就是上次来给我送钱的，他已经被杀死了！”

听到郑海涛的警告，正往外走的雷德蒙不由一怔，停住了步伐，对方则马上朝他飞奔而来。

这突发的一幕让尤娜立即拔出手枪冲到雷德蒙身边对迎面而来的男子警告道：“先生，请你立刻停下来，不然我要开枪了！”

但对方却毫不在意，同时他的脸上开始涌现出一个个鼓包，很快就把五官全部挤变形了。

尤娜果断地朝那人腿上连开两枪，对方应声倒地，枪声也使得周围的人们尖叫着四下逃散。

那人虽倒在地上却仍在挣扎，这时有一路人跑过被他一把抱住大腿。

这时他的身体也像脸部一样隆起了无数鼓包，看到这一幕路人吓得哇哇大叫，接着一声巨响，该男子自爆了，连同那路人一起炸得血肉横飞。

巨大的响声让周围店铺警铃大作，雷德蒙则趁乱带着众人逃离了现场。

直到上了车他仍是一副惊魂未定的样子，还没有从刚才的事件中缓过来，他用略带责备的口吻冲郑海涛抱怨道："郑！这么重要的事你怎么不早点告诉我！"

"当时我就给你打电话了，但你关机了。过后就给忘了。"郑海涛回复道。

尤娜也是一副不解的样子，问道："刚才那家伙是怎么回事？既然已经死了，为何又能复活了还能自爆？"

"这一定是那些灰人搞的鬼，他们的技术要远远先进于我们，很多在我们看来不可能的事情他们都能做到！"雷德蒙愤愤地说完一踩油门，将车开上了高速。

"我们现在去哪儿？"郑海涛问。

"去找能替我们把纳粹飞碟开回来的人！"

就这样，两个小时后他们驶到了道西镇郊外一家独门独院的二层小洋楼前。

正当大伙准备下车时，雷德蒙却阻止道："这家伙就像他老爸，天生孤独不喜欢家里一次来太多人，你们在车里等着，我进去找他。"

趁雷德蒙进屋找人之际，郑海涛用手机在百度里输入两个关键词：道西基地、约翰·里尔，很快就搜出了他的事迹，和雷德蒙的说法不谋而合。

在第一次道西战争中，正是老里尔驾驶着飞碟冲入道西基地，接走了被解救的人质和特种部队幸存的士兵。

“这真是个传奇人物呀！”看着网上里尔年轻时的照片，郑海涛由衷地感叹道。

这时雷德蒙从小洋楼走了出来。

“伙计们，见见我们的华莱士·里尔！”他冲着大家招呼道。

雷德蒙的叫声打断了郑海涛的思绪，他抬起头看到雷德蒙身后站着一个身高 1.8 米、200 多斤戴眼镜的大胖子，大概是营养过剩，他脸上始终红扑扑的。

郑海涛又低头看了一眼手机上脸颊深深凹陷，眼窝衬着骨头的老里尔照片，忍不住暗自发笑：“这是亲生的吗？”

这时的华莱士·里尔所有注意力都在雷德蒙给他的纳粹飞碟照片上，他捧着那张黑白照片激动地有些手舞足蹈：“雷德蒙！这是真的吗？天杀的，你做到了，我还从来没开过这样的庞然大物，我操控过很多种 UFO，但我也一直梦想有朝一日可以亲自试飞纳粹飞碟！”

“现在这不就是机会吗？”雷德蒙微微一笑说，“这么说你已经同意和我们一起出发了？”

“当然，不过你们得等我一下。”

里尔说着便跑回屋里，再出来时，双手拖着一个垂地的大编织袋，里面装满了以肉类为主的食物。

郑海涛见状忙跳下车，说道：“我另叫辆车跟着你们吧，恐怕车里坐不下。”

“别闹了！”雷德蒙呵止住了他，“我们马上就要出发去南极接收纳粹飞碟了。”

正说着一个电话呼了进来，雷德蒙接完电话兴奋地向众人宣布：“好消息！刚才布伦南同意了我的计划。伙计们，我们明天就去阿根廷！”

“Wow！”听到这一消息，所有的人都欢呼了起来。

郑海涛也被这种情绪感染了，但在欢呼之余对这趟南极之行，心中却隐隐的有一丝不祥预感。

第十二章　纳粹飞碟

——我们不能把我们在某个领域的创纪录成就归功于自己，我们曾经受到过来自另一个世界人们的协助。（赫尔曼·奥伯特）

2015年6月14日，郑海涛缩在一架载满供给的飞机靠窗的角落里，百无聊赖地望着窗外稀薄云彩下浩瀚的大海。

此时距从美国出发已过了两天时间，他们抵达阿根廷首府布宜诺斯艾利斯后又乘船前往火地岛，在当地两个中情局工作人员的接应下，他们登上了一架专为美国南极监测站输送供给的运输机。

郑海涛环顾四周，经过几个小时的长途飞行其他人早已昏昏欲睡，只有尤娜还醒着坐在对面箱子上一动不动地盯着他。

郑海涛被看得有些尴尬，想主动找点话题，可张口时却发现自己和眼前这位高冷美女好像没什么可以说的。

就在这个时候飞机颤了一下，郑海涛一下被撞向另一侧，他兜里的钱包掉了出来。

郑海涛正要去捡，对面的尤娜却指着钱包一侧夹有郑海涛和女友合影的照片说道："我能看看吗？"

"当然。"郑海涛说着将钱包捡起递了过去。

尤娜看着照片，调侃道："她真漂亮，你和她一点也不相配。"

"噗嗤"郑海涛笑了出来，尤娜也跟着笑了，气氛一下就活跃开了。

但尤娜刚才那句话一下又将郑海涛的思绪拉回了过去，从尤娜手里接过钱包望着照片不禁又伤感了起来："她很漂亮，追求者也不少，但是她选择了我，就凭这点我也不能辜负她。可是我实在是没用，明明知道她在那儿却救不了她，从道西基地出来后我试着去忘记，却发现那更糟，我心里也没有为此感到舒服。"

尤娜似乎也被感动了，走过来主动把手搭在郑海涛的肩上说："你是个很有责任感的男人，虽然有时候你也很猥琐。"

"嗨，你这是夸我吗？"听了尤娜的话郑海涛越发有些尴尬了。

"好吧，好吧。"尤娜边说边举起双手，"如果以前那个混蛋也能这样对我就好了，他是军人，很健壮也很幽默，那时我还是小姑娘被他迷得要死，也曾想嫁给他，但他好像不满足一辈子只面对一个女人……”

“我很遗憾听到这些。”郑海涛真切地说道，“当我们面对喜欢的人，最终发现无法在一起选择放弃也是正常的。”

“那你放弃了吗？”尤娜问道。

一涉及这个问题郑海涛马上变得有些语无伦次：“我不知道，其实当初我执意要去美国找她，亲戚朋友都不是很理解，因为多数人都会选择回避让时间冲淡一切，只是我不想这样做。不过从道西基地出来后，我也没有再执着下去，我也不知道我放弃了没有。”

正说着飞机又是一阵动静不小的颠簸，把正打瞌睡的其他人也都惊醒了。

正当大家面面相觑时，驾驶舱门被拉开了，带领他们上飞机的中情局特工走了出来。

“伙计们，欢迎来到南极！我们马上就要抵达监测站了，大家做好降落准备。”

就在那人说完转身要走之际，雷德蒙叫住了他：“等等，彼得，那两架纳粹飞碟现在还好吧？”

“是的，它们一直停在被发现时的溶洞里，我们在那儿设置了封锁，刚发现它们的时候国家如获珍宝，但这几年好像也没有人再提这事儿了，以前他们一直说发现了纳粹飞碟就等于找到了纳粹基地，可我们把南极差不多都翻遍了也没发现那个传说的基地。”

郑海涛一听也来了兴趣，便插嘴说道：“这么说纳粹基地真的确有其事呀？”

“那是肯定的。”雷德蒙点了点头，“要不然你以为为什么二战后阿根廷会是德国纳粹首选的逃亡地，因为纳粹们知道第三帝国在南极建立了基地，阿根廷离那里不远，这样就方便他们日后前往，可是那个基地藏匿得太好了，不要说那些抱着幻想的纳粹分子，就连美国搜寻了这么多年到现在都没有发现。”

说话间飞机已开始缓缓下落，郑海涛透过机窗看到下方一片皑皑白雪中排列着两行平房。

“这应该就是美国的监测站了”他想。

随着飞机降落时发出的巨大轰鸣声，一些人陆续从平房跑出来站在雪地里对着飞机招手大声欢呼，在他们眼中每次的飞机抵达都意味着更多的新鲜水果和罐头。

“现在这个基地里一共还有多少人？”望着窗外，雷德蒙用足以盖过噪音的嗓门大声问彼得。

“这里现在有十个人，还有五个在轮班倒休，不过这些人足能应付一切状况。”

“那你们藏纳粹飞碟的地方在哪里？离这儿远吗？”

“飞碟就在那个被发现的天然溶洞里，距我们监测站 30 公里。”

听了这些情况，雷德蒙想了想说：“那好，到时候你和下面的人说一下，我们需要他们提供交通工具和一些人手。”

彼得做了个 OK 手势转身返回了驾驶舱。

飞机停稳后，早已等待在那里的基地人员马上一拥而上，很快就把舱内的补给搬了个精光。

这个时候，彼得给雷德蒙带来了一个身材高瘦，戴副眼镜看上去文质彬彬的中年人。

“这就是监测站的负责人，安德鲁。有什么事和他谈吧。”彼得说完便转身返回飞机协调卸货去了。

两人简单握手寒暄后，雷德蒙就直切主题：“我带来了一些人，要去检查那两架纳粹飞碟，你们这里可不可以提供雪橇车和向导？”

“没问题！”安德鲁一口答应。

“你们赶紧把那东西弄走吧，最近还有传闻说俄罗斯不知怎么也知道了，派了大批间谍过来想把飞碟搞走，弄得这里的人都很紧张。”

就这样在安德鲁的安排下，雷德蒙一行、特工彼得加两名监测站向导，共八人分乘四辆电动雪橇车在茫茫雪海中排成一溜向纳粹飞碟所在地驶去。

坐在后座的郑海涛望着无尽的白色世界，心情也变得舒畅许多，他闭上眼睛深深吸了一口南极的空气，顿时令吸惯了北京雾霾的肺倍感清爽。

这时也不知是谁大喊一声：“快看左边！”

郑海涛顺着左边看去，只见不远处一群黄橙相间的帝企鹅围成圈子簇拥在一起，鸟头攒动显得颇为壮观，本想用手机记录下来，随着车子飞驰而过，眼前这幕就被甩在了车后。

半个小时后他们终于抵达了目的地——一处凹陷在峭壁上的巨大天然洞穴。

“就是这里了！”向导跳下电动雪橇车指着上方的洞穴对雷德蒙说道，“很遗憾，你们得爬上去了，我为你们准备了绳索。”

正说着从洞穴里又跑出两个穿着带美国国旗标羽绒服的白人冲着他们挥舞手臂。

“天哪！我可不擅长这项运动。”望着距地面有一定高度的洞穴，里尔晃动着他那200斤的肥硕身体大声抗议起来。

“你必须要上去，只有你会操控飞碟！”雷德蒙说着将向导递给他的绳索拴到茅钩上，开始做攀岩的准备。

很快所有人都攀上了峭壁，只是到里尔这里遇上了些麻烦。

雷德蒙他们用三根绳索拴到他的腰上，八九个人站在高处拽着绳索另一头将他吊上去。

一行人进入到洞穴后，终于见到了期盼已久的纳粹飞碟。

眼前这架带有黑色铁十字标志的巨大双层圆盘，周身闪烁着银灰色光芒，表面光滑无洁，无任何人为接缝或铆钉痕迹，在它身后还停着一架一模一样的飞碟。

郑海涛仰头注视着这庞然大物，越发觉得它是那样的雄伟。

这时里尔走上前，伸手轻轻触碰了一下碟身，激动地大叫起来：“制造这架飞碟的材料来自外太空，这是一种带温度的记忆金属，只有灰人才有这样的东西！”

听他这样一说，其他人也都跑过去争先触摸飞碟。

郑海涛也试着摸了一下它的沿壁，感觉手上暖暖的。

彼得和向导则攀上飞碟，他们在双层圆盘边缘间打开了一道入口，对雷德蒙叫道：“就是这里了，里面大多装置看着和我们的飞船很像，但驾驶舱里有些装置我们到现在都没搞懂，所以这玩意儿也就一直停在这里！”

“还是让我来吧！”里尔说着撑起笨重的身体努力向入口处攀去，出于好奇郑海涛也紧随他进到飞碟内部。

里面异常宽敞，呈环形分上下两层，中间连有楼梯，一楼看着更像是一座环形大厅，长廊壁四周并排着一扇扇门，中间圆形空心地方有一根柱子从底部一直通到飞碟顶端。

“这是飞碟的反物质反应堆动力源。”里尔指着那根柱子说，“典型的灰人飞船设计风格。”

这时雷德蒙也钻了进来，他仰头环视四周后，对里尔说：“你能把它开起来吗？”

“我试试吧。”里尔剥开一块巧克力麻利地放进嘴里，咀嚼几下接着说，“目前而言，光顾地球的宇宙飞船有上百种，其中政府缴获和回收最多的是灰人的飞碟，我和我老爸过去也基本上只和这种飞碟打交道。我还没有去看它的驾驶舱，如果这真是灰人帮助纳粹研制的，我想我会有办法让它启动，因为我很熟悉灰人的飞碟控制系统。”

“那还等什么，我们进去看看就知道了。”雷德蒙说着就不由分说地把里尔推进了驾驶舱。

不同于一层，二层的驾驶舱内空间并不大，里面也并非常人想象的那样布满各种精密仪器，靠西侧立着一块屏幕控制面板。

舱内中央高高升起一张座椅，扶手两侧各有一个类似水晶球状的物体，座椅下方有一支拉杆，上方坠着一个更大的水晶球体，前方是一块雷达监测屏。

看到这一幕，里尔不禁由衷地感叹道：“太神奇了！他们把两种技术糅合到一起创造了这个奇迹！看到这个座椅旁边的三个球体没有，这是灰人操控飞船的设备，如果我没猜错的话，通过角落里那个控制面板也能把飞碟开起来，但这是人类的技术，也就是说这个驾驶舱有两套启动飞碟的程序。但首先我们应该恢复它的电力。”

“你有什么好办法？”雷德蒙问。

里尔没言声，转身跑下楼来到反物质反应堆动力源柱前这摸摸那看看，很快他就在柱子后面找到了一个孔眼，然后回头朝着正在四处参观的众人叫道：“你们谁帮我把我的背包拿来，这应该能接通数据线，用特制的黑客程序密码试试能不能启动它。”

在里尔跪在那里对着笔记本电脑一通忙活的时候，郑海涛下到了一楼环形大厅里。

在好奇心的驱使下他推开了长廊中的一扇门，这是一个标准的宿舍，每个角落都放置着上下铺，墙上贴着一张第三帝国宣传画，画上一个金发碧眼的日耳曼青年昂首挺胸挥着拳头。只是因为年头太长海报已经发黄，甚至有些地方都模糊不清了。

他退了出来又打开隔壁的门，还是一模一样的宿舍。

这时只听不远处的尤娜叫了起来："快来看我发现了什么！"

郑海涛顺着声音跑了过去，原来大厅东边还有一条暗道，穿过它映入眼帘的是一个可以容纳几百人的大餐厅，阿道夫·希特勒的巨型画像高高地悬挂在那里。

餐厅内摆放着几十张可容纳十人的大圆桌，桌椅都很齐全，看着这一切不由让人产生了一种重回 40 年代的错觉。

"他们当时一定做好了在这里长途旅行的准备。"尤娜说着走到一张圆桌前随手拿起一只咖啡杯翻看起来。

而郑海涛依旧有很多不解："可是他们究竟到哪里去了？这么多人怎么就一下都消失了。"

这时他们脚底忽然一阵剧烈晃动，尤娜没站稳"啊"地惊叫一声向后跌去，郑海涛急忙上前扶她，却不料尤娜一头砸在他的怀里，连带着两人一起倒了下去。

摔在地上的郑海涛仍旧保持着双手紧紧搂住她的姿势，待尤娜察觉后，她马上挣脱，红着脸抬手要打郑海涛，但巴掌抡到半空却又停住了。

"我是想扶你，不是故意要……"郑海涛忙低声嗫嚅着说道。

“谁知道你是不是，解释只会更加猥琐！”尤娜说完生气地走了。

郑海涛也跟着来到飞碟大厅，只见人们都在欢呼，原来里尔已经成功地用黑客密码激活了飞船。

比起那些欢呼雀跃的人，里尔却比较理智：“现在反物质动力源产生的气流已经让飞碟底部离地了，但我们也只成功了一半，我现在要去驾驶舱把它开起来，你们谁愿意当我第一批乘客？”

他的话音一出，人群顿时安静下来，接着三三两两地都撤了出去，只有郑海涛和雷德蒙没有走。

里尔激动地上前把他们揽入怀里。

“谢谢，谢谢你们，你们将会是第一批乘坐飞碟旅行的人，这将会让你们终生难忘……”

“别废话了，里尔！”雷德蒙半开玩笑地说，“我不走是因为我给自己买了一百万的意外险。”

郑海涛哈哈一笑调侃道：“只是不知乘坐飞碟出事，保险公司能否理赔。”

“好啦，你们要相信我！”里尔说着又回到驾驶舱。

随着电力恢复，控制面板屏幕和雷达监测屏也都亮了起来。

他坐到了椅子上，用手一抚扶手左侧的球体，面前马上出现了一幅激光构成的飞碟外部场景画面，这让站在座椅身后的郑海涛都看呆了，里尔又接着抚动右侧的球体，椅座上方的大型水晶球马上就被数股电流环绕并发出吱吱的对冲声。

这时里尔大叫一声："大家准备好，我们要起飞了！"

说着他同时按下扶手两侧的水晶球，只见激光画面上，坐标开始缓缓攀升，但郑海涛的脚下却一点感觉也没有，这不禁让他觉得很奇怪，"怎么回事？这东西没飞起来吗？"

面对郑海涛的疑问，里尔哈哈笑起来，指着激光画面说："我们现在已经升空 100 米了，不信你可以到窗户去看看，没有感觉是因为飞碟内部自带重力自动调节系统，起飞后仍能让你像在地面那样自由活动。"

听里尔这么一说，郑海涛跑去过道凑到窗前向下一看，果然地面已在百米之下，下面的人小到一个黑点。

"好吧，现在我要做 90 度无须转弯自由飞行，你们和我一起见证奇迹吧！"里尔说着对着激光画面又开始表演起来。

雷德蒙却在这时打断了他："别光顾着玩，我问你，你估计它的飞行速度一小时可以达到多少？"

"1 小时 2200 公里完全没有问题，它配备的可是反物质反应堆，这是灰人最先进的技术，就好比一辆跑车配置了最好的发动机，靠它我甚至可以超越这个速度！"里尔说着忽然又像是有了新的发现，"我给你们看一个好玩的！"他说着用左手轻轻地把水晶球稍微向上提起了一点。

不一会儿郑海涛的手机就响了，是尤娜打来的："怎么回事？飞碟怎么突然就消失了，你们到哪里去了？”

“她说我们的飞碟消失了。”郑海涛举着电话一脸狐疑地冲里尔和雷德蒙说。

里尔哈哈笑道：“飞碟没有消失，事实上我刚才将它隐身了，这种制造飞碟的记忆金属本身也有隐身功能，但它隐身的时间不会太长，只能维持一个多小时，现在我得让它复原，因为开启隐身模式要消耗飞船大量的能量。”

“那足够了。”雷德蒙说，“先把飞碟开回监测站藏好，我回去协调参战部队，里尔你就开着它接我们去道西基地。”

“可是这里有两架飞碟呢，一次搞不走吧？”郑海涛马上提醒道。

里尔却并不把这当作一回事，“放心吧，灰人设计的飞船都有一个牵引功能，就是一架人为控制的飞碟可以牵引同型号的无人驾驶飞碟一起飞行，我以前操控过这种模式。”

“那好吧，让大家都上来，我们回监测站去。”

听里尔这么一说雷德蒙也踏实了下来。

可就在这时郑海涛却发现飞船雷达监测屏上距飞碟十几公里的地方突然冒出了一块正方形区域，一批实心红点正源源不断地从那里冒出来，并向着前方快速移动。

郑海涛立刻把这一发现告诉他们，雷德蒙对此却不以为然：“这个飞船的雷达搜索系统本来就很敏感，也许是其他国家设在这儿的基地被搜出来也未尝不可。”

听他这样一说郑海涛也不便再说什么了。

等所有人都登上了飞碟，里尔再次将飞碟升空并开启了隐身模式，以每分钟20公里的速度牵引着另一架飞碟低速向美国监测站飞去，尽管里尔用的是最慢的速度，但他们还是不到半根烟的工夫就抵达了目的地。

当两架纳粹飞碟在监测站上空一显身立刻就引起了一阵不小的骚动，刚一降落不少工作人员就涌上来争着和它们合影。

雷德蒙见状连忙吩咐彼得说："告诉他们别玩了，赶紧找东西把这两架飞碟盖起来，千万不能让俄罗斯人知道。"说完他便准备下去，这时里尔喊住了他。

"雷德蒙，还有一件事……刚才我检查了整个系统，发现飞碟装载激光炮的部分被人为卸掉了，也有可能是当初德国人根本就没有安装这些东西。"

"什么？"雷德蒙乍一听还有些不大相信自己的耳朵，"你是说我们现在开回来的只是两架大型高速运输飞碟？"

里尔点点头："理论上是的，如果你无法找到符合这架飞碟尺寸的激光武器的话。"

"见鬼！"雷德蒙气得狠狠一跺脚转身离开了驾驶舱，大概是因为这次遭受的打击不小，他没有向其他人那样下去吃饭而是把自己关在飞碟下层的宿舍里。

看到这一幕，郑海涛本想过去劝劝他，却被尤娜拉住了。"算了，随他去吧。"

郑海涛也是一肚子的不解："为什么德国人不给这么先

进的飞船配备武器呢？他们如果用这两架飞碟参战的话，也许二战历史会被改写。”

“你问了一个好问题。”里尔坐在驾驶舱椅子上摇头晃脑地说，“据我父亲后来搜集到的纳粹飞碟资料来看，德军是从1943年开始研制这一项目的，到了1945年第一次试飞时飞碟还处于半成品，可那时距柏林的陷落不到一个月的时间了，希特勒也知道从时间上考虑这项新科技也无法扭转战局，就把它们当作运输飞船去开辟新的基地，从当下我们掌握的情报来看这也许是最合理的解释了。”

就在这时前方的雷达监测屏突然响起了一阵“吱吱”的警报声。

众人循声看去，只见屏幕上先前郑海涛发现的那波红色点群正快速地向前移动，与飞碟距离正逐渐缩短。

“它们往这边过来了！这到底是什么？”郑海涛大叫起来。

尤娜没有吭声转身跑了出去，站在飞碟入口阶处冲着基地里的人们喊道：“大家注意了！有一波不明生命体正朝这来，很快就要到了，请大家拿起武器提前做好戒备！”

听她这么一喊，人们先是面面相觑，直到尤娜又大声重复了一遍，他们才慌忙丢掉手头的活跑回屋内拿武器。

郑海涛也跑了出来，只见下面工作人员正端着枪摆瞄准状，不禁对尤娜建议道：“不明生命体还有不到一分钟就会出现，我觉得还是应该让大家都上飞碟避一避，毕竟都还不知道那些是什么。”

正说着下头突然有人喊道："他们来了！是一群人……"

郑海涛眺望前方，果然看到冰天雪地里一群衣着褴褛的白人正拼命向美国监测站方向狂奔而来。

基地负责人安德鲁大概是想说服对方不要再靠近，他提着手枪迎上去轮番用英语、俄语、瑞典语大声与闯入者沟通。

但让人始料不及的是他一下就被一个冲上来的光头扑到了，骑在他身上二话不说叼住脖子就撕咬起来，随着安德鲁撕心裂肺的惨叫声，有人大叫起来："他们是丧尸！快开火！"

"嗒嗒嗒……"

"啪啪啪……"

随着此起彼伏的枪声响起，那些闯入者的速度却丝毫不减，子弹打进他们的身体，只是晃晃仍旧继续奔跑，偶有一两枪打在腿上，也无法令他们止步。

很快他们就冲破了监测站的防护栅栏，突入院中见人便扑。

郑海涛连忙返回驾驶舱对里尔叫道："快！把飞碟降下去，让我们的人上来！"

"好吧！但我不能在那里停太久！"面对外面的险情，里尔犹豫片刻还是咬咬牙让飞碟彻底着陆了。

此刻基地里已是一片血海，工作人员们基本都被屠戮殆尽，只剩鲁比斯、特工彼得和两个工作人员还在拼死反抗。

见子弹对他们无效，不知鲁比斯从哪里弄来一把电锯，一扯弦对着冲上来的丧尸就劈过去，只见血光飞溅，丧尸的人头顿时被削飞了，失去了脑袋的丧尸还有活力，冲上来用双手死死卡住鲁比斯的脖子，鲁比斯只得再次挥动电锯剁下他的两条胳膊。

这时飞碟刚好停稳，郑海涛冲他们大声呼唤：“大家快上来！”

幸存者们见状忙争先向飞碟跑去，中途又有两人被丧尸扑倒，最后只有鲁比斯和彼得冲到飞碟前，在他们身后大批丧尸紧追不舍。

这时纳粹飞碟又开始缓缓上升，同时从驾驶舱传来了里尔的声音：“他们已经跟过来了，我们不能再等了，不然谁也走不了！”

郑海涛和尤娜则趴在飞碟入口处探出身子拼命伸手去捞下面的鲁比斯和彼得。

在尤娜的呼喊下，彼得站起身试图伸手抓住她，却不料被一只攀上来的丧尸抓住了，霎时他的身体失去重心惨叫着和那丧尸一起摔了下去。

只剩鲁比斯了，尤娜冲他叫道：“鲁比斯，快点过来，我在这儿接着你，他们快上来了！”

鲁比斯回头看去，果见四五个丧尸正匍匐在飞碟夹层上朝他爬来，鲁比斯把心一横，爬起来大叫着扑向入口。

尤娜看准时机伸手一把抓住了他的胳膊，郑海涛也抱住尤娜后腰一起使劲终于把鲁比斯拉进了飞碟，随即郑海涛麻利关闭了舱门。

直到这时众人才放松下来，瘫坐在地上大口喘着气。

但很快他们就发现自己高兴得太早了，那些爬上飞碟的丧尸们都挤在飞碟入口处拼命拍打着舱门，下面许多丧尸依旧追着飞碟奔跑，冲到跟前便一跃而起抓着飞碟底部设备吊在空中来回晃荡。

郑海涛见状忙跑到驾驶室对里尔道："能不能想想办法把这群家伙弄下去！"

"没问题！看我给它们来个好玩的。"

里尔说着操控着水晶球将飞碟一下拉升上了 1000 米高度，强大的惯力瞬时将那些趴在飞碟上的丧尸们统统抛了下去。

这时雷德蒙也从下层宿舍里走了出来。

"刚才怎么回事？"他问道。

里尔叫道："雷德蒙，你错过了一场好戏，我们刚刚鏖战丧尸，顺便说一句，南极监测站已经陷落了。"

"什么？"雷德蒙大吃一惊，随即对里尔下令道，"你把它开下去，我要看看。"

当飞碟又停到距地面 20 米高度时，大伙都跑到过道贴着舱窗向下看，只见下方的基地一片狼藉，雪地里到处横着尸体，一些丧尸在原地摇摇晃晃地转悠，还有一些三五成群的伏在尸体上撕咬着，根本顾不上头顶上空的飞碟。

望着眼前这一切，雷德蒙感觉做梦一般：“这些东西究竟是从哪里冒出来的？”

“他们会不会是道西基地里灰人派来的？”郑海涛自作聪明地猜测道。

“我倒不这么想！”鲁比斯接过了郑海涛话茬，“你们可以先看看这个，这是我和他们打斗时从其中一个家伙身上扯下来的！”

说着他张开了拳头，一只中央带卐标志的黑色铁十字胸针赫然呈现在大家面前。

看到这个惊得尤娜深吸一口气问道：“你是说……他们就是失踪的纳粹军团。”

“很有可能！”这时好久没发声的里尔突然也发表了自己的看法，“为什么纳粹飞碟一启动就发生了这些事情？现在可以断定这些丧尸就是被这架飞碟召唤过来的，那么这二者就有一定关联，所以我怀疑雷达监测屏上那个新塌陷出来的正方形可能就是我们一直在寻找的纳粹基地！”

里尔的这一结论让所有人都大吃一惊。

当大伙准备就这一话题继续探讨下去时，雷德蒙却挥手制止了他们：“不管那里是不是传说中的纳粹基地，我们现在都没有时间去理会了。刚才我想到一个新方案，我们把纳粹飞碟开去内华达州的 51 区，根据我之前掌握的信息那里保存着几架军方回收的灰人飞碟，它们大部分还都完好，如果可以将上面我们需要的设备和纳粹飞碟重新匹配。”

“好！就这么办，可纳粹基地怎么办？”听了雷德蒙的决定，郑海涛问道。

“我会把它的坐标记下来报给中情局让他们再派人探查，我们现在没有时间去管这些事。”雷德蒙答道。

就这样，纳粹飞碟再次开始攀升，它围绕着沦陷的监测站转了一圈，然后开足马力以每小时 2000 公里的速度牵引着另一架飞碟向内华达州飞去。

借助交通工具的旅途通常是单调的，但对于乘坐纳粹飞碟而言似乎不尽如此，刚刚经历丧尸杀戮的众人这会儿都集中在悬挂着希特勒巨型油画像的餐厅里吃着里尔携带的各式零食。

郑海涛坐在靠舱窗的圆桌旁，眯眼望着窗外快速向后飞逝的云彩却听不到一点声音，即便在穿越 16000 米海拔的德雷克海峡上空，那里令人生畏的强冷气流也无法撼动飞碟产生一丝颠簸，船舱地板就如同地面一样坚固平稳，让待在舱内的人很难相信自己正在经历一次飞行旅行。

这时飞碟突然开始急剧垂直下落，尽管大家对此没有什么感觉，但雷德蒙通过窗外迅速飙升的云层发现了这一点。

他疾步走进驾驶舱冲里尔质问道：“你在搞什么！”

“别着急，头儿！”

里尔嚼着口香糖一边盯着监测屏一边慢悠悠地抚着水晶能量球说：“虽然我已开启了雷达干扰功能，但纳粹飞碟现在才启动不久正在积蓄能量我暂时还不能开启隐身模式，也就是说我们的飞碟还是能被肉眼观察到，况且你们不觉得这样飞行太单调了吗？我想试试它的另一个功能！”

“你不会要把它开进德雷克海沟吧？”

“是的！天佑美国！从海底出击。”里尔夸张地叫道。

毕竟这是第一次搭乘飞碟，雷德蒙有些不放心：“你确定这架飞碟还能像潜艇一样承受住德雷克海峡4000多米的水压？”

“嗨，老板，你为什么不像其他人那样回餐厅好好坐着享受一下这趟奇妙的海底之旅呢？可不是每个人这辈子都有机会经历飞碟旅行的。”

当雷德蒙刚走到餐厅门口，只觉脚下一震，前方的舱窗外都已被海水包裹，随即无数缕气泡紧贴窗户遮住了众人视野，当气泡散尽后他们进入了一片浅绿色的无声世界。

“他竟然把船开进海里去了，这家伙一定是疯了！”鲁比斯双手紧紧扣住舱壁护栏一脸的惊魂未定。

接着当他再次瞄向窗外后马上惊恐地大叫起来：“见鬼！我们前方是冰山，要撞上了！”

听到喊声大伙纷纷涌到舱窗前仰头向外眺望。

这是大自然的宏伟杰作，目测它的根基约有百十平方公里，它仍在慢慢地漂移，而纳粹飞碟也似乎正被一股无形的力量推动着，眼看就要投入它的怀抱。

“里尔！你这头肥猪，你向我承诺的奇妙之旅就是飞碟撞冰山吗？”

望着窗外越来越接近的冰山峭壁，雷德蒙忍不住大声咆哮起来。

驾驶舱里传来了里尔断断续续的回应：“大家不要怕，这是一座漂浮的冰山，我会快速下降，大家坐稳系好安全带……如果你们能发现安全带的话，只要我们下落的速度足够快就可以避开它！”

就在说话间纳粹飞碟加速了反物质堆的裂变，通过暗物质粒子碰撞在能量达到峰值时，里尔关闭了反应堆动力源柱，反应堆瞬间释放出巨大能量推动纳粹飞碟一头扎向德雷克海沟下方的深渊，船身也逐渐与就要贴到一起的冰山峭壁拉开了距离，很快这座曾险些致命的冰山就被远远地甩在了后头。

摆脱了冰山，纳粹飞碟开始放慢了回落速度，但舱外周围的光度却在继续变暗，下沉的微生物尸体如同雪花一般在窗外纷纷攘攘地飘落着。

郑海涛靠在舱窗前仰望着前方时隐时现呈坡度向下连绵延伸的岩体，正当他被大自然鬼斧神工杰作所折服之际，雷德蒙也走了过来。

“这应该是南桑威奇海沟，再往下就是南冰洋最深的地方，我们就在它的上面。”他说。

郑海涛转身走进了驾驶舱，尤娜和鲁比斯也在那里。

受到惊吓的郑海涛决定往后的时间就都待在这里以便盯

住这个疯狂的驾驶员，华莱士·里尔这小子总喜欢突然制造个大意外，以此来炫耀他的驾驶技术。

当飞碟在海底航行快接近马尔维纳斯群岛海域时，里尔开启隐身功能，操控飞碟蹿出了海平面。

郑海涛有些好奇，很想知道当飞碟隐身后透过舱内往外看是什么样子，在好奇心的驱使下郑海涛走到环廊的舱窗前。

此刻纳粹飞碟外部周身每寸金属都被一种半透明的介质包裹了起来，包括他面前的窗户，这种介质就如同鸡蛋内层的卵壳膜，上面还时不时地有电流通过。

快到阿根廷上空时，雷达监测屏上又发现了状况，一个闪耀着光晕的红点不知什么时候出现在飞船坐标后，一路紧追不舍。

“这是什么？是阿根廷的战机吗？”尤娜指着屏幕问。

里尔摇了摇头：“怎么可能！我在飞行中已经将飞碟隐身了，一般的战机是看不到我们的，就算是人类的雷达也发现不了。”

“我去看看那是什么东西。”郑海涛说着跑到飞碟走廊有窗户的地方往外看，只看到一个闪亮的蓝点跟在身后，时隐时现。

突然一道红色激光从那蓝点处远程投射过来，正打在郑海涛眼前，纳粹飞碟周身覆盖的半透明壳膜便瞬间全部退逝了。

“这绝不是米格战机！”他跑回来叫道，“它干掉了我们的防护膜，还在追踪我们。”

里尔没有吭声，他又将飞行速度提升到每小时3800公里，这是飞碟的极限速度了，然而从雷达监测屏上看到对方的速度也马上加了上来，依旧不紧不慢地与纳粹飞碟保持着距离。

直到这时里尔终于可以确认，“我现在可以很负责任地告诉你们那不是人类战机，我们被另一架UFO跟踪了！”

正说着雷达屏上被牵引的另一架纳粹飞碟坐标突然消失了。

雷德蒙见状大叫一声“不好”，便跑到舱窗边，只见纳粹飞碟残骸正纷纷从空中坠落下去。

见此情形雷德蒙返回驾驶舱冲里尔叫道：“里尔！快点做些什么，它刚刚击毁了我们牵引的飞碟。”

里尔也急得汗流浃背：“我们从速度上甩不掉它，现在唯一的办法是如果我们的体型远远大于对方，就可以借助这个优势把它撞下来，但前提是我们的体型必须是它的三倍以上。现在我要朝它飞过去，你们到窗口看仔细一些告诉我它的体型。”

说完，他便驾着飞碟杀了一个回马枪，瞬时与追过来的UFO擦身而过。

“太快了，有些看不清！不过对方UFO肯定没我们的体型大！”鲁比斯率先大叫起来。

“好像是这样……”雷德蒙也跟着说。

“好！那我就把它撞下来，大家都做好准备！”里尔咬牙切齿地说着便再次将飞碟拉升高度。

一旁的郑海涛却有些担忧，他凑到里尔身边问道：“如果这样的话，我们的飞碟会不会也受损？”

此刻里尔显然没有他考虑的那样多，他一面捕捉对方的坐标一面回答：“有这个可能，不过总比眼睁睁地看着被敌人击落强，别忘了我们的船上没有安装任何武器。我现在要启动重力调节系统装置让舱内零重力，以减轻冲撞时对我们的伤害。”

然后他大叫一声：“狗娘养的，我们来啦！”

与此同时，所有人的双脚都晃晃悠悠地离开了地板，跟着一大波零碎物件飘浮着从环廊里一股脑涌了出来，猝不及防之下郑海涛死死抓住里尔的座椅靠背，整个身体横在空中，再看其他人也都像游泳一样在半空中扑腾着。

就在这时一个金属挂件突然贴着郑海涛脸颊擦了过去，疼得他放开一只手捂住了脸，另一只手没抓牢整个人又被吸回了空中。

他只觉地面一阵狂颤，舱内瞬时成90度倾斜，尽管舱内重力都被排掉，但剧烈的冲撞还是让所有人都在空中被抛来抛去。

郑海涛在被弹起时脑袋重重地撞在了舱沿上昏了过去。

等他苏醒时发现自己正躺在宿舍的床上，周围一个人也没有。

他努力挣扎着想爬起来，却依旧感到头昏得厉害，稍一动眼前就是一阵发黑。

这时门被打开了，鲁比斯走了进来，他的头上也缠着纱布，一进来就朝郑海涛报喜道："好消息，我们把那架飞碟干掉了！"

"好，好……"郑海涛捂着头费了半天劲才吐出两个字，他感到自己这回被撞得不轻，脑震荡肯定是有了。

鲁比斯丝毫没察觉到他的不适，接着往下说："大家都在驾驶舱，雷德蒙让我看看你醒了没有，马上就快到51区了！你也赶紧起来准备一下吧。"

说完他就出去了，剩下郑海涛坐在床上捂着头发呆。

"51区……又是和外星人有关的地方。"一想到这些他就头大，为了摆脱这种状态他干脆躺回床上用枕头蒙住头，一会儿就昏昏睡了过去。

在梦里他见到了女友胡洁，她被关在蜥蜴人的仓库铁笼里，一袭白衣披头散发，长长的头发垂下来遮住面门犹如女鬼，透过发帘她用幽怨的眼神望着郑海涛，从笼缝中探出手凄厉地叫道："你知道我就在道西基地，为什么还不来找我？"

"小洁！不是这样的……"见胡洁误会了自己，郑海涛一着急就直接醒了。

这时的他睡意全无，头也不像之前那么疼了。

“哎！怎么连梦里都不太平。”郑海涛自言自语地嘟囔着爬起来往驾驶舱走去。

当他进去后却发现那儿一个人也没有，但整个飞碟运转系统还处于启动状态，一支雷德蒙吸了一半的雪茄撂在座椅扶手上，被点燃的那一头还在微微冒烟。

郑海涛伸手把半支雪茄拿在手里环视四周，一股恐惧感袭上心头。

第十三章　重返道西基地

——道西基地位于美国新墨西哥州地区附近的科罗拉多州与新墨西哥州边界，阿布奎基商人保罗·班纽维兹首次宣称在这个设施有外星人活动。

就在郑海涛面对空无一人的驾驶舱不知所措时，过道里响起了一串脚步声，他跑出去想看个究竟却与正要进来的里尔撞了个满怀。

“噢……噢……慢点！”里尔抬手推了推鼻梁上被郑海涛撞偏的眼镜叫了起来。

“你们刚才究竟到哪儿去了，怎么一个人都找不到？”郑海涛疑惑地问道。

“其他人和51区司令长官在一起。”里尔从兜里摸出一块巧克力塞进嘴里说，“飞到51区上空时我们又差点被攻击，幸亏雷德蒙和驻地司令官私交不错，在我们迫降到100米时打了一个电话给对方，我们才被允许降落，那时你一直在昏迷所以又错过了这有惊无险的一幕……”

看着里尔眉飞色舞地描述着之前发生的事情，郑海涛却没有心情往下听。

他来到飞碟过道一把拉开舱门，外面耀眼的阳光瞬时刺得他睁不开眼。

等勉强适应了一些，放眼望去，眼前的情景又让他有些无所适从。

四周是一望无际的戈壁，飞碟停泊的不远处都围着铁丝网，还有身穿迷彩服的美军持枪站岗，前方是一排白色的营房，一队上半身赤裸的士兵排成两列正在跑步拉练。

郑海涛刚走下飞碟，一支枪就抵住了他的后背，吓得他一个激灵。

“别动！举起手慢慢转过来，你来这里干什么？”

这时里尔恰好也从飞碟里走出来，看到这一幕慌忙叫道：“没关系，士兵！他是雷德蒙的人，我们是一起的。”

“可这是一个亚洲人！上头有命令不能让亚洲人接近这里。”听了里尔的解释，那士兵尽管口中一个劲地嘟囔着但还是收起了枪。

里尔连忙走过去把手搭在郑海涛肩上说：“看到没有，你还是别乱跑了，雷德蒙他们已经和司令先去食堂了，我们也过去吧。”

郑海涛和里尔搭上一辆吉普车，在茫茫沙地上掀起一阵黄土，向着基地食堂飞驰而去。

此刻在食堂里，雷德蒙等三人正与51区司令官茨瓦·博涅夫围桌而坐，他们每个人面前都摆着一份咖喱盖浇饭。

茨瓦·博涅夫有俄罗斯血统，身材挺拔身高近两米，身为51区的最高长官，当下他最在意的却是雷德蒙他们开来的纳粹飞碟。

“雷德蒙，你打算怎么办？你们把那东西从南极弄出来上头还有谁知道？”茨瓦·博涅夫瓮声瓮气地问道。

雷德蒙显然没太把博涅夫的顾虑当一回事，他扒拉了两口饭放下勺子说：“CIA中情局局长布伦南知道我的计划，他会告知总统阁下，事实上总统近来也感受到了来自道西基地的威胁，但是如果不通过议会就对道西基地进行打击显然是不可能的，可现在我们国家上下两院一半的政客都成了灰人的傀儡。”

听了雷德蒙这番话，茨瓦·博涅夫似乎也很赞同他的观点。

“是呀，从这些年我们在出事地点回收的灰人飞碟来看，他们正在疯狂地进行人体试验，每一架飞碟里我们都能发现大量的人类断臂残肢，很多人体实验是直接在飞碟里进行的，却从不见我们的政府向灰人交涉。我们还捡回来三个活的灰人，我把他们关在地下看押室里，你们要不要去看看？事实上，这些家伙近来突然变得反常了，像是接收到某种讯号一样不断地发出一种让我们难以忍受的噪音。”

“这一点也不足为奇！”雷德蒙接过了话茬，“区别于其他外星族，灰人是靠声波进行交流，如果相距得远他们凭借远程心灵感应一样可以联系到同伴，你说的情况可能表示他们最近要有动作了，为阻止这一切我需要你的帮助！”

“好吧，你需要我做什么？”博涅夫问。

此刻他们聊的是那样投入，以至于里尔和郑海涛走进食堂都没人注意到。

“我知道你们回收了不少灰人的飞碟，我需要那上面可以配到纳粹飞碟上的激光武器，技术上的事你不用担心，我带了飞碟专家，我把他留在这儿，你们只提供必要的帮助，协助他改造飞船，这是 X 计划能否成功的重要环节。”

说完雷德蒙抬头正好看到了门口的里尔和郑海涛，他冲俩人招手示意他们过来。

“行吧。”博涅夫思索了片刻后同意了，“那些飞碟有的似乎还能运转，但性能不是太稳定，为了我们的未来必须得冒一下险了。不过……此事必须严格保密，我只能暗中协助，你的人可以留下但他在这里不能公开露面，还有他和纳粹飞碟不可以在这里待太久。”

见博涅夫愿意提供帮助，雷德蒙连忙起身把里尔拉到跟前。

“好的，大熊（博涅夫的绰号），人我就交给你了，照顾好他。他父亲是 1979 年道西战争的英雄约翰·里尔，当时正是老里尔驾驶着飞碟赶赴道西基地，才救出了上千名被外星人绑架的人质。”

"噢，幸会，希望这次你会像你父亲一样勇敢。"茨瓦·博涅夫说着用他那双有力的大手一把钳住了里尔的手腕，疼得对方呦呦地叫了起来。

看到眼前这一幕雷德蒙满意地点了点头，用手一指郑海涛、尤娜等人说："那么午饭后我就带他们回去了，我答应了屠龙会米切尔长老五天后给他回复，等我在那边协调好参战部队就把纳粹飞碟接走。"

"好的。你们临走前不想跟我去看看外星人长什么样子吗？"博涅夫眨着眼睛神秘兮兮地说，出乎他意料的是大家竟一起拒绝了。

"有什么好看的，之前在道西基地里又不是没见过。"郑海涛说。

雷德蒙对此也没多大兴趣："不用了，很快我们就会在即将爆发的战争里看个够了。"

午饭后，博涅夫派车将雷德蒙一行送往机场，他们搭乘最早的一班飞机返回了新墨西哥州，里尔则按雷德蒙指示留在51区对纳粹飞碟进行最后的改装。

当他们抵达屠龙会教堂时正好刚过五天。

为了这次会晤，米切尔召集了屠龙会八大长老祭祀，他们都披着带斗篷的长袍，胸挂六角星坠站在位居圣坛中心的大长老米切尔两侧，在圣坛下方两排鸟嘴面具武士持刃列队而立注视着大门口。

郑海涛进来后看到此次场面比上回还要庄严宏伟竟有些胆怯了。

雷德蒙看在眼里压低声音对他说："别怕，越心虚的人才越虚张声势。"

就在这时候坐在圣坛上的米切尔发话了："雷德蒙，我的朋友，我都听说了，你们把它带回来了，对吗？"

"是的，大长老阁下！就这次突袭我们的飞碟绝对占优势。"雷德蒙不卑不亢地回答。

但没想到米切尔身边一位长老祭祀马上扯着尖锐的嗓音打断了他的话，"这次？单单是这次！大家想过没有，如果因为这番对道西基地的突袭惹恼了灰人，导致他们派遣远征舰队来地球讨伐该怎么办？"

此言一出仿佛是说中了不少人心理，他们马上就此交头接耳小声地议论起来。

雷德蒙仍旧胸有成竹，环视了一番四周，干咳了两声后说："绅士们，我不得不提醒你们，在与敌人作战前首先要全面了解你的对手，从灰人入驻道西基地后，我们的情报部门就开始通过各种途径搜寻他们的相关资料。通过这几十年的情报积累，我可以很负责任地告诉大家，灰人全称拉蒂斯坦人，他们的星球在1万多年前遭遇资源枯竭，此后，他们就以族群为单位凭借先进的飞船穿梭于各大星系寻找新的国土。灰人每个族群的人数都不多，按我们目前掌握的情报来看，现在道西基地里只有83个灰人，这应该就是他们族群的全部人数。只要把这 83 个灰人全部消灭在道西基地里，我保证不会就此有任何后续麻烦。先生们，不要因为你们的犹豫让 169 个西班牙人征服印加帝国的历史再次上演。”

听了雷德蒙的这番话米切尔满意地点了点头但似乎还颇有顾虑：“很好，但愿如此吧！可是我听说外星人在地下不止道西一个基地，并且很多基地都是相通的，灰人还在道西基地第六层修建了高速磁悬浮轨列车，一次可以从其他基地输送成千上万的外星人过来，如果在战争中他们突然运来大批援兵怎么办？”

“不怕！”雷德蒙底气十足地说，“在我们的 X 计划中，进入道西基地后会有一队士兵携带炸药赶到第六层去炸毁整个隧道，只要隧道一坍塌敌人的援兵短期内是过不来的。”

“那这件事你打算怎么收尾？进攻计划要不要提前报批总统？”这时，又一个长老祭祀站出来向雷德蒙发问。

“我们的目的很简单，攻进道西基地，解救那里被绑架的人类，炸毁第七层灰人准备用来扩散病毒的实验室，尽量杀光里面所有的异型。就这么简单，不需要收尾！至于第二个问题，我认为这是个愚蠢的问题，我先前已经说了，我们的国家政府上层早已被灰人控制，就算奥巴马总统也无力挽回，这是个突袭行动，知道的人越少我们取胜的机会才越大！”

就在雷德蒙口若悬河地舌战群儒时，米切尔也在不动声色地观察着他。

在雷德蒙的带动下，他对这个 X 计划也产生了浓厚的兴趣，以至于到最后竟按捺不住直奔主题："好，那和我说说你们制定的X计划吧。"

然而这次面对米切尔的要求雷德蒙却一反常态："大长老阁下，你必须先要决定是否参加这次行动我才能将详细计划告诉你，而且只能是小范围的，听众人数不能太多。并且在这之前，我请求你先释放被你们扣押的那两个无辜的中国人！"

米切尔一愣，他怎么也没有想到雷德蒙会在这里等着他，犹豫了片刻后下令："好吧，我加入！释放那两个中国人！"

很快郑海瑞和林春生就被鸟嘴武士从暗道里架了出来。

见到哥哥和雷德蒙，郑海瑞马上肆无忌惮地大喊起来："哥！你可来了，我这被关了有多久呀？"

一旁的鲁比斯见状马上朝他呵斥道："肃静！这里是圣殿堂。"

雷德蒙也朝郑海瑞二人摆摆手示意他们安静下来。

随后应雷德蒙的要求米切尔准备了一个小房间，在场的除了他和雷德蒙还有郑海涛、尤娜、鲁比斯、悟空，在郑海涛的坚持下，郑海瑞和林春生也被破例允许旁听。

不知雷德蒙从哪儿找到一块支棱的白板，自己攥着根彩笔在上面边画边讲解起来："在1979年以前道西基地是有出口直达外界的，但在战争中我们的特种部队炸毁了那里，军队以为这样就可以阻断道西基地与外部的联系，可是他们忘了外星人是乘飞碟往返基地的。他们大型的飞碟集散场就在安丘利塔山里面，我们的情报显示灰人已把这座山镂空了，山的内部被他们改造成了飞碟的降落区。所以在这次战争的第一阶段，我们要首先攻击那里从空中给予打击，争取把停靠的飞碟一次全部炸毁，然后出动地面部队由 30 架贝尔 XV-15 飞行器运送士兵占领那里。X 计划把参战部队分为 A 队和 B 队，A 队作为主力随纳粹飞碟一起在安丘利塔山内部的飞碟降落区登陆，集结后炸开降落区通往基地的入口，随后分批搭乘 XV-15 飞行器直接下到第七层，去炸毁灰人的实验室。这种新型四具管槽旋翼推进飞行器时速可以达到 525 千米 / 小时，完全可以胜任对道西基地的突袭，结合这次我方参战人员，我准备让 Z 组的 1220 名特种兵和参加过 1979 年道西战争的 200 名老兵执行 A 队的作战计划。”

“那我们做什么？”听到雷德蒙的安排里似乎没屠龙会什么事，尤娜忍不住插嘴问道。

雷德蒙摆摆手示意她先不要着急，接着说道：“这是个好问题，你们屠龙会将被归到 B 队从另一条路线攻进道西基地，就是道西基地废弃的入口。到时候我会让贝洛雷克公司出动人力封锁那里，对外宣称是公司开山作业，为配合 A 队能顺利突袭灰人实验室，你们进去后要尽可能地吸引里面守军的注意力。当然在 X 计划行动开始前，我们会将一种外星人惧怕的花粉与天花病毒混合剂通过道西基地设置在外界的空气过滤系统扩散到基地里，这种试剂可以在短时间内杀死基地里半数的外星人，对人类而言只要你不是花粉过敏或已经接种了牛痘就无须担心会受伤害，但它的效力只能扩散到第四层。你们的任务是前往第二层解救那里的人质，然后下到第六层炸毁外星人的高速磁悬浮轨列车隧道，当然这两项任务可以同时进行，完成任务后前往第七层与那里的特种部队会合一起搭乘飞行器撤离。这就是X计划的全部，大伙还有问题吗？”

说完雷德蒙停了下来，一双炯目环视四周等待大家提问，大概是因为大伙还在回味他的X计划一时竟无人说话，过了半晌米切尔才发声：“那你估计这一战我们会死多少人？”

“我不知道我们会死多少人。”雷德蒙如实说道，“但我知道如果我们不打这一战，用不了多久所有的人都会死！”

“好吧！”米切尔似乎是下了很大决心，咬牙切齿地说，“雷德蒙，那我的屠龙会1300名会众就交给你了，你要答应我尽量把他们都活着带回来。尤娜、鲁比斯，你们负责指挥这1300名胞泽听候雷德蒙的调遣。”

“是，大长老！”尤娜和鲁比斯同时起立说道。

“郑，你怎么看？”整个过程郑海涛都没说话，出于尊重雷德蒙也给了他一个发言的机会。

郑海涛也没客气，直接把他想的全说了出来：“你的X计划听上去很完美，但不是我给你泼冷水，中国有一句古语：计划再好也赶不上变化。我们当初的计划是要开回两架纳粹飞碟，但中途被击落一架，据你介绍A队有1420人将要搭乘纳粹飞碟攻占降落区。我在那架飞碟里待过，根据我的估算，飞碟一层大厅最多能容纳400人，食堂里也可以塞进去400余人，大厅里共有24个宿舍，每个宿舍只有8个铺位，这样一算我们还有400多人不能登上纳粹飞碟。难道你是想分批把他们运过去吗？”

“不，不！这怎么可能。”雷德蒙马上予以否认，“不过这个问题我也考虑过，不如现在打个电话给里尔吧，问问他飞碟改装进度怎么样了，顺便再听听他怎么说。”

说完雷德蒙当众拨通了里尔的电话，为让所有人都能听到他打开了免提。

“里尔，你那头还顺利吗？”

“噢，不算太好，他们的食堂里没有我喜欢的牛肉派。”

“我不是问这个！纳粹飞碟改装得怎么样了？”

“雷德蒙，我绝对会带给你一个奇迹！”当被问到这个问题，里尔马上在电话那头兴奋地嚷嚷了起来，“军方仓库里保留的那几架飞碟武器设备都没损坏，有离子炮、激光连发攻击系统，都能改装到我们飞碟上，毕竟是一个系统的。到时候我们的巨无霸就能轻而易举地搞定道西基地里的那些小飞碟，我已经指导士兵们把它们卸下来了，给我四天时间我一定把它们搞定！”

“好的。”听了里尔的汇报，雷德蒙满意地点了点头，“另外还有一件事情，你觉得这架飞碟能否一次运载1420名士兵？”

“呃……有点困难。”里尔说，“不过如果把那24个宿舍里的床铺统统拆掉的话，估计一个房间就能挤下20到25人，再加上大厅和食堂勉勉强强可以一次把他们全都载上，不过你得提前告诉他们这趟旅程全部是站票。”

“好的，里尔，就按你说的办！把飞碟里不必要的东西都卸下来，尽量多腾出些空间运载我们的人，我会在四天后集结好所有参战部队，到时候你过来接他们。这次就全靠你了，不要让我们失望。”

“没问题！”里尔说完挂了电话。

“那我呢？到时候我跟哪队走？”这时悟空也参与了进来，生怕自己又被遗忘。

“你不是熟悉道西基地的地形吗？你做A队的向导，任务是用最快的时间把他们带到第七层的灰人实验室。”

说到这儿，雷德蒙一下又想起了郑氏兄弟，便对二人说：“郑，你们两个是唯一从道西基地活着出来的人，知道人质关在哪里，你们就加入尤娜他们的B队，负责解救第二层的人质！”

“好的！”郑海瑞信心满满地一口答应。

出乎雷德蒙意料的是郑海涛却低头不语，郑海瑞也注意到了，忙小声问道：“哥，你怎么了？”

“这次我就不去了。”

郑海涛像是下了大决心，终于抬起头把心里话说了出来，跟着又解释道：“不是因为我怕死，实在是那个地方给我的阴影太大了，没有经历过的人是不会有那种体会的，知道自己心爱的人被关在那里可就算闯进去了也无能为力，还要看着身边朋友一个个倒下，这种感觉我实在不想再次体验。请你们谅解，不过雷德蒙，我可以给你这个，这是当年杰夫父亲亲绘的灰人实验室的详细地图，也许你们用得上。”

说着郑海涛从身上掏出杰夫送的那个夹有地图的卷轴递给雷德蒙，然后起身给大家鞠了一躬。

正要离开却被雷德蒙一把拦住了，“郑，你为什么要选择逃避呢？有时候勇敢地面对才能帮你脱离困境，道西基地既然已经成了的噩梦，为什么不设法去改变这个噩梦的结局呢？”

“这……可能吗？”听到雷德蒙的激励，郑海涛有些心动了。

“怎么不可能？我会帮你。”雷德蒙说着将手搭在了郑海涛的肩膀上。

“我也会和你站在一起！”尤娜说着也将自己的手叠了上去。

“还有我。”郑海瑞也加了进来。

大概是被眼前的氛围感染到了，林春生像是打了鸡血一样，一拍桌子用结结巴巴的英语叫道：“妈的！不就是大不了一死吗？老子也豁出去了，兄弟你放心，这趟道西基地咱哥俩一起闯！”

“那你这次不留在外头放风了？”郑海涛故意逗他，大伙也全都笑了起来。

“算了，还是跟着你们一起安全点，别又像上回沙滩那样。”

林春生说着还心有余悸地摸了一下自己的脸，又像想起什么似的冲雷德蒙连比带画地问道：“我能跟着你吗？”

“你为什么要跟着我？”雷德蒙对此感到十分不解。

郑海瑞则哈哈大笑地揭露了答案：“他一定是觉得A队都是作战经验丰富的特种部队，又有飞碟掩护，相比之下B队是一群乌合之众，肯定觉得跟着A队幸存的概率大一些。”

“才不是！”林春生涨红了脸大叫起来。

就在这时，门口传来了一个熟悉的声音：“不要再犹豫了，郑！这么多人都在支持你，是男子汉就快说Yes！”与此同时杰夫走了进来。

“杰夫！”郑海涛见状激动地大叫一声，“你没事吧？上回在旅馆还以为你……”

“那些家伙怎么伤得了我？”杰夫爽朗的大笑起来，一边与迎上来的雷德蒙握手一边说道，“郑，这次行动我也会参加，我早就加入了雷德蒙的抵抗组织。”

“好吧，我也加入！”在众人的带动下，郑海涛终于下定了决心。

一个针对将外星人逐出道西基地的联盟正式形成。

第十四章　地狱噩梦厅

——我在第七层看到无法言语的惨状，一个各种生理及心理创伤的人类动物园。眼见年轻女性被凌辱，我只能想到我数月大的女儿。我迅速恢复神智，下令前进，尽可能释放更多人。（选自 1979 年指挥进攻道西基地第七层的莱瑟上尉报告书）

到了预定行动的当天凌晨，东方天际刚翻出鱼肚白，一百多架四具管槽旋翼 XV-15 推进飞行器便分三个组群在空中盘旋着向安丘利塔山飞去。

在山脚下雷德蒙已经提前一天让贝洛雷克公司以施工的名义设路障，封锁了方圆 15 公里的地方，他们严格执行了这一命令。

一切都在按照雷德蒙的 X 计划有条不紊地进行。

早上 5 点钟左右，郑氏兄弟随着尤娜和鲁比斯驱车赶到了现场，杰夫带着一车 TNT 早已等在那里，在他身后还有 1300 名全副武装的屠龙会的战士伏在树窠里等待着最后的攻击，他们每个人都装备着 HK416 自动步枪，并配有手枪、手雷、夜视仪。

这是雷德蒙竭尽财力以及贝洛雷克公司的赞助和屠龙会的老底儿才最后搞到的装备。

雷德蒙已于前一天晚上就带着林春生和悟空前往等待纳粹飞碟的指定地点与他的部下会合去了，走之前他给 B 队主要领导人留下了道西基地废弃入口和其空气管道过滤系统的图纸。

“虽然离发动总攻的时间还早，但我们可以先做准备了。”杰夫望着安丘利塔山顶说。

“你是说……把花粉与病毒合剂撒播进基地里？”郑海涛试探性地问道。

杰夫点点头。“是的，负责投放的工具已经准备好了，为以防万一我再重复一遍，你们中有对花粉过敏的要提前带上防护面罩！”

说完他做了个起飞的手势，一架无人机缓缓地升到了空中，在地面控制台的操纵下向目的地飞去。

郑海涛兄弟和尤娜等人围到技术员身边，密切地注视着控制台小屏幕上无人机摄像头沿途传回来的图像。

在整个过程中，杰夫手捧图纸不时地看着屏幕上无人机的方位跟着报出一连串数字："北纬 35 度，南纬 49 度，坐标向西，很好……现在调整到北纬 40 度，继续飞行……"

就在无人机马上接近外星人设在安丘利塔山间的空气排风管道口上空时，屏幕上传回的画面中却出现了三个全身套着白色防护壳的巨大人形生物。

当郑海涛看到他们都拖着一条又尖又细的长尾时，立刻叫了起来："是蜥蜴人！"

几乎是同时，画面里一个蜥蜴人举起了套在手臂上带瞄准环的激光武器对着镜头白光一闪，控制台屏幕瞬间黑屏了。

"可恶！想不到在这儿等着呢。"杰夫气得一跺脚，转身对技术员说道，"再换一架无人机准备升空，鲁比斯，你带几个人跟我上山！"

二十分钟后，郑海涛他们在新无人机传回的画面中看到了杰夫、鲁比斯等五个人，他们正在山间小径中行走，逐渐向无人机被击落的位置靠近。

越往前走杰夫越是紧张，他们的到来也惊扰了正在草丛间觅食的一群乌鸦。

当它们哇哇叫着展翅冲向天空的那一瞬间，一名屠龙会战士由于过度紧张端起枪就冲着鸟群飞出的地方扫射起来，枪声霎时划破了山谷的宁静。

杰夫气得一把将他搡到地上低声骂道："混蛋！他们可能就在附近，你想害死我们吗？"

说完他从腰间解下联络器呼叫郑海涛道："郑，让无人机在我们头顶方圆一公里飞一圈，看看敌人可能藏在哪里。Over.”

“好的，你们可以先原地等待。Over.”

就在等待无人机反馈侦查结果期间，一名队员抬头眺望前方，发现不远处草丛里似乎有什么东西一闪一闪的。

他马上跑过去从那里捡出一块无人机碎片，高高举起朝杰夫他们叫道："伙计们，看我捡到什么了？”

话音未落，瞬时一道白光冲他飞去并击中了他，霎时上半身就被分解了，腰以下的部位带着一股蓝色火焰燃烧起来。

见此情形杰夫慌忙大叫："有埋伏！快趴下！”

他快速卧倒，开始搜寻四周可疑目标。

与此同时，一道道白光从不同的方向飞射出来，打在地上，周遭的草丛全部烧焦。

面对突如其来的袭击，大概是被打蒙了，一名队员跳起来就跑，没跑出两步一道白光追过来，他也变成了半具燃烧的尸体，猛烈的打击整整持续了一分多钟。

在这个过程中鲁比斯一直躲在距杰夫不远的一棵树后，趁着对方火力间歇他朝杰夫喊道："我看到他了，掩护我！”

说完他从后背抽出一把大砍刀，猫着腰朝左侧跑去，很快绕到了一座小土坡后面。

没一会儿工夫，一个全身披着防护壳的蜥蜴人便从那里跳了出来，杰夫赶紧端起冲锋枪一阵扫射将他击倒。

鲁比斯也走了出来，他手起刀落，斩下蜥蜴人的脑袋，提起来朝着杰夫晃了晃似乎是在炫耀。

“笨蛋，赶紧找地方藏好！”杰夫冲他喊道，“这里应该还有敌人。”

正说着，一道白光从正前方飞射过来一下击中了趴在他不远处的一名队员，那人都没来得及吭一声瞬间就被一团蓝色火焰吞噬了。

“我知道他在哪儿了！”杰夫大叫着爬起来举枪朝着前方小树林一阵狂射。

没一会儿，又一个蜥蜴人从树上摔了下来。

鲁比斯赶紧跑到尸体旁试图将蜥蜴人套在手臂上的激光武器撸下来，杰夫连忙制止他，“算了，我们赶紧回去，那玩意儿就算得到了也没人会用。”

肃清了潜伏在山间的蜥蜴人，第二架携带喷洒装备的无人机很快就飞临基地空气过滤装置上空，那里有一扇巨大的三叶风扇藏在灌木丛中持续运转着。

为了使投放能达到预期效果，“直接撞进去！”杰夫下令。

事已至此，郑海涛仍旧有些担忧：“这些剂量能搞定里面那些家伙吗？”

“放心！”杰夫摘下墨镜用衣角边蹭边说，“雷德蒙说了，无人机上携带的花粉病毒足以杀死道西基地一到四层的所有生物，再加上飞机还携带着少量火药，通过爆炸可以加速花粉的扩散。”

随着从前方山间传回的一声巨响，现场所有人都欢呼起来。

过了十几秒杰夫才挥手让大家停下来，自己则爬到一块岩石上向在场的所有人做战前动员：“兄弟们，今天你们面临的将会是历史上任何一场战役都无法比拟的圣战，你在战斗中的英勇和无畏会被永久载入史册，你们是在为全人类的生存和自由而战，看在上帝的分上，攻进道西基地，救出被那些畜生囚禁的我们姐妹和父老，杀死你们见到的一切外星杂种，没有怜慈！”

跟着鲁比斯也来到杰夫身边，高举刚刚砍下的蜥蜴人头颅向四周展示，叫道：“300 年前，从我们的先人猎获到第一条龙族首级开始，我们就一直世代为守护这份荣耀而战。今天，我们将会再次创造辉煌，兄弟们，希望这一战后你们每个人都能获得自己的龙族首级，将这份荣耀世代相传下去！”

听到这里郑海涛突然觉得不寒而栗，在屠龙会战士雷鸣般的欢呼声中他忍不住冲站在旁边的尤娜低声耳语道：“你们的作战动员怎么这么野蛮？听着有点像伊斯兰圣战的感觉。”

尤娜狠狠地瞪了一眼郑海涛。“闭上你的嘴巴！”她怒气冲冲地说，“再敢亵渎我们的荣耀，小心我把你舌头割下来。”

这时，两名队员抬着一箱用于开山的 TNT 拨开人群走了出来，杰夫见状马上制止道：“先等等，你们可以先把炸药在爆破地点安置好，整个计划是 A 队开始进攻降落区时我们再炸山，还要留出足够的时间让花粉在里头扩散。”

在等待进攻命令前的这段时间是大战之前的最后平静，参加总攻的队员们握着武器或蹲或站于草地上遥望着前方威严耸立的安丘利塔山，那里，即将是他们很多人走向人生终点的地方。

就在杰夫率领 B 队在安丘利塔山脚下集结之际，在山的另一侧，一架宏伟的纳粹飞碟正缓缓从空中向安丘利塔山顶逼近，在它身后跟着一大波 XV-15 飞行器，1420 名全副武装的特种兵已全部登舱。

为了节省空间，飞碟中除了操控装置外其他所有设施都被拆卸下来，尽管这样雷德蒙从二层扶栏处往下望时，下面还是挤满了密密麻麻的脑袋。

这时驾驶舱里传来了里尔的呼叫声：“雷德蒙，有件事和你商量一下。”

雷德蒙走入驾驶舱，看到驾驶座上的里尔一副心事重重的样子。

“雷德蒙，这次我给这架飞碟配备了五门粒子光束炮、十二挺激光速射炮，都是最先进的外星武器，但这些武器发射也是需要消耗能量的，据我估算，如果你想集中最大火力攻击，我们只有五分钟时间去解决降落区的目标，五分钟后飞船的能量将急剧下降，我要保证有足够的能量返航。”

“嗯，我知道了！”雷德蒙若有所思地点了点头，“我们的胜率有多大？”

里尔正要回答，前方雷达探测屏却在这时发出了警报，只见道西基地的方位出现了七八个集结在一起的红点朝着飞碟坐标快速平移过来。

“不好！我们被发现了！”里尔大叫一声，“前方有情况，我要准备迎战了！”

说着他托拉起水晶球状操纵器猛一提速，纳粹飞碟呼啸着一路向前冲去。

与此同时八架外星六角形小飞碟也早已一字排开等在前方，待纳粹飞碟靠近时它们马上散开从两翼包抄过来，同时射出一道道光束火力打在纳粹飞碟的记忆金属外壳上，咣咣作响，飞碟内舱壁上被打得多处凸起，但没多久就恢复了原状。

敌方攻击带来的巨大威力令大厅里很多上过战场的老兵都无不感到胆战心惊。里尔却不慌不忙，从容地通过画面锁定住敌方坐标，将十二挺激光速射炮全部开启，随着开火指令进入程序，纳粹飞碟的夹层慢慢张开，无数股激光交织着从里面飞出，在密集火力网的覆盖下，霎时就有五架敌方飞碟被击中，在火焰的吞噬下它们犹如一只只火球从空中坠落下去，其余的几架飞碟依旧紧追不舍。

很快它们就改变了战略，其中两架突然拉升直线一个猛子扎向地面后又迎头折回，瞄准纳粹飞碟底盘上的 12 只发动机环绕圆盘猛烈攻击。

里尔大叫一声不好马上改变了飞行模式，但还是有两个发动机圆盘被打爆了，整个飞碟顷刻间晃动起来，舱内呈现出一个45度斜坡，很多士兵大叫着顺坡滑了下去。

雷德蒙和林春生也被掼翻在地，林春生滚到舱壁的角落里蜷在那里不敢再动，雷德蒙在猝不及防下整个人险些从二层扶栏处摔下去，好在被抛出之际他一只手抓住了栏杆，就这样吊在空中来回晃悠。

在这种情形下他声嘶力竭的大声喊道："里尔，看在上帝的分上做点什么！我们是不是要坠毁了？"

"坠毁？哪里那么容易，我要反击了！"里尔说着猛一推腿下的加速器拉杆，纳粹飞碟马上呈90度翻转侧身加速飞行，巧妙地避开了来自下方的攻击。

接着它快速回兜到那几架飞碟后方，不等对方做出反应，装载的十二挺激光速射炮同时开火，很快就将剩下的三架飞碟解决掉了。

此刻里尔再也不想给对方喘息的时间了，刚一脱险他便驾驶着纳粹飞碟颤悠悠地飞抵安丘利塔山山口上空，外星飞船降落区就设在那里。

此时他们距山口中的外星飞碟降落区只有150米，透过舱窗往外望去，雷德蒙看到底下很多犹如绿豆大小的外星人正在那里跑来跑去，平台上还停泊着几排各种形状的UFO，从上头看下去也只有火柴盒大小。

见此情形他马上转身冲里尔喊道："所有的飞碟都在那里！干掉它们，不要让它们起飞！"

"是的，老板！"里尔夸张地大喊一声。

"等等……"雷德蒙突然像是想起了什么，"我们的飞碟还好吧，感觉飞得好像不是那么平稳了。"

里尔耸了耸肩："你说得没错，在刚才的遭遇战中我们被打爆了两个位于飞碟底部的发动机环绕圆盘，现在我们只能靠其他十个发动机工作，希望它能撑到这次任务结束。"

说着他通过激光画面下达了激活粒子光束炮作战指令，很快纳粹飞碟底部就伸展出五只管状筒，里尔头顶上巨大水晶球周身环绕的电流也跟着加强了。

"它在积蓄粒子能量。"里尔抬头看着头顶说。

"这大概需要多久？"雷德蒙问。

"说不好，大概几分钟。"正说着里尔不经意扫视了一眼雷达探测屏，不由自主地大叫起来，"噢，妈的！下头有一架飞碟升空了，正朝我们飞过来……"

他的话音还未落，随着一阵噼里啪啦的巨响，数道激光穿透纳粹飞碟舱壁打了进来，不少人还没反应过来瞬间就被击倒，其他人则纷纷尖叫着往后退与后面的人撞在一起。

一时间飞碟大厅乱作一团，在记忆金属作用下被打透的舱壁很快就恢复了原状，只留下大厅中央横七竖八倒在地上的几十具烧焦尸体。

为了弹压骚乱，雷德蒙冲到楼下大厅冲那些极度恐惧的士兵们喊道:“兄弟们!大家不要慌,我们的命在上帝手里,在我们降落前你们只需做一件事,那就是祈祷……”

“祈祷个屁呀!这些家伙看起来可比上帝厉害!”人群中不知是谁粗暴地打断了他的话。

雷德蒙未做理会继续叫道:“如果你是基督徒,祈祷吧!祈祷上帝的光芒为你永久驱除黑暗,如果你是穆斯林,祈祷吧!祈祷你们的真主安拉赐给你勇气与力量,让你能够从容面对一切,如果你是佛教徒……”

就在雷德蒙强行给部下们布道的时候,里尔则靠在驾驶座上全神贯注地盯着雷达探测屏与身后外星飞碟上演着一场追逐大战。

那是一架灰人专属菱形战斗飞碟,性能远高于之前那些作战小飞碟,飞行起来灵活轻巧,周身安置着二十门激光速射炮以及两门威力极大的电磁离子脉冲炮,武器配备远在纳粹飞碟之上,面对这样的对手里尔决定攻它个出其不意。

他假意做出要撤离战场的样子,对方果然被他这一举动迷惑了,开足马力迎头追了上来,在这过程中数道激光再次穿射进纳粹飞碟,大厅里又一波人如同被割韭菜一样齐刷刷应声倒了下去。

待在二层过道的林春生这辈子都没见过死这么多人的场面,他开始后悔自己当初为什么要自作聪明选择跟随雷德蒙了,但他还抱着一丝幻想,蹲在角落里一边拼命扇耳光一边自言自语:“这不是真的!我是在做梦,我现在数一二三,然后我就会醒过来……”

就在他自己抽自己的时候一道激光打到他前方，将二楼护栏炸飞了，林春生吓得再也顾不上自残了，跳起来大叫着跑进驾驶舱，他觉得那里要安全一点。

此时里尔开始反击了，他计算着两架飞碟相距差不多时突然一个回旋冲向对方，飞碟沿身的十二架激光速射炮同时朝目标开火，面对对方的火力他并不避闪。

里尔的策略马上奏效了，对方也知道和这样的庞然大物贴上去斗狠自己不占优势，所以局面很快就变成了纳粹飞碟跟在菱形飞碟后面追着打。

“你在斗狠！”林春生见状用中国话歇斯底里地大喊起来，“你是在拿我们的命斗狠！”

“你说什么！？不要跩中国话！”里尔边操控飞碟边叫着。

就在这时他看准时机对准菱形飞碟的双引擎射出了致命一击，随着一阵爆炸巨响，被炸得只剩半截的菱形飞碟拖着黑烟犹如一只断线风筝晃晃悠悠地栽了下去。

里尔则再次将纳粹飞碟拉回到山顶降落区上空，顺着安丘利塔山山口缓缓降了下去。

那里又有几架战斗飞碟准备升空，此时驾驶舱顶板上的巨型水晶球能量积蓄已经完毕，里尔马上下达了开火指令，在飞碟底部五门粒子光束炮第一轮齐射后，降落区平台霎时变成了一片火海，几架燃着绿色火焰的飞碟艰难地从火海中钻出来还没滑行几步就先后爆炸了。

这番突袭也令降落区周边安置的对空防御系统被激活了，无数股类似激光导弹的弹射物画着五彩斑斓的弧线从各个角落呼啸着砸向纳粹飞碟。

尽管里尔已提前开启了隔膜防护，一道水母样的透明外壳将纳粹飞碟罩在其中，但如此密集猛烈的火力还是打得它犹如被夹在汹涌波涛中来回拍打的破船。

林春生感觉他的胃里翻江倒海，接着狂吐不止。

一旁的雷德蒙见状不知从哪里翻出一瓶 VSOP 人头马递给他说：“我知道这很不好受，孩子，你要实在撑不住喝两杯一下，它能帮你镇定下来。”

他话音还未落，林春生就一把抢过酒瓶拧开盖一扬脖咕咚咕咚地灌了起来。

一直攀在飞碟反应堆能源柱上的悟空见状也跳下去和林春生争抢起来。

雷德蒙则被震得摔在地上，等他爬起来想要回瓶子时却发现他的酒只剩个底儿了。

林春生红着脸打着酒嗝一副不省人事的样子滑到了地上。

悟空也明显喝高了晃着踉跄的步伐没走两步就从二楼掉了下去。

在舱外，战斗已进入到白热化阶段，面对从山口源源不断发射来的弹射物，纳粹飞碟并不躲闪，任凭它们打到透明防护外壳上产生剧烈的爆炸，同时飞碟底部的五门粒子光速炮也不停地轰炸着飞碟降落区。

从这时起再没有一架飞碟从那里出来，整个山口都燃起了熊熊大火从空中看去犹如一座即将喷发的火山。

就这样双方火力交着了大约三分钟后，来自降落区的反击开始慢慢减少，直到最后全部停止。

战斗结束了，没有欢呼，所有人都瘫在地板上一动不动，如同刚刚从死亡线上挣扎了一圈回来，活人和死人交织着躺在一起却无人介意。

舱里静得出奇，偶有人轻轻咳嗽一两声便又沉寂下来。

雷德蒙是最先从地上爬起来的，但随即一阵强烈晕眩又令他差点没跌倒，他扶着舱壁踉踉跄跄地跑进驾驶舱，看到里尔靠在座位上仰着头大口大口地喘着粗气，活像一条离了水的金鱼。

“干得不错。”雷德蒙挣扎到里尔跟前拍了拍他的肩膀说，“你认为我们现在降落的话下面还会有攻击吗？”

里尔疲惫地瞪了雷德蒙一眼有气无力地说道：“除非那是来自地狱的攻击。”

十分钟后，纳粹飞碟缓缓地降落在了已烧成一片焦土的降落区平台上。

舱门打开后，雷德蒙第一个走了出来，眼前的景象让他终生难忘，空中到处飘荡着燃烧后的絮状物，它们像雪花一样纷纷攘攘地倾泻下来，周围一切物体都在高温下凝固成了焦炭状，地面的黑灰积了一尺多厚，风一吹它们便夹带着火星在雷德蒙脚下翩翩起舞。

死于袭击的特种兵尸体都被裹着白单陆续从飞碟里抬了出来，摆在地上码了长长两排。

望着还在不断增加的数量，雷德蒙皱着眉头一言不发，旁边一名士兵捧着小本子一边记录一边向他汇报。

“目前为止，两次袭击我们一共损失了154人，还有21人身负重伤，无法参加后面的战斗，A队一共减员175人……”

“好了，别说了。”雷德蒙一挥手打断了他，“告诉各小组组长，整合部队清点人数，每个小组分配十架飞行升降器，以组为单位自行空降，在道西基地第七层集结。”

“明白！”特种兵朝雷德蒙敬了个礼，转身跑开了。

雷德蒙掏出了通讯联络器。

“杰夫，我们A队第一阶段作战任务已经完成，为什么你们那边还没动静？Over.”

很快联络器那一端便传来了杰夫的声音：“收到，我们马上行动，你们那边现在如何？Over.”

“不算太好，在强行登陆中我们遭到袭击，损失了一些人，之后的行动我们两队要保持密切联系，以便互相增援。Over.”

说完，雷德蒙快步走到正在集结的人群前，指着前方地面凹陷下去的巨大入口对他们说道：“兄弟们，待会儿我们就从这里空降下去，每架飞行器一次只能搭载四个人，第一批下去的兄弟到第七层后必须立即原地建立防线等待后续大部队，不许擅自行动，明白了吗？”

“Yes sir！”所有士兵们都齐声喊道。

“很好。”雷德蒙满意地点了点头，“第一小组先下，成功登陆后大部队跟进。”

在雷德蒙的指挥下，四十名全副武装的特种兵分乘十架四具管槽旋翼 XV-15 推进飞行器顺凹陷的巨大洞口缓缓地降了下去，道西基地的所有飞碟也是通过这里被弹射上来。

对于人类飞行器而言这是一段深长的距离，越往下潜四周越接近漆黑，渐渐地连沿途峭壁都看不清了，十架飞行器只得同时开启探照灯才能勉强继续下降，整个过程中雷德蒙都与第一小组组长保持着联络，

“这里是总部，你们现在进行得怎么样？报告你们的方位。”

“收到！我们还在下降，这里越来越黑了，这段路程比想象的要长，下面的深渊一直看不到底。”

“那是正常的，你们正在直穿安丘利塔山，不算道西基地一层到七层的距离，这座山都几百米高……”

听了雷德蒙的话，小组长正要张口回复，却见一道橙光从眼前一闪而过，他左翼的那架飞行器瞬间就爆炸了，随着一团上升的火焰，飞行器残骸飞溅得到处都是，一块挡板卷到另一架飞行器螺旋桨里，导致对方也跟着一起坠毁了。

眼前这一幕让小组长彻底慌了神，抄起联络器发疯似的朝那端喊道：“有埋伏！我们正在遭到进攻！”

“见鬼！是不是敌方飞碟？”听到第一小组的紧急呼叫雷德蒙一时也有些懵了。

“不知道！看着不像……”小组长拖着哭腔叫道，“它们看着是从两边峭壁上射出来的，我得返航，刚才又有两架被击毁了……”

透过通讯器话筒雷德蒙果然隐约听到了接二连三的爆炸声。

“好吧。”他大声说道，“你们赶紧回来吧。”

话音未落通讯器那头已没有了声音。

两分钟后，只有三架 XV-15 推进飞行器从降落区入口钻了出来。

见此情景，里尔不由叹息了一声：“唉！又损失了 28 个人。”

一旁的雷德蒙没有吭声，他死死地盯着黑黝黝的入口看了半天，问里尔道：“你觉得刚才袭击第一空降组的是什么？”

里尔想了想说：“应该是灰人布置在内穴的防空武器系统，我们刚刚只摧毁了设在外界的防空系统，但安置在安丘利塔山内部的防空系统却不是那么好对付，因为它们藏匿太深。”

听了里尔这番话雷德蒙沉思了片刻，很快就有了主意：“如果我们用纳粹飞碟上的光速炮沿壁把洞口扩大，然后直接把飞碟开下去摧毁那些玩意，你觉得怎么样？”

“这倒是个好主意！”里尔眼前一亮，“可以尝试下，通知大家全部上船，我们放手博一下。”

正在这个时候，从山脚下传来了一声轰天巨响，雷德蒙知道，那是B队也开始行动了。

一切都正如雷德蒙预想的那样，在用光速炮把洞口往外拓展了一圈后，纳粹飞碟成功地钻了下去，虽然在下落的过程中有几次差点被凸起的峭壁卡住，但里尔用激光速射炮很快就消除了这些障碍，当他们下降到400米时如期遭到了来自下方的攻击。

一道道橙色的激光呼啸着从各个方向飞来打在纳粹飞碟上，在黑暗中溅起无数璀璨火花，纳粹飞碟却毫发无损一边继续下降一边从底部射出五门粒子光速炮筒。

“开火！”随着雷德蒙的一声大吼，五门光速炮同时齐鸣，一轮打击过后下方所有的防御系统就全哑了。

解决完这一切里尔驾驶着飞碟试图继续深入却发现下面的洞口宽度开始变得越来越窄。

“不能再走了！”他冲雷德蒙叫道，“就要到道西基地里了，这里的设计是上宽下窄，要想下去还得靠飞行器，我只能把飞碟悬在这里，剩下的路你们自己走吧，我在这里等着和你们会合！”

“怎么就你事那么多！”听了里尔的话雷德蒙一脸的不

高兴却也没有更好的办法，无奈之下他只得组织麾下队员搭乘飞行器去完成后续的登陆。

就这样，停在洞中的纳粹飞碟俨然变成了一座永不沉没的航母，一架架飞行器排列着从上往下依次经过飞碟舱门，接上四个人便立刻下沉，仅用了十分钟就完成了第一批 370 人的运载。

当第一批特种兵在道西基地第七层延展出的长廊登陆后，他们惊讶地发现前方空旷的过道里一个人也没有，似乎外星人已经放弃了这里。

这也使得雷德蒙的大部队得以从容地分批安全抵达。

雷德蒙是最后登上飞行器的，跟他一起被塞进飞行舱的是醉得不成样的林春生和悟空，望着眼前这两个废物他有些后悔了："这两个白痴什么忙也帮不上！"

这时一旁有士兵笑着给雷德蒙递来一个水囊。

"这里面装的是什么？"雷德蒙接过后问道。

"是冰水，长官！醒酒用的，如果外服的话效果会更好。"那士兵朝他挤挤眼睛说道。

雷德蒙立刻明白了，他把水囊举到林春生脑袋上一股脑地浇了下去。

几秒钟后随着一声尖叫，林春生彻底清醒了，他大口喘着粗气环顾四周语无伦次地说道："好冷，好冷……我们刚才是不是坠毁了？我在哪里，这里是天堂吗？"

"很遗憾，这里不是天堂。"雷德蒙望着他冷冷地回答。

林春生仍旧继续追问："那我是不是下地狱了？怎么雷德蒙先生你也在这里？"

"你哪儿也没去，你正在开往道西基地的飞行器里，如果你能闭嘴坐好的话我们会下降得快一点。"雷德蒙终于有些忍不住了。

"那这比下地狱更糟。"林春生小声嘟囔了一句。

雷德蒙又推了推身边正在酣睡的悟空："猴子，醒醒！我们马上就要到第七层了，待会儿的路程就靠你了！"

"嗯……嗯……"悟空垂着头，用鼻子哼哼了两声算作回答。

雷德蒙见状只好故伎重演，拿起水囊将剩下的水顺着它脑袋浇了下去。

谁知被淋了一头水后，悟空竟直接栽在座位上打起了呼噜，气得雷德蒙抄起联络器也不管对方谁接听，对着那头就开始发飙："找找郑！他在哪里？替我问问他是从哪儿找到的这只无赖猴子！它只会酗酒，什么事情都被它搞砸了！"

而此刻郑海涛就躲在接听者身后，当接听的人想把话筒递过来时，他赶忙连连摆手示意自己不方便接听，好不容易糊弄过了雷德蒙的电话，郑海涛松了一口气。

一旁的郑海瑞见了忍不住好奇地问道："哥，你为什么不接雷德蒙的电话？"

"还不是因为悟空。"郑海涛叹了一口气说，"它好像把雷德蒙给惹毛了，所以现在还是不要招惹他的好。”

正说着杰夫走了过来，他拍了拍二人肩膀催促道：“入口已经炸开了，尤娜、鲁比斯先带人进去了，你们也赶紧跟上队伍。”

就这样，郑氏兄弟随着大部队又一次踏进了曾险些让他们丧命的道西基地。

从入口进来后郑海涛发现他们所处的位置正是他们曾经宿营的警卫室附近，望着不远处那间老罗杰休息过的警卫室，郑海涛一时百感交集，他想起了王肃、卡洛斯、尼古拉斯、张薇……但如今他们已全都安息在了道西基地。

这时尤娜走来伸手在他眼前晃了晃，说道：“你发什么呆呢，这两层你们不是来过吗？赶紧带我们去通往降落区的出口，我刚刚已经通知A队了，他们会派飞行器在那里等着我们。”

“可我们上次是坐升降梯到第二层的呀！”

“你疯了吧？一千多号人升降梯坐的下吗？”尤娜说着气哼哼地转身走了。

好在郑海涛曾转过这一层很多地方，他用排除法对着地图删掉了之前去过的几个方向，便只剩下西边没有走过。

在郑氏兄弟的带领下，队伍排成长蛇列打着火把在阴暗湿冷的基地里蜿蜒曲行前进。

一路上，大概是喷洒进来的花粉起了作用，地上布满了奇形怪状的外星生物尸体，有的还在抽搐着。

走在最前面的鲁比斯忍不住用砍刀刀尖从地上挑起一坨软塌塌的，脊背上长着一对大肉翅的褐色囊状生物举着大声叫道：“嗨！有谁能告诉我这是什么玩意儿？”

郑海涛见状马上制止他：“我要是你就会离它们远点，这里的好多生物都具有极危险的攻击性，上次我们有人就是这么死的。”

鲁比斯一听赶紧把那生物甩了出去。

当他们又继续前行了几十米后，都被眼前的景象惊呆了，一条长着龙头的巨型泥鳅状生物翻着银白色肚皮伏在地上大口大口地捯着气，尾巴在地上盘了好几圈。

惊愕之余郑海涛一眼就认出这正是曾袭击过他们，后被卡文迪许制服的巨龙兽。

出于对这巨大怪兽的敬畏，屠龙会所有战士都小心翼翼地从它身边绕了过去。

后续的路程也是一帆风顺，队伍所过之处除了遍地的生物尸体看不到一个活着的外星人，就这样他们轻松地抵达了一层通往降落区的平台上，在那里90多架飞行器正盘旋在空中，似乎已经等待多时了。

杰夫走到队伍跟前示意大家列队站好，然后清清嗓子说道：“我们分两组行动，鲁比斯和我带800人去第六层炸毁那里的磁悬浮快列隧道；尤娜和郑带着其他人到第二层去解救人质，我们随时保持联系！好了，事不宜迟，大家行动吧！”

同一时刻，道西基地第七层里，雷德蒙正带领着特种部队沿着崎岖通道向基地纵深前进。

原计划是由悟空带路，但现在醉得不省人事的它却由一名士兵背着走在队伍里。

一路上出乎雷德蒙的意料，他所设想的一出来便遭到外星人伏击的场景并未出现，相反前方通道里却静得出奇，这得以让他好好地环视了一番四周。

这里的一切都是按照灰人风格设计的，充满了异域色彩，隧道两侧的管壁看着像是两排张开的巨大肋骨，缝隙处嵌着螺旋状填充物，地面踩下去软塌塌的不知是何种材料铺垫而成，角落里每隔一百步就投射出两道亮光，其亮度足以照明整个隧道。

随着队伍越发接近前方出口，越来越多的士兵开始松懈下来，走在最前面的一名士兵甚至往嘴里叼上了根烟。

“我觉得那帮家伙早不在这里了，可能在我们轰炸降落区的时候它们就溜掉了。”

正说着众人脚下突然莫名地颤抖起来，几秒钟之后地面分解成无数飞驰旋转的圆碟，许多士兵惨叫着纷纷落入圆碟之间的缝隙里，一股股鲜血如喷泉一样滋射出来。

雷德蒙见状大喊一声：“弟兄们！没有几步了，大家不要停，冲到前面出口去！”

在他的带动下，幸存的士兵们踮起脚尖在各个圆盘间跳来跳去，小心翼翼地前进，当几名士兵快要接近出口时，只见数道白光呼啸着迎面袭来，将他们全部撂倒了。

雷德蒙抄起一枚手雷磕开保险朝出口拽了过去同时大声叫道："他们在那里等着呢！大家跟着我做，我们杀出去！"

士兵们争先效仿，手雷就像雨点一样接二连三落在出口处，在一声声轰鸣巨响中，雷德蒙带着他的部队强行从隧道冲进了基地第七层基的大厅。

正如雷德蒙所料，地上躺着几个被炸断腿的灰人，他们蜷着身子抽搐着，痛苦地发出"呲呲"的呻吟声。

周围还有更多的灰人抬着嵌在手臂上的激光武器一边开火一边从四面向雷德蒙他们合围过来，冒死冲出来的士兵很多还来不及抬起枪便在灰人的激光武器打击下蒸发掉了。

混战中一直伏在士兵背上昏睡的悟空这时突然睁开眼睛，跳下来以迅雷不及掩耳的速度在人们腿下钻来钻去，它将猴子的灵活性发挥得淋漓尽致，三两下便跑没影了。

它的这一举动让一直背着它的士兵都看愣了，他张嘴正想说什么，一道激光射来穿透了他的胸口，士兵瞬间消失。

在经历了突袭造成的短暂混乱后，为了尽快稳住阵脚，雷德蒙迎着灰人的攻击身先士卒冲在第一线，他看准时机端起枪一阵扫射撂倒了前方一个灰人，同时大声叫道："弟兄们！不要躲，把他们干掉，他们只有几十个，用子弹就可以解决！"

士兵们接到命令马上组织队形，以三角队列边朝四周灰人开火边缓缓前进，沿途不时有人被击倒，但马上就有人挤过来补上空缺。

相比之下，灰人则比较分散，他们不懂组阵也不会相互驰援，由此慢慢被A队分割成几块。

事实证明灰人对子弹也不比人类有免疫性，在A队有组织的火力打击下，灰人们一个个中弹倒地，剩余的都转身逃向大厅左侧洞口。

这会儿有些士兵已杀红了眼，见灰人逃跑他们大叫着就要追上去，却被雷德蒙大声阻止了："够了！不要追，我们的目标不是他们，现在整理队伍去灰人实验室，留给我们的时间不多了。"

这时悟空不知从哪里钻了出来跑到雷德蒙跟前一拍胸脯说道："放心，后面的事就交给我吧！"

"我能问你个问题吗？"面对悟空的大献殷勤，雷德蒙却并不理会而是冷冷地问道。

悟空仰起头看着他："你说吧。"

"你刚才去哪儿了？还跑得那么快！"

"我尿急，去找厕所了。"悟空说。

"好吧！"雷德蒙无可奈何地说，"这次先原谅你，如果下回你还故伎重演我就把你扔回实验室里，听到没有？"

正说着，一名士兵跑过来向他报告道："部队整合完毕，在通道里和刚才的交战中我们一共又损失了199名士兵，打死38个灰人，目前A队的人数马上不满千人了。"

听到这个数字，林春生不禁感叹道："我们减员好快呀，出发时 1400 多人呢？”

“这就是战争！”雷德蒙瞪了他一眼说，“只要能够炸毁灰人的病毒实验室，今天在道西基地我们的血便不会白流！”

就这样部队稍事休整后，便在悟空的带领下进入了另一条隧道，据悟空说这是通往目的地的捷径。

为了以防万一和避免被切断后路的危险，出发前雷德蒙又特意留下 200 人原地驻防，按他的想法只要携带足够的 TNT 炸药用 800 人足以铲平灰人实验室。

大部队穿过隧道后他们来到了一处闪着绿色荧光的圆形区域，在其上方耷拉着一个类似莲蓬状的巨型黑色物体，它的截面上布满了窟窿眼，所有人都被眼前的景象看呆了。

“这是什么？”林春生仰头望着它问。

“这里是灰人休息的地方。”悟空说。

与此同时从上面的一个窟窿眼里探出了一个灰人的脑袋，他四下张望了一下很快又缩了回去。

雷德蒙见状马上大声下令道：“背火焰喷射器的上，给我烧掉它！”

很快三四名背着设备的士兵跑到那巨大黑莲蓬前，用喷射管对着每个窟窿眼逐一发射。

不久就有灰人嗞叫着浑身燃着烈焰从里面跳出来，他们拼命地奔跑，犹如一只移动的火球。

雷德蒙端着手枪守在前行，来一个杀一个，一共解决了

6 个灰人。

巨大的黑莲蓬也在高温烤化下轰然坠地。

望着这一幕林春生又忍不住感慨起来:“这外星人怎么像蜜蜂似的喜欢筑巢呀?”

但是眼下没人回应他。

摧毁了灰人巢穴再往前走就是一个向下大陡坡，悟空在这里停下了脚步:“从这里下去就是灰人的实验室了，不过你们要做好心理准备，刚吃完午餐的建议别进去……”

正在这时陡坡下面黑暗中传来了一阵“嚓嚓嚓”的声音，其中还掺杂着“呜呜”的怪叫声，尽管声音微弱，但警觉的士兵们还是将枪口齐刷刷地对准了那里。

悟空见状连忙挡住了枪口。

“等等，那是替灰人看守实验室的乌斯曼人，他们性情和善没有攻击性，在道西基地里一直遭受灰人的奴役，他们应该是你们的盟友才对，我去和他们沟通一下。”

说完它便连蹦带跳地跑下了陡坡，不到 2 分钟，悟空回来了，身后跟着一个比它还矮的绿色人形生物。

目测那生物不到 1 米，上肢长着四个连着蹼的细长指头，下肢末端分叉出两个大脚趾，走路时高高垫起，纤细的身躯上拖着一个大脑袋，眼瞳酷似灰人，双目间挤进一个小塌鼻，下面的嘴巴没有嘴唇只是一条缝。

他们不轻易张嘴，平时就算是沟通也只通过那条缝隙发出一些简单的音节，由于其肤色碧绿，雷德蒙便把他们称作“小绿人”。

小绿人在悟空的带领下走到雷德蒙面前将头低了下去，同时高高托起双臂“拉乌，拉乌……”地叫了起来。

一旁的悟空忙不迭跟着翻译：“他说，尊敬的解放者，恳请你们把自由和平等带给这个地方，如果你们能让我们摆脱灰人，我和我的族人都愿意为你们效力。”

“好吧。”雷德蒙看了一眼面前的小绿人对悟空说道，“告诉他，我接受他的请求，现在让他替我打开灰人实验室的大门。”

小绿人知道了雷德蒙的意思后转身走下了陡坡。

雷德蒙朝身后部队一挥手，大队人马便跟在他后面一路来到了铜墙般的实验室大门前。

在门的上方安着一个可以灵活转动的监控摄像头，旁边的墙壁上并排着三块播放着的监控屏幕，画面显示的是实验室内的情景。

监控屏幕下方还有一块晶体屏幕，小绿人把一只手放到上面，随着扑哧一声，铜墙状的大门中心显现出一个小洞，越扩越大，直到形成一个入口。

通过洞口往里看，一条长廊一直向前延伸，两侧摆着许多玻璃罐装器皿，一个接一个挨得十分紧凑，绿色的荧光灯将里面光线调和得犹如夜店一般，让人看不清器皿里装的是什么。

雷德蒙第一个走了进去，置身其中他的第一感觉就是仿佛进到了一家阴暗的展览厅里，而过道左右两排玻璃器皿里的东西也着实让他吓了一跳。

每个玻璃器皿都充满了绿色液体，里面泡着插满管子的不同人兽混合体，大多是人身兽首。

距雷德蒙最近的器皿里泡的是一个长着苍蝇一样脑袋的小个子人形生物，透过插在脸上的管子不断地冒泡，似乎还有生命迹象。

旁边的器皿里装的则是一条人头鱼身的人鱼，它的脸上挤着三只眼睛，一对獠牙从嘴里向外龇出面相极为狰狞，让人根本无法将其与印象中的美人鱼联系在一起。

类似这样的组合体还有很多，以至于每一个走进来的士兵都流连驻足观看这些玻璃器皿，久久不愿离去。

“他们才是真正的上帝，伟大的造物主……”盯着面前玻璃器皿里泡的生物，一名士兵由衷地感叹道。

雷德蒙狠狠地瞪了他一眼说：“别想多了，他们不过是利用人类母体与其他动物的基因组合造出了这些畸形，人类目前也拥有这项技术，但出于道德考虑，各国都禁止进行这样的实验。”

正说着前方突然有人尖叫起来：“噢！见鬼，上面还有东西，大家快看！”

按照提示的方向雷德蒙抬头望去，果然看到实验室顶板上密密麻麻吊着许多不断蠕动的透明囊状物，数量大概在上百个左右，每一个里面都用液体包裹着一个如同婴儿一样蜷缩着的各种人形生物，让人不由联想起女人的子宫。

看到这一幕，一名士兵按捺不住内心的好奇举枪将一个囊状物打爆了，随着咸腥的液体四溅，里面包着的人形生物重重地摔到了地上。

众人围过去看，那生物肤色煞白，完全是人类的体型，目测身高在 1.8 米以上，他没有头发一直蜷缩着身体，也无法辨别其性别。

就在这时他忽然痛苦地呻吟起来，声音听着像是羊叫，吓得围观的人纷纷后退。

有大胆的士兵拨开人群上前查看，发现他已经睁开了双眼，但却只有黑色的眼睑，看不到眼皮和眉毛，样子与灰人倒是有几分相似。

看着眼前这像是人类又貌似外星人的混合体，雷德蒙毫不犹豫地走上前对着他连开两枪。

随着一声惨叫，一股蓝色的液体从那混合体身上淌了出来，跟着他又挣扎了几下才安静下来。

确认那混合体咽气后，雷德蒙才转身冲那些看愣神的士兵们喊道："都在这儿磨蹭什么呢！忘记你们的任务了吗？继续前进。"

在雷德蒙的催促下，部队沿着长廊过道缓缓前行，走在队伍后面的林春生惊讶地发现先前替他们打开实验室大门的小绿人不见了踪影。

他把此事汇报给雷德蒙，对方却一摆手，不耐烦地说道：“这有什么呀，它本来就是有脚的嘛，想走谁拦得住。”

他们很快穿过长廊来到了一个足有体育场大小的大厅前，还没进门首先映入众眼帘的就是两侧角落里堆成山的冷冻桶，每个体积如同啤酒桶大小，有士兵凑过去朝桶里看了一眼顿时蹲在地上呕吐不止。

雷德蒙见状大声问道：“你看到了什么？”

“不想再提了，您可以自己去看看，长官。”那士兵一面吐一面答道。

“把你见到的说出来，这是命令！”

“里面装的都是他妈的各种畸形，长官，我见到了一个八条腿像螃蟹一样的小孩，被冻在里面，实在是太恶心了！”说到这儿，那名士兵吐得更厉害了。

林春生却不信邪，也可能是他英语太烂没听懂刚才士兵说的是什么，只见他举着苹果手机便兴冲冲地跑到那堆冷冻桶前，用中文自言自语道：“来到这里怎能不带走一些回忆，回去把这些照片卖给媒体怎么着我也能小发一笔！”

当他用手机对焦冷冻桶按下拍照键的一刹那，立刻像见了鬼一样一蹦三尺，语无伦次地叫道：“哎呀妈呀！不玩了，太瘆人了……”

雷德蒙闻讯走来伸手从林春生那里拿过手机，他看到了一个眼睛鼻子嘴都长在肚皮上，脑袋却皱巴巴缩成一团的小孩坐在桶里，这一幕也着实让雷德蒙恶心得差点吐出来。

他赶紧把手机还给林春生同时下令道："先进去 100 人打前站，仔细搜索这一区域，有什么新发现立刻汇报！其他人原地待命。"

在雷德蒙的命令下，100 名全副武装的特种兵冲进了房间里。

进去后他们发现自己仿佛置身于一个迷宫中，房间里到处林立着透明的玻璃晶体空心柱，每一根都从地面直通顶板，如同外面长廊那些玻璃展示器皿一样，里面都蓄满了绿色液体，浸泡着许多大型未知生物。

眼下士兵们无暇去欣赏柱子里的生物，他们端着枪小心翼翼地在晶体柱之间来回穿梭，仔细地搜寻着每一个角落。

让先遣队始料未及的是，一些白色身影也悄然潜伏在这里，它们游走在晶体柱之间，当有士兵快要捕捉到它们时，对方却快速一闪消失了，似乎在和人类士兵玩捉迷藏。

终于，随着一名士兵的脖子被扭断倒地后，杀戮开始了。

一个个正在搜寻的士兵还没弄清是怎么回事，便被突然伸出的一双白色巨臂拽到晶体柱背后，等同伴们赶来时，只见一具冰冷的尸体被留在那里，凶手却不知所踪。

在这种情形下，恐惧环绕在每个人的心头，他们开始自发后撤，往往还没退出多远，退路便被从柱子后面转出的两只高大魁梧的白色生物截断了。

它们要比人类高出两头，有着灰人的头颅，乳白色的躯体上隆满了块状肌肉，手臂和背上都挺拔着倒刺，它们没有拇指取而代之的是一对螃蟹般的利钳，看着和一般的灰人又不大相同。

望着这两只怪物，不知是谁大喊一声："干掉它们！"

霎时所有的火力都射向了这两个怪物，面对雨点般落下的子弹，它们并不躲闪，反而号叫着冲入人群挥舞双钳，将阻挡它们的士兵逐个抛到空中，直到它们被打成筛子倒地不动。

解决掉这两个怪物，人类士兵也倒下一片。

望着遍地尸体，还没容幸存的士兵们喘口气，就又有四五只相同的怪物号叫着从角落里冲了出来。

见前方已经交上了火，雷德蒙大叫一声："所有人立刻进去驰援！"说完便端起冲锋枪身先士卒地冲了进去。

在他的带动下，士兵们纷纷呐喊着杀了进去。

林春生也被这氛围感染了，但是他没有枪，情急之下不知从哪里翻出了一把水果刀攥在手里，龇牙咧嘴地怪叫着一起往前冲。

但是等他进去时战斗已经结束了，地上到处是残缺的尸体和痛苦呻吟的伤兵，一只怪物的尸体旁边都有五六具人类尸体。

而刚刚那番激烈枪战导致房间内的警戒系统铃声大作，镶嵌在墙上的一排预警灯不停地闪烁着，晶体柱里浸泡的所有生命体都被激活了，它们在液体里不断挣扎拼命拍打着柱壁，撞击声此起彼伏。

雷德蒙见势不妙，顾不上清点伤亡人数就驱赶着队伍继续前进，以便在它们冲出前撤离这里。

前方又是一条看不到出口的深邃通道，但是当进到里面后所有人都被眼前的景象惊呆了。

过道两旁安装着随通道延展的长铁笼，里面关满了赤身裸体的女人，一见有人经过，马上从笼子间隙里探出了密密麻麻的胳膊，争先抓向探路士兵，震耳欲聋的哭喊声求救声充斥了整个通道。

雷德蒙也没想到有这样的情况，根据他的情报所有人质应该都在第二层，他大致扫视了一番两侧铁笼，里面关押的人数应该不下万人。

还没等他下令，一些士兵便迫不及待地开始用枪托破坏铁笼，但所有铁笼上都附着电流，有人稍一触及就被立刻击倒。

这时悟空蹿到雷德蒙肩上，指着不远处石壁上一个闪着绿灯的开关，喊道："那里是开关，把它关掉电流就会消失了。"

随着电流被关闭，所有笼门都失去了作用，女人们争先恐后地从笼子里冲了出来，瞬间将雷德蒙的部队冲得七零八落。

士兵们与赤身裸体的女人交织在一起，全部挤在狭窄的隧道里，一时间乱成一片。

林春生面前也撞过来一个一丝不挂的金发女郎，见此情景他瞬间鼻血就冒了出来。

为了装成是不小心的身体接触，林春生闭上眼睛大叫一声："喂，后面的别挤我！小姐，我不是故意的。"

说完他便张开双臂向前方倒去，谁知就这一小会儿工夫金发女郎便被挤到了别处，换上了一个同样赤身裸体的六十多岁老太太。

林春生将她拦腰抱住，摸了两下觉得不对，一睁眼看到眼前那张布满皱纹的脸，不由吓得惨叫一声："鬼呀！"跟着一把将她推开。

眼见突然多出了上万被外星人劫持的女性，一下打乱了雷德蒙先前的部署，他只好临时改变计划。

他先和身在纳粹飞碟中的里尔取得了联系，"里尔，在吗？收到请回复。你在干吗呢？"

过了好一会儿，通讯器那端才传来里尔懒洋洋的声音："我刚迷瞪了一觉，这里好无聊……"

"见鬼！不要再睡了，你有活儿了，看在上帝的分上，我要你无论如何也要把纳粹飞碟降进来，这里有近万名女人需要运走！"

"等等，雷德蒙你慢点说，怎么回事？"听雷德蒙又扯到了女人，里尔一时有些懵了。

"她们都是灰人绑进基地的人体实验品，数量比之前预想的还要多，飞行器全部驰援B队去了，我们现在没有其他运输工具，只能靠你的纳粹飞碟在灰人反攻前把这些人质都转移出去，你听明白了吗？”

“可是……底下的宽度飞碟无法通过呀……”

“这我不管！你自己想办法，无论如何也要把飞碟开下来。”眼看讲了这么久，里尔依旧在纠结，雷德蒙不由冒火了。

“好吧，好吧。”感觉到雷德蒙发飙了，里尔赶紧转变了态度，“为了我们的女人！我尽全力吧。”

“那你尽快，我让她们到飞行器登陆的地方和你会合。”说完，雷德蒙便赶紧结束了通话。

随后他发现了一件很奇怪的事情，很多被解救出来的女人们都长着一模一样的面孔，就像是从一个模子里刻出来的。

一旁的悟空仿佛看出了雷德蒙的疑惑，马上凑到他耳边低语道：“那些模样相同的女人都是灰人用快速克隆技术复制出来的，用于基因实验、食用和性交。”

雷德蒙没有理它，转身对麾下士兵们高声喊道：“大家注意，现在马上开始甄别这些女人，把长相一样的挑出来留下，只带走不一样的个体，听明白没有？”

他话音刚落便被那些女人们此起彼伏的哀号声给淹没了，不少克隆人上前抓住他的胳膊拼命摇晃着哀求道：“不！先生，救救我，我是真的，那些和我长得一样的都是我的复制品！”

“我才是真的，带我走！她们冒充我……”

“求求你，我要离开这里，你不能对我们这么狠心……”

望着眼前这番景象，雷德蒙也被震惊了，无论如何也想不到这些克隆人竟与本尊如此之像，不光是一模一样的外貌，还有同样的记忆、性格和情感。

为了疏散这些可怜的女人，雷德蒙不得不又分出了 200 人来执行这项任务，自己则带着不足 500 人的队伍向隧道前方继续前进。

在行进过程中，雷德蒙忍不住朝悟空问道：“我们的前方还有什么？”

“死亡，先生。”奔跑中的悟空瞪了雷德蒙一眼说，“前面有沉睡中的地狱终结者正在等着我们，希望不会惊醒它们，要想到灰人的终端实验室，必须通过那里！”

“地狱终结者？那是什么！”雷德蒙敲了一下悟空的脑壳，他以为对方又在危言耸听。

说话间他们已经抵达了隧道终端，却发现被一层厚重的实验室铁门拦在了外面。

“是这里吗？”雷德蒙问道。

当得到悟空的确认后，他立刻下令：“爆破组，用 TNT 把这扇门给我炸开！”

“使不得！”悟空一听当即挡在雷德蒙面前尖叫起来，“这样会把地狱终结者惊醒的，到时候谁也活不了！”

“没有那么夸张！”雷德蒙一把拨开悟空，有些不耐烦了，“现在别无选择，这是我们能进去的唯一办法。”

见雷德蒙执意如此，悟空只好说：“我已经履行承诺把你们带到实验室，我现在请求随解救人质一起撤退。”

“好吧，你可以走了。”见眼下没有什么地方再需要它，雷德蒙马上爽快地批准了。

悟空转身刚要离去却又像想起什么似的回头问道：“你答应我的 18 万美元呢？”

“等我回去就和你结。”

悟空显然对这一回答并不满意，它抓住雷德蒙胳膊执着地继续追问道：“那如果这次你死了呢？”

“那你就祝我长寿吧！”雷德蒙气得一甩手推开悟空就去指挥士兵安置炸药。

见他不再搭理自己，悟空只好悻悻地逃离了那里。

几分钟后随着一声穿云裂石般的巨响，实验室大门在 TNT 炸药威力下轰然塌陷，连接实验室的整条隧道也被震得剧颤不止，灰尘碎石不住地从顶部往下落。

待前方硝烟散尽，原大门位置露出了一个巨大的洞口，雷德蒙二话不说直接就带人冲了进去。

进到里面众人才发现别有洞天，四周墙高三四百米，空中架设着许多类似钢架桥的设施穿插连接，四通八达，上面似乎设有自动装置，在其驱动下一排包着液体的囊状物犹如挂炉烤鸭排成一列吊在半空不停运转，它的中央依旧环列着众多用来承载实验体的巨大罐状玻璃器皿，一眼望不到头。

所不同的是这里面装的都是赤身裸体的人类，他们全身插满了与舱壁连在一起的管子，均闭着眼睛保持着站立姿势似乎正在休眠。

这时，不知是谁喊了一声："这里也有东西！"

雷德蒙顺着声音望去，大门口两侧各安放着三四米高的巨型管状容器，里面关着巨大的人类蝙蝠合体生物。

它们约有 3 米高，蝠首人身，一对高高的尖耳朵支棱在脑袋两侧，全身覆盖着黑褐色毛发，手臂与从背后伸展出来的肉翅连在一起，双手交叉挡在胸口站在那里犹如一对门神。

所有人都被眼前这庞然大物惊呆了，像被施了法一样驻足仰视着久久不愿离去。

雷德蒙见状拔出手枪朝空中放了一枪，叫道："你们这些人渣，现在不是观赏的时候，继续前进！"

他的话音未落，那管状容器管壁竟跟着轻轻振动起来，有些士兵目睹到了这一幕，他们脸上露出惊恐神情开始连连后退。

雷德蒙也隐隐从身后听到了这细微的响动声，但他依旧故作镇定地命令士兵们继续赶路。

正当部队准备开拔时，门口左侧管状容器里的蝠人怪物突然睁开了眼睛，仰头长啸着用砂锅大的拳头拼命锤击容器管壁，很快便在上面砸出了一道道裂痕。

士兵们见此吓得惊叫着四下逃散，雷德蒙再也无法控制局面了。

就在这时，只听咔嚓一声巨响，破碎的玻璃晶体像仙女散花一样从空中纷撒落下，那人蝠合体的怪物锤破了容器壁弯腰钻了出来。

面对身高还不到大腿根的人类，它就像拎小猫一样随意从地上抓起一个扯成两半抛到空中，接着又去抓下一个，而子弹打到它身上却丝毫不起作用。

一时间，恐惧的士兵们哀号着纷纷朝出口处溃退。

那些好不容易冲进隧道的士兵还没跑出几步就被迎面而来的一道道白光打成了肉酱，几十名高挑的灰人抬着胳膊一边发射一边朝人群逼了过来，在他们身后还追随着众多不同种族的外星联军。

以蜥蜴人为主，其他的外星人长相各异，有的胸腔两侧延伸出六只细长胳膊，三角形小脑袋上带一对能折射红色光芒的眼睛；还有的看起来像是一只巨大的白蛾，长着一对蝴蝶一样的白色巨翅，没有脑袋眼睛长在胸脯上。

在巨型蝠人和外星联军的前后夹击下，人类如同陷入包围圈的猎物一样被赶来赶去，途中尸相枕藉，从实验室到隧道短短的一段路程到处是血呼啦嚓的残肢碎尸，竟让人无从落脚。

一直被裹在队伍里的林春生来回乱撞了半天都无法逃出，为了保命他干脆伸手从地上蘸点血抹在脸上，趁着屠杀正酣的外星人还没注意到自己，就势紧闭双眼躺在了地上。

不知过了多久，他感觉耳边杀喊声渐渐变小才偷偷睁开了眼睛，谁知映入眼帘的却是一张鼓着两个大眼泡，正好奇地注视着自己的外星人。

他吓得“啊”地大叫一声，霎时从地上弹坐起来，脑袋直接撞在外星人脸上，竟把对方砸晕了，他赶紧跳起来跑到角落里躺下继续装死。

实验室的一端，面对这兵败如山倒的局面，雷德蒙举着枪试图拦截逃兵，却被那巨型怪物一脚铲到空中，被抛起一米多高重重地摔进了角落里，跟着一口鲜血从嘴里喷了出来。

此刻，雷德蒙才真正体会到为什么悟空一说起地狱终结者时会怕成那样。

与此同时在安丘利塔山内部，先前一直悬浮在半空中的纳粹飞碟在里尔操纵下，开足马力以每分钟 3000 米的速度朝狭窄的深渊垂直撞击下去，飞碟剐蹭着岩壁一路下行，很快就造成了一场不小的塌方，它就这样裹带着大小不一的碎石强行挤入了道西基地。

直到这时，坐在驾驶座上的里尔才松了一口气，刚才的那番惊险之旅吓出的冷汗让他看上去就像是刚从水里捞出来一样。

为了让雷德蒙放心，他顾不上休息就开始呼叫对方的联络器，但从听筒里传来的却是接连不断的哀号声和阵阵枪声。

终章　第二次道西战争

——有的时候，结局只是一个新的开始。

“我又回到了噩梦开始的地方，这里的死亡气息变得更加浓厚，我无法阻止自己的双腿颤抖，却不想以这种方式去迎接死神的降临，因为恐惧我曾试图忘却，同样因为命运我不得不再次选择面对。”

在和尤娜、郑海瑞一起乘坐推进飞行器前往道西基地第二层的路途中，郑海涛在笔记本上潦草地写下了这段话。

坐在对面的尤娜一直注视着他的一举一动，此刻看到郑海涛笔下的这些方块字，她不由把脑袋凑过来，好奇地问道：“都这时候了你在写什么呢？”

郑海涛合上本子，叹口气说：“我写的是中国字，你不懂，我只是记录一些临终的感悟，也可以算是最后遗言吧。”

“笨蛋，你怎么知道自己就会死！”尤娜听了瞪了郑海涛一眼说道，“不要想太多了，我会保护你。”

坐在郑海涛旁边的郑海瑞看到这一幕，马上对着他露出一脸坏笑。

郑海涛假装没注意到他的表情，做出一副洒脱的姿态回应尤娜道："其实我并不怕死，我这三十年的人生已经经历了别人活六十年也都无法体验到的事情，如果今日能轰轰烈烈地战死在这里，总比以后百病缠身死在病榻上强吧？"

听他这么一说尤娜耸了耸肩不再回应了。

这时，郑海涛突然被他弟弟私底下狠拽了一把，疼得他深吸了一口气叫了起来："你干吗？"

"嘘——小声点！"郑海瑞压低声音用中文小声问道，"哥，那个洋婆子是不是对你有意思？那你可有福了，你看她的大胸大长腿，上了没？"

郑海涛见状照着弟弟来了个大脖拐，用中文回敬道："你这小兔崽子，在美国待了几年变得这么黄，怎么什么事到你嘴里就全变味了！"

"那你也得自己没变味才行呀。"郑海瑞小声回敬道，"说实话，哥，那嫂子呢，你是怎么定位她的？"

一被问到这个问题，郑海涛马上变得伤感起来。

"她永远是我的爱人。"他说道，"任何人都无法替代她在我心中的位置。从目前情形看，她可能已经和我们阴阳相隔了，如果是那样我死在这里也算是死得其所，到时候还可以去找她。"

"天哪！"郑海瑞用手捂住脑门装出一副惨不忍睹的样

子，继续奚落哥哥道，“你这段时间到底是受什么刺激了？怎么感觉跟抑郁症患者似的。听我的，哥，别瞎琢磨了，嫂子是肯定不能忘的，但估计你也只能把她摆在心里了。那个洋妞呢，等这事儿完了你加把劲把她娶进门当我的新嫂子……”

“他妈的……”郑海涛笑了，伸腿朝着弟弟来了一脚。

就在这时，从下方黑暗深渊里传来了一阵阵瘆人的怪叫声，同时众人脚下也跟着莫名地颤抖起来。

尤娜见状立刻警觉地抄起联络器与最下方的飞行器取得了联系。

“二组，二组，刚才的声音你们也听见了吗？应该就在你们下方，知道怎么回事吗？”

很快就传来了对方的回复：“我们也搞不清楚，不知是不是某种怪物，我们还有 20 米就要抵达第二层阳台了，请你们也做好准备。”

“好的。”尤娜说着放下了通讯器对郑氏兄弟说道，“系上安全带，我们准备着落了！”

在持续的颠簸中郑海涛他们所乘坐的飞行器重重地磕在了阳台上，尽管都系了安全带，但还是被巨大的冲力颠得从座椅上弹了起来。

旁边的郑海瑞看上去更糟，在着陆的那一刹他的脑袋重重地磕到了护栏上。

"Oh, Shit..."郑海瑞捂着脑袋边骂边抬起了头。

紧接着他就被眼前的壮观景象惊呆了，放眼望去只见遍地的蜥蜴人尸体，似乎他们曾聚在这里试图离开，有一些蜥蜴人还未断气，睁着眼睛倒在地上随着身体上下起伏艰难地捯着气。

那些先于郑海涛他们登陆的士兵马上端着枪跑了过去，朝着地上垂死的蜥蜴人挨个补枪。

看到这一幕，郑海瑞逐渐放松了下来，兴奋地说道："哥，我打赌，接下来我们不费一枪一弹就能到达目的地，花粉混合剂应该把这层的蜥蜴人都消灭了！"

"但愿吧。"郑海涛淡淡地回应了一句，不知为什么他内心深处反而越发不安了。

等所有人都到齐后，尤娜简单地整了一下队便在郑氏兄弟引领下带着这500人浩浩荡荡地开向了蜥蜴人的老巢，沿途到处都有倒毙的蜥蜴人尸体，看来花粉的确发挥了惊人的效果。

当他们进入基地大厅后却看不到一具尸体，四周静悄悄的，看不出有蜥蜴人活动的迹象。

这些变化并没引起郑海涛的重视，身为向导的他眼下所有的注意力都集中在前方的三条通道，同时他大脑也在飞速运转，努力回忆着当时悟空带领他们所走的路线。

见哥哥有些迟疑，一旁的郑海瑞忙凑过来提醒道："哥，我记得应该是中间那条通道吧？"

经郑海瑞这么一说，郑海涛也觉得眼熟，于是他冲尤娜点点头，大队人马便进了中间的通道。

里面是一段漫长曲折的羊肠道路，通道里顶灯发出的微弱光亮只能照见十米开外的地方，两边的墙壁由大理石砌成，隐约还能从上面看到一些外星文的指示路标。

四周静得出奇，除了众人杂乱的脚步声听不到一点其他动静，在这种氛围下郑海涛的心里越来越没底。

尤娜也感到有些不大对劲，一把拉住郑海涛就开始诘责他："到底是不是这么走，你认不认路呀？"

"这和认不认路没关系！"郑海涛不服气地回敬道，"我们这次是从另一个地方进入第二层的，总得让我先熟悉一下吧！"

就在二人争执中，深邃的通道尽头突然爆发出一阵阵歇斯底里的嚎叫，很快便有一批面相狰狞的白猿从黑暗里冲了出来。

它们手持各种武器密密麻麻地挤在一起，瞪着血红的眼睛，鼻孔呼哧呼哧地喷着粗气，与尤娜、郑海涛率领的众人对峙起来。

郑海涛发现这些白猿正是这层实验室里培育出的为取代人类的变种猿，它们好像没有受到花粉的伤害，一个个精神抖擞，手中所持的武器多以蜥蜴人爱用的利刃为主，一种两头宽中间窄的刀剑，还有一些变种猿拿的是类似筒状长管炮的发射武器。

尤娜见状深知在这样狭窄的场合自己部下根本无法展开作战，于是急忙下令道："所有人都往回撤！"

来不及了，几乎与此同时又一大波变种猿号叫着从众人身后涌了进来，从两头将部队紧紧夹在通道中间。

见此情景所有的人都开始检查弹药，站在第一排的屠龙会战士们将枪栓拉得咔咔作响，然而还没等他们有下一步举动，变种猿们就冲了上来，它们敏捷的身手三两下便让前排人全部沦为了刀下鬼。

一时间所有屠龙会战士都怒吼着，前赴后继地冲向变种猿，双方挤在这狭窄的地方你来我往，呼啸的子弹与刀刃的白光交织在一起，杀喊声震聩着整个隧道。

然而这样的战斗对屠龙会战士并不占优势，所有人被挤压在一起无法动弹，不仅火力无法施展，队伍中间的人甚至连枪栓都拉不开，往往是头一排战士倒下去后，后面的人才能看到敌人。

郑氏兄弟被压制在人群的第五排，刚才的冲击使得他们和尤娜分开了，望着前面的人一排一排的被杀掉，为了护住弟弟，郑海涛拉着他拼命往后挤，但在身后强大人流的推动下，他们还是一点点地被拱向前方。

这时一只变种猿干掉了挡在郑氏兄弟身后的屠龙会战士，跳起来一把拽住郑海瑞的头发，拼命地把他往前拖。

"哥……哥……"郑海瑞挣扎着惊恐地大声呼叫起来。

郑海涛见状忙端起冲锋枪，一面大叫着一面用枪托朝抓着弟弟的变种猿身上狠狠砸去。

那变种猿挨了两下子彻底被激怒了，它一脚将郑海涛踹倒在地上，拉起郑海瑞头发往后一抻，郑海瑞喉咙便露了出来。

“不要……”郑海涛不顾一切地大叫起来，他努力地想从地上爬起却一次次被迎面往后撤的人踢倒。

那变种猿将右手臂佩戴的利刃伸到了郑海瑞喉咙处，轻轻一划割断了他的气管，郑海瑞都来不及叫一声两眼一翻脑袋便仰到了身后，变种猿一松手，他的身体瞬时软绵绵地滑到了地上。

“海瑞……”见弟弟就这样惨死，郑海涛如同一只发疯的野兽歇斯底里地惨叫起来，此时的他什么也不顾了，端起冲锋枪朝着变种猿一通疯狂扫射，一梭子弹过后，随着那变种猿一起倒下的还有三名屠龙会战士。

不远处的尤娜见状，从人群里挤了过来，一把夺下郑海涛手里的枪，大声斥责道：“你疯啦？怎么连自己人都杀！”

这时的郑海涛已彻底失去了理智，一把将尤娜推倒，大声咆哮道：“你甭管！我要杀光它们！这群畜生……”

说完他又从一旁尸体上抄起一把冲锋枪就要冲上去与变种猿们拼命。

尤娜从地上爬起来并没有恼怒，而是上前一把抱住郑海涛，将他脑袋搂在怀中安慰道：“宝贝，我知道这很不好受，今天在这里我们都失去了很多人，但你弟弟也一定不希望你这么快就过去找他，先跟我离开这里，我们一定会为他报仇的。”

在尤娜的抚慰下，郑海涛逐渐冷静下来，挣脱尤娜爬到郑海瑞身边，哭着搀起弟弟逐渐冰冷的尸体向后撤去。

为了扭转这不利局面，尤娜举起手枪一边朝空中鸣枪一边大叫着：“弟兄们，不要恋战！大家跟我杀出去，到空地上解决它们！”

在她的号召下，被困在通道里的人们开始不顾一切地往回冲，变种猿哪里肯放过这杀戮机会，马上跟在撤退的人类后头一路砍杀，很多掉队或跑慢的人成了它们重点猎杀对象。

等队伍好不容易冲破拦截回到大厅时，500 人的队伍已变得稀稀拉拉。

尤娜望着如汹涌洪水一般从四面涌过来的变种猿们，马上组织队形，下令所有屠龙会战士三人一组就地组成三角形防御阵型，以强大的火力从三个角度射向试图靠近的变种猿。

在猛烈的火力攻击下，一时间变种猿们死伤枕藉，在距阵型不到十米的地方尸体就堆起了三层楼高。

尽管对方死伤惨重，但它们丝毫没有退却的意思，前头的倒下去，后面的仍一面高声怪叫一面义无反顾地往前冲，靠挡在前面的同伴消耗子弹并不断地接近目标。

没过多久，一些变种猿就顺利地冲到人类防御阵型前，以猝不及防的速度瞬间将人扑倒骑到身上，手起刀落一刀斩去首级。

很快外围的临时阵型就被变种猿攻破了，人类和怪猿们再次短兵相接肉搏起来。

这种氛围也深深地感染了郑海涛，特别是一想起被变种猿杀害的弟弟，马上又怒火中烧起来。

只见他大叫一声迎着变种猿们冲上去，见一个崩一个。

很快不远处一个变种白猿也瞄上了他，趁着郑海涛注意力都集中在前方，它突然从侧面冲上来一下把他扑倒。

郑海涛手里仍紧紧攥着那把冲锋枪，他突然想起了之前卡洛斯在湖滩上说过的一句话："选对一把好枪就是交到一个最可靠的朋友！因为它可以救你们的命！"

想到这儿，被压在身下的郑海涛一边挣扎一边努力地将枪管抬高，把枪口指向变种猿并拼命扣下了扳机。

随着一阵清脆的枪声，骑在他身上正高举利刃准备往下插的变种猿惨叫了一声倒了下去。

郑海涛连忙将这丑陋怪物从自己身上推开，双手支地坐在地上大口大口地喘着粗气。

随着越来越多的变种猿横尸遍野战斗也进入了尾声。

望着一地的变种猿尸体，郑海涛目测它们被消灭的数量应该在 1000 以上，而己方也损失惨重，当最后一只变种猿被击倒后，还站着的屠龙会战士连抵达这里时的一半人数都没有了。

尤娜从尸堆里爬起来后也注意到了这点，她马上命令各小组统计幸存人数。很快结果就出来了，只有211人幸存，一半以上的人都在与变种猿的混战中战死了。

听到这个数字尤娜咬着嘴唇半天不吭声。

郑海涛却在这个时候走过来不明就里地问道："我们已经伤亡过半了，任务还要继续吗？"

"继续！"尤娜咬咬牙说道："一定要把被关押的人质都救出来，剩下的路就全靠你了。"

郑海涛点了点头不自觉地伸手拉住了尤娜放在膝盖上的手。

尤娜没有躲闪，用另一只手替郑海涛掸掉了身上的尘土，两人四目相视，似乎不用过多的言语就已经形成了默契。

"我要带我弟弟一起走，不能把他留在这儿，他从小就怕一个人。"郑海涛说。

尤娜没有说话，起身帮忙将郑海瑞的尸体搭在了郑海涛身上，和他相互搀扶着向前走去，其他人也都跟了上来。

当他们终于抵达蜥蜴人关押人类的仓库时，尤娜看了一眼时间发现已经过去了2个小时。

"也不知雷德蒙、杰夫他们怎么样了，我要先联系他们确认一下。"

尤娜说着把联络器调到了杰夫的频道，但话筒那头却一直是沙沙的忙音。

尤娜接着又换了雷德蒙，这次倒是很快连接上了，可首先传入众人耳中的却是激烈的枪声和不知是谁歇斯底里地喊叫声。

“雷德蒙！雷德蒙你在吗？你们现在是什么情况？Over.”尤娜急得对着话筒大声喊道。

话筒那头过了好一会儿才隐约传来了雷德蒙虚弱的声音：“见鬼！我们在实验室遇到伏击，死伤惨重，快要撑不住了，你们还有多少人，请求你们完成任务尽快过来驰援！Over.”

说到这儿联络器便中断了。

尤娜握着联络器与郑海涛对视了一眼，转身对残存的二百余名屠龙会战士下令道：“伙计们！我们又有新任务了，等护送完人质离开，我们去第七层驰援友军！”

“明白！”所有人都齐声回应。

尤娜将视线转向了前方不远处蜥蜴人的仓库，那里除了门口倒着几具蜥蜴人尸体外倒也没有什么特别地方的，四周仍是空无一人，仿佛所有外星人都在一瞬间蒸发掉了。

郑海涛将弟弟尸体放到地上，自告奋勇地对尤娜说：“替我照顾我弟弟，我带一队人先进去查明情况。”

“那你小心点……戴上这个，它是我们的护身符。”尤娜说着从自己脖子上解下一个拴着绘有六角形图案的挂坠，亲手替郑海涛戴上。

郑海涛抚摸着胸前带有尤娜体温的挂坠，不知哪儿来的勇气一把搂住她将嘴唇贴了上去。

尤娜既没反抗也没配合，但几秒钟后她就情不自禁地拥住郑海涛，热吻起来。

就这样在众目睽睽下二人缠绵了大约半分钟才依依不舍地放开。

“我走了！”郑海涛柔声对尤娜说道。

转身冲一直瞩目着他们的屠龙会战士们喊道：“我需要20个人跟我去探路，有愿意去的跟上。”

说罢，他便端起枪率先朝门洞大开的仓库跑去，在他的带领下又有十几个人跟了过去。

当郑海涛跑进仓库的一刹那，便隐约感到四周的氛围有些不太对劲，许多铁笼的门都张开着，里面空无一人，和自己上一次潜入这里时简直判若两然，其他人也发现了这一情况开始小声议论起来。

郑海涛端着枪继续往里走，突然听到从左侧一铁笼里传出了一阵女子嘤嘤的哭声，他急忙寻着声音往里走去，边走边说道：“小姐！只有你一人在那里吗？不要怕，我们是来救你出去的。”

可是对方并没搭理他反而哭得更起劲了。

郑海涛走到传出哭声的铁笼前，笼门是打开的，他借着微弱的亮光小心翼翼地朝里面看去，只见一个全身裹着麻袋片，一头黑色长发垂地的女人蹲缩在铁笼角落里，背对着正哭得起劲。

郑海涛见状又改用中文问道："小姐，你听不懂英语吧？你是中国人吗？"说着同时伸手试图触碰她。

当他的手指终于碰到对方肩膀时，那女子停止了哭泣慢慢转过头用双手拨开了挡在脸上的长发。

郑海涛一见马上吓得一屁股瘫坐在地上尖叫起来，那女人脸部中央被粗糙地缝上了一块不知来自何方的肉皮，一摊绿色黏液正接连不断地从缝合处往外渗。

"别……别，你别过来……"郑海涛被吓得连连后退浑身瘫软，连去拾枪的力气都没有。

面对郑海涛的警告那女子却置若罔闻，四肢跪地从笼子里爬出来一步步向他逼去。

幸好这时两名屠龙会战士上前一左一右将郑海涛架起拖离了那里，但紧接着又有五六个被改造成一个模样的女人从笼子里哭着钻了出来，由于她们没有眼睛无法辨路，走路时只能像盲人一样双臂往前探。

面对这些不知是人是鬼的东西，郑海涛一面躲闪一面扯着嗓子大叫起来："可恶！人质都被转移走了，任务取消，所有人都撤出去！"

就这样，一行人仓皇地逃了出来，谁也不愿再去谈论刚才的经历。

尤娜也没有详加追问，当她得知人质不在那里时，一挥手说道：“现在所有人立刻去阳台，乘飞行器去第七层！”

一路上郑海涛背着弟弟尸体与尤娜并排跑着，他们的手紧紧地拉在了一起。

“我总有着不好的感觉。”

当他们经过一段两边都有双层台子的路面时，尤娜皱着眉头焦虑地说：“感觉这些异型正躲在角落里监视着我们，等着给我们致命的一击。”

“别胡思乱想了。”郑海涛轻声安慰道，“刚才进来时你也见到了遍地都是蜥蜴人的尸体，你见不到他们是因为这帮家伙都已被花粉杀死了。”

“但愿吧……”尤娜轻叹了一声说道。

就在这时，跑在他们前面的一名战却突然尖叫着扑倒在地上，他的背上被插入了一杆类似鱼叉似的利器，与此同时前面道路两侧的台子上霎时像变魔术一样钻出了数不清的蜥蜴人。

他们身上都套着厚厚的防护服头上戴着类似头盔一样的面罩，面对看台下龟缩在一起的200多个人类，蜥蜴人就像围赶猎物一样朝着人群投掷利器或发射激光武器，迫使他们按照设定的路线前进。

望着身边的同伴在蜥蜴人射杀下一个个倒地，尤娜拽住郑海涛说道：“你跟着大部队先走，我带30人留下来断后掩护你们，我们在阳台登陆地点见！”

“我们必须一起走……”郑海涛说着一把攥住她的手。

尤娜却一把将他推开，说道：“来不及了！按我说的做，在阳台等我，不然我们都得死在这儿。”

说完，她便头也不回地向后跑去，一面朝看台上射击一面叫道：“留下 30 个人和我打掩护，剩下的弟兄继续撤退！”

无奈之下，郑海涛只得背着弟弟躲闪着继续前进，在他的身后回荡着尤娜等人与蜥蜴人持续交火的枪声。

就这样在尤娜率人掩护下，郑海涛随着大部队顺利地撤到了基地的阳台上。

一抵达那里，人们便争先冲向飞行器，生怕上晚了就走不了。

每架飞行器一坐满四人就立刻飞进黑暗的深渊里。

看着眼前抢成一团的人群，郑海涛却一点也不着急，他在等尤娜。

渐渐地，枪声开始朝这里逼近，郑海涛心一紧连忙端枪瞄向前方准备掩护，他知道尤娜他们快要来了。

果然没过几秒钟尤娜和四五个屠龙会战士便出现在了郑海涛的视线里。

在他们身后，一大批蜥蜴人紧追不舍。

“快上飞行器！”郑海涛大叫着边朝他们身后的蜥蜴人开火边迎了上去。

然而蜥蜴人的奔跑速度远在人类之上，他们很快就追赶上来。

一个蜥蜴人拎起跑在最后的战士用粗壮的双臂将其脖子一错，那名战士便无力地从他怀里瘫到了地上。

见此情景，郑海涛一把拉住尤娜玩命地朝最后一架准备起飞的飞行器冲去，好在他们赶上了。

这架飞行器已经处于升起状态，尤娜帮着郑海涛先爬了上去。

待郑海涛跪在舱里伸手要拉尤娜时，一个蜥蜴人突然跳到了跟前将一杆锋利的两尖叉插进了尤娜的后背。

尤娜惨叫一声，一股鲜血霎时从嘴角淌了出来。

这一切来得实在是太快了，以至于郑海涛根本无法做出反应，待他看到又一个至亲的人惨死在自己面前时，他彻底陷入了癫狂状态，无能为力地号叫着。

这会儿飞行器已驶离地面飞进深渊。

郑海涛哭着试图将尤娜尸体拖进舱里，没想到一个蜥蜴人一跃而起腾空抓住了尤娜双脚连着挂在一起。

由于蜥蜴人体型庞大一时间飞行器无法承受这般重量，悬在空中跟着来回摆动的蜥蜴人左摇右晃起来。

飞行员见状吓得大叫道："快把他们扔下去，否则整个机子都要被拽下去了！"

"不！……我不能扔下她！"面对飞行员的要求，郑海涛断然拒绝，最后还是被他身边人强行掰开了双手，眼睁睁地看着尤娜的尸体坠入深渊之中。

"尤娜！……"望着跌入黑暗中的尤娜越变越小。

郑海涛扑到飞行舱的边缘声嘶力竭地大喊起来。

他的回音在深渊上空久久回荡着，唯一能带给他慰藉的人也永久埋葬在了这里。

在郑海涛他们乘坐着飞行器逃离基地第二层的同一时刻，杰夫和鲁比斯也率领着 800 人的队伍在第六层登陆，顺着长廊杀向外星人的磁悬浮快列站台。

当他们冲入长廊的时候只看到一些手无寸铁长相有些类似海象的外星人正聚在那里闲聊，他们对于人类的到来似乎也很惊讶，但不等他们有所反应，杰夫便喝令部下祭起冲锋枪将其全部处决掉了。

往后的一路上他们也很少遇到正式抵抗，沿途不时会遇到各式外星人，但他们都没有武器，很多人身后都带着一个可以自由移动的大型球状物，里面满载人类从没见过的物品，这些人更像是星际间的旅行者或商人。

一个大脑袋细脖子，球一样身体的小个子外星人本来正在行走，一看人类冲过来，他马上将脑袋缩进身体里瞬间变成一个肉球在地上弹来弹去。

还有一个扁平脑门，鼻孔和眼睛在一个平面上，脸上长满肉须，身材肥硕的外星人正用鞭子驱赶着三个被锁链串在一起哭哭啼啼的人类女性。

见有入侵者从天而降，他立刻扔掉鞭子夺路而逃，却被鲁比斯一枪撂倒，杰夫上前替女人们松绑后她们马上也尖叫着向后逃去，整个现场乱成了一锅粥。

为了用最快速度赶到磁悬浮快列站台，大部队便对这些零散外星人视而不见了。

当他们快要抵达长廊尽头时，两侧的墙面上出现了用英文和不同种类外星文标注的路牌提示，前方也隐隐传来磁悬浮高速列车的轰鸣声，证明站台目前还在运转着。

杰夫见状拉过鲁比斯说道："等一会儿冲进去我们分头行事，我带200人到列车隧道安置TNT炸药，你和其他人在站台掩护我们，杀光那里所有的外星异型。"

"没问题。弟兄们，和我冲进去！"鲁比斯听了像打了鸡血似的兴奋地大叫一声，高举大砍刀率先冲入站台，在他的带领下屠龙会战士们也跟着蜂拥而上。

当他们一迈进站台平台便立刻被眼前的情形震慑住了，只见众多不同种族、不同外形的外星人手持各式武器密密麻麻地占据了半个平台，似乎已经恭候多时了。

带领这批外星联军的是两个身材健硕的灰人，与他们为伍的外星人，有的大约1.5米高全身呈蓝色，脑壳分成两半，一副尖锥下巴面部堆满皱纹长相与猩猩极为相似；有的身材不高脖子却像长颈鹿一样探出老长，脸部看上去就像是螃蟹的腹腔。

更令人震撼的是在这波形象各异的外星人身后还像小山一样矗立着几只身上栓满锁链的巨型怪物，它们比这些外星联军还要高出好几头，一副圆墩墩的身躯胖得看不到脖子，脑袋像个肉球一样直接嵌在肩膀上，面部只有一个大鼻孔高高翘起，下方长着一对陷入凹槽的绿豆小眼，透出邪恶的凶光，并且在它们的身旁边都有两名外星人手持电矛相随，看起来这些怪兽很不好对付。

双方僵持了十几秒后不知是谁突然大吼一声，霎时打破了短暂的对峙，互相高声尖叫着向对方冲去。

一道道激光呼啸着与人类武器迸射出的火光交织在一起。

两拨人先是互相对射，但随着各自队伍不断地向前涌动，他们终于汇到了一起开始短兵相接的肉搏战，这个时候再先进的武器都不起作用，靠的完全是体能的较量。

很多外星人体型普遍都在两米左右，有的还要更高一些，厮杀中往往人类士兵还没靠近便被他们扭断了脖子，也有带翅膀的外星人直接飞起将人类拽到空中再抛下去摔死。

那几个被外星人驱动的怪兽更是号叫着冲在前面蹚路，双手各拎一人，像啃萝卜一样左一口右一口肆无忌惮地大嚼起来，一时间人类死伤惨重。

屠龙会战士们凭借人海战术前赴后继地往前冲，鲁比斯也杀红了眼，挥动着大砍刀一路连斩六七个外星人，却与一只巨型怪兽碰在了一起。

那怪兽鼻孔不停地向外喷气，猫着腰挥动双臂一次次试图抓住鲁比斯，但都被他灵活地躲开了。

在这过程中鲁比斯看准时机一刀抡向怪物的脚踝，这一刀又准又狠，以至于怪兽被砍中后无法站稳，左摇右晃了一会儿就重重地一头栽在地上，并将驱赶它的外星人压成了肉饼。

趁着鲁比斯带队与外星联军苦战之际，杰夫曾试图率一队屠龙会敢死队携带炸药直接前往列车隧道。

但是外星联军似乎早有防备，只要敢死队一冲下站台，便立刻有一波外星人尾随而下，把轨道上的敢死队员全部杀光，就这样杰夫带队连着冲了三次都被打了回来。

这场肉搏战大约持续了 20 多分钟，整个过程中人类都是靠不断往里填人来和外星人抗衡。

毕竟杰夫他们在数量上要占优势，800 人类对抗 500 外星联军，到后期外星人逐渐显现颓败，只剩几十个外星联军还在继续抵抗着，但丝毫没有撤退的意向，只要没有被杀死就会一直战斗下去。

而人类也并不比他们好多少，当最后一个外星人被放倒后，能够站着喘气的人类不足 150 人。

双方的尸体铺满了整个站台，垒得足有两层高。

鲁比斯和杰夫望着对方大口大口地喘着粗气，经过刚才的激战都已精疲力竭，特别是鲁比斯瞪着一双血红的眼睛，累得腰都直不起来，尽管这样他还是高举大砍刀带领众人为胜利欢呼了起来。

虽然赢得了胜利，但杰夫却顾不上休息，他仔细环视了四周，发现这里就像是地铁站台一样，根据两侧墙上电子屏显示的英文提示，下面的两条轨道分别通往相反方向，每当有磁悬浮快列要从隧道中驶出时，墙上的红灯都会亮起。

为了赶在下一班快列抵达前炸毁这里，杰夫指挥着十余名战士将成吨的TNT炸药运进了站台右侧的隧道内，就在他们码放炸药时墙上的红灯突然亮了起来。

杰夫看到大叫一声不好，扔下炸药转身向外跑去，其他人却都还傻呆呆地站在那里，就这一会儿的工夫，黑暗里出现了一圈白色光晕，下一秒钟一列磁悬浮快车便呼啸着冲了出来稳稳地停靠在站台右侧，那些来不及从隧道逃走的人全部都被卷到了快列的下面。

见此情景鲁比斯心中暗暗叫苦，只得硬撑起腰板再次准备应战，此刻站台上所有人的目光也都投向了这节专列。

随着“叮——”的一声，快列上所有车门瞬间全部打开了，还没等众人回过神来，一波波不同种类的外星联军大叫着争先恐后地从车厢里杀了出来。

鲁比斯见状大吼一声“为了我们的荣耀”，便挥舞着大砍刀再次冲进敌群。

在他的带领下残余的一百多名屠龙会战士又一次与外星人交织肉搏在了一起。

但这一次却没有人能够幸存，鲁比斯也在砍死一个蜥蜴人后，被一个头颅长着一对分叉肉角窄面鹰钩嘴的外星人从后面一把抱住扭断了脖子。

刚刚从隧道逃出来的杰夫藏在站台下目睹了这一切却大

气也不敢出，此刻的他只想着如何逃离这里。

他在腰间突然摸到了一根用作信号弹的烟花棒，再看到不远处散落在轨道上的炸药，顿时有了主意，将烟花棒上的引线拉长点着后抛到了炸药箱旁边，跟着一个箭步蹿上站台，朝进来时的入口狂奔而去。

有几个外星人正想上前拦截，但站台下方却突然响起了一声巨响，一股火焰云挟带着巨大冲力腾空而起，强烈的冲击波霎时便将靠近站台边缘的外星人全部震飞了。

趁着那些外星人愣神的工夫，杰夫三两下跑上楼梯转身钻进了长廊里，在他身后响起了接二连三的爆炸声。

就这样一直跑出几百米，回头看外星联军没有追过来他才着实松了一口气，扶着过道廊柱连喘带咳地缓了好一会儿才用联络器接通了郑海涛的频率。

“郑，是你吗？我现在从第六层站台出来了，任务失败，所有人都战死了，你们在哪里？Over.”

不一会儿联络器那端就传来了郑海涛的回复：“我们也死伤惨重，我弟弟和尤娜都没了，人质也被蜥蜴人转移走了。之前接到雷德蒙的求助，他们在第七层快要全军覆没了，我正乘飞行器在前往第七层驰援的路上。Over.”

“好吧，我也过去和你们会合。Over.”

正说着，杰夫脚下地面突然剧烈颤抖起来，长廊顶部也被震下来许多碎石，他知道这是刚才爆炸产生的连锁反应，连忙撒腿就跑。

而在联络器那头郑海涛仍在喂喂地叫着，答复他的却是一阵阵沙沙的噪音，郑海涛只得撂下了话筒。

此刻他们刚好抵达第七层阳台，不知为何那里挤满了人，除了全副武装的士兵更多的都是女人，她们很多人身上只披着一些简单的衣服，有的甚至用麻布片裹身，现场乱哄哄的毫无秩序可言。

在他们正前方，由于纳粹飞碟无法登陆悬浮在空中，只能靠几十架飞行器在阳台和飞碟之间来回搬运，将被解救的女人们逐一送进飞碟。

当人数达到承载量后纳粹飞碟便腾空而起，上升到安丘利塔山口卸下所有人再返回接下一波。

就这样周而复始，由此让郑海涛联想到了敦刻尔克溃退。

在拥攘的人群中，他一眼就看到了悟空，由于它个头小不得不一边往前挤一边拼命地往上蹦，努力不被人群吞没。

郑海涛急忙挤上前拉住它问道："悟空，怎么就你在这儿？雷德蒙和林春生呢？"

"他们不听我的，释放出了恐怖的地狱终结者。"见是郑海涛，悟空抬起头委屈地说道，"我已经尽力地劝阻了可又不想陪着一起死，所以就先回来了。"

"该死！"听了悟空的话郑海涛急得直跺脚，"那你能告诉我灰人的基因实验室怎么走吗？"

获悉了具体位置后，他将弟弟的尸体托付给了悟空。

“我马上要和他们一起去支援雷德蒙了，海瑞之前待你不薄，现在我拜托你能把他的尸体一起带出去，我不能把他一人孤零零地留在道西基地里。”

“就交给我吧！”悟空说着用一块白帕巾轻轻地盖在了郑海瑞的脸上。

尽管这样郑海涛还是有些不放心，又叫来一个士兵请他帮忙背着尸体，这才依依不舍地随着增援部队跑入了前方的通道。

但是当悟空与那名士兵挤了半天好容易才搭乘飞行器来到纳粹飞碟舱口时，却被负责维持秩序的一名少尉拦住了。

“这是什么？”他指着脸上搭着白帕巾伏在士兵背上的尸体问道。

“这是一位为了人类未来能够永享和平而在这里献出自己生命的伟人，为了永久怀念他，我们要将他带出去。”悟空说。

谁知那少尉听了却冷笑一声道：“在这里目前已有不下两千名和他一样为了人类能够永享和平献出生命的伟人，他们都把自己留在了这里，你这个也不能例外，这架飞碟目前只能运活人，即便这样赶在任务结束时还会有很多人登不上来。至于你的朋友，我会给他安排一个更好的去处。”

说着少尉不等悟空他们反应过来，一把抢过郑海瑞的尸体，将他抛下了黑暗的深渊。

“不——”悟空见状忙扑上去想要争夺，但已经来不及了，它只好眼睁睁地看着郑海瑞尸体最终被黑暗吞噬。

“你这混蛋！”悟空抬起头冲少尉龇牙咧嘴地叫道，没想到反而遭到了对方的恐吓：“臭猴子闭嘴！否则我也把你丢下去！”

“你敢！我就不信了……”悟空昂起胸表现出一副无所畏惧的样子。

几秒钟后它便大叫着从空中重重地摔回到阳台上，还没等它缓过神来，聚在阳台上的人群爆发出了一阵惊恐的尖叫声。

一小波灰人不知从哪里突然钻出，手持激光武器逢人便杀。

那些等待上船的人们四下逃散，负责维持秩序的士兵们急忙举枪反击，一时间现场枪林弹雨乱成一片，最终有不少人都死在了自己人枪下。

在这种情形下悟空也不指望纳粹飞碟救命了，它爬起来利用自己身材小的优势向着后方一路狂奔躲进了一条隧道里。

就在这个时候它隐约听到身后不远拐角处的地方传来一阵轰鸣声，它蹑手蹑脚地绕过拐角，看到一名道西类人坐在时光机里用激光在空中扩大着虫洞，此时机器已经预热得差不多了，贯通电流的虫洞也已形成。

对于这个机会悟空哪里肯放过，它欢呼着“带我一起走”，三两下便钻进时光机和道西类人挤作一团。

那道西类人被这突发状况吓呆了，他连忙大叫道：“不可以！你快下去，这架机器最多只能承载一个人，不然就超负荷了！”

“没关系，我不是人！”悟空也叫着，同时用双手死死抓住了机器操纵杆，随着一声雷鸣般的巨响，它便和道西类人尖叫着随时光机一起被吸进了虫洞里。

当虫洞吞噬了时光机，在释放出数股电流后便消失得无影无踪，周围的一切又趋于平静，仿佛刚才的事情从未发生过。

此时的郑海涛并不知道弟弟尸身的遭遇，他随增援部队赶到了雷德蒙遭遇袭击的隧道中。

战斗早已结束，不见一个外星人的踪影，只有遍地人类破碎的尸骸。

郑海涛他们端着枪小心翼翼地蹚开挡在脚下的残肢断臂，深一脚浅一脚地艰难前行。

突然郑海涛的左脚被人一把抓住，惊得他刚要举枪却从脚下传出一个熟悉的声音：“不要喊！是我，是我呀！”

“春生？”郑海涛低头一看松了口气。

他抬脚狠狠地踹了林春生一下骂道：“你这蠢猪，躲哪儿不好非躲这里，你想吓死人呀！”

“我是在装死呀。”林春生压低声音说道，“你不知道刚才有多恐怖，前头出来个大块头把人撕着玩，后面一大波外星人追着我们杀，我是靠着聪明才智、临危不乱才活下来的。”

但眼下郑海涛没有心思去听林春生的废话，马上问道：“那雷德蒙呢？”

“大哥……我已经装死很久了，我觉得你应该自己去里面找一下。”

听了林春生的话郑海涛一想也是。

当他要把林春生拉起来时却遭到了拒绝：“里面情况未定，我还是再在这里猫一会儿吧，哥们你先进去探探路要是安全了再过来找我，拜托啊。”说完就又把脑袋钻到其他尸体下扮起了死人。

看林春生这副赖样郑海涛也懒得搭理他了，随着增援部队赶往前方的实验室。

刚一进被炸开的洞口，郑海涛一眼就望见了正靠坐在角落里的雷德蒙。

他正不断地剧烈呛咳着，每一次震咳鲜血都顺着嘴角往外渗，看样子是受了严重的内伤。

郑海涛急忙迎上去一面把雷德蒙扶正一面问道：“怎么搞成了这个样子？你们找到病毒实验室了吗？”

“我的孩子……”雷德蒙在写满痛苦的脸上勉强挤出一丝苦笑说道，“我快要不行了，后头的路需要你来替我完成，你们带上炸药继续往前走，小心前面有一只3米多高半人半蝠怪物，它应该还没走远，无论如何你们……你们一定要找出那个生产病毒的地方彻底将它摧毁，不能让一点病毒流到外界。”

说到这儿又一口鲜血从他嘴里淤了出来，郑海涛见状忙回头冲身后人大吼道：“你们还愣在这儿干吗呀！救护箱在谁手里？快点拿过来……”

“先不要……管我……”雷德蒙费力地拽了拽郑海涛袖子，颤巍巍地抬起手臂指着不远处散落的 TNT 炸药说道，“带上它们……继续前进……”

就在这时雷德蒙腰间的联络器响了，郑海涛替他接通后传出了里尔的声音：“雷德蒙，不管你们那头搞得怎么样了，我都必须要告诉你 10 分钟前一大波异型冲出来攻陷了我们停泊的阳台，把等在那里的所有人都杀光了。不过抢在这之前我们运出了 1000 多名女性，事后我会把她们带到 51 区让军方帮助核实她们的身份。现在我要把飞碟开到第六层，局势对我们越来越不利所以我只会在那里等待一个小时，我也会通知其他各队，你们抓紧时间吧，一个小时之内到第六层阳台和我会合，祝你们好运。”

听到这里郑海涛知道时间不多，赶紧叫来两名士兵先把雷德蒙搀扶走，自己则对着眼前这些群龙无首的特种兵们大声喊道：“大家立刻集合，雷德蒙刚刚把指挥权交给我了，现在你们收拢好炸药跟我继续前进，找出灰人的病毒实验室。我们只有一个小时的时间，立刻行动！”

所有人都把目光投向了郑海涛，尽管不知道他说的是真是假，但至少有人给出了下一步指示，于是在郑海涛带领下，百余名由屠龙会战士和特种兵组成的队伍迈过脚下的碎石瓦砾朝着实验室方向纵深前进。

越往里走郑海涛的精神越崩溃，那就像是一个令人作呕的巨大动物园，一排排林立的水晶柱实验器皿中关满了被基因改造后的人兽合体，鼠人、狗人、蟾蜍人这些在神话故事里才被提及的物种却全部出现在了这里，其中还有很多叫不出名的新物种。

在郑海涛路过的一个晶体柱内，一只浑身覆盖白毛的三叶虫状四爪怪物贴在玻璃壁上不断发出各种怪音，似乎想要吸引他的注意力。

这时郑海涛的联络器响了，是护送雷德蒙的士兵打过来的，当他听完后忍不住叫了起来：“你说什么？雷德蒙死了？”

“你说什么？雷德蒙死了？”同时一个与郑海涛一模一样的声音在他身后响起，犹如他的原声回放。

郑海涛吓了一跳，回头看去原来是刚才那个白毛怪在捣鬼，他无心理会继续向前走去。

见郑海涛没有理会，那白毛怪竟发出了婴儿般的啼哭声，哭声回荡在阴冷暗潮的实验室上空显得尤为瘆人。

此刻的郑海涛心烦意乱，短短几个小时和他一起进入道西基地的伙伴几乎都战死了，现在竟连本次行动的总指挥雷德蒙也没能挺过来，或许自己也离大限不远了。

正当他愁眉不展胡思乱想的时候，耳边却响起了一个似曾相识而且是用中文发出的声音："郑先生，你怎么来了？我是赵小萍呀！"

一听"赵小萍"三个字，郑海涛的心猛地一抽赶紧顺着声音转头看去，只见在左侧的一水晶柱实验器皿里一个人首蛇身的披发女人正隔着玻璃向他招手。

他赶紧跑上前一看，发现那上身人形下身蛇尾的女人正是和女友胡洁一起失踪的同事赵小萍。

于是他忍不住叫了起来："赵小萍，你怎么被送到这里了？胡洁呢，是不是也和你在一起？"

说话间郑海涛开始东顾西盼，试图从周围找到胡洁的身影。

赵小萍摇了摇头，扭动着蛇尾幽幽地说道："胡姐不在这里，她的命比我好，不用被改造成怪物，她被一个长得奇形怪状的怪物给挑走了，后来听说她又被当作奴隶卖给了从其他星系来这里贸易的外星商人，他们喜欢买人类女性作为奴隶，隔一段时间就会来这里一次。她有可能已被带到别的星球上了，不过即便是这样也比我现在这副模样强呀！"说到这儿，赵小萍忍不住嘤嘤地哭了起来。

郑海涛见状连忙安慰道："赵小姐你别怕，我马上救你出来，带你离开这儿，这地方马上要被炸掉了。"

谁知赵小萍轻叹一口气，说道："你不用管我了，郑先生，你还是想法去救胡姐吧，她现在很需要你。至于我，就算出去了也是一只怪物，再也无法正常生活了，就让我随这里一起消失吧，就当是一场噩梦。”

尽管赵小萍已表明心志，但郑海涛还不死心，抡起枪托朝着防护壁拼命砸起来。

士兵看到这一幕慌忙上前将他拦腰抱住，劝阻道：“先生，你必须冷静下来，让她待在这里比救她出去要好，我们快点走吧，留给我们的时间不多了！”

在士兵们的阻止下，郑海涛回头最后望了一眼关在实验器皿中的赵小萍，才和部队再次踏上了征途。

从赵小萍那里得来的讯息令他内心狂颤不止。

“小洁还活着！”对于郑海涛而言，这无疑像是在黑暗的深渊中见到一只萤火虫，虽然有些缥缈但却重新燃起了他的希望。

本来这段感情已被他尘封起来，但从这时开始胡洁昔日甜美的笑容又清晰地浮上了他的心头，他不自觉地幻想此刻胡洁正微笑着向自己款款走来，嘴角忍不住荡出了一丝笑意。

郑海涛脸上透着甜蜜的笑容，也引起了身边士兵的注意。

一名士兵凑到他面前，伸出手掌在他眼前上下晃动几下提醒道：“先生，前头快没路了，我觉得如果我们要彻底炸毁这里的话，需要在这片区域都要设置爆破点，然后从实验室那里开始引爆。”

“嗯，我也是怎么想的，那大家就开始干吧！”郑海涛连忙拉回思绪，让士兵们在四周每间隔 100 米就埋藏一箱炸药，自己则带着几个人背上炸药继续往前走。

当他们来到一处 Y 字路口时，看到五个小绿人正站在那里，郑海涛身边的士兵们见状连忙举枪对准了他们。

面对枪口几个小绿人却并不躲闪也没显露出攻击倾向。

其中一个小绿人还伸直胳膊朝着他们走了过来，见此情形郑海涛示意士兵们先把枪放下。

为了探究对方有何目的他壮着胆子迎了上去，当双方走到快要四目相对的距离时，那小绿人突然一把攥住了他的胳膊。

郑海涛一惊出于本能反应拼命把手往回抽，就在这个时候他的内心深处忽然响起了一个声音：“你不要怕，我正在通过心灵感应与你交流，你只要盯住我的眼睛我们就可以顺畅沟通，我们可以帮助你，不管你们有什么目的。”

“灰人用来储藏消灭人类的病毒实验室在哪里？”郑海涛盯着他的眼睛心中默念着。

“你们右侧路口往里走的那个房间就是，你们想不想趁机消灭灰人的酋长？他就在你们左边通道的房间里，现在他正在繁殖期，趁着其他灰人都出去迎战，你们可以冲进去轻而易举地杀死他。”

“这不在我们的计划范围内。”郑海涛盯着小绿人的眼睛，“等我们找到那个地方会彻底摧毁这里，到时候你们的问题也都解决了。”

就在这个时候在他身后突然传来了一阵听着尤为耳熟的鬼哭狼嚎声，那些小绿人闻讯则掉头就跑，郑海涛也没有阻止他们。

郑海涛的第一反应是林春生来了，果不其然没一会儿工夫林春生就气喘吁吁地向这边跑了过来。

“春生，你不是在装死吗？”看林春生喘得上气不接下气的狼狈模样，郑海涛问道。

“后面来了个更狠的大块头，连尸体都不放过，马上就要过来了！赶紧跑啊……”说完这话，林春生慌不择路地一头扎进了Y字路口的左边通道里。

“喂，春生，等等！”郑海涛大叫一声伸手想拉他却没拦住，正当他准备追赶林春生之际，杰夫也急惶惶地冲了过来，他验证了林春生的说法。

“大家快走！有个3米多高半人半蝠怪物马上就要追上来了。”

听杰夫这么一说，郑海涛果然隐隐听到后方隧道里传出了阵阵吼声，渐渐地众人脚下地面也跟着颤动起来，他环视四周发现除了身后的两条通路，他们已经无路可走了。

就在他一筹莫展时，通道出口突然落下来许多碎石，跟着那脑袋上方竖着一双尖锐长耳的蝙蝠巨人猫着腰咆哮着钻了出来。

“快跑！”郑海涛吓得大叫一声跟着林春生逃进了通道里，在他的带领下其他人也都跟了进去。

当郑海涛一行跑到通道尽头时，却发现林春生像被定身了一样背对他们傻愣愣地仰着脖子站在那里，不知在看什么。

郑海涛顺着他的目光往前看去不禁也愣住了。

在一个悬空的圆形平台上，一只全身煞白的巨型灰人双手撑地匍匐在那里，他的个头是一般灰人的三倍，外貌与其他灰人无异。

在他的不远处有一个盛满鲜血的池子，池中漂浮着碎肉和骨头渣滓，远远地就让人闻到一股恶臭。

每隔两分钟就有人类尖叫着被一支机械长臂从房间顶部吊下来，送进血池上方的挤压设备里，随着机器开动，受害者瞬间化为碎肉，鲜血一股脑倾入池中。

那巨型灰人腮部安着一根管子，管子的另一头一直延伸进血池，鲜血就这样顺着管子逆流而上源源不断被送入他体内。

他的下半身则连着一个臃肿的巨大白囊，那白囊不停地膨胀蠕动着，没一会儿工夫就从尾端吐出一个裹着白茧的椭圆形蛹，每个蛹如孩童般大小，而在他身边立着无数这样的白蛹。

其中有些蛹已炸开，在破槽处还耷拉着小灰人上半身的尸体，看情形是在破壳向外挣扎时死掉的。

有的蛹身正在裂开，灰白色的小灰人用脑袋努力地向外顶，在这过程中巨型灰人不但袖手旁观，而且俯身吃掉那些死在蛹里的幼崽。

望着这一幕，林春生一边后退一边喃喃地说道：“我现在终于知道原来外星人是像蚂蚁这样繁殖的……”

“知道这个有意义吗！”郑海涛狠狠地瞪了他一眼。

就在这个时候，巨型灰人发现了以郑海涛为首的闯入者们，他将头探过来像动物一样朝他们“呲呲”地哈着气，并抡起右臂扫向他们，直接扫到了包括杰夫在内的三名士兵。

还没等被打倒的人缓过神来，他便用巨爪拎起一人直接塞入血盆大口，受害者撕心裂肺的惨叫声被咯咯作响的咀嚼声所代替。

见自己同伴就这样被吃掉，其他人纷纷抄起武器围着巨型灰人扫射起来。

在猛烈的火力打击下，巨型灰人拔掉管子扭动身躯左躲右闪，但下半身的巨囊还是被打破了，一股股黄汤顺着伤口争先往外淌。

巨型灰人被彻底激怒了，他拼命地挣扎着将整个身体从白囊里抽了出来，眼看一场杀戮在所难逃之际，门外传来了蝠人的吼叫声，众人慌忙四散逃入房间角落。

那巨型灰人也注意到了门外的动静，放弃了追逐郑海涛等人，朝门口走去。

还没等他走到跟前，巨型蝠人便咆哮着迎面冲上来一把将其摁倒，双方抱在一起厮打着，在地上滚作一团。

郑海涛看准时机向杰夫、林春生等人使了个眼色，众人便趁此机会纷纷从房间溜了出来。

等他们跑回 Y 字路口，郑海涛想起了小绿人告诉他的病毒实验室地址。

于是他吩咐其他人先撤，自己则携一箱炸药带上杰夫、林春生进入了右侧的通道。

在半道上他们又碰上了那群小绿人，那个先前与郑海涛有过心灵感应的小绿人再次上前挽住了他的胳膊，其他的小绿人则上前分别拉住了杰夫和林春生，在小绿人的指引下郑海涛他们进入了通道左侧的一个小屋。

那里四面都是特制的冷冻柜，每一个柜子里都摆满了琳琅满目的试管试剂，中间地面上有一个凹槽，上面白烟环绕，小绿人拉着郑海涛走上前，一个声音在心中告诉他，这里藏的就是可以用来灭亡人类的终极病毒。

他慢慢蹲下用手扇开了聚在上方的白烟，果然看到里面一个环形仪器中环绕着一排盛满紫色液体的试管。

杰夫和林春生这时也围了上来，杰夫还忍不住把手探了进去，郑海涛见了急忙制止道："在没有任何防护措施的情况下不要这么做，很危险！"

经郑海涛一提醒杰夫无奈地耸了耸肩，拍拍手站起来晃到别处去了。

"是这个吗？"林春生指着凹槽问道，郑海涛回身看了小绿人一眼，对方望着他点了点头。

“好吧，应该就是这里了。杰夫，我们先把炸药安置好，春生你也来帮忙吧。”

“好。”杰夫说着走了过来，“不过我把雷管落在门外了，请你帮我拿过来。”

听他这么一说郑海涛也没多想转身跑了出去，但在门口转了一圈没有发现杰夫所说的雷管。

等他返回来时杰夫已经一个人蹲在地上把TNT炸药安置好了。

林春生则站在旁边一副欲言又止的样子，还没等郑海涛开口，杰夫便略带歉意地说道：“不好意思因为我之前太紧张，给记错了，其实雷管就在我身上，不过现在我已经把一切都搞好了。”

“那就撤吧！”郑海涛看了看表说，“纳粹飞碟的停泊地点已经改在第六层阳台了，里尔说只等我们一个小时，现在只剩25分钟，我们必须赶在这之前抵达那里。所有人都走，包括他们。”说着郑海涛用手指一扫那五个小绿人。

“怎么？你不会又要把他们带出道西基地吧？”杰夫不满地质问道。

“至少要把他们带离这块就要被炸平的地方吧？”

就这样三人带着小绿人们以百米冲刺的速度向回程方向狂奔过去，一路上怕小绿人跟不上，郑海涛就直接抱起了一个，林春生和杰夫也将剩下的小绿人揽在身上。

在奔跑过程中，郑海涛又一次收到了小绿人传来的讯息：“第七层阳台已被星际联军攻陷了，我带你们坐电梯到第六层，我们有磁卡。”

郑海涛听了正要将此事告诉杰夫和林春生，没想到他们也从小绿人那里获得了这一消息。

沿途到处都是人类和外星人的尸体，偶尔还能听到远处的一两声零星枪响，虽然之前跟随郑海涛进来增援的部队都已不见踪影，但在此之前他们已在每一个爆破点上都安置了炸药。

郑海涛见状给杰夫使了个眼色，杰夫心领神会地点点头：“你们先走我带一个小家伙留在这里爆破，就算远程遥控也是有距离限制的，我们在电梯口会合！事后它会带我过去。”

就这样在怀中小绿人指引下，郑海涛和林春生很快到达了第七层电梯门口。

就在小绿人用磁卡召唤电梯的时候，后方传出了一阵巨响，带动着整个地面也跟着狂颤不止。

随着接二连三的爆炸声，林春生吓得语无伦次地尖叫起来：“快……快点让电梯上来，已经爆了……”

“你控制一下自己，冷静！”郑海涛冲他大吼道，“这是逐点爆破，要炸到这里来还早着呢，等杰夫来了我们一起走！”

正说着杰夫已经抱着小绿人气喘吁吁地从后方冲了过来。

“电梯怎么还没来！”伴着远方一声接一声的爆炸巨响，他冲郑海涛他们叫道，“根据我的估计，这种连环爆炸产生的效应五分钟后将会把这里彻底炸塌，如果我们到时候还不能离开的话……”

好在他的最坏设想并没有发生，所有人都安全坐上了电梯，但是在他们前往第六层的途中，爆炸产生的蘑菇云挟带强烈气流呼啸着从电梯底部蹿升上来，瞬间将电梯厢托了起来。

在强烈的冲击下，电梯里的照明设备全部失灵，所有人都摔在了地上。

好在蹿上来的蘑菇云威力并不足以吞噬整个包厢，最终电梯还是载着郑海涛等人摇摇晃晃地继续攀升，当电梯停到第六层，打开双层门之际，郑海涛还以为自己是在做梦。

此刻受到下层爆炸带来的巨大冲击，第六层地面也在微微晃动。

杰夫最先从电梯里爬了出来，站起来冲躺在地上的郑海涛他们喊道：“都起来，我们还没有死！我们快要赶不上最后一班飞碟了！”

“在这里我都快要被搞出心脏病了！”林春生嘟囔着一边抖落掉自己头上的尘土一边将郑海涛也拉了起来，二人带着小绿人跟在杰夫身后跌跌撞撞地朝会合地点跑去。

当他们经过一处台阶时，林春生忽然“哎呀”一声扑倒在地上，犹如碰瓷一般大声呼喊着郑海涛的名字。

无奈之下郑海涛只得折回林春生身边扶他起来，没想到看郑海涛过来他反而不叫唤了。

他一把将郑海涛拉到嘴边神秘兮兮地说道："刚才杰夫在一直不方便说话，你还记得在实验室那会儿吗？他把你支走后，我亲眼看到他从那个冒白烟的凹槽里顺出一个试管藏了起来，还威胁我不让告诉任何人。但这件事实在太大了，我也不清楚他是怎么想的，趁着我们还没出去你最好和他谈谈。"

乍一听，郑海涛还以为林春生又在开玩笑在但看他难得一脸严肃的样子，考虑了片刻后他还是叫住了杰夫："杰夫，我想我们应该停一下，为了确保我们没有在不经意间从那个实验室里带出来任何东西，在我们出去之前应该相互搜一下身。"

"有这个必要吗？"杰夫瞪了他一眼不耐烦地回敬道，"也不看看现在是什么时候，为什么你们中国人总是那么多疑？你们这毛病已经在世界上出名了！"

看到杰夫明显不愿配合，情急之下郑海涛直接端起冲锋枪对准了他，杰夫在始料不及下慌忙举起了双手。

"对不起，杰夫，我也不愿这样用枪指着朋友，但为了确保病毒不会泄露还希望你配合一下。"

郑海涛说完冲林春生使了个眼色。

林春生马上冲过去熟练地从杰夫脚下皮靴内侧翻出了一

管盛满紫色液体的试管，他将试管高高扬起，得意地冲郑海涛说道："就是这个……"

话音未落，杰夫忽然飞起一脚瞬间将他踢翻，手中的试管也滚落到了地上。

杰夫凭借自己高大的身躯毫不费力地将林春生一把提起来挡在自己胸口，同时从腰间抽出手枪指着他的太阳穴，对郑海涛喊道："小子，把枪放下！否则第一个死的就是你这愚蠢的朋友。"

林春生被突如其来的状况吓傻了，他怎么也搞不懂前一秒自己还在搜别人后一秒就沦为了对方的人质。

但他很快就看清了形势，拖着哭腔冲与杰夫对峙的郑海涛喊道："兄弟呀，你就先按他说的做吧，一块儿来的人都死了，你身边只剩下我这么一个亲人了，你可不能让我也死了呀，咱俩可是发小加亲兄弟的交情……"

尽管杰夫保证放下枪就不会伤害林春生，但郑海涛知道一旦放弃武器将意味着什么，不过架不住林春生那鬼哭狼嚎的噪音，很快他便被搅得方寸大乱，无奈之下扔掉了手中的枪。

"很好……"杰夫嘴角浮现出一丝满意的微笑，"郑，我一直觉得你是个聪明人，可是你为什么要毁掉能给你带来财富的东西呢？我们豁着性命来这里拼杀好不容易幸存下来，难道我们就不应该得到点补偿吗？"

"我不明白你在说什么。杰夫先生，我只知道你正在做一件与我们目标背道而驰的事情，为了毁灭这些病毒，雷德蒙死了，尤娜死了，我亲弟弟也死了，还有很多无名的士兵也为此牺牲，他们用自己的性命才换来这样的结果，你却故意要将病毒带上地面，你的动机是什么？”

“嗯，动机是什么，这是一个好问题。”

杰夫哈哈大笑起来，并将林春生搡到了郑海涛身边接着说道：“在 2012 年世界末日虽然没有来临，但一种神秘的恐怖病毒却在非洲刚果金爆发，短短 3 个小时就轻而易举地杀死了 80 万人！

“从那时起世界各国的阴谋家们便开始关注此事，最后通过各方途径查到这种被命名为 HT-3n5 的病毒来自道西基地，它的持有者灰人通过操控美国政府才最终得到了在非洲进行区域性实验的机会，但是他们善后措施做得非常好，所有的尸体都被迅速处理干净，以至于没有人能够获得病毒样本。

“但对它感兴趣的人都知道 HT-3n5 就储藏在道西基地里，我的父亲曾参加过第一次道西战争，在他还没去世的时候有中东神秘富商找到他，开出高价希望我们能利用一些关系帮他搞到这种病毒，比如和雷德蒙的关系，相信我，那个价格对任何人都非常有吸引力。

“虽然我父亲没有答应，但我想做这件事，所以我加入了雷德蒙的抵抗组织，还和中东那边的买家建立起了牢靠的关系，本来就算按部就班我也会等到这一天，但你们的到来让雷德蒙做出了提前攻打道西基地的决定，所以我不知道我是否应该谢谢你们。

“这样吧，我们把枪都收起来，就当刚才的事情没有发生，等出去后一起去找买家交易，事后分给你们1千万美元，这样你们下半辈子都不必再为钱发愁了，怎么样？”

“好……”听了杰夫这番长篇大论，林春生大概是着了道，竟稀里糊涂地跟着随声附和道。

郑海涛则狠狠地瞪了林春生一眼。

“好个屁！用这么危险的病毒去赚钱，你就不怕一旦疫情暴发无法控制吗？”

“你想得太多了。”杰夫冷笑一声说，“这么干可不是我的独创，如果你们把1979年第一次道西战争与艾滋病毒首次在美国出现的时间对比一下就会发现，这中间只间隔了两年，也就是说有人在那次战争中将艾滋病毒从基地里偷了出来，我虽然不能告你那个人是谁但可以确定的是事后他一夜暴富而且很风光，据说南美国家都有他的橡胶园。郑，任何一件事情都是这样，有受益者就会有受害者，我们所要做的就是在二者间抉择而已。”

尽管杰夫还在努力地试图说服眼前人，但郑海涛却像铁了心一样根本不为所动：“我不能允许你拿全人类的命运去换取你的私利，这种病毒不同于艾滋病，它一旦扩散可是会灭亡全人类呀。对不起，杰夫，你的发财大计可能实现不了了。”

说到这儿，他看准时机突然扑到前方地上，将那管病毒牢牢攥在了自己手里。

见此情形杰夫拉开枪保险栓恶狠狠地威胁郑海涛道：“这是我最后一次和你这中国佬用语言沟通，不加入的话我就只好送你俩去找雷德蒙了，赶紧把东西给我，干掉你们我一样可以带着 HT-3n5 出去。”

“你敢，不许你伤害我兄弟，我和你拼了！”

趁此刻杰夫的所有注意力都在郑海涛身上，一旁林春生竟不知哪里来的勇气大吼一声，纵身朝杰夫扑了过去。

杰夫冷笑一声，都没有用枪只分出一只手就轻而易举地一拳歇在了他的脸上。

林春生两眼一翻咕咚一声倒在了地上。

郑海涛本来想趁此机会去捡枪，但林春生落败得实在太快了，以至于他刚想弯腰杰夫就又把枪口调转过来。

此时的杰夫已不对郑海涛抱什么希望了，他伸手向趴在地上的郑海涛命令道：“把东西给我，这是你最后的机会！快点，我们都没多少时间了。”

“做梦……”郑海涛话刚说一半，身上就挨了杰夫一枪，这一枪又狠又准正好打在他左肩位置，鲜血顿时就从枪口处渗了出来。

郑海涛觉得自己肩上像是被狠狠地咬了一下，刚刚支起的身体又软绵绵地瘫了下去，除了刺骨的疼痛呼吸也渐渐变得急促起来。

杰夫面无表情地走到郑海涛跟前，掰开他的手取走了那管 HT-3n5 病毒，看躺在地上的郑海涛还在艰难地喘气，他再次将枪口对准了郑海涛的脑袋。

就在他即将扣动扳机之际，一个一直躲在不远处观看的小绿人忽然冲了上来，一跃而起抱住杰夫的脖子，张开平时只有一道缝的嘴露出了里面交错在一起的两排利齿，对着他的脖颈狠狠地咬了下去。

随着一声惨叫，杰夫扔掉手枪双手揪住附在他身上的小绿人拼命往下拽。

这时又一个小绿人跑过来，一把拉过他的胳膊撕咬起来，跟着其他三个小绿人也一拥而上，在他们的围攻下，杰夫伴随着自己的哀号声终于气绝身亡了。

小绿人们围到郑海涛身边争先用手触碰他的身体，他们的心灵呼唤让意识已有些模糊的郑海涛逐渐清醒过来。

“你的伤势不算太严重，短时间内不会有事的，不要就这样放弃你的躯体，醒来，你还有很长的路要走……”

在小绿人的心理暗示下，郑海涛捂着受伤的肩膀摇摇晃晃地站了起来，来到林春生面前轻轻地推醒了他。

“额……兄弟，想不到我们真是命大这样都死不了，现在几点了，我们赶得上飞碟吗？”林春生揉着还隐隐作疼的脸坐起来问道。

“赶得上，飞碟十分钟以后开，不过春生你只能一个人走了，这些东西送你留个念想。”郑海涛说着将自己携带的笔记本和手机递给林春生，眼神中也尽是依依不舍之情。

而此刻林春生还是没能明白郑海涛的意思。“怎么？你不和我一起走，那你要去哪儿？”

郑海涛幽幽地叹了口气，弯腰捡起装有病毒的试管把它塞进兜里说道：“直到这次重回这里，我才知道小洁原来没有死，她被外星人当作奴隶带走了，那些小绿人告诉我所有外星人中只有坎贝培特人专门喜欢买地球女性用作奴隶，他们的星球在天狼星系，这些绿人朋友答应带我去那里找小洁，正好我也可以把这管病毒带离地球。”

“别傻了！”不等郑海涛说完，林春生便迫不及待地叫了起来。

“你连那个星球在哪儿都不知道怎么去呀？就算可以，你要去的可是外星球呀，那里有没有空气都另说了，有几条命够你折腾的呀！”

但是郑海涛去意已决，他摇晃着走到通往下方站台的台阶上，望着底下还没有被摧毁的左侧轨道，那里停泊着一列磁悬浮快车，直到这个时候还有不少来自各星系的外星人在往车上跑。

“春生你快去赶最后的航班吧，我的航班在这里。”郑海涛指着磁悬浮快车说，“哪里有希望我就去哪里，小洁还活着就是我的希望，在这儿我的亲人朋友都死了，就算和你回去我每天也只能生活在自责里，况且在国内我还莫名地成了在逃杀人犯，我肯定回不去了。我不怕死，但害怕像囚犯一样失去自由，在美国我永远只是一个异国人，根本不会被接受，所以这个世界我已经无处可去，只有去追寻希望才会让我有归属感。我也是刚刚从绿人那里得知，原来看似宏伟的十八层道西基地只是外星人的一个小小中转站而已，这些磁悬浮快轨四通八达早已覆盖了南北半球，他们最大的据点在俄罗斯的新西伯利亚地下，那里有定期开往宇宙各星系的航班。我要先去那里再想办法搭乘飞船去坎贝培特人的星球找小洁，在道西基地经历了这么多我早已将生死看淡，所以就算前方等待我的是死亡我也无悔，春生，你保重吧。”

说到这儿郑海涛朝小绿人们招招手，五个小绿人围过来牵起郑海涛的手簇拥着他向台阶下走去。

望着他们逐渐远去的背影林春生张了张嘴最终什么也没说出来，但他的眼眶湿润了。

他看着郑海涛和小绿人们登上快车才转身奔赴自己的最后航班。

后　记

1979年7月16日，一架升降梯从道西基地呼啸着向地面升去，雷德蒙举着被打断手指处仍在冒蓝烟的手掌靠在护栏一侧大口大口地喘着气，“杰夫……好难受，快把我扶起来。”

他艰难地冲一旁救他上来的士兵求助道，被称作杰夫的士兵走上前刚把雷德蒙拉起，升降梯突然一阵剧烈摇晃，雷德蒙没站稳又一屁股坐回到地上，就在这时一支密封的试管从他裤兜里掉了出来。

杰夫见状大骇：“雷德蒙！你从那里带东西出来了？这是什么？”

雷德蒙没有理他，伸手拾回试管重新装进兜里：“杰夫，有些事你知道得越少对你越好，你的小杰夫今年已经两岁了吧？希望他可以一直茁壮成长。”

距道西战争结束一个小时后，郑海涛乘坐的磁悬浮快列驶达了目的地。

自动车门弹开后，郑海涛捂着受伤的肩膀带着小绿人们走了下去，呈现在他们面前的是一座宏伟的大型车站，脚下是一个只有 2 平方米大小的正方形站台，每间隔 100 米便设有一处，它们整齐排向远方一眼望不到尽头。

车站的墙壁上嵌满了五彩斑斓的矿石，在顶层灯光的调和下映得四周金碧辉煌。

大厅半空中到处都是用激光打出的外星语，在这些琳琅满目的字幕下，不同种族的外星人熙熙攘攘融汇在一起，他们一律不分样貌、身高、体型，在车站里川流不息。

望着眼前这一切，郑海涛深深地吸了口气，他知道自己新的征程就要开始了。

2019 年 5 月，隶属厄瓜多尔的科隆群岛港口迎来了一艘挂着秘鲁国旗的捕鲸船，令人诡异的是船上所有人员都全副生化防护装备。

两名同样装束的人候在岸边，其中一人提着便携式小金属箱。

看船靠了岸，提箱子的人用西班牙语大声向船上人打招呼:“朋友！你们要是再晚来一会儿，我们就要联系美国买家了，他们给的价格也很诱人……”

甲板上的人没有吭声，直接做手势让他们上来。

在船上临时设置的消毒室里，二人经过数道消毒程序后，摘下生化面具被带到一个房间，早有三名中国人恭候在此。

双方会面后，为首的中国人顾不得寒暄便用西班牙语问道："岛上的情况怎么样？"

"太可怕了！无法用语言描述那地狱般的场景，我们抵达的时候很多岛上的人畜都已死绝了。四天前有关部门观测到一颗陨石坠落在岛上，据我们的人发回的消息称，那不是陨石，而是一架来自外太空的小型飞行器，里面有一支试剂，当地岛民弄开了它导致泄露，造成了现在的后果。我们设法保留了一些残余试剂样本……"

听到这里中国人点点头："好，钱我马上叫人打到你们的账户。记住，今天这件事情从没有发生过！"

5个月后的某天早上，某个P4病毒研究所，一名胳肢窝下夹着登记册的研究员打着哈欠用磁卡刷开了动物实验隔离区的大门。

他昨晚打牌输了不少钱，就这样心不在焉地开始了他的工作，逐一对每个隔离区域内的病毒宿主进行登记。

当他转到Z-3区域时看到一只蝙蝠软塌塌地伏在地上，好像已经失去生命体征。

这是昨天新来的，听说给它注入的是一种混入外星病毒的新型病毒，虽经过基因编辑削弱了它的致命性，但这种病毒传染力极强，传播途径不限，还可作为生化武器使用。

出于好奇，研究员竟无任何防护就将手指探进笼子里戳了戳看着已无生命体征的蝙蝠，让他意想不到的是那蝙蝠竟突然一跃而起瞪着血红的眼睛呲叫着一口咬住了他的中指。

“啊！你这畜生！”研究员大叫一声将手抽回，捂着受伤的手指逃出了动物实验隔离区。

两个月后，一场神秘的病毒瘟疫在该城市全面爆发。

附：道西基地秘境新奇物种一览

清道夫 藏于地洞，身高三四十厘米。全身呈枣红色，驼背腆肚，四方小脑袋，一对类似金鱼的大眼泡长在头顶两侧。有四肢，指间连蹼，以尸体腐肉为食。

皃猹 全身呈灰褐色，扁平状的扇形生物。脑袋藏在身躯里，可来回伸缩。脑袋两侧竖一对尖耳，眼珠呈绿色，像象一样拖着一根长鼻，没有鼻子和嘴巴。身体可在空中悬浮，遇危险身涨如球。

蜥蜴人 半人半兽状，直立过两米。全身长满绿色斑点，眼珠呈红色，像蛇类一样眼睑可以从左右合拢，爪形手，每只手只有三根弯指，身后拖一条尖细的长尾，末端像针筒。可直立行走，力气很大，据说是由恐龙中的原蜥冠龙进化而来。

道西类人 起源成谜，外形与人类最为相近。身高两米以上，全身无毛发，石灰肤色，脑门凸起，手掌、脚掌均带蹼。平日喜欢披着类似袈裟一样的服饰，性情温和，善于发明各种仪器。

沙虫 外形类似蚯蚓的巨大蠕虫。身体上宽下细，两侧有一对利爪，没有面孔，头顶上咧一张血盆大口，牙齿锋利，用毒液攻击猎物。

无容女　亚裔人种，脸部被掏空，无五官，以肉皮敷面粗糙缝合。平时以长发遮脸，日夜啼哭。

巨龙兽　一种龙，蜥蜴脑袋泥鳅身体，身宽1米，长20多米。全身布满鳞片，尾肌又大又扁内有分节，悬浮空中，靠鳞片的吸张来飞行。

蝠人　蝠首人身，高3米。全身覆盖着黑褐色毛发，一对尖耳朵高高支棱在脑袋两侧，手臂与背后肉翅连在一起，被喻为地狱终结者。

古里安恶魔　人形，背后有一对蝙蝠翅膀，喜好黑暗环境。古人把它们称作恶魔，是最早一批被外星人带到地球的生物。早在公元200年罗马帝国时期，就四处觅食攻击人畜。

爬虫人　人形，身高60厘米左右。圆锥脸，脸部两侧各有一条肉须，两个又圆又黑的大眼珠与鼻子紧凑在一起，凸起的鼻部长满了黄色绒毛。用两条粗壮的后腿支撑着整个身体，上身有两对附着着倒刺的爪子，一对副爪一对主爪。

蚨人鱼　人头鱼身。披头散发，面带三只眼，嘴有獠牙，面目狰狞。

归化人　外星灰人与人类的合体。外星灰人的脑袋藏匿在人类的胸腔里，把人类身体作为躯壳，遇危险时，外星灰人的脑袋会胀破人类胸腔而出。

伏羲女 人首蛇身，只有上肢。胡洁的闺蜜赵小萍在道西基地便被改造成此物种。

乌斯曼人 人形，身高不到1米，肤色碧绿。大头细身，黑色眼瞳无眼睑，双目间挤着小鼻子，嘴唇薄至一条细缝，几乎无法张开。上肢各长着四个连着蹼的细长指头，下肢的末端分叉长着两个大脚趾，平时垫着脚走路。

寫钳 人形，全身肤色乳白。高大魁梧，浑身堆满肌肉，四肢及背部均长满倒刺，双臂如蟹钳，杀人如麻。

鮈蛾 无首无四肢，只有躯干。双目长在胸前，背有双翅。